Le Testament du Titien

Du même auteur

Meurtre à la Saint-Barthélemy, Flammarion, 1999.

Eva Prud'homme

Le Testament du Titien

Flammarion

Le Centre national du Livre a contribué, par l'attribution d'une bourse d'encouragement, à l'écriture de ce roman.

ISBN : 2-08-068007-2

Au petit Fabio qui m'a guidée dans Venise
et au tout petit Ulysse que je guiderai dans Venise

« Je voudrais pouvoir mettre sur la toile l'image de mon cœur. »

Tiziano Vecellio
dans une lettre à Philippe d'Espagne, en 1553.

PROLOGUE

« Faites, Seigneur, que mon oncle ne soit pas mort. »

Virgile déroula sur ses genoux une feuille d'épais papier et tira de la poche de son pourpoint plume d'oie et bouteille d'encre. Alors qu'il entreprenait de déboucher cette dernière, la barque tangua. Le liquide noir macula ses doigts. Une goutte éclaboussa son haut-de-chausse. Le jeune homme retint un juron, son ami Pierre un gloussement.

— *Mille scusi*, lança celui qui menait le bateau à coups de pagaie.

Virgile esquissa un hochement de tête, essuya sa main à sa chemise et s'attaqua à l'écriture de la lettre qu'il s'était mis en tête de rédiger :

> *Padoue, le 26ᵉ d'août, en l'an de grâce quinze cent soixante et seize.*
>
> *Ma chère et bonne Florine,*
>
> *Je te remercie bien pour les pots de confiture à la rhubarbe qui me sont parvenus de Paris le jour même de mon vingt et unième anniversaire. Il s'en est fallu de peu que le messager qui me les a remis ne trouve porte close. En effet, alors que je t'entretiens, je suis sur le point de quitter Padoue. Laisse-moi te conter cela afin que tu ne t'inquiètes pas trop...*

L'épistolier releva la tête, comme pour chercher alentour les mots propres à tranquilliser Florine, sa nourrice, qu'il chérissait tendrement. Mais ni la lune de minuit, ni la barque qui l'emportait le long des étroits canaux, au pied des demeures padouanes, ne l'inspirèrent Au contraire, en passant sous le ponte della Morte, il réprima un frisson. La mort noire. Elle était là. Il sentait sa présence oppressante, dans les maisons aux fenêtres desquelles aucune flamme ne dansait, autour des églises dont les cimetières débordaient de cadavres et jusque sur les moulins qui semblaient tourner dans le vide. Une fois atteints les quartiers excentrés de Padoue, il se rendit compte que, pas une fois depuis leur départ, il n'avait échangé une parole avec Pierre ou celui qui les pilotait. Dans ce même silence, leur embarcation approcha des portes Contarini. Il s'agissait d'un système d'écluses qu'avait imaginé Léonard de Vinci et qui fonctionnait depuis une cinquantaine d'années. De nuit, il était ouvert en permanence et laissait libre le passage sur la rivière Brenta.

> ... *Avec Pierre, nous avons achevé notre seconde et pénultième année d'études à l'Université d'ici. Sa réputation de haut lieu du savoir et de la science n'est pas usurpée, sais-tu, car, lui en médecine et moi en droit, nous avons bénéficié de l'enseignement des plus doctes professeurs...*

Une seconde fois, Virgile interrompit la rédaction de sa missive. Il fit craquer les articulations de ses doigts, passa une main dans ses boucles brunes, jeta un regard aux vannes béantes et, bien qu'il n'y eût pas à attendre leur ouverture, profita de la lente approche pour sauter sur la berge. Il s'avança jusqu'à une petite église dédiée à la Vierge qui avait été érigée là. Il en fit le tour pour se dégourdir les jambes, pour prier peut-être aussi. Toujours sans un mot, il rejoignit ses deux compagnons dans la padouane [1] au moment où elle effectuait le passage du barrage et se retrouvait sur les eaux de la Brenta. Le rameur stabilisa l'embarcation dans le sens

1. Barque capable de se faufiler par les étroits canaux et sous les ponts bas de Padoue.

du courant puis se remit à pagayer d'un mouvement presque mécanique. Il manœuvrait sans bruit. Seule l'onde frémissait, fendue par les flancs de la barque et pénétrée par l'extrémité de la perche.

... La semaine dernière, nous avons reçu un courrier de mon oncle Cesare Peso-Manuce. Tout comme les médecins d'ici, il affronte à Venise l'épidémie la plus cruelle qui se puisse imaginer. Il nous prie de lui porter un sac d'une certaine herbe qu'on ne trouve qu'à l'Orto Botanico de Padoue[1]*, que Pierre connaît et s'est empressé d'aller quérir. Ils espèrent qu'elle saura assainir les bubons pesteux. C'est donc en route pour la Sérénissime que tu me trouves, chère Florine, incertain de ce qui m'y attend, de l'ampleur qu'a pris là-bas la maladie, incertain même de trouver l'oncle Cesare en vie. À chaque instant, je prie le Seigneur pour qu'il ne soit pas mort...*

Une secousse ébranla Virgile. La proue de la padouane venait de glisser contre un quai en pierre d'Istrie. Le pilote déposa sa rame dans le fond de la barque.

— Nous y sommes, dit-il aux deux Français.

Virgile rangea son matériel d'écriture et plia son épître.

Pierre étreignit le canoteur avec une insistance que justifiaient les sombres circonstances.

— Que te dire ? Merci de nous avoir conduits jusqu'ici.

— Oui, merci, répéta Virgile.

Les deux jeunes gens enjambèrent le rebord de l'esquif et posèrent le pied sur la première marche du quai.

— Que saint Roch et saint Sébastien vous protègent, leur lança le rameur.

Déjà, d'un coup de perche, il s'éloignait de la berge et effectuait un demi-tour. Bientôt l'obscurité les enveloppe de son manteau, lui et sa padouane.

1. Jardin botanique, dépendant de l'Université et ouvert en 1545, où poussaient plus de 1 500 variétés de plantes médicinales.

CHAPITRE 1

Virgile et Pierre se retrouvèrent, au milieu de la nuit, sur le *portello*, parmi les marchandises récemment débarquées. D'autres embarcations attendaient d'être chargées. Il en émanait une enivrante odeur de produits de la terre. Elle frappa les garçons, habitués depuis trop longtemps aux senteurs putrides des plaies suppurantes, des malades grignotés par la peste et des cadavres en décomposition. D'abord désorienté, Virgile retrouva vite son sens de l'initiative. Une auberge ouvrait ses fenêtres sur la rivière, un peu plus loin. S'en échappaient des échos de conversation et de cris. Le jeune Preudhomme entraîna Pierre en direction de cette bâtisse. Malgré l'heure tardive, la taverne était pleine, des marchands et des matelots discutaient et buvaient, mastiquaient et rotaient. Les deux voyageurs ne pouvaient pas ne pas trouver là un marin qui acceptât de les emmener jusqu'à Venise. L'aubergiste leur indiqua un équipage sur le départ. Le capitaine – le *paron* –, son aide – le *marinero* – et un mousse – le *morè* – finissaient leur collation. Entre deux gorgées et trois bouchées, ils donnèrent aux Français rendez-vous vingt minutes plus tard sur le quai.

C'est le temps qu'il fallut à Virgile pour dénicher quelqu'un qui se chargeât de sa lettre en partance pour la capitale du royaume de France. Le *burcio* était amarré pratiquement en face de la taverne. Il s'agissait d'un vaste chaland mesurant bien trente ou quarante mètres de long, gréé de plusieurs voiles et d'un abri couvert. Lorsque Virgile et Pierre s'approchèrent, un chien sauta depuis le pont dans leur direction et vint se jeter contre leurs jambes en aboyant.

— Du calme, Torcellino, tonna-t-on dans le dos des garçons depuis le seuil de l'auberge.

Au son de la voix de son maître, l'animal s'apaisa. Sa petite queue de chien sans race se mit à frétiller.

— Torcellino ? s'enquit Virgile.

— J'ai trouvé ce *bastardino* à Torcello ; il se traînait sous le portique de Santa Maria Assunta, à moitié crevé de faim et de fièvre. Il ne fait pas bon vivre là-bas de nos jours. Pas plus pour les bêtes que pour les hommes ; c'est plein de fièvres malignes dans les marécages ; la faute au Sile et au Dose[1].

Tout en contant sa rencontre avec Torcellino, le *paron* effectuait toute une série de manœuvres préparatoires du départ. Le *marinero* et le *morè* le rejoignirent en halant le long de l'embarcadère un second esquif débordant de marchandises, qu'ils arrimèrent à l'embarcation principale. Ne voulant pas être en reste, Pierre et Virgile s'emparèrent chacun d'une caisse qu'ils déposèrent au fond du *burcio*.

— Belle coque, hein ? lança le batelier en jetant un regard de fierté sur son bien. Solide avec ça. Et qui en contient !

Il saisit un bout de corde et le transforma en un nœud savant et serré, ultime geste de préparation et signe d'un départ imminent. À la suite des deux Français, le matelot et le mousse sautèrent dans le bateau. Dernier à grimper à bord, Torcellino bondit depuis le quai et atterrit en jappant aux pieds de Virgile. Au son de ses aboiements l'ancre fut levée.

La descente de la Brenta fut ponctuée du bavardage du capitaine, un fieffé causeur. Il s'exprimait dans un patois assez inédit aux oreilles des Français, avec un accent du fin fond de la Vénétie et avec des mots d'origine étrangère – turque, germanique ou encore slave – intégrés à son voca-

1. Le cours des deux rivières, qui transformaient les eaux en marais où se propageait la malaria, sera dévié au XVIIe siècle

bulaire au contact, sans doute, des marchands, voyageurs et équipages d'au-delà les frontières. Son parler, il faut l'avouer, laissait Virgile et Pierre un peu perplexes, habitués qu'ils étaient à l'italien de la ville et au latin de l'université. Lorsque le *burcio* eut parcouru plusieurs lieues sur le fleuve, le *paron* décida de passer à la navigation à voile. La douce brise qui balayait la campagne gonfla la joue de la toile.

— Bon p'tit *tufo*[1], commenta le capitaine.

Sa conversation prit fin sur cette remarque. Le silence recouvrit le *burcio* et ses passagers. Chacun se concentra sur sa tâche ou sur sa rêverie ; le *paron* à maintenir le cap, le *marinero* à manœuvrer la voile, le *moré* à contrôler la seconde barque de marchandises. Torcellino, assis immobile à l'avant du bateau, semblait s'être mué en figure de proue. Virgile et son camarade purent s'abandonner à leurs pensées, hypnotisés par la lumière lunaire, bercés par le balancement du *burcio*, caressés par le *tufo* nocturne. Ils ne s'extasièrent ni sur la villa Contarini ni sur la Malcontenta, pas plus que sur les magnifiques demeures palladiennes édifiées sur les rives. L'oncle Cesare Peso-Manuce serait-il en bonne santé ? Quels ravages la peste avait-elle causés à Venise ? L'herbe de l'Orto Botanico servirait-elle à quelque chose ? De quelle utilité pourraient-ils être auprès des malades ? Ne seraient-ils pas seulement des fétus de paille dans l'ouragan de l'épidémie ? Ces questions tourmentaient le jeune Preudhomme et son ami.

Leurs vingt et un ans étaient la seule chose que les deux Français possédaient en commun. Virgile était aussi brun que Pierre était blond. Le premier se distinguait par sa haute stature et ses yeux myosotis ; le second par la bonté de son regard et par sa figure pouponne. Mais au cœur de la nuit d'août, les reflets de leur chevelure et l'éclat de leurs iris se fondaient dans la pénombre ambiante.

Leur embarcation déboucha sur la lagune dans la pâle clarté de l'aurore. Et, au milieu de cette étendue liquide à

1. Sur la Brenta, la brise s'appelle *tufo* la nuit et *bava* le jour.

peine effleurée par les rayons du soleil, était Venise, encore lointaine, encore imprécise, comme flottant au gré des vaguelettes sans écume de l'eau, tel un navire fantôme. Au fur et à mesure qu'ils approchaient, la brume qui brouillait la ligne des toits se dissipait, le contour des maisons, des palais, des églises se précisait. La Sérénissime se révélait, rose, noble, magnifique.

Ils abordèrent par l'arrière du Cannaregio, un quartier un peu excentré, un peu pauvre aussi, de la ville. Les débarcadères y étaient de bois et les ruelles de terre battue, les maisons décolorées et les berges fangeuses.

Cesare Peso-Manuce, l'oncle du jeune Preudhomme, logeait à Castello, un des six *sestieri* de la cité des Doges – un quartier également populaire. Il y partageait une maison avec un sien cousin, installé avec sa boutique de livres au rez-de-chaussée.

— Comment se trouve-t-il que ton parent se soit fait médecin et non pas imprimeur ou libraire ainsi que tous les Manuce depuis le fameux Aldo [1] ? s'étonna Pierre.

— Ah, le grand-oncle Aldo ! La gloire de la famille Manuce ! Non, Cesare n'a pas pris le relais auprès des presses. Son autre cousin, Paul, l'a fait pour deux. Mon oncle cultive la réputation d'excentrique de la famille. Excentrique mais jovial, rassure-toi ! Il n'aime rien tant que boire, rire et bavarder. Vous devriez bien vous entendre tous les deux.

En quittant le *burcio*, les garçons avaient mis pied sur une berge envahie par les herbes. Ils s'étaient engouffrés dans la longue et étroite calle del Fumo. Ils venaient de déboucher au pied de l'église Santa Maria dei Miracoli. Tout, autour d'eux, baignait dans un silence étrange et presque angoissant. Était-ce dû à l'heure matinale ? Ou bien les habitants

1. Aldo Manuce (1450-1515). Célèbre imprimeur vénitien. Il fit paraître les œuvres des auteurs grecs et latins, inventa le caractère italique, lança une collection de poche format in-octavo et réunit autour de lui des savants composant l'académie dite « aldine ».

de Castello se terraient-ils chez eux, derrière leurs volets clos, avec le sentiment illusoire d'y être plus à l'abri qu'à l'extérieur ?

— À moins qu'ils ne soient déjà morts, murmura lugubrement Pierre.

Les deux jeunes gens s'immobilisèrent un instant sur le pont qui reliait le campo Santa Maria Nova à l'église Renaissance de Longhena. Pas le moindre bruissement, non, mais une odeur, cette odeur familière qui les avait poursuivis partout à Padoue et qu'ils avaient oubliée le temps de leur traversée ; l'odeur putride de la maladie à l'œuvre, des chairs ravagées et des cadavres pourrissants. Les effluves marins qui balayaient la ville ne parvenaient pas à masquer les miasmes morbides. Sous le pont, entre deux eaux, flottaient des masses non identifiables. À la surface, des taches crasseuses comme des plaies visqueuses attendaient d'être emportées par la marée. Le dégoût saisit Virgile. Il détourna les yeux du canal et leva le regard vers l'abside de Santa Maria dei Miracoli. De fait, elle était miraculeuse, comme irréelle, semblable à un chef-d'œuvre de marqueterie dans son revêtement de marbres polychromes, une apparition blanche, rose et verte dans la grisaille écœurante de ce petit matin de peste.

— Sainte Vierge, souffla Virgile, le cœur au bord des lèvres, je ne vous demande pas un miracle. Faites juste que mon oncle Cesare soit vivant.

Pierre, compatissant, étreignit le bras de son compagnon et les deux jeunes gens reprirent leur chemin. Ils contournèrent le saint édifice et, par la fondamenta delle Erbe, parvinrent au campo Santa Marina puis à celui de Santa Maria Formosa.

— Cesarone[1] s'est installé derrière l'église, sur une placette, en face de la fondamenta del Rimedio[2], ce qui pour un médecin est somme toute assez logique ! précisa Virgile.

1. « Cesarone » : diminutif signifiant le « grand » ou le « gros » Cesare.
2. Fondamenta del Rimedio, c'est-à-dire « quai du remède ».

Le *campiello* sur lequel se trouvaient, au rez-de-chaussée la librairie, et, à l'étage, le logement Peso-Manuce, était effectivement intime, tranquille. Sur la façade de la maisonnette avunculaire grimpait la vigne vierge. Le petit bâtiment avait été peint d'un vert amande qui fit grimacer Pierre.

— L'excentrique de la famille ! lui rappela Virgile, et il s'avança jusqu'à la porte.

Il frappa avec force sur le bois. Après le quatrième heurt, il figea en l'air son poing tremblant. Il retint son souffle en attendant le verdict du tribunal de la peste. Cesare, boursouflé et agonisant ou Cesare vibrant d'énergie ? Cesare vivant ou Cesare mort ? Soudain, au premier étage, les volets d'une fenêtre s'écartèrent avec fracas. Une tête hirsute et barbue fit son apparition. Des larmes de soulagement montèrent aux yeux de Virgile.

— Mon neveu ! s'exclama une voix tonitruante. Une minute : je descends vous ouvrir.

Les bruits d'une grande agitation parvinrent aux oreilles des deux jeunes gens qui, libérés de la crainte, patientaient sur le campiello. Pierre s'était rapproché de la devanture de la librairie pour découvrir, à travers la petite vitre de verre véritable, le titre des volumes exposés. L'*Orlando furioso* de l'Arioste, des poèmes de Pietro Bembo, *Paesi novamente ritrovati et novo mondo* du Florentin Amerigo Vespucci. Il n'eut pas le temps d'en déchiffrer davantage car la porte de la boutique s'ouvrait avec force. La masse trapue et bedonnante du libraire surgissait sur le seuil. Virgile, puis à son tour Pierre, furent littéralement soulevés de terre par le Vénitien qui les écrasa contre sa poitrine.

— Les amis de mon neveu sont mes amis, déclara-t-il à l'étudiant en médecine, vaguement ahuri par cette accolade vigoureuse. Entrez ! Entrez donc !

Cesare Peso-Manuce les fit pénétrer à l'intérieur de son antre. C'était un homme d'une quarantaine d'années et d'une vigueur peu commune. Grand, mais surtout gros, il présentait une panse conséquente, des cuisses puissantes, un torse épais, des bras à la fois ronds et musclés. On le devinait gourmand, volubile, chaleureux et jouisseur. Au-dessus de cette silhouette ventrue, une trogne d'ours, brune, velue, bouclée. Il ne s'attarda pas parmi les volumes du rez-de-chaussée et précéda ses invités dans l'étroit escalier qui menait au premier étage. Là, autour d'une solide table en pin des Dolomites, chacun trouva un banc ou une chaise pour s'asseoir. Virgile s'apprêtait à s'installer sur un siège lorsqu'il remarqua que le chat de la maison y était roulé en boule. Il souleva le félin gris dans ses bras. On présenta à Pierre l'animal, qui était presque obèse.

— Voici Zanni ; il porte le nom des bouffons de la commedia dell'arte car c'est un sacré comédien quand vient l'heure du repas !

Puis :

— Ne me dites pas que vous refusez une bouteille de vin clairet ! beugla l'oncle Cesare. Un petit vin fruité qui arrive tout droit de l'arrière-pays. J'en ai aussi qui vient de Chypre si vous préférez. Encore une que les Turcs ne boiront pas !

Tout en parlant, l'Italien avait ouvert un bahut et en avait extirpé deux flasques de verre pleines. Il les brandit sous le nez des garçons, qui échangèrent un regard hésitant.

— Du vin de Chypre... Ma foi, je ne dirais pas non, finit par décider Pierre.

— À la bonne heure, s'écria l'oncle Cesare. Rien ne vaut un bon vin chypriote. Vous savez que nos voisins de Constantinople louchent sur l'île autant qu'ils peuvent. Ils ont bien failli nous la piquer après la boucherie de Famagouste. Il faudra que je vous raconte cela ! Mais la Sainte Ligue les a écrabouillés à Lépante. Grandiose ! Faudra que je vous raconte ça aussi !

Il versa l'alcool à la rigoulade dans les verres, et prit place sur un banc qu'il sembla occuper en entier à lui seul. Puis, levant son gobelet :

— Trinquons ! À votre santé, mes enfants ! Plus que jamais à votre santé ! Qu'on en sorte intacts, de cette putain de peste. Qu'on en soit débarrassés à tout jamais et qu'on puisse recommencer à jouir, nom de Dieu, à vivre quoi !

Il vida d'un seul trait l'essentiel de son verre et se versa dans la foulée une seconde rasade.

— Parce que je vais vous dire, les jeunes : cette épidémie du diable aura presque donné à la piquette un arrière-goût d'amertume. Et ça, vicier la vinasse, c'est impardonnable !

— La peste a déjà beaucoup frappé à Venise ? s'enquit Pierre.

— Pour ce que j'en sais, cette saloperie nous est arrivée – une fois n'est pas coutume – par la terre ferme, pas par la mer.

— D'Allemagne, d'après ce qu'on dit, insista l'étudiant en médecine.

— J'ignore quand se sont déclarés les premiers cas aux frontières des territoires de la République. Mais ici, à Venise même, tout a commencé l'année dernière. Ça nous est venu par les matelots de la Brenta et du Bacchioglione. Au début, personne n'y a fait vraiment attention. « Encore une maladie de matelot », disait-on. Puis l'été est arrivé, et avec l'été la sécheresse, et avec la sécheresse les morts, un peu partout dans la ville. L'hiver n'a apporté qu'un répit. Depuis, le nombre des pestiférés ne cesse d'augmenter. Des dizaines, peut-être même une centaine par jour. Je ne me rends pas bien compte. Comment savoir ?

D'impuissance, le docteur laissa retomber sa main sur la table. En heurtant le meuble, sa paume fit vibrer le bois et vaciller le liquide au fond des verres.

— À Padoue, depuis la fin du printemps, on compte cinq ou six décès par jour au lazaret et plus d'une cinquantaine de cadavres dans les maisons ou dans la rue, expliqua Pierre que ses amis médecins avaient renseigné. Au total, on doit avoir dépassé les dix mille morts. Que Dieu ait leur âme. C'est abominable. À ce rythme, c'est bien un tiers de la population de Padoue qui va y passer et peut-être même la moitié si l'automne est ensoleillé.

— Ici aussi, on a ouvert un lazaret. Deux, même, sur des îles, soupira le Vénitien. Le Lazzaretto Nuovo du côté de Sant'Erasmo pour ceux qu'on colle en quarantaine, et le

Lazzaretto Vecchio, pas loin du Lido, pour ceux qui n'ont plus qu'à crever. Mais pas grand-chose n'a été tenté pour éviter le pire. Notre doge n'a rien voulu voir. Je dirais même qu'il s'est complu à être aveuglé. Il y a deux mois, il a organisé une consultation d'illustrissimes experts qui a tourné au ridicule. Une mascarade affligeante et honteuse. Pouah !

L'Italien émit un grognement de mépris.

— Une personne que je connais était présente lors de cette rencontre au palais ducal, intervint Pierre. Le 10 juin, n'est-ce pas ? Elle aussi en est ressortie ulcérée.

— J'ai assisté à cette pitoyable comédie, confirma Cesare Peso-Manuce. Un *deputato alla sanità* avait commandé des livres à mon cousin libraire du rez-de-chaussée. Mais celui-ci a choisi de quitter la ville au début de juin : c'est moi qui me suis chargé d'apporter les ouvrages demandés. La *Chirurgia* de Guy de Chauliac, le *Consiglio sopra la Peste* de Bernardino Tomitano, *De Observatione in Pestilantia* d'Alessandro Benedetti et *De Contagione et de Contagiosis Morbis et eorum Cautione* de Girolamo Fracastoro. Ces traités n'ont servi de rien et la réunion s'est révélée si pathétique que je ne suis pas sûr d'avoir le goût d'en parler.

Le jeune Preudhomme ne douta pas cependant qu'un rien pourrait modifier l'humeur de son oncle. Puisque Pierre était suspendu aux lèvres du Vénitien et que le récit de cette réunion au sommet l'intéressait au plus haut point, Virgile versa une rasade de vin de Chypre à Peso-Manuce et, lui tendant le verre rempli à ras bord, l'encouragea à poursuivre. D'un coup de langue, le narrateur lapa le trop-plein qui menaçait de se renverser et reprit son témoignage.

— Comme je vous le disais, on se serait cru au spectacle. Rien qu'à cause du décor : la *Sala del Maggior Consiglio*. Et à cause des costumes des uns et des autres : rouge pour les magistrats, noir pour les médecins, pourpre pour les procurateurs, or pour les chevaliers.

— Dans les rôle principaux ? demanda Virgile, filant la métaphore, lui qui était grand amateur de théâtre et auteur dramatique à ses moments perdus.

— Le doge Mocenigo bien sûr, Mercuriale, et Capodivacca.

— Girolamo Mercuriale et Girolamo Capodivacca ! Deux très éminents professeurs de médecine pratique à Padoue, commenta Pierre.

Puis il se tut, désireux d'entendre la suite du récit.

— Éminents mais criminels, corrigea Cesare Peso-Manuce. Ce Capodivacca mérite bien le nom qu'il porte : « caboche de vache ». Il est arrivé avec l'idée toute faite que non, ce n'était pas la peste, et il est resté accroché à sa thèse, mordicus, indécrottablement. Sans argument valable : « quinze morts par jour ce n'est pas assez pour une épidémie », « les morts ne sont dues qu'à une fièvre maligne », et ceci, le meilleur de tout – ou plutôt le pire – *« non essere peste ma principio di peste*[1] *»*. Au théâtre, j'aurais applaudi à de semblables répliques mais, dans la *Sala del Maggior Consiglio*, en comprenant que le doge allait suivre l'avis de cette « caboche de vache » et qu'aucune mesure ne serait prise contre l'épidémie, j'avais envie de vomir.

Pour chasser le goût amer que le souvenir de ce 10 juin devait avoir réveillé à son palais, l'Italien avala trois goulées de vin. Pierre en profita pour exprimer son incrédulité.

— Est-il Dieu possible que personne n'ait contredit ces fameux professeurs de Padoue...

— ... pour plaider la cause de la contagion, renchérit Virgile qui n'était pas pour rien fils de magistrat, étudiant en droit et futur avocat.

— Si, il y en eut pour prendre la parole et s'ériger contre Mercuriale et Capodivacca : un collègue vénitien, Nicolo Comasco, et un médecin juif, David de Pomis. Ils ont affirmé : *« Xe vera peste*[2] *»*. Mais ils n'avaient été consultés que pour la façon et n'ont pas été écoutés.

Exprimant la conviction intime qu'avait fait naître la scène

---

1. « Ce n'est pas la peste, mais le début d'une peste. »
2. « C'est bel et bien la peste. »

dont il avait été témoin, l'oncle Cesare commenta d'une voix sourde :

— C'est comme s'il s'était agi d'une question d'honneur. Les deux grands pontes de Padoue n'ont pas voulu perdre la face et admettre que Venise était bel et bien touchée par la peste. Remarquez qu'ils sont allés au bout de leur logique. Le lendemain, avec tout un cortège de barbiers – et de prêtres – ils ont rendu visite à des malades, ont étudié leurs pustules et leur ont apporté quelques soins.

— Voilà donc pourquoi, jusqu'à présent, le doge n'a pas pris de mesure pour essayer d'enrayer l'épidémie, déduisit l'étudiant en médecine.

— Je crois que pour Alvise Mocenigo aussi il s'agissait d'une question d'honneur. L'honneur de la Sérénissime, en quelque sorte. Avouer haut et fort que Venise était malade de la peste, c'était risquer de voir partir les marchands et péricliter le commerce, fuir les patriciens et se vider la ville, affoler la population et laisser le champ libre à la folie. C'était risquer de voir mourir la ville. Mais ne rien dire, c'était le risquer plus sûrement encore, hélas...

Telle fut la lugubre conclusion du Vénitien qui avala une dernière gorgée de vin avant de mener ses invités à la chambre qu'il leur réservait.

Au début de ce même après-midi, une voisine vint frapper à la porte de la librairie pour réclamer l'intervention de Cesare au chevet d'une malade. L'oncle Peso-Manuce était sorti porter les herbes de l'Orto Botanico padouan à l'un de ses patients. Pierre se proposa de le remplacer.

— Je vous en conjure, supplia la bonne femme en joignant ses mains, venez ausculter ma fille. Voilà deux jours qu'elle vomit tout ce qu'elle avale. Elle n'a pas arrêté de se plaindre de maux de tête. Depuis cette nuit, elle est dévorée de fièvre. Faites, mon Dieu, que ce ne soit pas la peste !

La prière de la pauvre mère sembla vaine à Pierre qui, derrière les symptômes énumérés, entrevit l'horrible figure de l'épidémie. Dans une sacoche, il rassembla les quelques instruments chirurgicaux qu'il avait apportés de Padoue. Il suivit la Vénitienne qui, à pas hâtifs, le conduisit à travers le dédale des ruelles du sestiere. Un instant, il entrevit l'imposante silhouette de l'église Santi Giovanni e Paolo, mais, déjà, son guide tournait dans une artère étroite, la calle del Cavallo. Il s'y engouffra derrière elle. À mi-chemin du passage – à vrai dire c'était davantage une impasse qu'une rue à proprement parler –, elle poussa la porte d'une maisonnette. À peine eut-il franchi le seuil derrière elle que Pierre fut assailli par les exhalaisons nauséabondes de la maladie.

— Ma fille est dans la chambre, expliqua la Castellana [1].

Le jeune médecin traversa la pièce et pénétra dans la chambre où reposait la dolente. À son teint cadavérique, à son aspect de faiblesse, il vit se confirmer ses soupçons les moins optimistes. Il s'approcha de la jeune fille, une adolescente d'une douzaine d'années, aux yeux pâles et aux cheveux trempés de sueur. À la tête du lit, il manqua de renverser une assiette de semoule à peine entamée.

— Tu n'as pas faim ? lui demanda-t-il de sa voix la plus douce.

L'enfant secoua la tête en guise de réponse. Sa mère apporta une confirmation.

— Elle n'a goût à rien. De toutes les manières, elle vomit ce qu'elle réussit à ingurgiter.

« L'inappétence et la nausée : deux signes classiques de la peste », diagnostiqua Pierre en son for intérieur. Il ne fit pas part de ses craintes aux deux femmes. D'un geste plein de délicatesse, il souleva le drap qui recouvrait la malade. Elle portait une chemise qu'il retroussa pour inspecter son ventre. Il les avait redoutées. Elles étaient là, les taches noires qui assombrissaient la peau à plusieurs endroits autour du nombril. Le Français réprima un soupir. Il glissa la main dans l'échancrure de la chemise pour tâter l'aisselle de la patiente. Sous ses doigts, il sentit le contour d'une pustule de la taille d'une lentille. « L'anthrax de début d'un bubon »

---

1. Une Castellana est une habitante du sestiere de Castello.

se dit-il. Il avala douloureusement sa salive sans oser affronter le regard transparent de la fillette. Il réajusta la chemise, remonta le drap puis se décida à parler.

— Je vais être honnête, avoua-t-il à la mère dont les yeux exprimaient la détresse. Si ce n'est pas la peste, ça lui ressemble.

La bonne femme se mit à pleurer en silence. Pierre chercha des mots qui pourraient la tranquilliser.

— Rien cependant n'est définitif. Il faut attendre de voir l'évolution de la maladie, l'aspect que prendront les bubons. L'espoir demeure s'ils éclatent d'eux-mêmes. S'ils ne s'ouvrent pas, je les inciserai. Je reviendrai demain.

Pour donner plus de poids à sa promesse, il prit le bras de la mère et le serra avec fermeté. Il demanda :

— Y a-t-il eu d'autres cas dans votre maisonnée ?

— Point, lui répondit la Vénitienne. Ma fille et moi vivons seules ici. Mon mari est mort à la bataille de Lépante il y a cinq ans et mes fils habitent à la Giudecca de l'autre côté de la ville. Mais la petite fréquentait chez le maestro Vecellio ; un apprenti lui contait fleurette. Là-bas, beaucoup ont été atteints.

— Maestro Vecellio ?

Au ton qu'avait employé la femme, Pierre devinait qu'il s'agissait d'une personnalité importante de la cité.

— Maestro Vecellio, répéta-t-elle, le peintre, il Tiziano.

À ce nom, le jeune homme écarquilla les yeux. Le Titien ! Le peintre des grands de ce monde ! Celui qui avait portraituré le roi François Ier, le pape Paul III et l'empereur Charles Quint ! Le Titien, malade de la peste ?

— Malade et bien malade, confirma la Castellana en se baissant pour ramasser l'assiette à laquelle sa fille avait à peine touché. Son fils Orazio a été évacué au lazaret et le maestro, lui, est resté seul. Peut-être pourriez-vous le visiter. Il habite à quelques *calli* d'ici.

— Peut-être, oui.

Pierre ramassa la trousse dont il n'avait pas eu à se servir.

— Demain, par exemple, après que je serai revenu examiner votre fille. Vous m'indiquerez le chemin à suivre pour me rendre chez lui.

La femme acquiesça, essuya la larme qui coulait sur sa joue, le remercia de s'être déplacé et le raccompagna jusqu'à la porte.

Dans la calle del Cavallo, Pierre fit quelques pas avant d'inspirer un grand bol d'air. Mais l'odeur de la maladie le poursuivit à l'extérieur. S'y mêlaient des puanteurs écœurantes qui montaient des canaux. Au bout de la ruelle, il déboucha sur le campo delle Meravege qu'il avait traversé trop rapidement tout à l'heure. La place était dominée par la gigantesque structure en briques rouges de l'église Santi Giovanni e Paolo, « San Zanipolo » aurait dit Peso-Manuce en dialecte vénitien. Pierre ne se sentit pas le courage d'en admirer l'architecture gothique et encore moins de pénétrer dans le monument qui abritait, véritable panthéon, les tombeaux de plusieurs doges. Il choisit plutôt de s'asseoir un moment à l'abri du soleil, au pied de la statue équestre érigée au milieu du campo. À peine fut-il adossé au piédestal qu'il vit surgir sur la place la silhouette ventripotente de l'oncle Cesare. Il le héla. Le médecin le rejoignit sous le monument en pierre et en bronze.

— Quand je suis rentré, Virgile m'a indiqué où tu étais parti en consultation. Je venais aux nouvelles. Elles sont mauvaises ?

Le jeune Français acquiesça.

— Je ne sais pas pourquoi, cette pauvre petite m'a bouleversé. Elle a un regard si clair, si innocent... Je me sens complètement vidé, confessa-t-il.

— Le Colleoni te redonnera un peu de courage.

Pour seconder ledit Colleoni, Cesare Peso-Manuce asséna à Pierre une énergique claque sur l'épaule. Ce dernier lui lança un regard interrogateur.

— Colleoni, le *condottiere*, le gaillard sur son cheval au-dessus de ta tête !

Cesare Peso-Manuce fit les présentations avec un éclat grivois dans les mirettes. Il ajouta :

— La rumeur prétend que son nom, Colleoni, dérive de *coglioni* – les couilles – parce qu'il en aurait eu trois !

Et le Vénitien éclata d'un rire tonitruant.

Le lendemain matin, 27 août, le souvenir de l'adolescente contaminée de la calle del Cavallo assaillit Pierre à peine eut-il posé le pied hors du lit. Il avait parlé à Virgile de son engagement à retourner la soigner et de son désir d'aller également porter secours au Titien. Son ami avait accepté de l'accompagner. Ils sortirent ensemble après la collation du matin, une pleine soupière de lait chaud et une montagne de beignets frits partagés avec l'oncle Cesare mais aussi avec le chat Zanni. Voyant ce dernier à l'œuvre, grimpé sur la table, penché sur son écuelle, croquant les pâtisseries, Pïerre commença à entrevoir l'explication du tour de taille hors norme du félin.

L'étudiant médecin retrouva sans trop d'hésitations le chemin qui menait à la demeure de sa malade. Comme le jour précédent lorsqu'ils avaient débarqué à Cannaregio, les rues étaient désertes et silencieuses. Les habitants du sestiere semblaient s'être calfeutrés pour éviter les occasions de contagion. Le doge Mocenigo et ses conseillers docteurs avaient eu beau affirmer que « *non xe peste* », les Vénitiens ne se leurraient pas en voyant gonfler les bubons et tomber les cadavres. La seule rencontre qu'effectuèrent les deux Français fut celle d'un rat qui surgit devant eux au coin d'une allée. La bête, sale et noiraude, traversa la ruelle en titubant. Une tache de sang maculait son museau. L'animal fut soudain saisi de soubresauts. Il se mit à couiner, des petits cris suraigus et désagréables, puis il roula jusqu'au bord d'un canal dans lequel il chuta. Virgile le vit battre de sa queue annelée et de ses pattes roses la surface de l'eau. Ensuite le rat cessa ses mouvements frénétiques et coula à pic au fond du rio. Le jeune Preudhomme esquissa une grimace de dégoût – non que les rats lui répugnassent particulièrement, il n'était pas une femmelette, mais la scène d'agonie qu'il venait d'entrevoir lui avait paru particulièrement repoussante.

— Je vais t'attendre dehors, proposa-t-il à son ami médecin lorsqu'ils furent parvenus calle del Cavallo. Évidemment, si tu as besoin de mon aide, je me tiendrai là, au bout de l'impasse.

Pierre acquiesça à la suggestion et entra chez la Castellana. Le jeune Preudhomme, pour sa part, s'approcha du rio de Santa Marina et contempla ses eaux verdâtres. Sous la surface flottaient des choses indéfinies et répugnantes. Personne n'osait les repêcher de peur qu'elles ne fussent des réceptacles de la maladie. « Des rats crevés et des ordures ménagères, des linges souillés aussi dans lesquels ont saigné les bubons des morts », supputa le jeune homme.

À ce moment-là de sa réflexion, un cri affreux déchira l'air. Un cri inhumain de douleur et d'épuisement. Virgile sursauta. Il pivota sur lui-même et regarda dans la ruelle sans soleil. Était-ce la patiente de Pierre qui hurlait ainsi ? Était-ce les soins qu'il lui prodiguait qui la faisaient souffrir de la sorte ? Le cri qui s'était une seconde interrompu s'éleva à nouveau avec une violence accrue et Virgile se rendit compte qu'il provenait d'une habitation de l'autre côté du canal. Il leva les yeux vers la façade et aperçut, à l'une des fenêtres, une femme à la coiffure échevelée, à la chemise déchirée. Elle s'était jetée contre la balustrade et s'apprêtait à basculer dans le vide, braillant toujours, mais une seconde personne se précipita sur elle et l'arracha du rebord de la fenêtre. Une lutte brève, puis la femme disparut à l'intérieur de la pièce. Le hurlement, lui, resta comme suspendu au-dessus des eaux du canal. Virgile déglutit péniblement, choqué par la scène à laquelle il venait d'assister. Il sursauta lorsqu'il sentit une main se poser sur son épaule. Il se retourna, livide. C'était Pierre.

— Quelque chose ne va pas ?

— Une femme...

Il indiqua d'une main qui tremblait le bâtiment et l'étage en face.

— Une femme, répéta-t-il. Elle s'époumonait tant que c'était à en devenir fou. Je crois qu'elle voulait se jeter dans le canal.

— Sais-tu, c'est elle qui se sent devenir folle. Parfois, lorsque les vomissements ne cessent pendant trois jours, que la maladie pénètre dans tous les membres et que la douleur mine jusqu'au tréfonds du corps, on n'a plus la force que de réclamer la mort.

Tout en fournissant son explication, Pierre passa son bras dans le dos de son compagnon et le fit se mettre en marche.

— Comment va ta patiente ?

— Les pustules d'hier ont grossi et se sont multipliées sur les cuisses, sous le bras, dans le cou. Elles sont maintenant de la taille d'une noisette. Je les ai incisées. Pauvre enfant ! Elle n'a pas pleuré ; elle ne s'est pas plainte mais elle était secouée de spasmes. Ses maux de tête ne passent point. Je n'ai pas bon espoir, avoua le médecin avec tristesse.

— Allons-nous à présent chez le Titien ?

— Si tu en as le courage, oui. Mais je redoute que son état ne soit plus lamentable encore que celui de la petite. La mère m'a expliqué comment se rendre à sa maison de Biri Grande. Si j'ai bien suivi, elle se trouve à deux pas d'ici, à la limite de la paroisse de San Canzian, juste derrière le campo della Pietà.

Les deux garçons traversèrent la place delle Meravege avec laquelle Pierre commençait à se familiariser. Ils la laissèrent derrière eux ainsi que son église San Zanipolo, sa statue du Colleoni, et sa scuola San Marco. Ils traversèrent le rio dei Mendicanti et s'enfoncèrent dans le *sestiere* de Cannaregio. Dans ce quartier peu prestigieux, on donnait traditionnellement le nom de *biri* à certaines rues populaires et la demeure qu'occupait le peintre se situait donc sur Biri Grande avec une annexe ouvrant sur la calle Colombina. C'était une demeure construite une quarantaine d'années plus tôt. Vaste, et partant commode, car le Titien avait eu besoin d'un grand espace pour installer un atelier dans lequel il pût peindre des toiles hautes de plusieurs mètres et entreposer quelques centaines d'accessoires. Outre ses dimensions, la demeure possédait un atout majeur : son jardin, où l'artiste avait organisé des repas fastueux et des fêtes raffinées. Il pouvait surtout contempler, de jour comme de nuit, la vue qui s'offrait à lui et qui embrassait toute la lagune nord avec Murano, San Michele et San Cristophalo. Cependant, ni Virgile ni Pierre ne s'attardèrent pour profiter des agréments du jardin de Biri Grande. Ils ne firent pas halte non plus dans la sympathique cour au centre de laquelle se trouvait un puits à la margelle admirablement sculptée.

Ils se rendirent directement dans la chambre du peintre et se présentèrent à lui avec tout le respect et les civilités dont ils étaient capables. Le vieil homme était alité. De sous le drap, ne dépassait que sa tête blafarde, osseuse, à l'ovale accentué, que prolongeait une grande barbe blanche et filasse. Dans cette tête au crâne dégarni, aux joues creusées, au front immense, au nez proéminent, seuls brillaient les yeux enflammés par la fièvre.

— C'est fort charitable de votre part de venir essayer de me porter secours, mais je sens bien au plus profond de moi qu'il ne me reste guère de temps à vivre.

Le Titien s'était exprimé d'une voix rauque et haletante. L'effort qu'il avait fourni pour parler le fit tousser. Il se mit à cracher du sang. Il poursuivit néanmoins.

— Quelques jours après l'Assomption de la Vierge, bénie soit-elle entre toutes les femmes, j'ai senti les premiers assauts de la fièvre quarte. Elle m'a tant affaibli que je ne puis plus me tenir debout et que je suis contraint de demeurer couché. J'ai quantité de taches noires sur le ventre et des bubons m'ont poussé à l'aine et aux aisselles. Ils m'irritent l'organisme tout entier et me font vomir du sang.

— Laissez-moi examiner vos furoncles, maître, proposa le jeune médecin.

D'une main livide et décharnée, le peintre repoussa le drap qui lui recouvrait le corps et exposa ses enflures. Certaines étaient devenues grosses comme des œufs, d'autres comme des pommes. À leur vue, Pierre pâlit.

— Ils sont si douloureux qu'ils m'enflamment les entrailles, ajouta le Titien dans un hoquet.

Virgile, voyant le vieil homme secoué de frissons et son ami désemparé devant cette souffrance, lança un regard interrogateur à Pierre. Celui-ci s'approcha discrètement et lui souffla à l'oreille :

— Des bubons de cette taille doivent lui avoir vicié les humeurs et putréfié les poumons. Hélas ! sa fin est proche.

Puis, haussant le ton et s'adressant à l'artiste, il demanda :

— Maître, n'y a-t-il personne pour veiller sur vous ?

Le malade hocha la tête pour signifier que non, et ce simple mouvement provoqua une nouvelle quinte de toux et un nouvel afflux de sang à la commissure de ses lèvres.

— Tous mes assistants ont quitté Biri Grande, et même Venise. Mes neveux Vecellio sont rentrés chez nous à Pieve di Cadore[1]. Les étrangers ont regagné leur patrie. Le jeune Grec, Domenikos Theotocopoulos, voulait prendre le chemin de l'Espagne. Mais, moi, je ne veux pas quitter mon atelier. Je ne veux pas partir de la cité. Je suis trop vieux. J'ai quatre-vingt-dix-neuf ans[2].

— Et vos enfants ! Où sont vos enfants ? s'exclama Virgile.

— Pomponio a couru se claquemurer dans un couvent ; il est homme d'église. Et Orazio, mon Orazio, ils l'ont emmené !

Le Titien, essoufflé, inspira en toussotant avant d'expliquer :

— Les *monatti*, ils sont entrés et ont conduit mon fils au lazaret. Ô Dieu, étendez sur lui votre grâce miraculeuse et faites qu'il survive à cette abomination !

1. Pieve di Cadore est la ville natale du Titien.

2. Quatre-vingt-dix-neuf ans est en effet l'âge que déclarait avoir le Titien l'année de sa mort. Les historiens ont cependant établi qu'il se vieillissait délibérément et qu'il avait environ dix ans de moins.

La ferveur que le Titien avait mise dans cet appel à la clémence divine le laissa sans forces. Il retomba sur l'oreiller, moribond. Les deux Français n'osaient effectuer le moindre geste ni prononcer la moindre parole. Ce fut le Cadorin qui parla à nouveau. Le filet de voix qu'exhalaient ses lèvres exsangues était si ténu que Virgile et Pierre durent se rapprocher de la tête du lit.

— Que l'un de vous me passe le croquis, celui tombé à mon chevet.

Les garçons parcoururent le sol du regard et Virgile le premier aperçut la feuille qu'évoquait apparemment le peintre. Il se pencha pour la ramasser et ne put s'empêcher d'y jeter un coup d'œil. Il s'agissait d'une étude représentant *L'Adoration de la Sainte Trinité*. Le jeune homme fut d'emblée frappé par le dessin d'un homme enroulé dans un drapé, le regard hypnotisé par la lumière sainte, sur le bord droit de la feuille. Il ne comprit pas pourquoi jusqu'à ce qu'il se redresse et voie le visage du Titien enfoncé dans son oreiller. Un autoportrait du peintre ! Sa figure se mêlait à la foule de la cour céleste représentée, cour parmi laquelle Virgile, à nouveau, crut reconnaître quelqu'un. Cet homme agenouillé et priant, enveloppé comme d'un linceul blanc, n'était-ce pas Charles Quint et, derrière lui, sa femme, Isabelle du Portugal à la très caractéristique coiffure nattée ; et son fils, l'actuel roi d'Espagne Philippe II, les mains jointes lui aussi ? Le Titien, saisissant l'esquisse du bout des doigts, confirma l'intuition de Virgile.

— C'est l'empereur Charles qui m'a commandé cette toile. Je l'ai représenté en dévotion avec sa famille. Il n'a jamais accepté de se séparer du tableau. Il est mort devant en prières, il y a dix-huit ans. Je veux faire de même.

Le jeune Preudhomme se rappela la rumeur. Elle racontait en effet qu'après son abdication volontaire en faveur de son fils, en 1556, Charles Quint s'était retiré au monastère Saint-Jérôme-de-Yuste en Estrémadure et y avait emporté deux des œuvres du Titien. Virgile en resta là de ses réminiscences historiques car, brusquement, l'artiste fut secoué par un tremblement d'une violence atroce, comme si la mort avait entendu ses paroles et venait le cueillir devant sa *Trinité*. Pierre agrippa le vieillard par les épaules pour apaiser son malaise. Alors les frissons se transformèrent en hoquets et le peintre se mit à cracher de nouveau une salive sanguinolente. Virgile s'empara d'un linge qui se trouvait dans la ruelle du lit à portée de main et l'appliqua sur la bouche du malade pour en essuyer les rouges vomissements.

— Reste avec le maître, chuchota Pierre, je cours chercher un prêtre.

— Le curé de San Canzian ne devrait pas habiter bien loin, suggéra Virgile

Déjà son camarade avait passé le seuil de la chambre et faisait claquer la porte d'entrée derrière lui. La crise du Titien semblait s'être calmée. Le mourant gisait, les paupières mi-closes, le souffle improbable. La blancheur de sa barbe se fondait dans celle du drap. Le jeune Preudhomme se retourna et, du chiffon qu'il tenait toujours, il essuya un éclat de bave qui lui souillait le bras. Il fit quelques pas dans la pièce et avança jusqu'à une fenêtre. L'ouverture donnait sur le jardin. Toute la végétation y était moribonde, l'herbe jaunie, les fleurs fanées, les arbustes desséchés. Cette image d'une nature dévorée par le soleil lui rappela l'aspect qu'avait pris son propre jardin, rue des Blancs-Manteaux, à Paris, lorsque la sécheresse avait sévi dans la capitale l'été 1572, l'été de la mort de son père. Il laissa les plantes à leur triste sort et porta le regard, au-delà de l'enclos, sur la lagune. Elle s'étendait, stagnante. Les *velme* y formaient des zones marron-gris. Les algues qui proliféraient sous la surface lui donnaient des reflets verts. Les roseaux pullulaient dans la fange le long des berges. De-ci de-là avaient été construites des cabanes de paille pour servir d'abri aux barques des riverains. Un bac, justement, entra dans le champ de vision de Virgile et celui-ci se rendit soudain compte en frissonnant qu'il était rempli de cadavres entassés pêle-mêle, emportés sans doute vers une île-cimetière. Corps morts, arbustes morts, lagune morte ; bientôt le Titien mourrait lui aussi. Le jeune homme se retourna vers le vieillard et, son regard croisa celui de l'agonisant. Il comprit que le peintre voulait parler. Il se précipita vers le lit et se pencha sur son occupant. Celui-ci, d'une main agitée de tremblements, agrippa le pourpoint du Parisien pour l'attirer plus près encore.

— Je sens la vie m'échapper, murmura-t-il.

Il ferma les yeux comme si de les tenir ouverts réclamait un effort considérable et consumait une énergie que la parole exigeait.

— Je ne saurai attendre l'arrivée du père Tomasini. Pourtant, j'ai une confession à faire.

Il s'interrompit. Virgile n'osait proférer un mot. D'une pression de la main, il engagea le vieil homme à continuer.

— Un meurtre, articula le Titien, j'ai... assisté... à un meurtre.

Un râle déchira sa poitrine. Il ouvrit les paupières et Virgile lut du désespoir dans les prunelles brouillées du peintre.

— Je ne peux pas me présenter devant le tribunal du Seigneur avec pareil souvenir sur la conscience. Ce fut un meurtre monstrueux. J'aurais voulu me confesser... Père Tomasini... grand départ... trop tard...

Le discours du mourant se faisait haché, sibyllin. Le jeune homme paniqué intervint pour essayer de donner sens aux propos décousus qui parvenaient à peine à son oreille.

— N'avez-vous jamais rapporté ce crime dont vous avez été témoin ?

— Je l'ai peint... une de mes toiles... le représenter... assassinat abominable...

Il n'en dit pas davantage. Voyant la feuille sur laquelle figurait *L'Adoration de la Trinité* glisser à terre, Virgile Preudhomme comprit que son interlocuteur avait rendu son dernier soupir.

« Assassinat abominable » : ce furent les ultimes paroles du grand Titien en ce mercredi d'août 1576. Il s'affaissa dans les bras de Virgile qui reposa cette tête presque centenaire sur l'oreiller et referma ces yeux sur leur monde désormais privé de lumière et de couleurs. L'instant d'après, Pierre, suivi par un homme en soutane, faisait irruption dans la pièce. Devant le recueillement de son ami, il devina qu'il arrivait trop tard. Le prêtre qui l'accompagnait esquissa un signe de croix et entama une prière à voix basse. Sur le registre de sa paroisse, plus tard il noterait : *Je soussigné Père Domenego Tomasini, curé de l'église S. Canzian, fais foi qu'en l'an 1576, le 27 août est mort le Maître Messir Tiziano Vecellio, peintre, qui habitait dans Biri Grande dans ma paroisse.*

CHAPITRE 2

Le père Domenego Tomasini, au grand soulagement des deux Français déboussolés, prit les choses en main.

— Mieux vaut dans un premier temps ne pas ébruiter la nouvelle de ce décès, expliqua-t-il. Les *pissegamorti* risqueraient d'emporter son corps comme ils ont ordre de le faire pour tout cadavre de pestiféré.

— Qui sont les *pissegamorti* ? demanda Virgile en articulant chaque syllabe de ce mot pour lui inédit.

— Ceux qui sont chargés dans la cité de collecter les cadavres et de les emporter au large, sur une île à l'écart dans la lagune. On les appelle aussi *monatti* ou *smorbatori*.

— Mon Dieu, s'exclama le jeune Preudhomme en portant une main à sa bouche béante de stupeur et de dégoût mêlés. Des gens acceptent pareil labeur ?

— Des gens qui n'ont rien à perdre, je présume, essaya de deviner Pierre. Des prisonniers des plombs, des condamnés aux galères, des malfrats dont la peine est commuée en échange de leurs bons services de charognards.

— Précisément, acquiesça le prêtre de San Canzian. Des prostituées de bas étage, aussi, que cette épidémie laisse sans clients et qui désespèrent de parvenir à survivre autrement. Quoi qu'il en soit, prisonnier ou putain, il faut absolument empêcher que les *pissegamorti* ne viennent prendre possession du corps du grand Titien. Épargnons au plus célèbre peintre du monde l'humiliation de la fosse commune.

Le père Tomasini essuya une goutte de sueur qui perlait

sur son front. La chaleur, les événements, la panique lui procuraient une sensation d'étouffement.

— Je crois que le maestro était en pourparlers avec les franciscains des Frari car il voulait être inhumé dans leur église. Je vais courir à San Polo consulter les frères et voir ce qui peut être arrangé en ce sens. Puis-je vous demander d'attendre ici mon retour en surveillant la dépouille de notre bien-aimé Titien ?

Les deux jeunes gens hochèrent la tête pour manifester leur accord. Comment auraient-ils pu refuser ce service au prêtre et abandonner sans gardien un cadavre encore tiède ? L'homme d'Église quitta Biri Grande au pas de course. Demeurés seuls, les deux veilleurs gardèrent un moment le silence. L'atmosphère lourde, le poids de la mort pesaient sur leurs épaules fourbues. Chacun à une extrémité de la chambre mortuaire, Virgile et Pierre restèrent assis, immobiles, à fixer le vide devant eux et à s'efforcer de ne penser à rien. Puis, Pierre s'ébroua, secouant la langueur qui menaçait de l'engourdir et proposa à son ami :

— Marchons un peu ! Rendons-nous à l'atelier du maître. Nous y trouverons sans doute des toiles sinon achevées, du moins ébauchées, et cependant admirables. Allons chercher du réconfort auprès de la muse de la peinture

— Il n'y a pas de muse de la peinture, rectifia Virgile, volontiers pointilleux et expert du Panthéon antique.

Il ne se leva pas moins de son banc pour suivre son camarade à la recherche de chefs-d'œuvre picturaux.

Les deux fouineurs se retrouvèrent dans le *cortile*, la cour ornée d'un puits, qu'ils avaient traversé en arrivant. Par lui, ils accédèrent à l'aile du bâtiment qui servait de lieu de travail au Titien. L'endroit les frappa. Particulièrement haut de plafond, il était de vastes dimensions et offrait un volume appréciable. Il était plus que nécessaire, ce volume, pour que s'organise l'activité frénétique qui semblait avoir été, peu de temps auparavant, celle de l'atelier du maître. L'effervescence créatrice avait sans doute tourbillonné à travers la pièce dont chaque mètre carré était encombré. Ici, des tasseaux pour monter les cadres en pin. Là, des rouleaux de chanvre. Dans un angle, les pilons et les bols nécessaires pour broyer les couleurs et, dans l'autre, le foyer et les bassines grâce auxquels on préparait l'huile. Des dizaines de feuilles sur lesquelles figuraient croquis et ébauches jonchaient le sol. Les deux visiteurs pénétrèrent dans un vaste local qui servait de vestiaire. Comme dans une caverne d'Ali Baba, était entassée une incroyable garde-robe composée de dizaines de costumes aux couleurs, aux textures et aux découpes les plus variées : capes, vertugadins, pourpoints, chemises, armures, robes, soutanes, mantelets, jupons, toges, chausses et justaucorps. L'activité de portraitiste du Titien exigeait qu'il disposât sur place d'une sorte de catalogue de toutes les possibilités vestimentaires, d'éventail complet des mises envisageables. Virgile et Pierre, peu blâmables d'ordinaire du péché de coquetterie, ne savaient sur quel drapé porter les doigts, quel tissu caresser de la main. Le théâtreux en Virgile, surtout, jubilait. Autour de chaque costume il imaginait un personnage de scène, bouffon ou tragique, pitoyable ou grandiose : un matador, un cardinal, une nymphe, un doge, un mendiant, un juge, un guerrier, un ange, un gentilhomme, une reine, un empereur.

— Un empereur... Charles Quint.

À Pierre qui avait surpris ces paroles quelque peu étranges, il expliqua avec emphase :

— Le Titien n'était-il pas le peintre attitré de l'empereur Charles ? Souviens-toi, avant d'expirer, le maestro nous a montré l'esquisse du tableau – *La Trinité* – que Charles V a emporté dans sa retraite monastique lorsqu'il s'est retiré du pouvoir. Je crois savoir que le Titien a peint l'empereur de nombreuses fois.

En effet, grâce à l'entremise de l'Arétin, Tiziano Vecellio avait à plusieurs reprises eu l'honneur d'être contacté par le monarque du Saint Empire germanique pour le représenter. Jeune puis vieilli, dans l'intimité de ses appartements en habits d'apparat avec son lévrier irlandais, ou à cheval et en armure vainqueur sous son casque empanaché de la bataille de Mühlberg. En récompense, Charles avait octroyé à son portraitiste le titre de chevalier de l'Éperon d'or, comte du palais de Latran et du Consistoire impérial. Les lettres de noblesse explicitaient les raisons de cette récompense fastueuse : « Vos talents d'artiste et votre habilité à peindre les personnes d'après nature nous apparaissent si grands que vous méritez d'être dénommé l'Apelle de notre temps. Tels nos prédécesseurs Alexandre le Grand et Auguste, dont l'un voulait être peint uniquement par Apelle et l'autre par les plus excellents maîtres, nous nous sommes fait peindre par vous et vous avez si bien démontré votre génie, qu'il nous a semblé bon de vous décerner les honneurs impériaux en témoignage de notre opinion sur vous et en souvenir d'icelle pour la postérité. »

Le génie de la peinture avait rencontré le génie de la royauté à plusieurs reprises à Augsburg.

— À Bologne aussi, précisa Virgile, exalté à l'idée de ce qu'avaient dû être ces rencontres au sommet. L'empereur a même, une fois, rendu une visite impromptue au Titien en son atelier.

— Comment ? s'exclama Pierre.

— Charles voulait prouver au Titien l'admiration qu'il lui portait. Alors, il s'est présenté sans se faire annoncer, incognito. Quand le Titien a vu soudain avancer vers lui le plus puissant monarque d'Europe, et peut-être du monde, saisi par l'effet de surprise, il a lâché son pinceau...

Virgile avait parlé avec exaltation et, entraîné par l'excitation de la commémoration historique, Pierre avait entrepris de mimer la scène. Il avait posé sur sa tête une couronne trouvée parmi les accessoires du vestiaire et avançait vers Virgile d'un pas grave, digne, mesuré, pour tout dire impérial. Se glissant au pied levé dans le rôle du Titien, le jeune Preudhomme s'empara d'un pinceau et le laissa échapper avec un « oh » de stupeur.

— ...Et là, avant que le maestro n'ait eu le temps d'esquisser un geste, Charles s'est penché pour ramasser le précieux objet.

Un genou à terre, Pierre rendit à Virgile le pinceau fugitif.

— Évidemment, Vecellio n'a su comment cacher son embarras devant un hommage aussi extraordinaire. En réponse à sa gêne, l'empereur déclara : « Titien est digne d'être servi par César : il y a beaucoup de princes mais il n'y a qu'un seul Titien. »

Comme s'il s'était agi de la réplique finale d'une pièce, les deux jeunes gens s'applaudirent et se saluèrent mutuellement. Mais à peine eurent-ils reposé leurs accessoires que la féerie qui les avait emportés sur des planches imaginaires s'évanouit, et ils se retrouvèrent vaguement gênés dans l'atelier de peinture d'un défunt. Ils rejoignirent lentement l'espace où se trouvaient les tableaux.

Une pièce de drap gigantesque recouvrait une toile aux dimensions non moins formidables posée contre le mur. Les deux Français s'approchèrent de ce qui devait être un tableau pratiquement carré d'à peu près trois mètres cinquante de côté. D'un geste jumeau, ils agrippèrent l'étoffe qui masquait l'œuvre, mais une même hésitation les arrêta l'espace d'un instant. Tirer ? Oser tirer ? L'idée que leur curiosité était peut-être sacrilège traversa leur esprit. Mais la réflexion, et aussi la curiosité, les amenèrent à écarter l'hypothèse de l'hérésie. Alors, presque résolument, ils resserrèrent leur poigne et, d'un coup sec, arrachèrent le drapé qui se répandit au pied du tableau dévoilé.

Ni Pierre ni Virgile ne purent retenir un cri de saisissement. L'œuvre qui se dressait sous leurs yeux de toute sa hauteur était simplement grandiose. Elle représentait une Pietà. Un arc d'abside aux formes antiques et à la pesante silhouette encadrait un groupe de personnes au centre desquelles la Vierge Marie soutenait le corps sans vie de son fils. Le tableau n'était pas tout à fait achevé. Mais qu'importait ? Le ton dramatique s'imposait, sans échappatoire possible, à travers les détails et les couleurs. Du visage de Madeleine criant son désespoir aux affreuses têtes léonines qui servaient de socle aux statues des côtés, du corps décharné et contorsionné de Nicomède aux photophores dont s'échappait une flamme sombre, de l'aspect cireux du cadavre de Jésus à l'expression redoutable de la sculpture de Moïse, tout vraiment suintait l'angoisse. Jusqu'aux couleurs qui participaient à la tragédie, pavane des noirs et des roux, des bruns foncés et des terres de Sienne. Le tableau luisait des lumières de la malemort.

— Seigneur, balbutia Pierre, il a peint cela en voyant le trépas s'approcher de lui. Quelle douleur ! Quel désespoir !

Virgile se recula pour avoir sur l'œuvre un point de vue élargi et aussi, peut-être, pour échapper à sa funeste emprise. Il ravala sa salive et remarqua :

— Désespoir, dis-tu ? Je ne sais. Au fond, le martyre du Christ, c'est la condition de sa résurrection. Regarde combien le visage de Marie est serein, et vois comme Nicomède est vêtu de couleurs chaudes. Ne trouves-tu pas d'ailleurs qu'il ressemble au Titien, ce personnage pieusement agenouillé devant Jésus défunt ? Même barbe blanche, même vénérable calvitie. Pierre, nous sommes devant l'ultime autoportrait du grand Titien.

— Sans doute, acquiesça le jeune médecin.

À l'inverse de son camarade, il s'approcha au ras de la *Pietà*. Il effleura de la paume la toile recouverte d'une pâte de peinture dans laquelle s'inscrivait la trace du pinceau et des ongles du maître. La texture était épaisse, irrégulière, râpeuse. Il passa le bout des doigts sur le visage de Nicomède puis sur le torse du Christ. Il s'immobilisa soudain et frémit, fasciné.

— Ciel, murmura-t-il, ces ombres verdâtres sur le ventre de notre Seigneur, ne dirait-on pas les taches de la peste ? Quand je te disais qu'il avait peint ceci en fixant sa fin en face...

Les deux jeunes gens entendirent alors dans leur dos un pas précipité. Le père Domenego Tomasini apparut sur le seuil de l'atelier, le visage rougi par l'effort et ruisselant de sueur.

— Vous voilà ! Je vous ai d'abord cherchés auprès du

Titien. J'étais un peu inquiet de ne pas vous y trouver, mais je me doutais bien que vous n'aviez pas quitté la demeure.

Tout en parlant, il s'approcha à son tour de l'immense Pietà qui l'éclaboussa de sa lumière noire.

— Le voilà donc, ce tableau dont m'ont parlé les frères... Un retable prévu pour être accroché dans une chapelle latérale en l'église des Frari. Juste au-dessus de l'endroit où il voulait être enterré. Il est inachevé, les frères me l'avaient dit.

— Le Titien trouvera tout de même sépulture à la place où il le souhaitait ? demanda Virgile, inquiet de ce que les dernières volontés du grand peintre puissent n'être pas respectées.

— C'est-à-dire, tenta d'expliquer le prêtre, que les tractations entre les franciscains et le maître n'avaient pas été menées à leur terme. Un différend subsistait, ai-je cru comprendre, au sujet de l'autel au-dessus duquel cette *Pietà* devait être accrochée et devant lequel le Titien serait inhumé. Je crois que lui espérait la chapelle du Christ mais le responsable à qui je viens de parler n'avait pas l'air prêt à s'y résoudre. Il envisage plutôt la chapelle du Crucifix. C'est là que le corps du Titien devrait être inhumé dès demain. Car, avec cette peste, il faut faire au plus vite.

— Mais... et la *Pietà* ? s'exclama Virgile, abasourdi que les franciscains puissent refuser d'abriter dans leur église pareil chef-d'œuvre.

— Il faudra d'abord qu'une autre main l'achève, répondit le père Domenego avec résignation.

Il aida les Français à replacer la grande pièce de toile qui drapait la peinture. Puis tous trois quittèrent l'atelier. Dans le cortile, ils discutèrent encore du Titien, des dispositions de son enterrement, de la peste, de l'état d'horreur dans lequel elle avait plongé Venise. Vint l'heure de décider de la suite des événements. Le prêtre proposa :

— Je vais rester pour veiller le maître. Vous pouvez vous en retourner chez vous. Cependant, je ne sais trop à qui demander de prévenir Pomponio et Orazio, ses deux fils. Peut-être voudrez-vous bien vous en charger...

— Volontiers, s'empressa de répondre Virgile.

Il s'était dit soudain qu'il profiterait de sa rencontre avec Pomponio et Orazio Vecellio pour les interroger sur les tableaux de leur père et, en particulier, sur les tableaux mettant en scène des meurtres.

— Où les trouverons-nous ?

— Souviens-toi, lui rappela Pierre. Le maestro nous l'a dit avant de s'éteindre. Orazio a été emmené au lazaret.

— Et son frère, qui est homme d'Église, s'est réfugié dans un couvent, compléta Domenego Tomasini. Je vais vous expliquer le chemin à suivre pour y parvenir. Vous pourrez vous recommander de moi. Je vous préviens : Pomponio Vecellio ne m'a jamais semblé la personne la plus sympathique de la création. Indolent, couard, paresseux ; Dieu sait pourtant que je n'aime pas médire de mon prochain, mais il a souvent plongé le maestro dans l'embarras. Il est entré dans la carrière ecclésiastique sans vocation. Cela n'est toutefois pas une raison pour négliger de lui faire parvenir la triste nouvelle.

Tout en brossant le profil psychologique de l'aîné des enfants du Titien, le prêtre traça, du bout du pied dans la poussière de la cour, un plan sommaire des rues qui menaient à la retraite de Pomponio. Ensuite il salua les deux jeunes gens qui le laissèrent seul au chevet du peintre défunt tandis qu'ils allaient accomplir la douloureuse tâche de prévenir deux fils de la fin de leur géniteur.

La première moitié de leur mission se révéla plus brève, et, au bout du compte, moins pénible qu'ils ne l'avaient imaginée. Lorsqu'ils arrivèrent devant le couvent qui abritait celui qu'ils venaient visiter, ils furent tout bonnement refoulés. À leurs protestations, les gardes armés chargés par les moines de protéger l'entrée du monastère leur opposèrent que personne n'était autorisé à franchir les épaisses murailles du bâtiment pour éviter que les religieux ne soient contaminés par la peste. Qu'ils se présentassent au nom du père Tomasini ne changea rien à la détermination farouche des cerbères en faction devant le portail.

— Vous viendriez au nom du patriarche de Venise que je ne vous ouvrirais pas davantage, car tels sont les ordres du père supérieur ! argua un gardien en brandissant son arme.

Pierre et Virgile eurent, par la suite, toutes les peines du monde à faire accepter qu'on portât à Pomponio Vecellio un billet le prévenant du décès de son père. Le frère tourier retourna dans tous les sens le morceau de papier pas même cacheté sur lequel Virgile avait griffonné quelques phrases à l'attention du fils du Titien. Le religieux finit par s'éclipser, emportant la missive. Il revint peu de temps après avec un simple message oral : Pomponio accusait réception de la triste nouvelle mais se déclarait incertain de pouvoir, le lendemain, se rendre à l'église des Frari pour assister à l'inhumation de son père. La réponse et la réaction laissèrent Virgile totalement éberlué, lui qui avait si profondément souffert lors de la mort de son propre géniteur. Il leva vers Pierre un regard d'incompréhension absolue, mais pas plus que lui son ami ne pouvait envisager d'explication à un comportement aussi insensible. Pierre grommela quelques mots :

— « Couard », a dit Don Domenego. La peste le fait péter de trouille, oui !

Il passa son bras autour des épaules de son compagnon et tous deux s'éloignèrent à pas lents du couvent.

Il leur fallait à présent se rendre au lazaret où le frère de Pomponio, Orazio, agonisait probablement.

— À moins qu'il ne soit déjà mort..., fit remarquer Virgile d'une voix sourde.

Comme Cesare le leur avait expliqué, la Sérénissime avait mis en place un système double : le Lazzaretto Nuovo pour la quarantaine et le Lazzaretto Vecchio pour les malades. Avant l'épidémie, l'île du Lazzaretto Nuovo servait aux marins de lieu de déchargement pour les bateaux de commerce. Y avaient été érigés, en sus de quelques petits bâtiments, une église dédiée à saint Barthélemy et une sorte d'immense château appelé le *Tezon Grande*, vaste édifice de plus de deux mille mètres carrés servant d'entrepôt. Le complexe était entouré de vignes, elles-mêmes ceintes d'un muret, ce qui avait valu à l'endroit l'appellation de *Vigna Murà*. Depuis le déferlement de la mort noire, la Vigna Murà avait été transformée en quartier de quarantaine. L'ensemble comportait une centaine de chambres où résidaient plus d'un millier d'âmes. Mais, avec l'afflux de personnes potentiellement contaminées, le camp s'était étendu. Tout autour de l'île s'étaient amarrées plus de trois mille barques sur lesquelles attendaient une dizaine de milliers d'individus. Vision hallucinante d'une véritable ville flottante qui chaque jour s'étalait un peu plus, vingt nouvelles barques remplies de passagers venant s'y ancrer. Certes, il arrivait que l'on quittât le Lazzaretto Nuovo. Les malades étaient emportés vers le Lido. Ceux qui mouraient sur place étaient ensevelis dans l'un des deux cimetières – chrétien et musulman – de Sant'Erasmo. Ceux qui désobéissaient aux règles de l'isolement étaient pendus. Mais, en cet été 1576, rien ne semblait pouvoir freiner la croissance rampante de la population du lazaret. Sous le soleil d'août, l'île grouillait comme une fourmilière lorsque se présentaient les embarcations du ravitaillement ou encore lorsque les habitants entonnaient tous en chœur des chants religieux. Dans la lumière lunaire, l'atmosphère était aussi irréelle. Un silence total régnait sur l'île alors que s'y trouvaient huit ou dix mille âmes. Seuls crépitaient les feux de bois de genièvre qui brûlaient en permanence et dégageaient une odeur de tristesse.

Mais, ce n'était pas au lazaret de la quarantaine qu'Orazio Vecellio et ses bubons avaient été transportés. C'était, comme tout moribond, au Lazzaretto Vecchio, sur une île proche du Lido.

— Vous ne pouvez y accéder sans être accompagnés, annonça l'oncle Cesare à qui Pierre et Virgile avaient demandé conseil. Au Lazzaretto Nuovo déjà, un drapeau indique la frontière à ne pas dépasser par qui n'est pas habilité à soigner les malades.

Tous trois s'étaient retrouvés, comme la veille, autour de la table du premier étage, devant un verre de vin dans lequel ils trempaient des friandises vénitiennes en forme de S. Le chat Zanni leur tenait compagnie, ronronnant tantôt sous les caresses de son maître, tantôt sur les genoux de Virgile.

— Je me rends souvent au chevet des pestiférés du Lazzaretto Vecchio. Je veux bien vous y accompagner à la recherche d'Orazio Vecellio, finit par accepter Cesare Peso-Manuce.

Pierre et Virgile emboîtèrent le pas au Vénitien. Ils se retrouvèrent sur les berges du sestiere de Cannaregio, à peu de choses près à l'endroit où ils avaient débarqué le jour précédent.

— Enfant, j'adorais cet endroit, confessa l'oncle. Je venais y jouer avec les gamins du quartier à la raquette et au ballon. La vie fourmillait autour de nous. Il y avait les réparateurs de gondoles dans les petits *squeri*, les tireurs à l'arbalète qui s'entraînaient, les bouchers qui découpaient la viande dans leurs boutiques, les tailleurs de marbre, et tant d'autres artisans qui donnaient leur souffle aux rives de Cannaregio. Nous aussi, les enfants, nous participions à cette respiration avec nos jeux de balle et nos baignades dans l'eau boueuse. Aujourd'hui, regardez, les berges sont désertes et les lieux sont morts. Damnée peste !

Il dirigea ses pas vers un embarcadère de bois auquel étaient amarrées plusieurs barques. Il en désigna une.

— Celle-ci appartient à mon cousin libraire !

Il sauta à son bord et engagea ses compagnons à faire de même. Leur laissant à peine le temps de s'installer, il s'empara de la rame et entama la manœuvre pour s'éloigner du quai.

Le voyage jusqu'au lazaret dura une bonne demi-heure. Le jeune Preudhomme en profita pour conter à ses deux compagnons la très mystérieuse confession qu'avait proférée le peintre au moment où il rendait son âme à Dieu. Puis Pierre et Cesare discutèrent de la peste, de ses symptômes et de ses médications, tandis que Virgile concentrait son esprit sur ce qui, insensiblement, devenait une affaire à élucider. Il essaya de se souvenir des paroles exactes du Titien évoquant le crime dont il avait été témoin. Il énuméra les questions qu'il poserait à Orazio Vecellio lorsqu'il le rencontrerait, envisagea de quelle manière la toile de la Pietà inachevée pouvait constituer une sorte de testament. Enfin, il tenta d'imaginer à quoi ressemblerait, s'il l'entreprenait, sa quête de la vérité dans la cité sérénissime. Alors, soudain, le sentiment de l'inanité d'une telle recherche dans une ville ravagée par la pire des épidémies le secoua. Pourquoi poursuivre un assassin qui avait, Dieu sait combien d'années auparavant, tué une seule malheureuse victime quand un criminel bien plus cruel, bien plus féroce et bien plus meurtrier opérait à chaque instant, partout, autour de lui ? Il connaissait cet impitoyable bourreau pour avoir vu une femme tenter de se suicider afin de mettre un terme à sa douleur, et pour avoir assisté à l'agonie d'un des peintres les plus géniaux d'Italie.

Il n'avait pas encore vu le pire. Au Lazzaretto Vecchio, plus que nulle part ailleurs, la mort était en marche. C'étaient des véritables montagnes de chair humaine qu'érigeaient les *pissegamorti*, monceaux de dépouilles attendant d'être brûlées, aspergées de chaux vive et ensevelies dans des fosses communes. Parfois, les travailleurs de la peste, qui s'activaient à un rythme soutenu, distraits par l'ampleur de leur tâche, jetaient sur le sombre tas de cadavres un corps inerte mais d'où la vie ne s'était pas encore enfuie. Alors, dans l'entrelacs des membres nus et gris, s'agitait faiblement un bras dont les doigts, bientôt, se décrispaient lentement et retombaient ballants. Les survivants n'étaient pas mieux lotis que les morts. Ils s'entassaient, à quatre ou cinq par lit, sur la centaine de grabats d'infortune aménagés hâtivement dans l'île. Régulièrement, les croque-morts zigzaguaient entre les malades pour repérer qui était passé de vie à trépas et en débarrasser les voisins. Lassés, blasés, ils ne prêtaient plus attention aux hurlements des mourants qui exposaient des bubons sanguinolents, des plaies purulentes et des membres gangrenés. De ce campement s'élevait une puanteur monstrueuse, mélange de sueur, d'urine, de pus, d'excréments et de vomi. Les mouches survolaient en bourdonnant ce mouroir dantesque, cet enfer. Car c'était un enfer.

En abordant au Lazzaretto Vecchio, Virgile fut saisi d'un très violent haut-le-cœur.

— Si tu te mets à rendre tes tripes toi aussi, les *smorbatori* ne te laisseront pas repartir ! le prévint Pierre, plus sérieux qu'il n'en avait l'air.

Sa boutade ne parvint pas à alléger l'atmosphère tragique qui pesait sur l'île.

— Comment allons-nous retrouver Orazio Vecellio parmi ces centaines de moribonds ? s'inquiéta le jeune Preudhomme. C'est une vaine mission que nous avons acceptée, et nous n'aurions jamais dû naviguer jusqu'ici. J'ai le sentiment de traverser un cauchemar et je pense que nous ne devrions pas nous attarder.

Son estomac brûlait. Sa gorge était serrée. Ses yeux piquaient. Il ne savait s'il allait hurler ou pleurer. Avisant le malaise du jeune homme, son oncle lui tapota les joues avec fermeté et lui porta au nez un sachet aromatique sorti de sa poche.

— Respire, ordonna-t-il à son neveu.

S'adressant aux deux Français, il ajouta :

— Surtout ne descendez pas de cette barque. Je vais aller quérir des renseignements auprès des infirmiers. Eux sauront peut-être où trouver le fils du Titien. Sinon, je vous promets que nous ne traînerons pas ici.

Il sauta lourdement sur la grève et s'éloigna d'un pas déterminé.

Lorsqu'il réapparut, un peu plus tard, il soutenait un homme demi-nu qui avançait à grand-peine. La physionomie de l'individu ressemblait de manière troublante à celle du Titien. Nez fort et marqué, immense front légèrement bombé, lèvre inférieure bosselée, yeux renfoncés et regard aiguisé. Même barbe et même moustache, à ceci près que celles d'Orazio poussaient brunes et drues alors que celles de son père depuis longtemps s'étaient clairsemées et avaient blanchi. Le fils du peintre s'effondra plus qu'il ne s'assit sur la terre du rivage, à la limite de l'eau. Virgile, suivi de Pierre, enjamba le rebord de l'embarcation.

— Merci, murmura Orazio d'une voix blanche. Merci de vous être déplacés jusqu'ici pour me prévenir de la mort de mon père. Il ne me reste guère de larmes mais mon cœur, croyez-le, est noyé de douleur. Père a été pour moi plus qu'un géniteur, il a été le professeur qui m'a enseigné mon métier de peintre, un artiste qui toujours m'a montré la voie de l'exigence, un modèle en somme que jamais je n'ai égalé. Son talent méritait de vivre encore, ne serait-ce qu'une année supplémentaire. Père répétait sans cesse qu'il mourrait centenaire. J'aurais souhaité, pour lui, qu'il pût tenir parole.

Le fils du Titien ferma les paupières et grimaça de douleur. Il porta la main à son flanc où suppurait un bubon. Il rouvrit les yeux et regarda les deux Parisiens en leur souriant presque. Ce regard chargé de calme et de certitude décida Virgile à parler :

— Votre père, peu de temps avant le grand départ, a évoqué... un crime.

Les yeux d'Orazio se voilèrent – la fièvre sans doute – et son buste vacilla. Cesare se précipita pour le soutenir. Virgile reprit néanmoins :

— Un meurtre dont il aurait été le témoin. Vous aurait-il un jour confié semblable secret ?

De blême, le visage d'Orazio devint blafard, mais, surmontant son état de faiblesse extrême :

— Non, pas que je me souvienne. Vraiment, non, murmura-t-il.

— Je le craignais bien, enchaîna Virgile. J'ai en effet retenu de sa confession qu'il n'en a jamais fait mention à quiconque. Mais, m'a-t-il dit, il l'aurait peint.

— Peint ? répéta le fils du Titien, hagard.

— C'est cela même. Peint... Pareille œuvre existe-t-elle effectivement ? Le tableau d'un assassinat.

— Vous entendez : le double portrait d'un meurtrier et de sa victime ?

Orazio Vecellio sembla un instant tenter d'échapper à la souffrance physique pour concentrer ses facultés sur le travail de la mémoire.

— Mon père a été, à n'en pas douter, le plus grand portraitiste de son temps. Il n'y a pas eu de maison noble à Venise qui ne lui ait réclamé un portrait. Pas un grand d'Europe qui n'ait été brossé par lui : des artistes comme Bembo, Romano et l'Arétin. Des proches aussi comme mon grand-père Gregorio, ma sœur Lavinia, mon cousin Marco. Des puissants comme François Ier, Charles Quint et Paul III. Des doges comme Andrea Gritti et Francesco Venier. Et des familles vénitiennes comme les Pesaro et les Vendramin. Sans oublier ses autoportraits.

Au fur et à mesure de cette énumération, la figure tout à l'heure livide du moribond se colorait sous l'effet de l'exaltation. Ne dit-on pas que la vie passée se déroule devant la rétine de celui qui s'apprête à mourir ? L'on aurait cru que, dans le cas d'Orazio, c'était l'ensemble de l'œuvre paternelle qui défilait.

— Il a peint des collectionneurs et des courtisanes, des Saxons et des Esclavonnes, des amis et des inconnus, mais des assassins...

Soudain, l'enthousiasme retomba et l'homme retrouva sa physionomie exsangue.

— Tout de même, intervint Pierre, quelque chose me paraît absurde dans cette histoire. Si le maestro a représenté un meurtrier perpétrant son crime, il n'a pu le dessiner sous ses traits véritables. Cela aurait constitué une accusation plus criante encore que toutes les dénonciations verbales.

Virgile opina.

— J'ai songé à cela aussi. Mais il aurait pu peindre un tel tableau et ne jamais l'exposer. L'avoir remisé dans un coin de ses appartements où il ne risquait de tomber sous les yeux de personne, sinon de lui-même – ou de vous, Orazio.

L'interpellé lança un regard perdu et répéta :

— Je ne vois pas.

À nouveau, Pierre prit la parole avec son bon sens de médecin.

— Si le maître n'a raconté le crime dont il a été le témoin à personne, pas même à son fils, il n'aura de la même façon montré à personne une peinture accusatrice.

Virgile soupira, ébranlé par la logique implacable de tel raisonnement.

— Vous pourrez toujours fouiller de fond en comble la maison de Biri Grande, se hasarda à suggérer l'oncle Cesare.

Orazio haussa faiblement les épaules avec une moue dubitative. Une mouche noire vint se poser sur une de ses plaies à vif. Il tressaillit sous l'effet de la douleur. Cesare Peso-Manuce chassa le répugnant insecte d'un geste de la main. Le malade ferma les yeux, comme soulagé. Sans rouvrir les paupières, il articula :

— Mon père archivait tout, des reconnaissances de dettes aux brouillons de ses lettres, des documents les plus futiles aux papiers les plus précieux. Ainsi, il a conservé les esquisses de tous les tableaux peints de sa main, qu'il les ait par la suite vendus, offerts ou gardés. Peut-être y trouverez-vous la trace de ce que vous cherchez...

Virgile se remémora alors la reprise au fusain de *L'Adoration de la Trinité* que l'artiste avait tenue entre ses doigts décharnés au moment de mourir. Ce souvenir matériel d'une toile destinée à l'empereur habsbourgeois, il l'avait, d'après le témoignage de son fils, emmagasiné pour l'ensemble de son œuvre. Y compris pour le tableau du crime ? Qui sait... Avec un peu de chance... L'optimisme de Virgile fut de courte durée :

— À ces croquis d'archives, chacun avait accès, dit le fils du Titien. Lorsqu'il était à l'atelier, personne ne se serait permis d'aller regarder les feuilles, mais dès qu'il avait le dos tourné, tous ses apprentis se précipitaient sur les dessins pour les copier. S'il a vu quelque chose dont il n'a jamais voulu témoigner, et qu'il a peint cet événement sans le montrer à quiconque, j'envisage mal qu'il en ait laissé traîner une trace dans un tas de feuilles que tout un chacun pouvait consulter... Dieu seul sait...

Dieu seul savait si la manie de l'archivage avait, chez le Titien, pris un jour le dessus sur sa volonté de mutisme. La question traversa la pensée des quatre membres de cette assemblée insolite assise sur le sol humide de la rive au Lazzaretto Vecchio. Elle flotta un moment autour d'eux dans l'air lourd et nauséabond puis s'évanouit lorsque Orazio, secoué par la nausée, se mit à vomir sang et bile. Le médecin vénitien lui soutint le menton jusqu'à ce que la crise passât. Se levant :

— Nous vous avons assez fatigué, signore Vecellio, s'excusa-t-il. Vous devriez retourner vous allonger sur votre couche. J'en profiterai pour appliquer sur vos plaies une compresse d'herbes que Pierre a bien voulu m'apporter de Padoue. Elle apaisera les élancements que provoquent des bubons aussi mûrs que les vôtres.

Le médecin se tourna vers les deux Français et ajouta :

— Attendez-moi dans la barque. La fabrication du pansement ne me retiendra pas longtemps. Avant une heure, nous serons de retour à Venise.

Pierre et Virgile acquiescèrent. Cesare Peso-Manuce se pencha pour aider le fils du Titien qui eut toutes les peines du monde à se mettre debout. Sans doute la station assise s'était-elle prolongée plus qu'il ne pouvait le supporter. Elle avait ankylosé ses jambes qui avaient déjà du mal à le porter. Les deux Vénitiens s'éloignèrent, l'un, vieillard avant l'âge, claudiquant et hoquetant, l'autre, silhouette bedonnante, le soutenant de son mieux.

À l'église Santa Maria Gloriosa dei Frari, les funérailles de Tiziano Vecellio se déroulèrent dans une atmosphère compassée et austère. En raison de la peste, la Sérénissime n'avait pu organiser pour son peintre le plus respecté les hommages funèbres auxquels il avait droit. Cependant, une foule anonyme et silencieuse était venue assister à la messe solennelle et à l'inhumation dans la chapelle du Crucifix. Nombreux étaient les Vénitiens désireux d'exprimer leur admiration pour un artiste qui avait offert à leur cité gloire et beauté. Il va sans dire qu'Orazio n'avait pas été autorisé à s'absenter du lazaret, même pour assister à l'enterrement de son père. Pomponio non plus ne s'était pas déplacé, effrayé sans doute à l'idée d'abandonner, fût-ce le temps d'une messe, l'abri de son couvent. Mais d'autres étaient venus témoigner leur respect et leur tristesse, et parmi eux Virgile, en compagnie de Pierre et de Cesare.

Tous trois étaient arrivés en avance et, plutôt que de patienter devant le portail de la basilique sous la morsure du soleil d'août, l'oncle Peso-Manuce en avait profité pour entraîner ses invités dans une gargote proche. Désaltéré, il leur détailla l'architecture des Frari.

— C'est la plus grande église de la ville, affirma-t-il. Et elle est, de même que San Zanipolo, toute de brique rouge sur laquelle se détachent ces ornements de marbre blanc qui dessinent comme des motifs de dentelle. Regardez ce campanile, engagea le docteur, un des plus grands de Venise.

Virgile et Pierre levèrent les yeux vers la tour édifiée près de deux cents ans plus tôt. Du haut de ses quatre-vingts mètres, elle leur donna l'impression de tanguer. La sensation se trouva accentuée lorsque les cloches de la basilique se mirent à sonner. La cérémonie en l'honneur du Titien allait débuter.

Lorsque fut scellée la pierre tombale dans le sol pavé de rouge et de blanc de l'église gothique, la foule venue accompagner le grand peintre dans son dernier voyage se dispersa silencieusement. Virgile s'apprêtait à ressortir à la lumière du soleil lorsqu'il vit marcher, à pas lents dans la nef, la plus délicieuse des jeunes filles. Toute fragile, toute menue, elle avançait avec tristesse vers la sortie. Elle portait une robe à l'étoffe claire et à la coupe pudique qui cachait sous la mousseline ses bras jusqu'aux poignets et recouvrait entièrement de dentelles ses épaules et son dos. Le bustier du vêtement, lacé sur le devant, était étroitement ajusté et moulait son buste gracile, sa timide poitrine et sa taille souple. Elle avait posé un châle noir sur sa tête mais le jeune Preudhomme put entrevoir son visage. Une mèche rebelle d'un blond cendré s'échappait de son chignon. Ses sourcils admirablement dessinés soulignaient d'un arc net et doré l'amande de ses yeux sombres. Son teint surprenait par sa pâleur ; les circonstances dramatiques sans doute en étaient la cause. Sa bouche évoquait le pétale de la rose – la lèvre supérieure fine, celle du dessous plus généreuse –, une bouche subtile et délicate. Par-dessus tout, ce dont Virgile s'énamoura sur-le-champ, et infiniment, ce fut l'irrésistible fossette qui fendait le menton de l'inconnue. Il aurait voulu détailler les mains car il les entr'aperçut belles, mais la jeune fille, ignorante du regard attendri qu'on jetait sur elle, franchit le seuil de la basilique et disparut dans la lumière aveuglante de l'extérieur. Virgile voulut s'élancer à sa poursuite lorsqu'une main se posa sur son épaule. Il sursauta, se sentant pris en faute. Il se retourna d'un mouvement brusque. Le père Domenego lui souriait.

— Merci d'être venu, dit le prêtre. Votre ami m'a raconté vos démarches auprès de Pomponio et d'Orazio Vecellio. Merci pour cela aussi. Un service funèbre commémoratif se déroulera à la basilique Saint-Marc en hommage au maestro. Peut-être vous y verrai-je ?

Le père Tomasini n'attendit pas la réponse du jeune homme et s'éclipsa dans la pénombre du bas-côté. À nouveau, Virgile fut traversé par l'impulsion de courir après la jeune fille à la fossette. Ce fut, cette fois, son oncle qui l'en empêcha.

— J'ai montré à Pierre les deux tableaux du Titien que contient cette église : *Le Retable de Ca'Pesaro* et *L'Assomption de la Vierge*. Il les a trouvés admirables. En particulier le second. Viens !

Le sentiment d'une inévitable fatalité submergea Virgile. Il se laissa entraîner. Sans doute était-il dit qu'il ne reverrait pas cette demoiselle de Venise qui avait, le temps d'un ravissement, bouleversé son cœur. Peut-être ne serait-il plus jamais autorisé à aimer après Violetta [1]. Le souvenir de la Florentine aux prunelles d'iris qu'il avait si éperdument adorée flotta devant ses yeux. Il revit sa silhouette féline, ses tresses sombres, ses lèvres pulpeuses et son mystérieux air de défi. Sa robe écarlate se mit à danser devant lui dans la lumière tamisée de l'église. Il écarquilla les yeux et Violetta, le visage tendu vers l'or des cieux, en lévitation sur un nuage, des dizaines d'angelots à ses pieds, lui ouvrit les bras.

— Magnifique, cette *Assomption*, n'est-ce pas ? lui fit remarquer Cesare. Et cette robe rouge de la Vierge qui fait qu'on ne regarde qu'elle...

Dehors, la chaleur de l'été saisit à la gorge Virgile, son ami et son oncle. Ils se tinrent, vaguement désemparés, sur le campo, au pied de la basilique. Même le Vénitien, d'ordinaire débordant d'énergie, avait perdu de son allant.

— Je m'en retourne au logis, décida-t-il enfin. S'il ne vient pas de patient, j'en profiterai pour lire un peu un volume d'anatomie arabe. Rentrerez-vous avec moi ?

Les deux jeunes gens hésitèrent. Après l'enterrement, la morosité avait éteint leur désir d'action. Pourtant, qu'elle serait désespérante, cette journée, si elle se terminait ainsi !

— Aurais-tu le courage de retourner maintenant avec moi à Biri Grande ? demanda Virgile à son camarade.

Pierre hocha la tête en signe d'assentiment. On se résolut à rejoindre la maison du Titien pour la fouiller un peu.

— Cannaregio et Castello se trouvent de l'autre côté de la ville, soupira l'oncle Cesare. Sous cette chaleur, qui a envie de cheminer ?

Il essuya une goutte qui glissait le long de son oreille.

— Empruntons une gondole, proposa-t-il avec autorité.

---

1. Voir, du même auteur chez le même éditeur : *Meurtre à la Saint-Barthélemy*.

Elle vous déposera à deux pas de votre destination puis me mènera jusqu'à la maison.

Ils eurent la chance de trouver sur le quai même du rio dei Frari un gondolier disposé à les transporter. Ils montèrent à bord et s'installèrent sous la *felze*[1]. Le rameur, debout à la poupe, une jambe en avant, se mit à pagayer. Bientôt, de l'église, ils ne virent plus que le campanile. Par l'entrelacs des canaux qui serpentaient entre la centaine d'îles de la Sérénissime, rio San Stin, rio San Polo, rio delle Do Torri, ils parvinrent jusqu'au Grand Canal qu'ils traversèrent dans sa largeur.

— La gondole est une construction asymétrique. L'un des côtés est de deux paumes, plus long que l'autre..., commença Cesare.

La leçon se poursuivit aussi longtemps que dura le trajet. Rio di Noale, canale della Misericordia puis les eaux de la lagune face aux rives de Cannaregio, un endroit avec lequel Pierre et Virgile commençaient à se familiariser. Au pont qui enjambe le rio di Santa Maria Assunta, ils se séparèrent. La Biri Grande était à deux pas. Comme la veille, comme l'avant-veille, le quartier était désert, absolument silencieux. Eux-mêmes muets, ils s'engagèrent dans le cortile de la demeure. Dans un mouvement commun, ils s'immobilisèrent aussitôt. Le sol de la cour était jonché d'objets hétéroclites et de papiers piétinés. La porte principale béait. À l'étage, les volets claquaient.

— La maison a été cambriolée ! s'écria Virgile, catastrophé.

Il se précipita vers l'atelier du peintre. Cette porte-là aussi était ouverte. Il pénétra dans la pièce. Au fond, le drap qui protégeait l'ultime chef-d'œuvre du Titien avait été arraché. Au pied du tableau, sous le Christ mort, Marie dolente, Nicomède agenouillé et Madeleine éplorée, gisait un ruban rouge.

---

1. Sorte de petite cabine, au toit en forme de demi-tonneau.

CHAPITRE 3

Virgile s'accroupit vivement pour ramasser le morceau de soie. De l'étoffe émanait un parfum sucré, épicé, indéniablement féminin.

— C'est une dame qui a mis un fouillis pareil ! s'exclama-t-il en regardant autour de lui l'atelier sens dessus dessous. Ma bonne Florine prétend pourtant que les garçons sont moins soigneux que les filles... Que diable la cambrioleuse est-elle venue chercher ?

— Peut-être bien la même chose que toi, marmonna Pierre.

Virgile poussa un soupir. Il glissa une extrémité du ruban carmin – précieuse pièce à conviction – dans une œillère de son pourpoint et fit de l'étoffe un nœud qui parut comme une fleur à sa boutonnière. Puis il entreprit de remettre un peu d'ordre dans l'atelier du peintre et se pencha pour ramasser les papiers épars au sol. Pierre se joignit à lui. Bientôt, ils eurent rendu à la pièce un aspect décent. Les feuilles récupérées formaient un tas monumental sur l'établi où les deux jeunes gens les avaient déposées. Virgile les fixa d'un œil dubitatif, retroussa ses manches et déclara :

— À présent, mon cher Pierre, nous allons classer ce fatras.

L'étudiant en médecine maudit le penchant de Virgile à la classification, une manie que lui avait léguée feu son père, Dieu ait son âme. Il se mit à l'ouvrage en bougonnant.

Le jeune Preudhomme s'empara au hasard d'une liasse et jeta un coup d'œil aux différents papiers qui la composaient.

— Les textes à droite, les dessins sur la gauche, proposa-t-il.

Lesdits textes se composaient principalement de ce qui semblait être les pages d'un « livre de dépenses diverses » ainsi que des copies de lettres expédiées par-ci par-là.

Quant aux dessins, ils comptaient peu d'études préparatoires mais de très nombreux croquis d'archives.

— La reproduction sur papier de chacun des tableaux peints par le Titien, seul ou avec ses assistants, analysa Virgile avant d'ajouter : Ceux-là, il nous faudra les examiner de près.

Le travail de tri s'engagea.

— Incroyable, en vérité, le nombre de missives que le maître a pu expédier de par l'Europe ! fit remarquer l'étudiant en droit.

Il brandit trois feuilles dont il entama la lecture :

— En 1536, à l'Arétin : *Ici, tout n'est que tambour et chacun se prépare pour partir pour la France avec férocité. J'espère être bientôt auprès de vous où l'on pourra alors raisonner* ; en 1514, à l'État vénitien : *[Mon toit] fuit et a besoin d'être un peu arrangé ou refait, mais en tout cas sans dépenser plus de cinq ou six ducats au maximum* ; ou encore cette dernière en 1533, au cardinal Hippolyte de Médicis : *Pomponio et Orazio, mes fils, vont bien ; ils s'instruisent et grandissent ; et j'espère qu'ils deviendront des hommes de bien avec la grâce de Dieu et de mes saints patrons.*

Pierre l'interrompit :

— Une bonne part de ces courriers est destinée à la cour d'Espagne. Il semble avoir littéralement bombardé d'écrits Charles V puis Philippe II. Écoute ! Automne 1545 à Charles Quint : *Me voici en ce moment à Rome [...] et je suis occupé à prendre de ces merveilleuses pierres antiques des leçons qui permettront à mon art de devenir digne de peindre les victoires que Notre Seigneur Dieu prépare à votre Majesté en Orient* ; 12 juin 1559, à Philippe II : *Leone [...], poussé par un instinct diabolique, conçoit l'idée d'assassiner [mon fils Orazio] et de lui arracher la vie pour lui prendre son argent. Le soir où il avait projeté d'accomplir cette mission, Orazio s'était montré à lui plus courtois et joyeux que jamais, il l'invite et le prie de demeurer en sa maison pour pouvoir exécuter plus commodément ce qu'avait imaginé son méchant esprit. [...] ; alors qu'il voulait partir de chez lui, voilà qu'un des coquins lui retourne sa cape sur la tête et que tous ensemble lui tombent dessus avec leurs épées et leurs poignards dégainés à la main. Si bien que le pauvre Orazio, se trouvant brusquement empêtré dans sa cape [...], tomba par terre tout étourdi et reçut, avant même de s'être ressaisi, tout aussitôt six autres horribles blessures. Et il serait resté tout à fait mort, si un serviteur qu'il avait avec lui [...] n'était pas revenu en arrière et n'avait pas mis la main à l'épée en hurlant à la trahison* ; Septembre 1554, à l'empereur : *Je me trouve un peu nécessiteux du fait que j'ai été malade et que j'ai marié une fille que j'ai* ; et encore celle-ci de février dernier, au roi d'Espagne : *Vingt-cinq années sont déjà passées depuis que j'ai commencé à envoyer en diverses occasions de nombreuses peintures à Votre Majesté mais je n'ai jamais reçu la moindre récompense* ; j'en passe, et des bien geignantes !

— L'on entend davantage un banquier qu'un artiste entre ces lignes ! L'on croirait presque qu'il a manqué d'argent toute sa vie durant. Pourtant...

Virgile s'empara du paquet de feuilles arrachées au registre des finances personnelles.

— Pourtant, reprit-il, et je ne suis pas spécialiste de la comptabilité en partie double à l'italienne, à en croire ces colonnes de chiffres et ces additions d'écus, le Titien possédait une véritable fortune ! Tout cet argent qu'il a empoché de l'empereur et de son fils ! Tiens, par exemple, le paiement comptant de cinq cents ducats pour le premier tableau du Habsbourg. Il vendait chaque portrait une véritable petite fortune et, ma foi, il semble en avoir produit des centaines ! Je vois ici qu'une certaine charge de courtier du fondaco dei Tedeschi lui rapportait cent ducats par an, réévalués au fil du temps jusqu'à atteindre trois cents ducats. Plus vingt-cinq ducats pour chaque portrait de doge lorsqu'on en élisait un nouveau ! Le tout, apparemment, exonéré des impôts de vingt pour cent sur les hauts salaires en tant qu'il était « peintre officiel de l'État »...

Les commentaires allaient bon train, sans ralentir pour autant le rangement entrepris par les deux Français. Ils achevèrent leur travail en fin d'après-midi. Fatigués par les innombrables génuflexions qu'ils avaient dû accomplir, et affamés après une journée passée sans rien manger, ils décidèrent d'un commun accord de répertorier toutes les œuvres qu'ils trouveraient à Biri Grande puis de s'en retourner chez l'oncle Cesare en emportant les reproductions de tableaux avec eux. Après un bon souper, ils auraient recouvré assez d'énergie pour les inspecter attentivement.

Dans les appartements du peintre, ils ne découvrirent rien qui attirât leur attention, si ce n'est une insolite collection d'horloges. Ils retournèrent dans l'atelier pour jeter un ultime coup d'œil aux toiles avant de quitter les lieux. Cette fois, ils s'intéressèrent aux tableaux retournés contre le mur. Le premier, inachevé, montrait un doge en armure agenouillé devant la Foi en présence de saint Marc avec une vue impressionnante de Venise noyée de brume. Il ne retint pas longtemps leur attention, bien qu'on y vît un arbalétrier menaçant et un lion rugissant.

— Il ne me faudrait que cela, grommela Virgile. Un lion agressif comme celui que j'ai croisé en enquêtant sur la mort de mon père !

Il écarta de son esprit ce souvenir pénible en même temps que cette première peinture. Les trois scènes qu'ils découvrirent ensuite les laissèrent sans voix. Il s'agissait d'un *Saint Sébastien* transpercé de flèches, d'une *Flagellation du Christ* attaqué à coups de bâton, et du *Supplice de Marsyas* écorché par le dieu Apollon. Trois scènes d'horreur et de violence. À leur manière, trois scènes d'assassinat.

Ce soir-là, autour de la table en bois, à l'étage au-dessus de la librairie, la discussion porta sur la visite à l'atelier du Titien. La puissance, la noirceur aussi, des trois tableaux découverts étaient telles que Virgile et Pierre en subissaient encore le choc quelques heures plus tard.

— Un flamboiement dévastateur...

— Une horrible crudité...

— Des couleurs très sombres...

— Des visages grimaçants...

— Un sentiment sinistre...

— ... le sentiment de la mort.

Cesare Peso-Manuce les écoutait d'une oreille attentive, tout en préparant le repas. Avec un homme aussi pansu en cuisine, l'on pouvait s'attendre à des agapes. De fait, s'alignèrent bientôt sur la table pots et aiguières en nombre : du caviar, auquel les deux Français n'avaient jamais goûté, mais que l'on consommait en abondance à Venise, des gnocchi de farine et de pain, des paons rôtis – « Ils ne m'ont coûté que trente lires la paire », annonça fièrement le cuisinier –, du fenouil dans sa sauce au beurre, de la saucisse de Modène et de la roquette en guise de salade.

— Bon appétit ! lança l'oncle en versant à chacun une généreuse rasade d'un vin crétois aux épices.

Pierre saisit sa fourchette et piqua dans le plat de saucisses. Virgile déplia sa serviette à laquelle son oncle avait donné une forme de mitre et se servit à son tour.

— Une question me turlupine, dit soudain le Vénitien. Visiblement, le Titien n'avait jamais parlé à personne de cette affaire. Même Orazio, son fils favori, en ignorait tout.

— A dit qu'il en ignorait tout, nuance ! corrigea le jeune Preudhomme.

— Que veux-tu dire ? interrogea son oncle en mordant à pleines dents dans la cuisse énorme d'un paon.

— L'enquête que j'ai menée pour démasquer le meurtrier de mon père m'a appris à douter de tout témoignage.

Cesare hocha la tête en se rinçant la bouche avec une gorgée de vin de Crète. Virgile poursuivit le fil de sa pensée :

— Cependant, je n'imagine pas l'intérêt qu'Orazio aurait trouvé à prétendre qu'il ne savait rien, si telle n'était pas la vérité.

— Et surtout, renchérit Pierre, je ne vois pas pourquoi le Titien aurait menti lorsqu'il t'a affirmé n'en avoir jamais dit mot.

Pierre semblait apprécier sa rencontre avec le caviar : du bout de sa cuillère, bouchée après bouchée, il piochait allègrement dans le pot.

— C'est justement là que je veux en venir : pourquoi n'aurait-il jamais rapporté le crime dont il a été témoin ? Qu'est-ce donc qui l'aurait empêché de le dénoncer aux autorités ?

Pierre préféra avaler une cuillerée de caviar plutôt que d'avancer une opinion. Il laissa Virgile réfléchir à haute voix :

— Peut-être avait-il peur ?

— Peur ? répéta l'Italien avant d'enfourner d'un coup dix gnocchi.

— On aurait pu le menacer, lui faire savoir que s'il parlait on le tuerait. Ou pire, qu'on s'en prendrait à la vie de ses enfants, de sa fille Lavinia par exemple, ou d'Orazio qu'il aimait tant.

— La lettre au roi d'Espagne ! s'écria soudain Pierre, manquant de s'étouffer avec les œufs d'esturgeon.

Virgile fronça les sourcils, intrigué.

— Mais si, souviens-toi ! Dans une des missives que je t'ai lues cet après-midi, le Titien faisait mention d'un attentat dont son fils avait réchappé.

— Très juste ! applaudit le jeune Preudhomme. À Milan, si mon souvenir est exact, Orazio a reçu une dizaine de coups de poignard. Peut-être une mise en garde qu'on adressait à son père... L'alerte a été rude. Le maestro, dans sa lettre, accusait un certain « Leone [1] » dudit attentat.

L'oncle Cesare exprima son intérêt en avalant un gésier dégoulinant de graisse. Un peu de sauce coula au coin de ses lèvres qu'il essuya d'un coup de serviette.

— Ainsi, crachant le sang et se voyant au seuil de la mort, sachant par ailleurs son fils condamné lui aussi à brève

1. *Leone* signifie « lion » en italien.

échéance, le Titien n'a pas hésité à briser la loi du silence, poursuivit Pierre en s'échauffant. Il n'avait plus rien à craindre d'une vengeance !

La satisfaction se peignit sur les visages des trois dîneurs. Satisfaction due à la fois à l'aboutissement du raisonnement commun et à la dégustation de succulents croupions de volailles. Même le chat Zanni, qui participait davantage au festin qu'à la discussion, parut content et battit l'air de sa queue.

— À moins, dit tout à coup Cesare Peso-Manuce, que le Titien n'ait voulu protéger celui ou celle qui avait commis ce fameux crime. Cela aussi pourrait expliquer son mutisme.

Lorsque la table fut desservie de ses plats les plus encombrants, le docteur y déposa une grande assiette de pâtisseries.

— Voilà des friandises qu'il est en théorie prohibé de consommer à Venise. Pourtant, nous allons en manger à nous en faire craquer la sous-ventrière.

Ses deux invités lui lancèrent un regard perplexe.

— Prohibé ? s'étonnèrent-ils d'une même voix.

— Pour limiter le luxe dans cette bonne vieille ville qui adore l'argent, les magistrats aux pompes ne savent plus quoi inventer. Après avoir légiféré sur les vêtements et les bijoux, ils se sont attaqués à la nourriture. Interdits à la consommation tous les mets trop coûteux ou sophistiqués. D'abord, ils ont fait haro sur les poissons d'eau douce et les volailles sauvages telles que coqs de bruyère, faisans et paons. Mais, vous avez vu que ce n'est pas chez moi qu'on va se priver d'en manger ! Ensuite, ils s'en sont pris aux douceurs : finis les pignocades, spongades et autres gâteaux de poids. Seulement moi, j'ai une grosse bedaine : il me faut des gros gâteaux. Je suis dans l'obligation de contrevenir à la loi ! Et vous deux, que je trouve bien gringalets, je vous invite à m'imiter. La gourmandise était déjà un péché ; la voilà qui devient un délit. Je serai donc condamnable et damné !

Pour sceller ce destin doublement tragique, il croqua dans

une meringue crissante de sucre. Virgile se leva pour déposer sur la table l'énorme pile des dessins du Cadorin.

— Quelle production titanesque ! s'écria Cesare. Ou, devrais-je dire : titianesque !

Il s'esclaffa bruyamment, postillonnant des miettes de gâteau sur les esquisses. Pierre les balaya du revers de la main.

— À proprement parler, des centaines de tableaux, confirma Virgile. Non seulement ce bonhomme était une force de la nature qui réussit à vivre jusqu'à quatre-vingt-dix-neuf ans, mais c'était aussi un bourreau de travail. Regardez cela !

Il couvrit la table des copies des peintures du Titien. Il contempla de loin l'ensemble formé par toutes les feuilles.

— Que sommes-nous censés chercher dans ce fatras ? s'enquit le Vénitien, goguenard.

— Il s'agit de retrouver l'éventuelle représentation du meurtre qu'a surpris le maestro, expliqua Pierre, visiblement dubitatif. Bref, nous devons mettre la main sur quelque chose qui n'existe peut-être pas.

Virgile haussa les épaules.

— Ces trois tableaux, à l'atelier, dit-il, *Le Supplice de saint Sébastien*, *Le Supplice de Marsyas*, et *Le Couronnement d'Épines*[1] m'ont donné à réfléchir. D'après moi, si le Titien n'a pas voulu raconter l'assassinat qu'il a vu, il n'a pas pu, pour les mêmes raisons, le peindre « fidèlement ». Quand, en mourant, il m'a confié qu'il l'avait représenté, il voulait sans doute entendre qu'il l'avait « déguisé » en scène de genre... tirée de la mythologie ou des Évangiles. Il faut donc trier ces esquisses et mettre de côté celles qui représentent une mise à mort. Nous essayerons ensuite de déterminer laquelle cache, ou symbolise, « le » crime.

Sur ce, il s'octroya une lampée de vin aux épices. Pierre, quant à lui, sentit sa bonne humeur se dissiper en comprenant qu'il allait à nouveau devoir faire le tri dans une mon-

1. Autre nom de *La Flagellation*

tagne de documents. Le chat Zanni sauta de la table sur le banc. Sans doute avait-il deviné que l'agitation ambiante risquait de gêner sa digestion.

Ainsi, tandis que le soleil se couchait sur la lagune et que la nuit enveloppait lentement Venise, Virgile, son oncle et son camarade, attablés devant une liasse d'images, se livrèrent à la chasse à l'indice. La lune était tout à fait levée, et Zanni tout à fait assoupi sur les genoux de son maître, lorsque le jeune Preudhomme s'empara de la dernière esquisse, une Vénus au miroir et son Cupidon.

— Sans intérêt, estima-t-il, faisant référence aux besoins de son enquête.

— Pourtant, qui dit « Éros » dit « arc et carquois », et donc « mise à mort » en puissance, fit remarquer Pierre dans un bâillement.

Virgile glissa à son ami un regard en biais. Il brandit l'esquisse :

— D'abord, je voudrais te signaler qu'Amour a justement posé à terre ses flèches en signe de trêve. Ensuite, je ne vois rien là que deux bambins inoffensifs et une femme... au mieux de sa forme, si je puis dire.

La Vénus brossée par le Titien laissait voir la chair laiteuse de son ventre rondelet, de ses bras potelés, de ses hanches généreuses et de sa poitrine avenante. Tout à fait sensible à de tels charmes, Cesare Peso-Manuce afficha une mimique éloquente. Il s'empara du paquet de dessins sélectionnés pour leur pertinence et, le soupesant :

— Ma foi, c'est un travail productif que nous avons accompli là.

Du bras, Virgile repoussa au bord de la table le monticule de croquis qui n'avaient pas retenu leur attention.

— De plusieurs centaines de gravures, nous sommes descendus à quelques dizaines. Mais quelques dizaines, c'est trop, beaucoup trop, dix fois trop !

Il saisit à son tour la liasse et se mit à la feuilleter.

— Comment savoir ce qui, là-dedans, constitue une accusation déguisée ? Outre *Le Supplice de Marsyas*, *La Flagella-*

tion du Christ – d'ailleurs Titien n'a pas peint uniquement celle que nous avons vue à l'atelier – et *Saint Sébastien* transpercé de flèches – qui a de nombreux sosies lui aussi –, il y a en matière de scènes de mises à mort : un couple de descentes au tombeau, un sacrifice d'Abraham, un miracle du mari jaloux, plusieurs Christ cloués sur la croix, deux supplices de saint Laurent, une exécution d'Actéon par Diane, au moins trois Tarquin et Lucrèce, une forêt de Polidore, le meurtre de saint Pierre martyr, Abel et Caïn, David et Goliath, Judith et Holopherne, Salomé et Jean Baptiste, une lapidation de San Stefano et... et c'est tout. Mais, je le répète, c'est trop !

De dépit et d'impuissance, le jeune homme laissa retomber les pages qui s'éparpillèrent sur la table. Le bruit réveilla le chat, qui manifesta sa désapprobation en miaulant.

— Zanni parle la raison, dit Pierre en se levant pour s'étirer. Pourquoi veux-tu donc t'embringuer dans cette enquête ? J'ai compris lorsque tu t'es lancé sur les traces de l'assassin de ton père, parce que précisément c'était ton père. Au nom de l'amour que tu lui portais, il fallait le venger. Mais, dans le cas présent, que t'importe cet homicide, si toutefois homicide il y eut jamais ? Tu ne connais pas même l'identité de la victime !

Virgile posa ses coudes sur la table, se prit les tempes entre les mains et demeura muet un instant.

— Peut-être dois-je cette vérité-ci à mon père, finit-il par expliquer à son ami, justement en cela qu'elle s'inscrit dans l'idéal de justice pour lequel il a toujours vécu, s'est toujours battu, et pour lequel il est mort. Je la dois également au Titien parce qu'il m'a fait cette confession en agonisant et que je l'ai reçue comme ses dernières volontés. Une manière de testament dont je me trouverais dépositaire. C'est cela : je suis son exécuteur testamentaire, en somme. Tant que je n'aurai pas élucidé les tenants et les aboutissants du crime qu'il a évoqué, je ne me sentirai pas débarrassé du poids de cette responsabilité.

Il versa dans son verre un fond de vin de Crète et l'ingurgita cul sec. Puis, la mine contrite :

— Seulement, tu as raison. J'ignore jusqu'à l'identité de la victime. Comment savoir si elle se cache derrière Sébastien, Pierre ou Laurent, derrière Isaac, Caïn ou Holopherne, derrière Actéon, Marsyas ou Lucrèce ? Ou même derrière la figure de Jésus ? Sans mentionner un fait non négligeable en l'occurrence : je suis absolument ignare en peinture !

Cet aveu provoqua chez Cesare Peso-Manuce un rire franc et massif. Enlaçant affectueusement son neveu, il ébouriffa ses boucles sombres sans cesser de s'esclaffer. Il se leva, rajusta sa chemise dont un bouton s'était défait et but, debout, une dernière gorgée.

— Voici ce que je propose : demain, je vous accompagnerai chez le signore Tintoretto qui se trouve être un mien ami. S'il y a dans cette ville, maintenant que le Titien n'est plus, un maître des beaux-arts, c'est bien lui. Tu pourras lui montrer les dessins que nous avons mis de côté ce soir, et lui poser toutes les questions qui te passent par la tête sur la symbolique en peinture.

Les yeux de Virgile se mirent à briller d'excitation.

— Cependant, poursuivit l'oncle avec un sourire malicieux, j'impose à ceci une contrepartie : ne plus t'entendre prononcer les mots « crime », « Titien », « tableau », « martyre », « massacre » ou « crucifixion » le reste de la soirée !

Le clair de lune étant fort beau, le Vénitien proposa une balade nocturne autour du campo voisin. Ils sortirent sur la petite place en face de la librairie, le chat sur leurs talons. Une brise légère s'était levée. Elle transportait avec elle une odeur âcre de fumée. En plusieurs points de la ville, les *smorbatori*, qui se promenaient partout une torche à la main, avaient allumé des bûchers pour y brûler les biens – vêtements humides de pus, linges tachés de sang et autres tissus imprégnés de salissures – des pestiférés agonisants ou morts. Ces multiples petits incendies dégageaient une brume de cendres qui flottait en permanence au-dessus de la ville.

Leurs effluves rances se mélangeaient aux miasmes pesteux qui avaient pris possession de Venise. Quoi que l'on fît, où que l'on fût, l'horrible épidémie ne se laissait jamais oublier.

Les trois promeneurs, accompagnés de Zanni, parvinrent sur le campo Santa Maria Formosa. C'était une vaste place, l'une des plus étendues de la ville. Elle était bordée d'édifices aux architectures variées.

— J'adore le palazzo Donà avec sa lunette du siècle dernier, commenta l'oncle Cesare. Regardez les putti... et l'angelot qui porte l'écusson de la famille !

— Pour moi, ce serait plutôt le palazzo Malipiero-Trevisan, avec sa façade blanche et ses médaillons verts en marbre et en porphyre, enchaîna Pierre.

Virgile fut le dernier à exprimer son opinion.

— J'ai une prédilection pour le palazzo Vitturi ; il évoque assez l'architecture de Byzance. J'aime beaucoup cette fenêtre avec ses deux arcs et ses patères au-dessus des arcs... ne dirait-on pas deux points sur deux *i* ?

Le reste de ce débat d'esthètes s'évanouit dans la nuit vénitienne. Le trio de noctambules avait fait le tour de la place. Ils se retrouvèrent devant l'église Santa Maria Formosa.

— Belle façade, apprécia Pierre.

— Ah, ah ! gloussa le docteur à ses côtés. Figure-toi que cette église n'est pas peu fière du luxe de posséder deux façades ; celle-ci sur le campo, et une seconde sur le rio. De sorte que si tu donnes à une belle un rendez-vous galant devant le portail de Santa Maria Formosa, n'oublie jamais de préciser lequel ! Car vous risqueriez de vous attendre en vain et de vous maudire l'un et l'autre, chacun devant sa façade. Ce serait la fin bien bête d'une amourette.

— J'aimerais assez un campanile à l'angle, dit Virgile qui soudain se piquait d'architecture.

Son ami interrompit aussitôt ses projets de maçonnerie en demandant à l'oncle Cesare :

— N'y a-t-il pas une légende de Santa Maria Formosa que vous nous raconteriez, signore Peso-Manuce ?

— *Che leggenda ?* s'offusqua l'interrogé. Un récit très véridique, oui ! Il y a cinq cents ans, et peut-être même bien six cents, des pirates enlevèrent des demoiselles vénitiennes. Ce furent des artisans de Castello qui les délivrèrent. En commémoration et récompense de quoi, chaque année, à la fin du mois de janvier, se déroule la fête des Marie. D'abord, le doge vient jusqu'à cette église où les commerçants du coin lui offrent deux chapeaux de paille et deux cruchons de vin. Ensuite, défilent les Marie, douze jeunes filles dans le besoin choisies pour leur beauté et dotées par les six *sestieri* de la ville. Elles se rendent ainsi, toutes belles et richement vêtues, jusqu'à San Pietro di Castello, à l'extrémité du quartier.

Rêvant à ces Marie, élégantes et gracieuses, les deux jeunes Français et leur hôte regagnèrent l'appartement au-dessus de la librairie et sombrèrent dans un sommeil réparateur.

Comme le Titien, Jacopo Robusti, familièrement appelé le Tintoret du fait de la profession de son père – teinturier de draps en soie – logeait avec les siens dans le *sestiere* de Cannaregio. Depuis deux ans, il était installé avec sa nombreuse famille dans une belle demeure procurée par son beau-père et sise sur la fondamenta dei Mori. Sa maison se situait à proximité de l'église de la Madonna dell'Orto pour laquelle il avait réalisé, une quinzaine d'années auparavant, toute une série de toiles. Malgré la chaleur, l'activité ne manquait pas dans l'atelier du Tintoret lorsque le signore Peso-Manuce accompagné de ses deux invités s'y présenta dans la matinée du 29 août. Cependant, Cesare, habitué des lieux, remarqua aussitôt que les élèves, apprentis, et assistants du maître étaient moins nombreux et le remue-ménage moins frénétique qu'à l'ordinaire.

— La peste, toujours la peste, grommela-t-il dans les boucles de sa barbe. Elle vide les rues et les commerces, les librairies et les ateliers. Il n'y a que les cimetières qu'elle remplit...

Quoi qu'en pensât son oncle, Virgile constata qu'on travaillait ici avec application, qu'on s'adonnait aux tâches traditionnelles de la peinture : clouer des châssis, broyer des couleurs, préparer des vernis, tendre des toiles sur leur cadre, passer le balai aussi et nettoyer les pinceaux. Jacopo Robusti était absent, mais les trois disciples les plus formés et les plus habiles de sa *bottega* travaillaient à un tableau, une *Résurrection de Lazare*. L'exécution leur en avait été confiée par le maître. Plus tard, il signerait en précisant avec honnêteté : *Jacomo Tintoretto, inventor – A 1576. Venetia*. Le jeune homme qui dirigeait apparemment l'élaboration de cette peinture vint aimablement au-devant des visiteurs. À mesure qu'il avançait, une émotion étrange envahissait Virgile. L'apprenti peintre montrait une taille en dessous de la moyenne et une ossature plutôt fine. Sans doute sortait-il à peine de l'adolescence. Sa chemise et ses hauts-de-chausses étaient maculés des couleurs que contenait sa palette. Le béret qu'il portait n'avait pas non plus été épargné par les éclaboussures. Lorsque le garçon fut parvenu à quelques pas des trois nouveaux venus, Virgile saisit la cause de son trouble. Le garçon avait, au creux du menton, une fossette identique à celle de la demoiselle que le Français avait croisée la veille aux funérailles du Titien et qui l'avait subjugué par son charme délicat.

— Signore Peso-Manuce ! s'écria l'apprenti en reconnaissant le visiteur. Une bonne surprise, vraiment !

— Voici... Marietto Robusti... un des fils du Tintoret. Et voilà mon neveu de Paris, Virgile... et son ami Pierre.

L'oncle Cesare avait hésité une seconde avant d'accomplir les présentations. Le jeune peintre sourit en saluant les Parisiens d'une légère inclinaison du cou – qu'il avait fort gracile.

— Bienvenue, dit-il simplement.

Il devait décidément être jeunet. Sa voix, fluette, était de celles d'avant la mue. Aucune ombre ne voilait encore le dessus de sa lèvre. Sa peau claire gardait le souvenir laiteux de l'enfance.

— Vous vouliez voir mon père, je présume ? Il est sorti acheter du bleu d'outremer. Je ne sais s'il tardera à revenir.

— Nous désirions parler à Jacopo, en effet, cher Marietto, pour le consulter au sujet de tableaux. De tableaux du Titien.

— Quel drame que sa mort ! s'exclama l'adolescent avec beaucoup de tristesse et d'admiration mêlées. Vous savez que mon père et lui n'entretenaient pas les meilleures relations du monde, surtout depuis que Père avait obtenu de la Sérénissime la même rente que lui sur le fondaco dei Tedeschi. Mais c'était légitime concurrence. Après tout, n'était-ce pas les deux plus grands talents vénitiens, et peut-être même italiens de cette fin de siècle ?

— Sais-tu, Marietto, dit le docteur, l'esprit soudain traversé par une intuition, nous souhaitions interroger ton père, mais quelque chose me souffle que tu feras l'affaire aussi bien que lui. Si tu acceptes de consacrer un peu de temps à ces gaillards, ils n'auront pas à déranger Jacopo dans les tâches qu'il a entreprises aujourd'hui.

— À dire la vérité, il dispose d'un peu plus de temps depuis qu'il a terminé le plafond à la scuola Grande di San Rocco ; une *Erezione del Serpente di Bronze* qui devait être achevée le 16 de ce mois pour la fête de saint Roch, un saint tristement d'actualité avec la peste.

— Je vais abandonner ici les Parisiens, continua le médecin. Ils te confieront leurs soucis. J'espère qu'ensemble vous élucideraz le mystère qui les chagrine. Transmets mes salutations à ton père, Marietto, ainsi qu'à la signora Robusti. Et jusqu'au revoir !

Le médecin salua l'apprenti d'un signe de la main et se dirigea vers la porte. Au moment où il allait franchir le seuil, Virgile le rejoignit et l'attrapa par la manche. Une profonde perplexité se lisait sur son visage.

— Tu peux te fier à ce garçon, neveu, lui dit Cesare pour le rassurer. Je te le garantis.

— Je n'en doute pas une seconde. Je lui conterai toute notre affaire sans l'ombre d'une hésitation. Non, je voulais juste vous demander, mon oncle...

Virgile s'interrompit, embarrassé, et fit craquer les articulations de ses doigts en regardant le bout de ses chaussures. Se décidant enfin :

— Ce Marietto n'aurait-il pas une sœur jumelle ?

L'oncle Cesare partit d'un grand rire et ébouriffa avec tendresse les boucles de son neveu.

— Drôle de question, Virgile ! Drôle de question !

Sans répondre, il sortit dans le soleil du quai, laissant derrière lui un Virgile franchement perplexe. Comme le jeune homme se retournait enfin, un peu mortifié, il vit venir à lui le fils du Tintoret escorté de Pierre. L'apprenti lui adressa un sourire dont la douceur le désarma.

— Marietto propose que nous allions nous installer à notre aise dehors pour converser de notre affaire. Nous ne voudrions pas que l'on surprenne notre discussion n'est-ce pas ? expliqua Pierre.

Il lança un regard éloquent vers les quelques garçons qui s'activaient dans la *bottega*.

— Je connais un endroit tout près où l'on nous laissera tranquilles, assura l'adolescent. Venez !

Ils sortirent sur le campo dei Mori baigné de lumière. Virgile, qui avait toutes les peines du monde à quitter des yeux la fossette de son guide, remarqua cependant les statues d'hommes flanquées aux murs des maisons bordant la place. Sur celle qui faisait angle étaient épinglés des feuillets de papier. Il lança au jeune apprenti un regard interrogateur :

— Un des « Maures » qui donnent leur nom au campo, expliqua Marietto. Il sert de porte-parole aux gens du quartier, comme le Pasqualino de Rome. Tout à l'heure, je vous montrerai les autres curiosités du quartier.

Ils franchirent un pont et débouchèrent sur un parvis au pavement de briques à chevrons. Ils laissèrent sur leur gauche l'église de la Madonna dell'Orto avec son style gothique et son portail Renaissance, sa façade rouge et ses festons blancs, saint Christophe au-dessus de l'entrée et les douze apôtres dans leurs niches. Ils longèrent jusqu'au bout le rio qui débouchait dans l'immensité des eaux de la lagune. Au large, l'île de San Michele, au-delà de celle de Murano.

— Le palais Contarini dallo Zaffo, indiqua Marietto.

Il s'était arrêté devant une élégante demeure aristocratique dont il poussa sans façon la porte.

— La maison est vide, expliqua-t-il, désertée à cause de la peste. Nous ne risquons rien. Et de toute façon, nous voulons seulement bavarder au calme, à l'ombre des arbres.

Il les guida à travers le rez-de-chaussée jusqu'à une porte qui ouvrait sur un parc magnifique.

— Quel lieu magique ! s'exclama Virgile. Ce verdoiement ! Cette vue sur la lagune ! Ce mignon édifice au bout du jardin !

— Moi aussi, j'aime ce lieu. Il y a peu d'arbres à Venise, savez-vous ? J'ai le sentiment de me trouver ici au bout du monde... En un sens, c'est le cas : cette *sacca* est à une extrémité de Venise, et Venise est à une extrémité de l'Europe.

Marietto fit un geste vers la construction qui s'élevait au fond du parc, tel le phare du bout du monde.

— Le Casino degli Spiriti, le Pavillon des Esprits. Par le passé s'y tenaient des conversations littéraires, des joutes intellectuelles auxquelles participaient le Titien et ses amis : Jacopo Sansovino, le plus célèbre architecte de Venise et Pietro Aretino, l'écrivain qui se surnommait lui-même le « fléau des rois »... J'ai rencontré Sansovino quand j'étais enfant. Il est mort il y a six ans. En revanche, l'Arétin a disparu à peu près à l'époque de ma naissance. Je ne l'ai pas connu, mais je sais qu'il entretenait d'excellents rapports avec mon père et qu'il était le meilleur ami du Titien.

Les jeunes gens s'installèrent à même le sol du parc, sur l'herbe sèche, dans l'ombre accueillante d'un acacia. Virgile déposa entre eux le paquet des dessins sélectionnés la veille et exposa dans ses moindres détails l'affaire qui les avait amenés à demander assistance au Tintoret. Lorsqu'il eut achevé son récit, Marietto poussa un long soupir.

— Peut-être Cesarone a-t-il été trop optimiste. Je ne suis en aucune manière spécialiste des œuvres du Titien. Mon père serait plus à même de vous aider : il a commencé sa carrière comme assistant du maestro. Mais je crois qu'il a claqué la porte de l'atelier au bout d'une semaine, à moins qu'il n'ait été chassé. Incompatibilité de caractères ! Néanmoins...

Marietto s'empara du tas d'esquisses et les étudia une à une.

— Néanmoins, reprit-il, je suis capable de préciser à quelle époque – à peu près – correspond chaque toile. La manière du Titien a beaucoup évolué avec le temps. Par exemple, ce *Tarquin et Lucrèce* date du début de sa carrière. Il peint encore à la manière de son maître à lui, Giorgione. Il y a de la douceur dans son toucher. Les traits sont assez marqués. Tandis que ce *Tarquin et Lucrèce*-là est beaucoup plus récent. Il ne lisse pas la matière. Il néglige les contours. Pour tout dire, je crois qu'il a abandonné son pinceau et utilisé ses doigts. Comprenez-vous la différence ?

Le jeune peintre posa l'une à côté de l'autre les deux versions du viol de Lucrèce par Tarquin pour que Virgile et Pierre puissent par eux-mêmes constater la métamorphose du style. Ils hochèrent la tête, convaincus. Pierre s'aventura même à exprimer son sentiment :

— La seconde manière me déconcerte. Je la trouve beaucoup plus violente, angoissante ; beaucoup plus convaincante en somme.

Marietto, qui continuait à feuilleter la masse des dessins, ajouta :

— Je peux également vous indiquer où trouver certains originaux. Je connais quelques-unes des toiles. J'en ai entendu évoquer d'autres. Cela vous serait-il utile ?

Virgile secoua vigoureusement la tête : il ne voulait négliger aucune piste.

— Évidemment, la plupart des tableaux de ma connaissance se trouvent à Venise même. *Saint Laurent*, par exemple, se cache dans une chapelle funèbre de l'église des Crucifères, tout près d'ici, de l'autre côté de la sacca della Misericordia, et à deux pas de Biri Grande. *Diane et Actéon* est nettement plus difficile d'accès, sans doute faudrait-il aller jusqu'à Madrid ! La série des scènes bibliques que voici : *Abel et Caïn*, *Abraham et Isaac*, *David et Goliath*, ornent le plafond de l'église Santo Spirito in Isola. *Saint Pierre martyr*, vous le trouverez aussi dans une église : celle de San Zanipolo. Quant au *Mari jaloux et sa femme...*

Il fut interrompu par un cri de Virgile triomphant.

— Je sais ! Je l'ai vu ! À Padoue ! Souviens-toi, ajouta-t-il à l'attention de Pierre, je t'en avais parlé ! Les fresques que j'avais admirées à la scuola di Sant'Antonio m'avaient impressionné.

Le jeune médecin acquiesça. Il prit la gravure dans ses mains, cependant que Marietto étudiait une autre esquisse d'un air perplexe.

— En revanche, je dois admettre que je n'avais pas connaissance de ce *Marsyas et Apollon*. Je le trouve terrifiant de cruauté. J'ignore totalement où il faudrait le chercher.

Virgile leva les yeux vers l'apprenti et lui adressa un sourire malicieux :

— À l'atelier de Biri Grande, tout simplement !

— Maintenant, je crains que tous ces savants renseignements ne répondent pas exactement à la question que vous me posiez, et ne servent guère à votre enquête. Désolé...

Marietto cueillit un brin d'herbe jaunie et entreprit de le mordiller. Lorsqu'il entrouvrit les lèvres, Virgile aperçut ses dents, comme une rangée de perles. Inexplicablement, il sentit les battements de son cœur s'accélérer. Le rouge lui monta aux joues. Il se leva avec précipitation et fit mine de s'étirer, puis s'éloigna de quelques pas, le temps de se calmer. Lorsqu'il revint s'asseoir en compagnie de ses deux camarades, l'apprenti peintre s'était remis à parler avec animation.

— ... une intuition que j'aurais du mal à expliquer. Je comprends bien l'idée d'un tableau qui symboliserait un crime. Mais je n'imagine pas que l'on puisse choisir Jésus pour représenter la victime. Cela serait une impiété – pire, un sacrilège !

— Ainsi donc, tu exclurais de notre sélection toutes les scènes où apparaît le Christ ? Les flagellations et les mises en croix, en somme...

— Exactement. Et, dans le même ordre d'idées, je ne retiendrais pas non plus les scènes inspirées par l'Ancien Testament et la vie des saints. Parce que l'on peut considérer comme hérétique d'assimiler un homme ou une femme ordinaire – fût-ce la victime innocente d'un assassinat – à un saint.

Pierre, de religion protestante, n'adhérait pas à cet argument-là, mais il garda pour lui ses réserves. Après tout, le Titien était lui chrétien catholique. Il aurait donc sans doute partagé l'opinion de Marietto.

Virgile, de son côté, s'était lancé dans un travail de tri frénétique.

— Si je comprends bien, nous pouvons écarter les images bibliques et hagiographiques. Pas plus que notre Seigneur Jésus-Christ dans le rôle de la victime, l'on ne retiendra Sébastien, Jean Baptiste, Laurent, Pierre, Stéphane, ni Isaac, Abel, Goliath, Holopherne...

Au fur et à mesure de l'énumération, la voix de Virgile se gonflait d'enthousiasme. Le tas des dessins rejetés s'épaississait à vue d'œil. Celui des tableaux retenus ne dépassait pas un demi-pouce. Le jeune homme les brandit en l'air.

— Il en reste six ! s'exclama-t-il.

Les trois jeunes gens alignèrent devant eux les six dessins restants.

— *Le Mari jaloux* ; *Tarquin et Lucrèce* ; *Le Supplice de Marsyas* ; un second *Tarquin et Lucrèce* ; *La Mort de Polidore* ; un troisième et dernier *Tarquin et Lucrèce.* Ou, pour plus de précision, dans l'ordre chronologique, reprit le peintre, en datant chaque fois l'œuvre autant que faire se pouvait : *La Mort de Polidore* – je crois que le Titien n'avait pas trente ans. *Le Mari jaloux* doit remonter aux années 1510-1515. Le premier *Tarquin et Lucrèce* est à peine moins ancien. Les deux autres *Tarquin et Lucrèce* par contre sont tout à fait récents. Je vous ai expliqué la seconde manière. La peinture avec les doigts. Ils sont vieux de quatre, cinq, six ans peut-être. Enfin, *Marsyas et Apollon* – puisque vous l'avez vu dans l'atelier de Biri Grande, c'est qu'il date de ces toutes dernières années et qu'il n'est peut-être même pas achevé.

Virgile intervertit l'ordre des esquisses posées sur le sol. Une longue minute, les trois jeunes hommes en détaillèrent la succession. Le premier, Pierre rompit le silence :

— Je suis un absolu néophyte en matière picturale ; pourtant le fossé m'apparaît énorme entre les trois premiers et les trois derniers tableaux. D'ailleurs, d'après tes estimations, Marietto, plus de cinquante ans les séparent. Je vais peut-être vite en besogne, mais je ne tiendrais pas compte des trois toiles remontant à 1510. Un demi-siècle ! J'y vois presque une raison mathématique.

— Et moi, une raison psychologique, enchaîna Virgile. L'homme qui m'a parlé depuis son lit de mort n'avait pas le regard perdu dans le passé. L'horreur d'avoir été témoin et le remords d'être resté muet étaient manifestes. En outre, un homme qui aurait commis un crime aussi loin que 1510 atteindrait aujourd'hui l'âge de soixante-quinze ans pour le moins. Autant dire qu'il serait mort et enterré à l'heure à laquelle nous parlons ! Tout le monde ne bénéficie pas d'une longévité aussi extraordinaire que celle du Titien. Quand bien même il tiendrait encore sur ses pieds, quel sens aurait une dénonciation alors que tant de temps s'est écoulé ? Je sais bien que la vengeance est un plat qui se mange froid, mais tout de même...

Marietto avait écouté Pierre et Virgile avec attention. À son tour, il prit la parole.

— J'ajouterai à tout ceci ma raison à moi, une raison d'ordre artistique. Depuis quelques années, le Titien avait profondément modifié sa technique de peinture. Il insufflait à la matière un aspect sauvage, peignait avec les doigts, donnait du relief à la pâte, faisait de sa toile un champ de bataille. Il n'employait plus que trois couleurs : le blanc, le rouge, le noir. Ses tableaux se sont mis à devenir de plus en plus sombres, à dégager une atmosphère ténébreuse, à répandre une lumière de tombe. Je me demande presque si ce n'est pas la vision du meurtre auquel il a assisté qui, précisément, a provoqué cette métamorphose dans son style.

Pierre et Virgile l'écoutaient, captivés. L'intelligence de ce tout jeune homme était stupéfiante.

— C'est pourquoi, moi aussi, j'éliminerais *Polidore décapité dans la forêt*, *La Femme poignardée par son mari jaloux*, et *Lucrèce victime de Tarquin* dans sa version première.

Suivant les indications de Marietto, Virgile ramassa les trois images mises au rebut. Il fixa intensément les trois pages qui restaient sur l'herbe. Relevant la tête avec un drôle de sourire :

— Je sais de quel tableau le Titien m'a parlé en mourant, annonça-t-il.

CHAPITRE 4

Les trois jeunes gens avaient quitté l'ombre fraîche des arbres au palais Contarini dallo Zaffo et avaient replongé dans la touffeur aoûtienne sur le quai qui longeait le rio della Madonna dell'Orto. Ils tournèrent le dos à la sacca della Misericordia – le « bout du monde » de Marietto – et reprirent le chemin qu'ils avaient suivi à l'aller.

À mi-route, l'apprenti s'immobilisa et, sans un mot, pointa son doigt vers un bas-relief qui ornait la façade d'un palais. La réaction des deux touristes ne se fit pas attendre :

— Un dromadaire ! s'exclamèrent-ils de concert.

— Je vous avais promis la découverte de quelques-uns des secrets du quartier, commenta Marietto, et je vous présente le dromadaire de Cannaregio.

— Que fait-il là, à transporter tant de sacs sur son dos ?

— Que contiennent donc ces charges mystérieuses ?

— Et vers quels horizons l'entraîne l'homme au turban qui le guide ?

Semblable pluie de questions amusa tant le petit peintre qu'il éclata de rire, un rire fruité et doux. Le jeune Preudhomme tressaillit ; il crut entendre dans son dos l'adorable rire d'une fille. Il s'empressa de pivoter sur lui-même. À la place de la femme qui venait de traverser son esprit, il aperçut la fragile silhouette de Marietto avec ses hauts-de-chausses, son pourpoint et son béret.

— Les sacs que transporte ce dromadaire renferment un bien fort précieux : des épices. Du poivre, de la cannelle, du safran, du gingembre, de la noix de muscade, des clous de girofle... Grâce au commerce des épices, la famille de marchands qui s'installa ici avait conquis une immense fortune. Il s'agit des Maures dont vous avez remarqué les statues sur le campo en bas de chez nous : Afani, Rioba, et Sandi. Ils avaient fui la Morée en guerre et s'étaient réfugiés dans la lagune. Morée/Maures : il y a eu confusion. Quoi qu'il en soit, on leur a attribué le patronyme de Mastrelli pour la raison, dit-on, qu'ils possédaient des milliers de *mastrelli* – baquets remplis de sequins d'or.

L'explication dura le temps du retour sur la fondamenta dei Mori, jusqu'à la casa tintoretta.

— J'ai grand-soif ! s'écria Marietto. Entrerez-vous à la maison pour vous rafraîchir et partager une collation avec moi ?

Comme il disait ces mots, midi sonna au clocher de la Madonna dell'Orto.

— Je ne peux rien vous promettre de copieux. Ma mère se trouve aujourd'hui avec mes deux sœurs en visite chez mon grand-père Vescovi, et, sans elle, la cuisine part toujours à la dérive.

À la mention des sœurs de Marietto, le cœur de Virgile fit un bond. « Peut-être, sûrement, ce sera l'une d'elles que j'ai aperçue hier aux obsèques du Titien ! » Il demanda négligemment :

— Quel âge ont tes sœurs ?

— Oh ! Elles sont nettement plus jeunes que moi. Perina a treize ans et la toute dernière, notre petite Ottavia, a fêté ses six ans.

Treize ans. L'information laissa Virgile interloqué. Se pouvait-il que ce fût une enfant de treize ans qu'il avait croisée la veille dans l'église des Frari ? Non, la demoiselle n'avait pas les traits flous de la puberté. Elle possédait le maintien doux mais assuré d'une jeune femme. Le mystère de la délicate blonde à la fossette demeurait entier.

— N'as-tu pas de sœur moins jeune ? insista-t-il.

Le jeune peintre, visiblement intrigué, lança à Virgile un regard pénétrant. Une seconde, il suspendit sa réponse.

— Chez les Robusti, les aînés sont des garçons. Je suis le second dans l'ordre des naissances. Seul Giovanni-Battista est plus vieux que moi. Viennent ensuite Domenico qui a seize ans et Marco qui en a quinze. Vous les avez aperçus tous deux qui travaillaient dans la *bottega*. Comme moi, ils se destinent à la peinture.

Virgile fut ébahi. Si Domenico, cadet de Marietto, était déjà entré dans sa seizième année, cela signifiait que Marietto lui-même approchait au minimum de dix-sept ans. Avec cette peau transparente ? Cette absence de pilosité ? Ces traits pleins de finesse ? Cette voix d'adolescent qui n'a pas mué ? Malgré son désir d'éclaircir pareil mystère, Virgile n'osa poser d'autres questions, de peur de paraître pesant. D'ailleurs, se préoccupant du repas qu'il allait improviser, le peintre était passé à un autre sujet :

— Sans doute Domenico a-t-il préparé quelque chose pour lui, pour Marco, et pour ceux qui les aident à l'atelier. Espérons qu'il n'a pas tout à fait vidé le bahut...

Les trois jeunes gens se retrouvèrent bientôt autour d'une table, à partager une omelette baveuse, du fromage de Piacenza, une salade de chicorée et de citron. L'ensemble fut servi accompagné de pain croustillant et d'un vin léger. Tout en se servant à la bonne franquette et en mâchant avec l'énergie de la jeunesse, ils discutaient de ce qu'ils avaient intitulé « l'énigme du Titien ».

— Il faut absolument que je passe à Biri Grande voir cette toile du *Supplice de Marsyas*, dit Marietto. Ta démonstration m'a définitivement convaincu, Virgilio. Si l'un des tableaux est une dénonciation, il n'y a aucune raison pour qu'il en ait peint deux versions à quelques années d'intervalle, ce qui exclut la paire de *Tarquin et Lucrèce* et nous laisse avec le seul *Marsyas*.

Virgile hocha la tête.

— C'est un bon début, certes, mais le mystère reste total. Qui Marsyas symbolise-t-il ?

— J'avoue que je ne me souviens pas de la légende le

concernant, avoua Pierre, plus féru de sciences que d'humanités.

— Marsyas... Marsyas...

Marietto répéta le nom du personnage comme pour appeler les souvenirs.

— Marsyas : un silène[1] ; un silène musicien. Si je me souviens des détails du mythe conté par Ovide, Athéna, la bricoleuse, avait fabriqué une flûte à deux tuyaux avec les os d'un cerf. Elle se proposa d'en jouer aux dieux lors d'un banquet. À peine eut-elle soufflé dans son instrument, que Héra et Aphrodite se mirent à glousser, à ricaner en se cachant derrière leurs mains et à se moquer d'elle. Athéna demeura interdite car sa musique ravissait les autres divinités.

Marietto effectua une brève pause dans son récit pour porter à sa bouche un morceau de citron.

— Plus tard, la fille de Zeus s'isola dans une forêt, s'installa au bord d'une rivière, reprit sa flûte et souffla dans le double tuyau. Lorsqu'elle aperçut le reflet de son visage dans l'eau, un visage congestionné comme par une grimace, les deux joues comiquement gonflées, bref une image d'elle-même déformée jusqu'au ridicule, elle jeta avec rage son instrument et maudit quiconque le ramasserait.

D'un geste de la main, l'apprenti peintre demanda à ce qu'on lui passât le fromage depuis l'autre bout de la table. Virgile s'empressa de lui obéir. Tandis que Marietto se servait, le Parisien poursuivit le récit :

— C'est le satyre Marsyas, un des suivants de la déesse Cybèle, qui ramassa la flûte. À peine l'eut-il portée à ses lèvres que l'instrument commença à jouer de lui-même. Il avait souvenir des mélodies d'Athéna. Le silène se mit à parcourir le pays et à charmer les habitants qui l'entendaient et qui s'écrièrent qu'Apollon en personne n'était pas capable de jouer aussi bien de sa lyre. Flatté par de telles louanges, Marsyas ne tenta de contredire personne. Sa présomption irrita Apollon au plus haut point. C'est pourquoi le dieu des

1. Personnage mythologique, un silène est un vieux satyre.

Arts et de la Beauté défia le musicien. Il lui proposa un concours. Celui qui triompherait infligerait au perdant le supplice de son choix. Aveuglé par l'orgueil, le satyre commit l'imprudence d'accepter la compétition. En guise de juges, l'on choisit les muses et le roi Midas. Dans un premier temps, aucun des deux participants ne s'imposa comme vainqueur. Les muses furent ravies tant par la musique de la flûte que par celle de la lyre.

Arrivé à ce point plein de suspense du récit, Virgile s'octroya une pause. Il se versa une rasade de vin et l'avala en trois gorgées.

— Furieux de ne pas l'emporter d'emblée, Apollon compliqua le concours. Il défia le silène de jouer de son instrument à l'envers et de chanter en même temps. C'était, évidemment, pour un flûtiste, gageure impossible. Marsyas échoua, tandis qu'Apollon retourna sa lyre et entonna des hymnes si remarquables en l'honneur des Olympiens que les muses lui décernèrent la palme. Seul le roi Midas soutint le satyre. Alors, le dieu victorieux savoura sa vengeance. Pour faire regretter à Midas d'avoir donné raison à Marsyas, il lui fit pousser des oreilles d'âne. Pour punir Marsyas, il s'y prit de la manière la plus cruelle qui soit : il l'écorcha vif et cloua sa peau à un pin.

Pierre frissonna d'effroi et reposa le verre qu'il s'apprêtait à porter à sa bouche. Virgile et Marietto aussi avaient cessé de manger. L'apprenti apporta à l'histoire sa touche finale :

— Plus tard, Apollon regretta un peu cette abominable vengeance. Envahi par le remords, il suspendit la peau de la pauvre victime dans une grotte et baptisa « Marsyas » le fleuve qui y prenait sa source.

La fin du silène laissa un instant pensifs les trois jeunes gens. Puis Pierre s'essaya à une analyse de la symbolique qu'on pouvait en dégager dans le cadre de l'enquête :

— Ainsi, il nous faudrait retrouver trace d'un crime commis il y a, disons, moins de dix ans, et dont la victime aurait été un musicien. Il ne nous manquait plus que cela :

après la peinture, la musique ! Un autre art où Virgile et moi rivalisons de nullité.

Marietto éclata d'un rire plein de fraîcheur.

— Je suis moi-même un peu mélomane, avoua-t-il. Mon père a tenu à ce que je bénéficie d'une éducation variée et m'a fait instruire en musique. Je sais lire les notes et chanter un tantinet. Je joue surtout du clavecin et du luth... rien d'exceptionnel !

Pierre, aussitôt, supplia le jeune Italien de leur interpréter quelque mélodie. Virgile en éprouva une sorte d'irritation. Aussi bien, rien ne la justifiait. Se rendant aux exhortations du jeune médecin, Marietto s'éclipsa, le temps d'aller quérir son luth. Bien calé sur le bord d'une chaise, il plaqua sur les cordes de son instrument un premier accord. Il interpréta une série d'airs populaires du Veneto, à la fois langoureux et chantants. Pour mieux goûter leurs mélodies, Virgile avait fermé les paupières. Quand il émergea de sa rêverie musicale, il ne put empêcher son regard de se poser sur le jeune musicien.

Marietto tenait son luth avec grâce, son buste légèrement penché en avant. Ses doigts dansaient avec agilité sur les cordes. Parfois, il semblait caresser le bois de son instrument, tant son interprétation était empreinte de douceur. Pudeur ou émotion, le rose était monté à ses joues. Virgile, bouleversé au-delà de la raison, ne savait s'il allait se mettre à trembler ou à pleurer, lorsqu'une porte s'ouvrit dans son dos. Marietto s'interrompit aussitôt.

— Père ! s'exclama-t-il d'une voix enjouée.

Il sauta sur ses pieds, déposa le luth sur son siège et courut vers le nouvel arrivant. Le Tintoret, ainsi qu'il apparut au jeune Preudhomme, était un homme d'une soixantaine d'années, de petite taille, à la physionomie avenante. Il avait le nez rond et le sourcil broussailleux, les joues creusées et les cernes profonds, le front à peine dégarni et une courte barbe qui lui mangeait le menton. Mais c'étaient ses yeux qui monopolisaient l'attention, de grands yeux un peu globuleux, à l'iris sombre, dont le regard flamboyait. Il posa le bras sur l'épaule de son fils.

— Je l'appelle mon petit Giorgione, déclara-t-il en laissant percer un accent de fierté dans sa voix, parce que Giorgione aussi maniait le luth et le pinceau.

— Père, intervint le « petit Giorgione », je te présente...

— Virgile Preudhomme et son ami de Paris ! Je sais ! Je me suis cogné à Cesarone tantôt, place Saint-Marc. Parfois, les *calli* de Venise sont si étroites que lorsque l'on croise votre oncle, on ne peut éviter de le heurter. Figurez-vous, messire Virgile, que j'ai connu votre mère. Elle était compagne de jeu de ma femme quand celle-ci n'était encore que Faustina de Vescovi. Je pense même qu'elle a assisté à notre mariage en 1550. Plus d'une fois, je l'ai suppliée de poser pour un de mes tableaux. Elle aurait fait un modèle de féerie : les tresses dorées, le regard azur, le teint translucide. Je l'imaginais volontiers en Athéna, avec cet air sage qui ne la quittait jamais. Elle a toujours refusé que je lui vole son image. Par pudeur, à n'en pas douter. Quoi qu'il en soit, dans le quartier de San Canzian, nous rêvions tous de lui conter fleurette. J'ai également croisé le signore Preudhomme quand il est arrivé à Venise et qu'il nous a enlevé notre belle Aurora.

De telles révélations bouleversèrent Virgile. Rares étaient ceux qui évoquaient la figure de sa mère en dehors de Florine, sa nourrice. Car, qui aurait pu rencontrer Aurora Notte-Manuce avant qu'elle n'épousât Gaspard Preudhomme et qu'elle ne déménageât en France ? Lui-même, Virgile, ne l'avait pas connue car elle s'était éteinte en lui donnant le jour, le 24 août 1555. Pourtant, il souffrait presque quotidiennement du vide qu'elle avait laissé derrière elle. Le souvenir de son père, aussi, revint frapper le jeune homme. Il avait été assassiné quatre ans auparavant et la blessure terrible de cette perte avait laissé à Virgile une cicatrice mal refermée au cœur.

Inconscient du tumulte qu'il avait déclenché dans l'âme du jeune homme, le Tintoret continuait de parler. Quand

Virgile constata qu'il avait perdu le fil du discours, son interlocuteur était déjà parvenu au « chapitre Titien » :

— ... pas la même chose si Orazio décède au Lazzaretto Vecchio. Auquel cas Pomponio, et son beau-frère Cornelio Sarcinelli, le mari de Lavinia, feue la fille du Titien, se partageront les biens, si ces deux-là arrivent à s'entendre ! Quant à l'héritage artistique, personne ne sait trop encore si l'un des garçons de la famille Vecellio, parmi les petits-neveux et les arrière-cousins, s'installera à Biri Grande pour continuer la peinture. Si aucun ne revient des Dolomites après cette peste infâme, Francesco Bassano s'est déjà inscrit dans les rangs pour récupérer la *bottega*. Il est vrai que le lieu est idéal pour un atelier de peintre. En attendant, j'ai vu Iacopo Negretti – Palma le Jeune – précisa-t-il à l'intention des deux Français peu introduits dans l'univers de l'art vénitien. Il a été un très proche collaborateur du maestro, une des rares personnes qui soient restées longtemps chez lui. Palma propose qu'on laisse Cesare Vecellio terminer la toile du doge Grimani devant la Foi. Elle traîne, paraît-il, depuis près de vingt ans. Et il se déclare, lui, désireux d'achever la dernière toile à laquelle travaillait Tiziano, une *Pietà* que le maître souhaitait dans la chapelle de sa tombe.

— Virgilio et Pierre l'ont vue. Ils ont visité l'atelier, expliqua Marietto à son père.

Le Tintoret hocha la tête en tripotant machinalement les poils de sa barbe.

— Je crains, hélas ! qu'ils ne soient pas les seuls ! Tout Venise bourdonne de la nouvelle de la disparition du Titien. J'ai recommandé à Palma de fermer Biri Grande à double tour. Il y passera aujourd'hui, s'il retrouve sa clef. Il faudrait au moins éviter que l'on ne vole les toiles qui se trouvent encore là-bas... Ce que j'en dis n'est pas totalement désintéressé, notez ! Je reconnais que l'idée d'acquérir un des ultimes tableaux du Cadorin me siérait assez. J'étais admiratif de sa dernière manière, même si elle diffère beaucoup de ma façon de peindre.

Sur ce, le peintre salua la compagnie qui occupait sa cuisine et s'en alla en son atelier rejoindre ses fils Domenico et Marco, ainsi que ses aides.

L'heure était venue pour les trois jeunes gens de décider de la suite à donner aux événements. Marietto exposa un plan de bataille :

— Il m'apparaît prioritaire d'enquêter dans trois endroits précis : d'abord, à l'atelier du maestro, ne serait-ce que pour y voir le *Supplice de Marsyas* maintenant que nous l'avons identifié. Ensuite, auprès de Palma le Jeune, parce qu'il a collaboré avec Tiziano et qu'il se souviendra peut-être d'une anecdote significative. Enfin, aux archives criminelles de l'Avogadoria, où nous pourrons consulter les procès-verbaux des anciennes affaires de meurtre.

Après cet exposé des possibilités, Pierre et Virgile ne purent qu'opiner du chef et se redresser pour la phase numéro un du programme d'attaque.

Dehors, le soleil brillait à son zénith et la chaleur était pesante. Pour la troisième fois en trois jours, les Parisiens prirent le chemin de Biri Grande, précédés cette fois par Marietto qui, à travers les *callette* et les *sotoporteghi* les plus étroits et les plus secrets, les conduisait du quai dei Mori au campiello della Pietà. Les compagnons traversaient le pont qui lie la fondamenta della Misericordia à la fondamenta San Felice lorsqu'un cri déchira l'air saturé de touffeur. Ils s'immobilisèrent, pétrifiés d'effroi, tant le hurlement contenait de douleur. Le cri se répéta, tout aussi atroce que la première fois. Marietto, aux aguets, en repéra la provenance. Il indiqua d'un mouvement de tête un bâtiment sur le quai. L'insupportable lamentation qui s'éleva encore les guida vers l'édifice. La porte en était ouverte et, alors que Virgile franchissait le seuil, un gros rat vint se jeter sous ses pieds. L'animal renversé émit un couinement suraigu, se rétablit sur ses pattes et déguerpit, gris et sale. Le jeune homme le suivit du regard et le vit disparaître entre deux pierres disjointes du quai. Il réprima un frisson de dégoût et avança dans le couloir d'entrée de la maison. Une épouvantable odeur, évoquant le parfum du cyclamen, le saisit à la gorge. Il sut alors à quoi il devait s'attendre. Pierre le lui avait expliqué : semblables miasmes annonçaient la proximité d'un cadavre, de plusieurs cadavres peut-être. Virgile s'effaça et laissa passer son ami qui avait aussi humé et reconnu l'odeur de la mort. Lui seul était en mesure d'intervenir si tant est que cela eût un sens.

Le jeune médecin pénétra dans la pièce d'où émanaient les cris désespérés dont l'écho résonnait jusqu'au pont. D'abord, il vit le dos d'un homme agenouillé et penché sur un corps. Ensuite, il aperçut le corps et, quelque habitué qu'il fût à la vision de macchabées, il eut un haut-le-cœur. Le cadavre d'une femme gisait sur le sol et il devait se trouver là depuis une semaine. Les membres étaient difformes, boursouflés par les humeurs en putréfaction. La chair qui apparaissait sous les jupes avait pris des couleurs bleuâtres, orangées, vert pâle. À la hauteur de l'abdomen, le tissu du vêtement avait opéré une étrange mixtion avec la graisse, les muscles et les entrailles du ventre, formant une boue noirâtre et innommable. Mais le plus insoutenable à regarder restait le visage de la défunte, dévoré par la souffrance, la maladie, le temps, les cafards et les rats. Des sillons violacés creusaient ce qui restait des joues. Les yeux avaient pourri dans leurs orbites. Du nez, grignoté, ne restaient que deux trous sombres et béants. Devant ce cadavre puant, putride et saccagé, pleurait un homme bouleversé de chagrin. Entre ses doigts crispés de douleur, il serrait ce qui avait été une main, un bout de chair gonflée et verdâtre. Il n'y avait, bien sûr, rien à faire, et le mieux aurait peut-être encore été de le laisser se saouler de larmes. Avec une grande douceur, Marietto enlaça les épaules de l'inconnu, l'aida à se relever et l'escorta, chancelant sous la peine, jusqu'à la sortie du logis. Là, il signifia à Pierre et Virgile d'attendre qu'il ait accompagné l'homme jusqu'à l'église de San Marziale, dont le curé pouvait être de quelque secours.

Demeurés seuls sur la fondamenta qui longeait le rio San Felice, les deux amis se regardèrent sans trouver la force de parler. La nausée les étreignait. Qui était cette femme ? Et qui était cet homme ? Son mari ? Son père ? Son fils ? Son fiancé, revenant après une séparation et la retrouvant défigurée par la peste, dévorée par les rats ? Comme le nom du quai, San Felice [1], sonnait absurdement lorsque s'y déroulaient d'aussi sinistres retrouvailles ! Sa tâche accomplie, Marietto les rejoignit, si pâle que sa peau semblait translucide. Une trace humide sur sa joue témoignait qu'il avait essuyé une larme.

Sans un mot, les jeunes gens reprirent le chemin de Biri Grande.

Ainsi que l'avait pronostiqué le Tintoret, les appartements et l'atelier avaient été tout bonnement dévalisés. La collection de parures et de costumes que Pierre et Virgile avaient admirée avait été presque entièrement dérobée. Dans la maison, les objets précieux avaient été volés. L'entière collection d'horloges de table du Titien avait été subtilisée. Jusqu'à certains meubles que les cambrioleurs s'étaient attribués. Au sol, dans la chambre, entre un coffre de bois et le lit à baldaquin, Virgile ramassa un ducat, preuve que l'argent qui sans doute s'y trouvait avait lui aussi atterri dans la poche des pilleurs. Pâle et tremblant, Marietto essaya de trouver des mots de réconfort :

— Les tableaux n'ont pas bougé. La *Pietà* et *La Flagellation*, *Marsyas* et *Saint Sébastien. Le Doge Grimani agenouillé devant la Foi* également. Vous êtes passés par ici les premiers et vous avez eu la bienheureuse inspiration de vous emparer des esquisses du maestro. Cela au moins sera sauvegardé grâce à vous et, croyez-m'en, vous détenez un véritable trésor.

En son for intérieur, Pierre reconnut qu'il fallait donner raison à Marietto et se félicita pour avoir, la veille, classé le monceau de croquis. Avec Virgile, il les avait ainsi sauvés du désastre et de la disparition. Il donna une claque amicale dans le dos de son camarade et, le saisissant par le coude,

1. *Felice* en italien signjfie « heureux ».

l'entraîna dans l'atelier à la suite du jeune peintre. Marietto s'était planté devant le *Couronnement d'épines* :

— Père adorera ce tableau [1], murmura-t-il *sotto voce*.

Puis il se retourna vers *Le Supplice de Marsyas*.

— Inspectons celui-ci, à présent. Jusque dans le moindre reflet de ses couleurs.

Le tableau, pratiquement carré, présente une facture assez lâche. Au premier abord, il apparaît comme une épaisse couche de peinture marronasse. Un éclairage blafard, presque maladif, le baigne. Pas de fond à proprement parler, si ce n'est un ensemble de taches qui évoquent, plus qu'elles ne représentent, un feuillage informe et de la terre battue. Le corps de Marsyas, suspendu par ses sabots de bouc aux branches d'un arbre avec des foulards rouges, occupe le centre de la toile dans toute sa hauteur. Ses bras, ballants, entourent sa tête dont la chevelure touche pratiquement terre, si bien qu'on ne distingue plus le brun de ses mèches du brun de l'humus. Autour de la victime, dans un premier plan presque trop réduit pour contenir tout le monde, se pressent six autres personnages et deux chiens. À gauche, deux écorcheurs se sont mis au travail. L'un, coiffé d'un bonnet, s'est attaqué au pelage sombre de ses cuisses de caprin. L'autre, penché sur son torse, a commencé à dépecer le haut de sa poitrine. Le filet de sang écarlate qui ruisselle de la blessure macule le bras de la victime et peut-être un côté de son visage, et souille la terre en formant une flaque. Un petit chien à la fourrure blanche et rousse et à la queue touffue a entrepris de laper le sang répandu. Derrière les deux bourreaux, sur l'extrême gauche du tableau, un musicien en robe rose paraît entonner un chant funèbre ; il s'accompagne au violon. Tout en jouant, il lève les yeux vers la flûte du silène qui semble accrochée à l'arbre, voire flotter dans les airs. À droite de l'écorché on trouve trois autres personnages. Un satyre aux oreilles pointues, aux cornes de

1. De fait, le Tintoret acheta le tableau.

bouc, à la barbe emmêlée, tient dans sa main un seau de bois cerclé de fer. Assis à son côté, un vieillard à la chevelure et à la barbe blanches, drapé dans une étoffe rose et coiffé d'une couronne, montre une attitude pensive, le coude posé sur son genou et la main couvrant sa bouche. À sa droite, et donc à la limite du tableau, apparaît un enfançon-satyre. Il est le seul à regarder dans la direction du peintre. Il arbore une mine presque réjouie. D'une main, il retient par le col un second chien, beaucoup plus gros et sombre que le premier. L'animal serre un oiseau mort entre ses mâchoires.

— La vision de cette œuvre est insoutenable, souffla Marietto.

En effet, la scène dégage un sentiment violent d'horreur, d'épouvante, de cruauté, d'inhumanité. Chaque élément participe au ton tragique qui transcende le tableau. Les couleurs sombres, brunâtres, sales sont mises en relief par des flamboiements rouges et l'éclat blanc de certains objets. Le paysage du fond est informe mais on ne l'imagine pas autrement. L'expression des personnages renforce l'impression d'inhumanité qui s'exprime à travers la peinture. Écorché vif, Marsyas affiche un masque impénétrable. Son œil fixe donnerait presque à croire qu'il est déjà mort. Mais de sa bouche s'élève peut-être un gémissement. Un gémissement, et non pas le hurlement de douleur et d'angoisse auquel on s'attend. Les deux exécuteurs de la sentence mortelle, avec leur instrument de métal luisant, qu'ils tiendraient presque délicatement, comme une plume, affichent des visages où se lit l'indifférence, une indifférence de boucher. Pas de marque, pas de ride de dégoût ; le calme le plus total. Le bourreau du premier plan, qui s'est agenouillé pour blesser Marsyas au buste, avec son visage poupon, ses boucles blondes et sa couronne végétale, ressemble assez à un adolescent. Doux aussi est le visage du musicien, qui chante peut-être. Seul, de tous les personnages, le satyre au seau a le regard sournois et le rictus aux lèvres. Lui seul paraît jouir du spectacle du supplice. Mais ne sont-ce pas là seulement les plis ordinaires de sa face disgracieuse, de son aspect ricanant ? Le vieillard méditatif est envahi par le doute et la perplexité plutôt que par la réprobation ou la répulsion. Lui non plus ne dit rien. Pas plus que l'enfant qui nous prend à témoin. Jusqu'aux chiens qui sont empêchés de japper. Le petit parce qu'il est occupé à laper le sang de Marsyas, le grand parce qu'il mord à belles dents un oiseau symbolisant sans doute l'âme de la victime. Pas de cri, pas de notes, pas de mots, pas d'aboiements : ce qui ressort de ces couleurs roussâtres, de cette lumière lugubre, de ces formes floues, de ces visages impénétrables, de ce châtiment barbare, de cette cruauté sans nom, de ce sang qui coule sans bruit, c'est justement le silence.

En silence aussi, les jeunes gens contemplèrent l'œuvre un long moment, tâchant de s'en imprégner dans les moindres détails. Grâce à ce silence ils perçurent des pas crissants sur la terre sèche du cortile.

— Des pilleurs ? murmura Pierre en tressaillant.

D'un geste de la main, Virgile fit signe à ses deux compagnons de se cacher au plus vite. Pendant quelques secondes, la panique s'empara des garçons. Où se terrer ? Les pas dans la cour se rapprochaient de la porte de l'atelier. À l'intérieur de la pièce, comme dans une souricière, Virgile, Pierre et Marietto couraient en tous sens, affolés. Suivant son premier réflexe, le jeune Preudhomme s'était précipité vers le local aux costumes. Mais son contenu avait été tant dérobé qu'il ne restait que quelques toges et une ou deux loques de miséreux... Rien de suffisamment volumineux pour camoufler trois personnes.

Soudain, Marietto fut traversé par une inspiration astucieuse. La *Pietà* se dressait au fond de la pièce, haute de trois mètres cinquante et longue de presque autant. Elle était posée contre le mur, et si le haut de la toile touchait la paroi, pour des raisons d'équilibre, le bas du cadre s'en écartait d'un demi-mètre environ. Assez pour qu'ils pussent se glisser accroupis sous le gigantesque bâti. Virgile, le dernier, se courba pour s'engouffrer dans la cachette à la suite de ses deux camarades. À ce moment même, la porte de l'atelier s'ouvrait. Malencontreusement, dans sa manœuvre, il heurta le pied de Marietto qui étouffa un gémissement de douleur. Virgile, quant à lui, porta sa main devant sa bouche pour masquer le halètement de sa respiration. Dans sa poitrine, son cœur emballé battait la chamade. Il avait l'angoissante impression que ces coups, qu'il ne parvenait pas à dompter, allaient trahir sa présence. Il appuya sa tête contre le mur derrière lui et ferma les yeux pour essayer de retrouver un semblant de calme.

Les visiteurs étaient au nombre de deux. De sa cachette, Virgile percevait parfaitement l'écho de leurs voix. À dire la vérité, un seul des inconnus s'exprimait vraiment. L'autre ne proférait que des grognements d'approbation ou de doute.

— Regarde-moi ce fatras ! Putain de malchance ! On a été devancés !

L'homme avait une voix très particulière, au timbre aigu et aux accents nasillards. Son acolyte manifesta sa déception par un borborygme.

— Fouillons tout de même dans ce bordel, proposa l'homme.

À ses exclamations et ses grossièretés succéda le bruit d'une recherche fiévreuse parmi les papiers, les bouts de tissu et les godets de peinture. Dans sa quête, l'un des deux intrus s'approcha à quelques pas de la *Pietà*. Virgile entendit distinctement le bruit de sa respiration. Tous ses muscles se crispèrent. Soudain, il sentit une main se poser sur la sienne. Marietto, non moins paniqué que lui par la présence palpable de l'inconnu, avait saisi la première chose à sa portée et la serrait de toutes ses forces. Virgile retint son souffle ; son voisin fit de même. Dans la bulle de froid qui l'avait enveloppé sous l'effet de la terreur, le contact avec la paume du jeune peintre constituait un point de chaleur qui lui communiquait courage et confiance. Bientôt, le fouineur, déçu de ne rien trouver alentour de la toile, s'éloigna en bougonnant. Doucement, l'étreinte de Marietto sur la main de Virgile se détendit. Mais, contrairement à ce qu'attendait le jeune Preudhomme, le peintre ne le lâcha pas et laissa ses doigts posés sur son poignet. Virgile, moins tétanisé par la peur, en apprécia alors la finesse : des petits doigts fuselés, à la peau tannée par le pinceau et le pilon, l'huile et les pigments, des doigts d'artiste en somme. Il baissa les yeux vers cette main qui le touchait et la vision baignée d'ombre de ce contact le troubla plus que de raison. Il détourna le regard et essaya de se concentrer sur les bruits qui lui parvenaient. Les deux visiteurs poursuivaient leurs recherches qui semblaient n'aboutir à rien. Soudain, depuis le cortile, l'écho de nouveaux pas retentit. Pour la seconde fois, Marietto s'accrocha au poignet de Virgile. Dans l'atelier, les intrus avaient aussi entendu.

— Merde, siffla l'homme à la voix nasillarde. On a de la visite. Mieux vaudrait déguerpir !

Son compagnon émit un grognement affirmatif. Les deux lascars se précipitèrent vers la sortie. Trop tard. Au moment même où ils atteignaient le seuil, la poignée grinça et la porte s'ouvrit.

— Eh bien, mais qu'est-ce que c'est que...

Le nouvel arrivant ne put achever. Il fut percuté de plein fouet par les deux fuyards. Le choc sourd de son corps heurtant le sol répondit au bruit de la course effrénée des inconnus.

— Hep ! Un moment, messieurs ! cria le nouvel arrivant.

Son appel fut bien inutile. Virgile l'entendit se relever. Un bref silence suivit, au cours duquel le troisième visiteur regarda sans doute autour de lui l'état dans lequel avait été mise la *bottega*.

— Eh bien, flûte ! s'exclama-t-il enfin. Le Tintoret avait raison. L'atelier a été pillé. Maudits saccageurs ! Aucun respect pour le talent et la mort !

En entendant mentionner le nom de son père, Marietto accentua la pression de ses doigts sur la main de Virgile. Un influx de nervosité et de perplexité mêlées passa de l'un à l'autre. Dans l'atelier, le nouveau venu avait ramassé quelques documents jetés à terre et piétinés par la horde de vandales passés avant lui. Parlant toujours tout seul, il déclara :

— Pourvu que la *Pietà* n'ait pas été abîmée !

Ce disant, il s'approcha de la toile derrière laquelle était embusqués Virgile, Pierre et Marietto. Plus que jamais, ces derniers continrent leur respiration pour ne pas trahir leur présence. Le troisième homme déambula devant le tableau, examinant la surface, caressant la peinture du bout des doigts. Puis il recula de quelques pas pour apercevoir l'œuvre dans sa globalité. Il se rapprocha de nouveau pour vérifier de près un détail. Le va-et-vient de cette inspection méthodique, le crissement des souliers sur le sol de la pièce, le glissement des ongles à la surface de la toile, autant de bruits insupportables aux oreilles de Virgile et de ses compagnons. Tous trois sentaient leur tension et leur esprit s'affoler. La paume de Marietto sur la main de Virgile tremblait légèrement. Le visiteur, inconscient de la triple présence à un mètre de lui, poursuivait son piétinement. Le mouvement de ses semelles faisait s'élever autour de ses chevilles la fine poussière du sol de l'atelier. Derrière la toile aussi, des particules pulvérulentes se mirent à danser à hauteur du visage des trois clandestins. Soudain, à un frémissement dans les doigts, Virgile sentit s'enfler chez Marietto un irrépressible éternuement. Il appliqua sa main sur la bouche du jeune homme à l'instant précis où celui-ci éternuait. Le bruit s'en trouva assourdi. Statufiés, les jeunes gens tendirent l'oreille pour vérifier si oui ou non l'éternuement avait été perçu de l'autre côté de la *Pietà*. Au silence qui tomba d'un coup sur l'atelier, ils comprirent que le son n'était pas passé inaperçu. Cependant, il avait été suffisamment étouffé pour n'être pas identifiable. Pas plus qu'il n'en avait déterminé la nature, le nouvel arrivant n'en avait deviné la provenance. Il se dirigea vers la porte pour inspecter le cortile, en vain. De son côté, Virgile n'avait pas retiré sa main du visage de Marietto, de crainte que le moindre mouvement ne soit audible et, partant, traître. Sous ses doigts, il sentait la peau des joues du jeune peintre, une peau à la texture veloutée. Il devinait également l'ourlet de la bouche et la courbe des lèvres, légèrement humides et terriblement douces. Ce toucher prolongé d'avec une figure masculine et néanmoins délicate l'emplit de trouble. Dans sa poitrine, son cœur battait à coups soutenus et Virgile ne savait plus si c'était par crainte d'être découvert ou pour l'émoi que lui procurait le contact de Marietto. Infiniment mal à l'aise, il retira sa main brusquement. Son geste fut maladroit. Son bras heurta le cadre du tableau.

— Ah non ! s'exclama le visiteur depuis le seuil de l'atelier. Cette fois-ci, j'ai bien entendu quelque chose et...

Et les trois jeunes gens terrés derrière la *Pietà* surent qu'ils étaient découverts. Virgile se mordit l'intérieur de la joue et tourna la tête. Il sursauta de frayeur : un homme dardait sur lui ses yeux sombres.

— Eh bien, c'est ce que l'on nomme un flagrant délit ! J'espère que vous avez une explication valable à fournir, dit l'homme d'une voix menaçante.

Virgile, puis Marietto et Pierre s'extirpèrent de leur cache. Alors les Français eurent la révélation de l'identité de leur accusateur.

— Palma !

Marietto, à peine sorti de derrière la toile, avait reconnu celui dont son père parlait au début de l'après-midi même, Palma le Jeune, petit-neveu du célèbre peintre vénitien Palma le Vieux et assistant du Titien dans ses dernières années. C'était un homme dans la trentaine, au visage ovale, aux cheveux noirs, au large front, au nez très droit, et à la barbe taillée en pointe. Il portait sur la tête un chapeau en cloche avec des cornes sur les côtés. S'adressant au fils du Tintoret, Palma s'expliqua aussitôt :

— Ton père, que j'ai rencontré tantôt chez le marchand de couleurs, m'a conseillé de venir fermer Biri Grande à clef. Eh bien, je crois que j'arrive trop tard. Les voleurs, ces hyènes, sont déjà venus faire leur vilain tour.

Le fils Robusti fit les présentations. Puis il justifia à son tour ce que tous trois manigançaient dans une cachette aussi incongrue. Quand il eut mentionné les deux fouineurs, Palma embraya :

— Ils m'ont bousculé en s'enfuyant. Drôles d'oiseaux ! Ils portaient sur le visage des masques de commedia dell'arte, de sorte que je n'ai pas pu ne serait-ce qu'entrevoir leur physionomie. Je me demande bien pourquoi ils étaient venus ici fourrer leur nez. La cambriole, je présume. Apparemment, il ne reste plus grand-chose à subtiliser. Tous les objets de valeur ont, hélas, disparu. Ces deux visiteurs se seront échappés les mains vides. Enfin, du moment que la *Pietà* n'a pas été dérobée... Je vais me charger de l'achever. Peut-être que les frères accepteront alors de l'accrocher au-dessus de la sépulture de mon maestro.

Palma couvait le dernier tableau du Cadorin d'un regard admiratif et presque vorace. Par une question posée sur un ton dégagé, Virgile attira son attention sur le tableau qui le préoccupait lui, *Le Supplice de Marsyas*.

— Quelle angoisse, n'est-ce pas ? commenta Palma. Il est vrai que le mythe en lui-même s'y prête. Ce dépeçage à vif, quelle monstruosité !

— En effet, reprit Marietto qui avait saisi la manœuvre du jeune Preudhomme et qui, à son tour, tentait de soutirer autant de renseignements que possible. Quel est le peintre qui choisirait tel thème... en toute innocence ?

— Eh bien, ton propre père ! répondit l'ancien assistant du Titien.

Marietto écarquilla ses yeux et Virgile remarqua alors la longueur de ses cils.

— Le Tintoret a peint la scène sur un plafond dans la maison de l'Arétin. Oh, il y a fort longtemps de cela... je dirais à l'époque de mon baptême, en 1544 ou 1545. Mais il a choisi un épisode beaucoup moins sanglant de l'histoire : le moment où Apollon et le silène se livrent à leur duel musical, chacun avec son instrument, devant le parterre de leurs juges. Rien dans la peinture ne laisse présager la fin atroce de Marsyas. Il me semble que Jules Romain aussi, à Mantoue, dans l'une des salles du palazzo Te, a exécuté des fresques sur le même sujet. Je n'ai jamais eu l'occasion de les voir et je serais bien en peine d'en parler davantage. Le maestro, en revanche, les a sûrement aperçues. Il a beaucoup travaillé pour la cour des Gonzague [1].

En entendant ces paroles, Virgile se sentit fort désappointé. Alors quoi ? Le Titien avait peint le meurtre monstrueux du satyre musicien pour la seule raison qu'il avait aimé la représentation qu'un autre en avait faite à Mantoue. Avait-il juste voulu à son tour traiter la légende ? Ce n'était donc point pour témoigner d'un crime qu'il avait produit ce *Supplice de Marsyas* ? À moins que les deux motivations ne fussent compatibles... Dans sa déception, le jeune Preudhomme décrocha du dialogue entre Palma et Marietto. Lorsqu'il ressaisit le fil de leur conversation, il ne comprit d'abord pas ce qu'il entendait.

— ... chiens symbolisent la bestialité. En se comportant avec une telle cruauté, les deux exécuteurs sont ravalés au rang de la bête. Les quatre autres personnages aussi, car ils ne protestent ni n'interviennent contre pareille inhumanité, supputait Marietto.

Comme pour se rassurer, il ajouta :

— Car aucun homme ne se comporterait ainsi, n'est-ce pas ?

— Je ne m'avancerais pas avec autant de conviction que toi. Souviens-toi de ce que les Turcs ont fait à Bragadin lorsqu'ils ont pris Famagouste.

Virgile se promit de demander quelque éclaircissement à son oncle au sujet de cet épisode de Famagouste que Cesare lui-même avait évoqué à table le jour de leur arrivée à Venise.

— L'homme peut se transformer en chien, en lion, en loup... Je me souviens d'une affaire qui s'est déroulée ici

1. Plus tard, Palma le Jeune lui-même peignit une série de deux tableaux représentant d'une part le duel musical de Marsyas et Apollon et d'autre part, la mise à mort de Marsyas par Apollon (tableaux visibles au Herzon Anton Ulrich Museum, Brunswick).

même, dans la Sérénissime, il y a quelques années. Une femme a été dépecée de la sorte. Oui, exactement de cette façon-là.

— Pardon ? s'écrièrent d'une seule voix Marietto, Virgile et Pierre, au comble de l'excitation.

Ils pressèrent Palma de leur fournir des détails.

— La victime était une femme. De cela je me souviens car je l'avais rencontrée. Une femme magnifique, soit dit en passant... J'avais trouvé cela plus répugnant encore d'arracher une peau de fille. Les donzelles ont le cuir tellement plus sensible que le nôtre !

— Ne te rappelles-tu rien de plus au sujet de cette victime ? s'enquit Virgile.

— Ma foi, non... Ceci s'est déroulé il y a bien trois, quatre ans... peut-être même davantage... J'ai oublié l'affaire. J'ai oublié jusqu'au nom de la femme assassinée. Je n'ai de mémoire que des visages.

Il se tut et les trois paires d'yeux qui le fixaient avidement se teintèrent de dépit.

— Ah ! s'écria-t-il soudain, traversé par une réminiscence. Eh bien, je me souviens que mon maître le Titien connaissait très bien la victime.

CHAPITRE 5

Lorsque Virgile, Pierre et Marietto sortirent de Biri Grande, y laissant Palma le Jeune occupé à ranger l'atelier, la nuit avait commencé à descendre sur Venise.

— Il va falloir que je m'en retourne à la maison et que je vous abandonne ici, annonça le jeune peintre avec un rien de regret dans la voix. Je crains fort qu'il ne faille remettre la dernière partie de notre plan de bataille.

— Sans doute, acquiesça Virgile, dissimulant sa déception. Mon oncle doit nous attendre avec une montagne de victuailles pour le repas du soir. Il serait regrettable que nous le fassions attendre. Mais retrouvons-nous dès demain matin pour partir à la recherche de cette écorchée vive dans les archives de l'Avogadoria.

— Je ne me joindrai peut-être pas à vous pour cette enquête-là, intervint Pierre. Je voudrais rendre visite à l'adolescente dont j'ai incisé les bubons il y a deux jours. Je pensais trouver le temps d'y passer aujourd'hui, mais pour cela comme pour le reste, la soirée est déjà trop avancée.

Virgile et Mariette admirent parfaitement l'excuse du jeune médecin et se tournèrent l'un vers l'autre pour convenir d'un lieu et d'une heure.

— Disons au son de la Marangona [1], proposa le Français.

— Et disons devant Santa Maria Formosa, ajouta l'Italien.

---

1. La Marangona : cloche du campanile de San Marco qui sonnait le début et la fin de la journée de travail.

— Le portail du rio ou celui du campo ?

Où l'on voit que Virgile avait retenu la leçon de son oncle ! Curieusement, sa question perturba légèrement Marietto.

— Je constate que tu maîtrises l'art des rendez-vous dans notre cité. Ce sera l'entrée sur le *rio*. Ensuite, de l'autre côté du pont, en enfilade, par les calli Bande, Casselleria et Guerra nous aboutirons presque directement à la piazza San Marco.

Sur ce, ils se séparèrent.

Ainsi que son neveu l'avait pronostiqué, le sieur Peso-Manuce avait dressé la table et achevé la préparation du souper. Les serviettes étaient pliées, en forme de turban cette fois – un clin d'œil de Cesare aux *Mori* du campo proche de chez le Tintoret.

— Potage de morceaux d'*ombrina* à la vénitienne ! claironna le cuisinier avec fierté. Aisé à réussir et toujours délicieux.

— Voilà une recette qui plairait fort à ma bonne Florine, dit Virgile en songeant non sans émotion à sa nourrice restée à Paris.

— Alors, écoute un peu la manière de faire !

L'oncle Peso-Manuce avait disposé au fond de chaque assiette une tranche de pain sur laquelle il versa une louche de sa soupe :

— Tu prends quelques livres d'*ombrina* tranchée en deux dans la longueur. Tu découpes le poisson en petits morceaux que tu déposes dans une aiguière de cuivre ou de terre avec huit onces d'huile, cinq onces de vin blanc, deux livres d'eau, trois onces de sucre, quatre onces de raisins secs et un peu de vinaigre avec ce qu'il faut de poivre. Tu fais mijoter le tout à feu doux et tu sers chaud avec des tranches de pain dessous comme ceci.

Joignant le geste à la parole, Cesare déposa, devant les deux Français mis en appétit, une assiette de son potage qui fut apprécié et dont on se resservit. Même le chat Zanni eut droit à sa gamelle de soupe à l'*ombrina* et s'en trouva, lui aussi, enchanté. Tandis qu'au potage succédait un plat de tripes trévisanes, des lasagnes à la viande, des pis de vache et salade de chicorée, la discussion alla bon train sur la journée riche en rebondissements des Parisiens. Ils s'accordèrent pour déclarer que le fils Robusti leur avait inspiré la plus franche confiance et leur avait été d'une aide très précieuse. Virgile, évidemment, occulta le sentiment de trouble étrange que suscitait en lui le jeune peintre. Cesare devina-t-il cette part de secret que son neveu choisissait de taire ? Il posa sur lui un regard pénétrant. Un sourire discret naquit au coin de ses moustaches. Cependant, il ne souffla mot.

La nuit de Virgile fut traversée de rêves étranges. Il était chargé d'exécuter le portrait de Marietto et se retrouvait palette et pinceau à la main devant un chevalet dans l'atelier de Biri Grande. Son modèle était assis sur un tabouret, son luth sur les genoux. Tout autour du siège grouillaient des rats qui tentaient de l'atteindre. Le sort de Marietto reposait entre les mains de Virgile. Il devait absolument terminer son tableau avant que les rongeurs n'aient réussi à grimper au tabouret et à mordre le musicien. En proie à la panique, le jeune Français mélangeait les couleurs et barbouillait la toile sans trop se rendre compte des résultats de ses coups de pinceau car il ne pouvait quitter des yeux Marietto assailli par les rats. Tout à coup, un animal un peu plus gros que les autres parvint à se hisser sur un des barreaux du siège. Se dressant sur ses pattes arrière, il avança son museau aux dents pointues vers le pied du petit Vénitien. Dans un mouvement réflexe, Virgile projeta sur la bête ce qu'il tenait à la main, son pinceau, qui atteignit sa cible. Le rat dégringola et retomba au milieu de ses pairs en couinant. Une seconde soulagé, le Parisien soudain réalisa qu'il venait de lancer l'objet qui lui était absolument nécessaire pour terminer le tableau. Alors, il baissa les yeux sur le portrait et constata avec stupéfaction qu'au lieu de représenter Marietto, il avait peint la jeune fille à la fossette entrevue dans l'église des Frari. Virgile ne sut jamais la tournure qu'aurait prise son cauchemar car, à ce moment-là, il sentit un être chaud et pesant bondir sur son ventre. Un rat ! Il se redressa, dégoûté. Zanni venait de sauter sur son estomac. Il poussa un soupir de soulagement, frotta ses paupières gonflées de sommeil, tourna la tête vers la fenêtre de la chambre et constata qu'un nouveau matin s'était levé.

Sur le campo Santa Maria Formosa, Cesare, Pierre et Virgile se séparèrent. Le premier se rendait auprès d'un de ses malades ; le second se dirigeait vers le chevet de la petite pestiférée, calle del Cavallo ; le dernier n'allait pas plus loin que l'autre côté de l'église. Il s'installa au bord du canal pour patienter jusqu'à l'arrivée du fils du Tintoret. La Marangona n'avait pas encore sonné, et tout le temps que dura l'attente, il sentit monter en lui un curieux malaise. Une gêne qu'il n'aurait su définir l'oppressait à l'idée qu'il allait retrouver seul, sans Pierre, l'apprenti peintre et qu'ils allaient passer la matinée ensemble. Marietto se présenta à l'heure dite. Il avait quitté son vêtement moucheté de taches de peinture et avait passé une blouse éclatante de blancheur avec un col fraise à la mode sur des hauts-de-chausses clairs eux aussi. Seul le béret apportait une touche sombre à la silhouette – mais il soulignait la blondeur des cheveux du petit peintre. Il salua Virgile avec cette grâce qui lui était toute particulière et l'entraîna par le chemin rectiligne envisagé la veille jusqu'à la Merceria et, de là, jusqu'à la place Saint-Marc.

Le Parisien avait déjà, à maintes occasions, traversé la piazza San Marco, seule *piazza* dans une ville parsemée de *campi*. Chaque fois, pourtant, il ressentait la même stupeur éblouie devant tant de splendeurs : la basilique à l'élégance byzantine, couronnée de ses dômes et maquillée de ses ors, l'église San Geminiano qui lui faisait face au fond de la place, le long bâtiment des Procuraties avec ses trois rangs d'arcades superposées, l'hospice Orseolo, d'où partaient les pèlerins en route pour la Terre Sainte, le campanile au sommet duquel l'on scrutait la mer, la tour de l'Horloge avec son grand cadran émaillé d'azur et rehaussé d'or qui indiquait, en sus des heures, les phases du soleil, de la lune et du zodiaque. Virgile s'immobilisa un moment pour admirer la magie du lieu. Lorsqu'il émergea de sa contemplation, Marietto avait déjà traversé la place. Il le rattrapa au moment où il débouchait sur la *piazzetta*, la petite place qui, entourée par le vénérable palais ducal rose et blanc et la toute nouvelle et gracieuse Biblioteca Marciana, s'ouvrait sur le bassin de Saint-Marc. En son bout se dressaient la colonne de saint Théodore, premier protecteur de Venise, et celle de saint Marc, patron de la cité.

— Ces deux pilastres sont un peu comme l'accès officiel et la porte de sortie de notre Sérénissime, commenta Marietto. Lorsque la République accueille un hôte de marque, les deux colonnes balisent son passage d'entrée. Lorsque la cloche du Maleficio annonce une exécution capitale, c'est encore entre ces deux piliers que l'on dresse l'estrade et que l'on pend les condamnés.

Ce 30 août n'étant jour ni de réception princière ni de mise à mort, l'espace entre saint Théodore et saint Marc était occupé par des Vénitiens amateurs de jeux de hasard. Là était l'unique « zone franche » de la ville. Laissant de côté joueurs et parieurs, les deux jeunes gens s'approchèrent du palais des doges. À l'angle de la porte de la Carta, qu'ils s'apprêtaient à franchir, Virgile nota quatre personnages sculptés dans du porphyre rouge, figés dans une étreinte deux à deux.

— Encore des Maures ! expliqua Marietto. On raconte qu'ils ont été pétrifiés au moment où ils s'apprêtaient à dérober le trésor de San Marco !

Ils laissèrent les tétrarques en tête-à-tête avec leurs mauvaises intentions et passèrent sous le porche solennellement gardé par un lion ailé, un doge agenouillé et une justice armée. Là, ils doublèrent l'établi d'un écrivain public et accédèrent à une vaste cour intérieure. Le jeune Preudhomme n'avait jamais pénétré si avant dans le palais. Quelle ne fut pas son émotion quand, suivant Marietto qui semblait connaître le chemin, il emprunta le grandiose escalier des Géants, là-même où se déroulait le couronnement des doges. Il passa non sans orgueil entre la statue de Neptune – symbole de l'empire de Venise sur la mer – et celle de Mars – emblème de la domination de la cité sur la terre ferme. Parvenus à l'étage des loges, le fils du Tintoret s'arrêta, incertain de la direction à prendre. Virgile s'immobilisa à sa suite.

— Je sais qu'au premier étage se trouvent les locaux de la Chancellerie, des Censeurs, des Provveditori della Milizia de Mar et de l'Avogadoria. Mais où exactement, c'est ce que j'ignore !

— Pourtant, tu sembles connaître les lieux comme ta poche, fit remarquer le Parisien, admiratif.

Lui-même n'avait que très rarement franchi les murailles du Louvre.

— C'est que mon père a travaillé à l'embellissement des lieux. Il a décoré le plafond de l'Atrio Quadrato, un tableau hexagonal représentant le doge de l'époque, un Priuli, entouré de la Paix et de la Justice, de saint Marc et de son lion. Il a également peint des scènes bibliques : Salomon et la reine de Saba, Samson et les Philistins ou encore Esther et le roi babylonien Assuero. Enfin, il a représenté une série de quatre putti symbolisant chacun l'une des quatre saisons. À l'été, Père a fait des cheveux blonds comme les miens.

À l'idée de Marietto figuré en angelot nu et bouclé, Virgile sentit le sang affluer à son front.

— Je me souviens encore de cette époque et de cette commande pour le palais, poursuivit Marietto. Je ne devais pas avoir plus de huit ou neuf ans, mais j'y ai participé à ma façon, en broyant les couleurs et en nettoyant les pinceaux ! Je crois que mon père serait ravi de travailler à nouveau pour le doge... Et, pourquoi pas, maintenant que le Titien est, hélas ! décédé, de le remplacer dans la charge de peintre officiel de la République...

À cette perspective glorieuse, Marietto soupira. Souriant à Virgile :

— Nous cherchons la salle de l'Avogadoria, n'est-ce pas ? Eh bien – comme dirait Palma – ce n'est pas en demeurant dans cette galerie, si belle soit-elle, que nous risquons d'y parvenir.

La chance voulut que la première porte à laquelle il frappa fût précisément celle de l'Avogadoria de Comun.

Lorsqu'une dénonciation parvenait à l'Avogadoria, elle était examinée avec soin pour qu'en soit établi le degré de gravité. S'il s'avérait que l'affaire dépassait la compétence des *avogadori*, elle était déposée entre les mains du fameux Conseil des Dix. Dans le cas contraire, un des *avogadori* déclenchait la procédure. Il revenait alors à la Quarantia de déterminer si le dossier comportait assez d'éléments à charge pour entamer un procès. La décision était entérinée par un vote. De même qu'était soumise au vote l'arrestation et la torture éventuelle de l'accusé. Si l'emprisonnement immédiat du suspect n'était pas jugé nécessaire, un appariteur de l'Avogadoria se chargeait de notifier à l'intéressé l'ordre de comparution au tribunal ; s'il était estimé préférable d'enfermer l'accusé, les gens de l'Avogadoria procédaient à l'arrestation. Avait lieu l'interrogatoire. Un secrétaire de séance notait noir sur blanc les demandes faites et les réponses obtenues. Une copie du procès-verbal était remise à l'inculpé qui devait indiquer le nom de son avocat. En tout état de cause, enfermement, interrogatoire et torture ne pouvaient durer plus de trois jours. Quelles traces de l'assassinat symboliquement représenté par le Titien dans son *Marsyas* les services de l'Avogadoria avaient-ils conservées ? Telle était la question qui taraudait l'esprit surchauffé de Virgile.

Les fonctionnaires de l'Avogadoria se montèrent d'abord peu disposés à le laisser fouiller dans leurs papiers. Mais la gentillesse persuasive de Marietto unie à son habileté à parlementer vainquirent les résistances des secrétaires présents. En fin de compte, ceux-ci se trouvèrent honorés de la visite que daignait leur accorder un « avocat du barreau de Paris » ! L'avocat parisien en question se retrouva aussitôt avec son « assistant vénitien » devant une pile de documents faisant état de tous les meurtres recensés dans la Sérénissime depuis

1570. « Retrouver une écorchée vive dans ces centaines de pages ? Un treizième travail d'Hercule ! » grommela Virgile.

Il s'attaqua néanmoins sans tarder à la première liasse, celle correspondant aux archives de l'année 1570. Certes, les meurtres à Venise étaient en nombre moindre qu'à Paris, mais ils ne manquaient parfois pas de pittoresque – à l'image de ce mari jaloux qui avait noyé sa femme adultère en la jetant par-dessus bord de sa gondole au beau milieu du Grand Canal, ou à l'exemple de ce cadet qui avait poussé son frère au fond du puits de leur cortile en prenant soin de lui faire choir le seau de cuivre sur la tête, au cas où la dégringolade et la noyade n'auraient pas suffi. Pour le reste, *o tempora, o mores*, qu'ils soient perpétrés à Paris ou Venise – et Virgile l'extrapolait à Londres ou à Lisbonne, à Istanbul ou à Prague, à Amsterdam ou à Séville –, les crimes se ressemblaient, avec leur visage de laideur et leur habit de sang. Partout, même jalousie et même cupidité, mêmes poignards et mêmes poisons, mêmes instincts bestiaux et mêmes dérèglements pervers.

Soudain, l'apprenti peintre releva la tête :

— Je crois que j'ai trouvé ! s'écria-t-il d'une voix vibrant d'excitation.

Il fit glisser devant Virgile le texte manuscrit qu'il avait sous les yeux.

PROCÉS VERBAL DE L'INTERROGATOIRE DE L'ESCLAVE EBANO PAR L'AVOGADOR ET UN COLLÈGE DE MEMBRES DE LA QUARANTIA :

— Présente-toi !

— Je m'appelle Ebano. C'est du moins ainsi que m'a baptisé le premier propriétaire qui m'a acheté lorsque j'étais enfant sur le marché aux esclaves d'Alexandrie d'Égypte.

— Quel était ton rapport avec la courtisane Atika ?

— J'étais son esclave depuis deux ans.

— Sais-tu pourquoi tu comparais aujourd'hui devant nous ?

— Parce que ma maîtresse Atika a été tuée il y a deux nuits.

— Est-ce toi qui l'as assassinée ?
— Non. Jamais je n'aurais fait chose pareille. C'était une maîtresse douce, généreuse et compréhensive.
— Comment expliques-tu que la Nanna, courtisane de son état, t'ait retrouvé hier matin au chevet de ta maîtresse et baignant dans son sang ?
— Avant-hier, ma maîtresse Atika avait organisé une petite réception en sa demeure, mais elle souhaitait accueillir elle-même ses invités. Je ne sais pas pourquoi cela. Elle m'a donné quartier libre pour toute la soirée. J'en ai profité pour me rendre dans le quartier de San Nicolo dei Mendicoli. Il y a des tavernes, par là-bas, que fréquentent les marins et j'aime à parler avec eux parce que certains reviennent d'Afrique, ma terre natale.
— Peux-tu nommer quelqu'un en particulier à qui tu aies parlé et qui pourrait témoigner en ta faveur ?
— ...
— Y a-t-il quelqu'un qui puisse certifier que tu étais bien dans le quartier de San Nicolo dei Mendicoli le soir d'avant-hier ?
— J'ai parlé avec des matelots, mais je ne connais pas leur nom. Je ne sais pas s'ils se trouvent encore à Venise ou s'ils ont repris la mer.
— En somme, personne ne peut garantir que tu dis vrai ?
— Non.
— Qu'as-tu fait ensuite ?
— Je suis rentré chez ma maîtresse quand les cloches se sont mises à sonner minuit. En arrivant devant sa maison de Dorsoduro, j'ai vu par les fenêtres que des chandelles brûlaient encore dans sa chambre. J'ai cru que ses invités n'étaient pas encore partis. Mais je n'ai entendu aucun bruit de voix en entrant à l'intérieur.
— Puis ?
— Je suis allé jusqu'à sa chambre. La porte en était grande ouverte. C'est là que je l'ai vue... morte.
— Comment était-elle morte ?

— On lui avait arraché la peau. Elle avait perdu tout son sang.
— Comment as-tu là reconnue l'honnête courtisane Atika puisque son visage aussi avait été pelé ?
— Aux bagues sises à ses doigts. On l'avait dépouillée de sa peau mais pas de ses bijoux
— Qu'as-tu fait en la voyant ainsi ?
— Je me suis jeté au pied de son lit et me suis mis à pleurer.
— Pourquoi n'as-tu prévenu personne ? Pourquoi n'as-tu pas prévenu les Signori di Notte ou les Capi di Sestiere ?
— Je n'en avais pas la force. J'étais désespéré.
— Combien de temps es-tu resté prostré ?
— Je ne sais pas. Longtemps. Jusqu'à ce que la signora Nanna me trouve.
— Une dernière fois : est-ce toi qui as assassiné ta maîtresse, la courtisane Atika ?
— Ce n'est pas moi, je le jure.
Fait à Venise le neuf août de l'an de grâce mille cinq cent soixante et quatorze.

Virgile leva les yeux du document et se mit à réfléchir. Le drame dont Tiziano Vecellio avait été témoin s'était déroulé deux ans auparavant, au cours de l'été. L'esclave Ebano avait été interrogé par l'Avogadoria un 9 août, au lendemain de son arrestation. Sa patronne avait donc trouvé la mort entre les mains d'un boucher avant minuit dans la soirée du 7 août 1574.

À Pierre, le jeune Preudhomme avait fixé rendez-vous devant le domicile du Tintoret, sur la fondamenta dei Mori. La journée était chaude, mais point trop. Marietto et Virgile, arrivés les premiers, décidèrent de profiter de l'agréable soleil et de s'asseoir sur le bord du canal. L'air charriait les habituelles poussières de cendre envolées des bûchers des *smorbatori* et les relents nauséabonds échappés des maisons des pestiférés. Malgré cela, parce que le temps était radieux et que son enquête commençait à s'extirper des ténèbres, que Venise même ravagée par la contagion resplendissait et que le fils Robusti lui devenait à chaque minute plus cher, Virgile décida de jouir tout simplement de l'instant présent, installé par terre, là, au bord du quai. L'arrivée de Pierre, un quart d'heure plus tard, mit un terme à cette paisible parenthèse. Sa figure d'ordinaire joviale était empreinte de tristesse. Il n'eut pas besoin de parler. Virgile devina ce qui le chagrinait.

— La petite a rendu l'âme ?

— La peste l'a emportée en quatre jours. Je me suis présenté à sa porte au moment où les *pissegamorti* s'apprêtaient à embarquer son corps. Les cris de la mère étaient tout simplement insoutenables. Perdre sa fille, si jeune, si vite. Savoir qu'elle ne disposera pas d'une sépulture un peu digne, qu'elle sera ensevelie avec des dizaines d'autres, dans l'anonymat d'une fosse commune. La pauvre femme m'a fait grand pitié.

Pierre soupira. Il ajouta :

— D'autant plus que les croque-morts ne se sont pas arrêtés là. Une fois qu'ils ont eu balancé le cadavre de la petite dans leur esquif, ils ont vidé la maison de toutes choses : la paille du lit, les draps entre lesquels l'enfant est morte, les quelques frusques de sa garde-robe, et jusqu'à sa misérable poupée de chiffons que la mère voulait conserver. De tout cela, ils ont fait un feu, et la femme a regardé les flammes dévorer le jouet de sa fille en gémissant. Dès que les *monatti* ont tourné le dos pour poursuivre ailleurs leur effroyable besogne, elle s'est précipitée vers le feu pour essayer de récupérer ce qui restait de la poupée presque entièrement carbonisée. Je n'ai pas eu le cœur à l'abandonner dans cet état, le visage noir de suie, les doigts brûlés, secouée de larmes et accrochée à ce bout de guenille qui pour elle représentait tout... tout ce qui lui restait.

Ce récit pathétique secoua Marietto jusqu'aux larmes. Il s'excusa, confus de son émotivité, puis proposa aux Français d'entrer dans l'atelier où son père aurait certainement à boire et à grignoter. La proposition fut agréée. Pierre éprouvait le besoin urgent d'un remontant pour surmonter sa terrible matinée, et Virgile mourait de faim.

Tout en buvant du vin blanc de Toscane et en grignotant des biscuits secs au clou de girofle, les jeunes gens narrèrent leurs aventures du matin à Jacopo Robusti, qui avait délaissé son chevalet pour venir les écouter.

À la mention de la fille de joie, le peintre tressaillit.

— La Nanna, dites-vous ?

— Oui, c'est cela même : la Nanna, confirma son fils.

— Je la connais bien, la Nanna ! C'est l'honnête courtisane qui loge à la limite de San Polo et Santa Croce. Une femme excentrique mais fort civile. Tellement excentrique qu'alors que tous ici succombent à la peste, elle a récemment contracté le mal français !

— Croyez-vous, messire Robusti, qu'elle nous recevrait, en dépit de sa maladie ? s'enquit le jeune Preudhomme, le cœur battant.

En la personne de la Nanna, il voyait un témoin de tout premier ordre dans l'affaire qui l'intéressait. Il se devait de l'interroger dans le détail.

— À n'en pas douter, affirma l'artiste de la scuola di San Rocco. Vous ferez même œuvre charitable en lui rendant visite. Vous pourriez en profiter, Pierre, pour tenter de la soigner. Je vais de ce pas rédiger une missive d'introduction que vous lui présenterez de ma part.

Ce disant, le Tintoret se leva et se dirigea vers un établi, au fond de l'atelier, recouvert de pots d'encre, de plumes d'oie, de feuilles de papier et de bâtons de cire. En quelques lignes, il griffonna la lettre promise. Il la remit, à peine sèche, entre les mains de Virgile.

— Il est une autre personne, de cela je me souviens, qui connaissait la courtisane Atika. Elle en était même, ce me semble, une des meilleures camarades. Il s'agit de Veronica Franco. La plus glorieuse courtisane de Venise, sans aucun doute. Grande poétesse également ! Elle a quitté Venise quand la peste nous a assaillis. Mais je connais sa retraite :

c'est une mienne amie. Je vais lui adresser un message tantôt pour lui demander de vous éclairer au sujet du meurtre d'Atika, une courtisane fort réputée, au demeurant, elle aussi.

Virgile remercia avec effusion l'artiste pour sa collaboration. Celui-ci prit congé après avoir noté l'adresse de la Nanna qui habitait aux confins du sestiere de San Polo. Marietto raccompagna ses deux compagnons jusqu'à la fondamenta dei Mori.

— Je ne vais pas pouvoir vous accompagner chez la courtisane, je le regrette. Mon père a besoin de mon aide. Cet après-midi, je dois l'assister dans son travail si je souhaite me perfectionner en son art.

Les jeunes gens se séparèrent, non sans regret, sur la promesse de se retrouver dès le lendemain. Dans l'esprit de Virgile se mirent à fourmiller toutes les questions qui se pouvaient poser au sujet d'Atika et d'Ebano, de la Nanna et du Titien. Il s'engagea avec Pierre dans une discussion si animée que ni lui ni son camarade n'entendirent le pas de course et les cris d'appel de Palma le Jeune qui venait de débouler sur le campo dei Mori, et qui tenait à la main une lettre...

Les deux amis étaient repassés par le logis de Cesare Peso-Manuce. Là, Pierre avait demandé conseil au sujet des soins à apporter à une syphilitique et Virgile s'était enquis de la route pour rejoindre le sestiere de San Polo. Comme il se trouvait que l'oncle devait, lui aussi, se rendre au chevet d'un patient dans ce secteur-là de la ville, il proposa d'accompagner les jeunes gens jusqu'au domicile de la Nanna. Chemin faisant, il entrecoupa sa discussion avec l'étudiant en médecine sur ce que les Français appelaient « mal de Naples » et les Napolitains « mal français » d'anecdotes sur les calli et les campielli qu'ils traversaient.

— Ponte delle Tette ! s'exclama Virgile lorsque son oncle eut nommé le pont qu'ils étaient en train de franchir. Les

« tette » auxquelles il est fait référence ici ne seraient-ils pas les tétons des femmes ?

Cesare applaudit à la perspicacité de son neveu.

— Parfaitement ! Il s'agit bien du « pont des Tétons » ! Le quartier a été et demeure une zone où s'établissent les putains. Peut-être parce qu'on y trouvait des bains publics où se laver et se pommader, être soigné des cors aux pieds et du mal français. Lorsque l'on était prostituée, on pouvait dans les parages racoler le client et exercer son métier. Et ce d'autant plus que, à Venise, on a un temps encouragé le commerce du sexe, du sexe faible s'entend.

La stupéfaction se peignit sur le visage de Virgile et sur celui de Pierre.

— Encouragé le commerce du sexe ?

— Une mode était venue, prétendait-on, de l'Orient et semblait s'installer à Venise : la sodomie.

Le Vénitien gloussa, tandis que Virgile s'empourprait. Un instant, la silhouette gracile de Marietto dansa devant sa rétine. Honteux de cette pensée, il ferma les yeux aussi fort qu'il le put et trébucha. Il serait tombé de tout son long si son oncle ne l'avait agrippé sous l'aisselle.

— Tel vice contre nature est très sévèrement puni ici, poursuivit Cesare avec animation : pendaison entre les deux colonnes de la *piazzetta*, puis incinération pour qu'il ne reste que poussière de la dépouille du sodomite. Puisqu'il vaut mieux prévenir que guérir, n'est-ce pas, pour détourner les hommes des hommes et les orienter vers les femmes, la présence des courtisanes a été favorisée. Celles-ci ont été engagées à s'exhiber, dépoitraillées, aux portes et aux fenêtres de leur maison, le soir, dans la lueur des lanternes. D'où le nom de ce pont, pour le moins rigolo, hein ?

Les jeunes gens levèrent un œil émoustillé vers les fenêtres alentour, avec le vague espoir d'apercevoir une paire de ces « tette ». Mais, comme le reste de la ville, le quartier semblait déserté et les habitations silencieuses. L'on arriva rio Terrà delle Carampane, au domicile de la signora Nanna. Cesare Peso-Manuce prit congé des deux amis. Virgile actionna le heurtoir de bronze. Apparut sur le seuil une soubrette à la mine effrayée. Virgile se présenta. Il tendit ensuite la lettre d'introduction fournie par le Tintoret. La servante s'en empara, disparut dans un escalier qui montait vers l'étage supérieur. Elle ne tarda pas à revenir et à inviter « messieurs les visiteurs » à la suivre auprès de sa maîtresse.

La Nanna était dans sa chambre, étendue sur les draps de son lit. Elle était vêtue d'une de ces robes caractéristiques des Vénitiennes, si échancrées qu'elles exposaient aux regards de tout un chacun les épaules et les seins. Le vêtement en question était taillé dans une étoffe richement travaillée, pleine de dentelles de Burano, de cordons ouvragés, de ferrets en argent. Sous la robe apparaissait un jupon de satin écarlate surpiqué de fils d'or. Sur ses épaules dénudées, la courtisane avait posé un châle brodé de fleurs bariolées. Autour du cou, elle portait un collier de perles orientales grosses comme des pois chiches. À la vue de tant de richesses, il revint à la mémoire de l'étudiant en droit qu'était Virgile une « ordonnance prise par le très illustre conseil des Pregadi le vingt et un février mille cinq cent quarante-deux concernant le vêtement d'ornement et d'intérieur des prostituées ». Il l'avait étudié à Vérone et même appris par cœur. Il stipulait qu'« aucune prostituée habitant dans ce pays ne puisse revêtir ni porter sur quelque partie que ce soit de sa personne or, argent ni soie à l'exception des coiffes qui doivent être de soie pure ; qu'elles ne puissent porter chaînettes, perles ni anneaux, sertis ou non de gemmes tant aux oreilles qu'en quelque autre endroit que l'on puisse imaginer ; de sorte que leur soient en tout et partout interdits l'or, l'argent et la soie, de même que le port de bijoux de toute nature aussi bien chez elles que hors de leur demeure et hors de cette ville ». « Encore un texte de loi bien mal respecté », se dit le fils de Gaspard Preudhomme en contemplant l'accoutrement de la femme qui les recevait. Lorsqu'il avait pénétré dans la pièce, suivi de Pierre, la Nanna avait fait l'effort de se lever. Elle avait enfilé des sabots déposés sous son lit. Les Français, que le décolleté fort audacieux avait déjà impressionnés, ouvrirent de grands yeux lorsqu'ils aperçurent les souliers. Il s'agissait de patins de cuir aux talons de bois d'au moins un pied de haut. La Nanna ainsi chaussée paraissait hissée sur des échasses. Elle éprouvait d'ailleurs quelque difficulté à avancer. L'aide de sa soubrette ne lui était pas superflue. La courtisane s'approcha de ses visiteurs qu'elle dépassait ainsi d'une tête. « Voilà des godillots fort adaptés sans doute à la saison des pluies, quand les rues de Venise sont boueuses ! Mais au cœur de l'été et en appartement... » Virgile ne poursuivit pas plus avant sa moquerie *sotto voce* car la Nanna était parvenue à sa hauteur et se présentait à lui. Après l'échange d'amabilités de rigueur, la courtisane invita les jeunes gens à prendre place dans de profonds fauteuils. Elle envoya sa servante quérir vin aux épices et friandises au sucre. Tandis qu'elle exprimait son admiration et son amitié pour le Tintoret, Virgile, assis à ses côtés, put la détailler avec précision. Ses longs cheveux blonds étaient tressés en deux nattes ramenées en devant du front comme des cornes. La couche de fard clair étalée sur son visage et l'épaisseur de cinabre sur ses lèvres ne réussissaient pas à camoufler un teint cireux, un épiderme grêlé, des cernes profonds. De son corps émanait un doux parfum où les effluves du talc se mêlaient à ceux de la lavande.

— Ce n'est sans doute pas pour m'entendre vanter l'amabilité naturelle du signore Robusti que vous êtes venus me trouver, messieurs. Dans son billet, Jacopo me dit que vous souhaitez m'interroger au sujet d'une affaire dans laquelle je pourrais éventuellement vous être de quelque aide. De quoi s'agit-il ? demanda la Nanna tout en versant à ses hôtes le vin que la soubrette avait apporté.

Cette dernière s'était installée près de sa maîtresse. Elle lui prit doucement les mains, extirpa d'une de ses poches une petite lime et commença à lui polir les ongles. Sans s'embarrasser de détails inutiles, Virgile expliqua qu'il s'intéressait à la mort de la courtisane Atika. À ce nom, la Nanna poussa un petit cri.

— Atika, Dieu ait son âme ! D'une certaine manière, c'est moi qui l'ai découverte le lendemain matin...

Elle s'interrompit, en proie à une violente émotion.

— Le lendemain matin..., répéta-t-elle avec un tremblement dans la voix, le lendemain matin, c'était trop tard... Je vivrai le reste de mon existence avec, sur la conscience, le sentiment que peut-être j'aurais pu la sauver – car je suis passée la veille, un quart d'heure avant minuit, sous ses fenêtres de la calle della Toletta. Je venais en voisine ; à l'époque, je logeais à Dorsoduro. Je l'ai appelée depuis la rue et elle ne m'a pas répondu... je n'ai pas insisté. Comment pouvais-je deviner ? Ce que j'ai vu le lendemain matin, de ma vie je ne l'oublierai. J'en ai fait des cauchemars, messieurs, des nuits et des nuits durant.

Le souvenir des événements lui avait fait monter les larmes aux yeux.

— La peste et son cortège d'horreurs qui se sont abattus sur Venise ne provoqueront jamais des souffrances aussi cruelles que celles qu'Atika a dû endurer avant de succomber. Jamais l'image de la mort ne sera aussi abominable que ce que j'ai eu sous les yeux en entrant chez elle ce matin-là.

La Nanna ferma les paupières, comme pour chasser les images qui l'assaillaient. Mais il était trop tard. La question de Virgile avait ouvert les vannes de sa mémoire et des flots de sang déferlaient devant ses yeux. D'une voix blanche, elle entreprit de raconter aux jeunes gens la vision qui la hantait depuis si longtemps.

— On avait attaché Atika à son lit avec des rubans qui lui avaient entaillé les poignets et les chevilles. On lui avait fourré un foulard dans la bouche pour étouffer ses cris. Lambeau après lambeau, on lui avait arraché la peau – sur les jambes, sur les bras, sur le ventre, sur la poitrine, sur le visage aussi. J'espère de tout mon cœur que la mort l'a saisie avant la fin de ce carnage. Oui, vraiment, pourvu qu'elle se soit éteinte avant d'être épluchée jusqu'au bout et vidée de son sang comme un animal. Son sang... son sang... son sang avait giclé partout autour d'elle. Les draps en étaient tout trempés. L'oreiller sous la tête défigurée en était imbibé. Jusqu'aux liens qui la retenaient prisonnière et qui étaient devenus cramoisis. Son corps n'était plus qu'une plaie géante, sanguinolente, violacée – son visage... son visage qu'un morceau de viande autour duquel les mouches volaient. Au bas du lit, vautré dans une mare de sang poisseux, son esclave Ebano gémissait comme un chien. Son bichon aussi pataugeait dans la flaque répandue par terre.

La courtisane se tut. Ni Virgile ni Pierre, profondément choqués, n'émirent un son. Aux pieds de sa maîtresse, la petite soubrette avait interrompu son travail de manucure – ses mains tremblaient par trop.

L'étudiant en médecine, le premier, s'éclaircit la voix.

— Pourquoi a-t-on saigné cette malheureuse ? J'entends : ne suffisait-il pas de la tuer, simplement de la tuer, si l'on désirait s'en débarrasser ? Pourquoi a-t-il fallu qu'on lui arrache la peau jusqu'à ce que mort s'ensuive ?

Virgile, les yeux dans le vide, laissa échapper une impression :

— Il fallait qu'une haine monstrueuse animât son bourreau.

D'une voix étouffée, la Nanna ajouta :

— J'ai défait les nœuds qui l'attachaient au lit. Le ruban qui avait lié sa main droite, d'ailleurs, était déjà délacé... Ebano m'a aidée. Cela n'avait aucun sens, je le sais, mais nous ne pouvions pas ne pas la « libérer ». C'était une question de dignité.

Après semblable témoignage, il était difficile de renouer le fil d'une conversation ordinaire. Chacun cacha son malaise dans son verre de vin. La femme de chambre fut autorisée à se servir aussi. L'alcool aidant, les visages se décrispèrent, les langues se délièrent. La Nanna raconta à ses visiteurs l'histoire d'Atika qu'elle avait bien connue et dont elle avait été l'amie.

Atika était venue au monde de l'autre côté de la Méditerranée, à Alexandrie d'Égypte. Son père, riche marchand, n'avait eu pour descendance que deux filles nées à moins d'un an d'intervalle. Il les avait prénommées Qamara la Blanche et Atika la Rouge bien qu'elles fussent fort semblables l'une à l'autre. Il les avait initiées à l'art de commercer et elles le secondaient dans ses affaires. Il tenait sa fortune de la vente de marchandises en provenance de l'Orient. De l'Arabie, de l'Inde et de la Chine lointaine, il faisait venir les épices et l'encens, les soieries et les porcelaines, les perles et les pierres. Il chargeait ses produits précieux sur des bateaux et les expédiait dans les ports de l'autre côté de la mer : Byzance, Venise, Gênes, Aigues-Mortes. Malgré le développement de la nouvelle route des Indes par l'océan, ouverte par Vasco de Gama, la multiplication des navires qui contournaient l'Afrique via le cap de Bonne-Espérance, la concurrence des marchands portugais, la faillite de nombre de ses confrères d'Alexandrie et la fin annoncée de l'âge d'or du commerce en Méditerranée, il avait prospéré, toujours épaulé par ses deux filles, Qamara et Atika. Parfois, il accompagnait les convois maritimes dans les villes turques et italiennes, où il vendait ses produits rares et exotiques. Une fois, il proposa aux jeunes filles de l'accompagner. Funeste inspiration ! Au large de Rhodes, un navire pirate les aborda : ses biens furent pillés, ses filles capturées et lui-même tué. Qamara et Atika se retrouvèrent mises aux enchères sur le marché aux esclaves d'Istanbul. L'aînée avait seize ans. La première fut acquise par l'eunuque en chef du harem d'un riche Turc ; elle en devint la favorite. La seconde entra au service d'une noble Vénitienne dont le mari gravitait dans la sphère de Marcantonio Barbaro, le baile de la Sérénissime à Constantinople. Les deux sœurs ne devaient plus jamais se revoir. Au moment de la crise de Chypre, un an avant la bataille de Lépante, la situation tourna à l'aigre pour les résidents vénitiens à Constantinople. Leurs biens et leurs navires furent séquestrés. Le baile Barbaro fut arrêté et relégué. La famille des maîtres d'Atika préféra abandonner la capitale turque pour rejoindre la patrie. Dans leurs bagages, ils emmenèrent leurs esclaves. La jeune Égyptienne avait vingt ans quand elle débarqua dans la Cité des Doges et vingt et un lorsque sa patronne, en mourant, choisit de l'affranchir. Ravissante, intelligente, polyglotte et à présent libre, elle embrassa la seule carrière qui pouvait en plus la rendre riche, celle d'honnête courtisane. Rapidement, sa renommée s'amplifia et sa gloire se dessina. Sa compagnie fut recherchée à l'égal de celle d'une Tullia d'Aragona, d'une Gaspara Stampa, d'une Veronica Franco – avec laquelle elle se lia d'une très sincère amitié. Chaque après-midi, dans sa somptueuse maison de Dorsoduro, défilaient les nobles familiers et les hôtes de passage, les plus célèbres poètes italiens et les plus dignes diplomates étrangers. On ne s'ennuyait jamais dans son salon. On s'y entretenait de philosophie, on y récitait Boccace et Pétrarque, on y échangeait des anecdotes, on y grattait la viole et le luth, on y déclamait en latin, on y parlait peinture, sculpture et architecture. Surtout, Atika savait se comporter en parfaite hôtesse. Elle s'asseyait parmi ses invités, bavardait avec l'un, plaisantait avec l'autre. Elle savait partager avec équité ses paroles et ses attentions, distribuer avec grâce œillades, caresses, sourires et baisers sans faire de jaloux. À moins que, précisément, elle ne désirât susciter la jalousie de quelque patricien d'ici ou de quelque dignitaire d'ailleurs, auquel cas elle devenait ronronnante et câline avec tous sauf avec celui qu'elle souhaitait agacer. Elle savait accueillir avec égard les nouveaux arrivants qui étaient conduits chez elle par des habitués, ou s'isoler dans son boudoir en tête-à-tête avec une personne si son importance l'imposait. Elle savait même passer outre le dépit de la plupart de ses invités et s'enfermer dans sa chambre avec celui auquel elle accordait ses faveurs lorsque l'exigeaient les circonstances. Elle sut ne pas se hasarder à composer des vers, ni en arabe, ni en vénitien, ni en turc, ni en latin ; parce qu'elle connaissait les limites de son talent ; parce que d'autres y réussissaient mieux qu'elle. Et peut-être surtout parce qu'elle aimait entendre la poésie plutôt que l'écrire. Elle goûtait avec sincérité et discernement la littérature et les beaux-arts. Ceux qui voulaient la surprendre et la satisfaire tout à la fois, lui offraient, autant que bijoux et vêtements, des livres et des statues, des tapis et des sculptures. En quelques années, elle accumula en objets précieux une véritable fortune dont personne n'aurait su dire à combien elle se montait, mais dont chacun s'accordait à penser qu'à sa mort elle était immense.

« La Nanna ne cumule peut-être pas tous les talents de cette extraordinaire Atika – qui connut une fin non moins extraordinaire – mais elle possède certainement l'art de décrire les gens et de conter une vie », pensa Virgile lorsque la Nanna eut terminé de narrer l'itinéraire de son amie égyptienne. « Que de retournements de la providence dans cette existence peu commune : de fille de riche marchand à esclave, de courtisane adulée à écorchée vive. » Virgile entrevoyait un millier de questions à poser à la Nanna sur les jalousies qu'Atika avait provoquées chez les femmes, sur les rivalités qu'elle avait déclenchées entre les hommes, sur les amies auxquelles elle se confiait, sur les ennemis qu'elle s'était forgés, sur Qamara enfermée dans un sérail d'Istanbul et sur Ebano retrouvé baignant dans le sang de sa patronne. Mais, avant qu'il ait pu prendre la parole, la Nanna se tourna vers Pierre :

— Le Tintoret me précise que vous êtes médecin. Peut-être a-t-il mentionné le mal dont je souffre. Vous déplairait-il de m'ausculter ?

— J'allais vous le proposer, bien que je ne sois pas spécialiste du mal « *francese* ».

— Vous nous excuserez bien, dit la galante à l'attention de Virgile. Tu me prépareras un bain, ajouta-t-elle pour sa femme de chambre. Tu y verseras des herbes aromatiques. Il me fera bon y plonger quand ces messieurs m'auront quittée.

La consultation médicale de Pierre ne prit que quelques minutes. Quand elle s'acheva, le jeune Preudhomme constata avec affolement que la courtisane avait décidé de raccompagner ses hôtes à la porte. Peut-être leur visite avait-elle trop duré. Peut-être était-elle lasse d'avoir tant parlé. Virgile n'avait pas à déplorer un naturel timide, mais en la circonstance, il ne voyait pas comment imposer sa pléiade de questions à une personne qui s'était montrée si disponible et qui sans doute se sentait fatiguée. Poliment, quoique à contrecœur, il prit donc congé. Mais au moment où la porte se refermait, il saisit son audace à deux mains et posa la question qui lui tenait le plus à cœur.

— Pensiez-vous que l'esclave Ebano fût coupable ?

La Nanna lui lança un regard surpris. Elle répondit :

— Dès que je l'ai vu, pitoyable, à pleurer Atika, j'ai su qu'il ne l'avait pas tuée. D'ailleurs, il a été libéré deux jours plus tard. Le témoignage d'un homme digne de confiance l'a disculpé. Le témoignage de Tiziano Vecellio, je crois...

LETTRE D'ATIKA À TIZIANO VECELLIO

Cher et Grand Maître,

Je vous écris d'un coup de plume pour vous rappeler le rendez-vous que vous avez, en mon domicile, ce soir même, avec Lionello Zen, Kara Muztapha, João El Ribeira, Zorzi Bonfili, Olimpia et votre servante. Je vous attendrai, comme à chaque fois, à la tombée de la nuit.

Votre dévouée Atika.

Fait à Venise ce sept août de l'an de grâce mille cinq cent soixante et quatorze.

CHAPITRE 6

Virgile replia la lettre avec précaution. Ses mains tremblaient légèrement. Il leva vers Jacopo Robusti des yeux interrogateurs.

— Palma a apporté cela hier dans l'après-midi, expliqua le peintre. À vrai dire, vous l'avez manqué de peu. À peine étiez-vous partis qu'il s'est présenté. Il voulait vous remettre le billet en mains propres, mais ignorait où vous trouver. Il l'a confié à Marietto qui à son tour me l'a donné à votre attention lorsqu'il est parti tout à l'heure pour la messe. Il ne devrait pas tarder à revenir de la Madonna dell'Orto. Les cloches viennent de sonner. Il vous expliquera cela en détail car je n'en sais pas davantage.

Tout en discutant, le Tintoret écrasait du vermillon dans le fond d'un mortier de marbre à coups de pilon.

— Du marbre blanc pour le vermillon, du porphyre rouge pour le lapis. Vu ? précisa-t-il à Virgile et Pierre qui de leur vie n'avaient broyé de couleur. D'ordinaire, les apprentis se chargent de la besogne. Mais aujourd'hui est dimanche. Domenico et Marco se sont rendus avec Marietto, leur mère et leurs sœurs à l'église. Quant aux autres assistants, avec la peste, il n'en reste presque plus. Ils ont fui ou ils sont morts..., commenta l'artiste sans interrompre son mouvement de rotation du poignet. Toujours commencer par le haut de la roche. La texture y est davantage cristalline. Compris ?

Les deux Français s'empressèrent d'acquiescer sans oser avouer que peu leur importait la technique de pilage du vermillon. Le peintre leur lança un regard amusé et posa son gobelet de rouge sur une table.

— Un instant, dit-il avec un geste de la main.

Il traversa l'atelier et revint une minute plus tard avec un rouleau de tissu et un couteau.

— En attendant le retour de mon fils, vous allez vous rendre utiles ! Tenez !

Il tendit l'étoffe et la lame aux deux jeunes gens vaguement interloqués.

— Vous me découperez des petits carreaux de lin qui serviront à filtrer mes préparations. Vous devriez savoir faire, non ? C'est la tâche des apprentis les plus jeunes. Marietto s'en occupait à quatre ans !

Les Parisiens, plus doués pour l'étude que pour l'artisanat, affichèrent une moue dubitative. Le Tintoret leur rit au nez.

Piqués dans leur orgueil, Pierre s'empara de la toile, Virgile du couteau, et, installés sur des tabourets, ils entreprirent d'exécuter le travail qui venait de leur être confié. Si le premier morceau ne fut pas à proprement parler carré, les suivants donnèrent ample satisfaction au peintre. Excessivement concentrés sur leur tâche, les deux apprentis improvisés furent cueillis en plein découpage par un rire cristallin. Ils relevèrent la tête. Sur le seuil de l'atelier se tenait une demoiselle à la robe blanche et au blond chignon, aux deux iris sombres et à l'adorable fossette au menton. Le cœur de Virgile bondit dans sa poitrine. Ses doigts lâchèrent le couteau qu'il tenait. « L'apparition des Frari ! ».

— Marietto ? balbutia Pierre.

Depuis la porte, la jeune fille n'avait cessé de rire. À son amusement s'ajouta celui de son père lorsqu'il entendit la question de Pierre :

— Marietta ! corrigea-t-il en essuyant les larmes provoquées par l'hilarité. C'est ma fille, Marietta ! Depuis deux jours, je manque à chaque phrase de la trahir par une parole inappropriée et, depuis deux jours, vous la côtoyez sans vous rendre compte de rien. Comme tout cela m'a diverti !

Il s'approcha des deux Français et leur asséna à chacun

une claque dans le dos. Pierre se leva et s'approcha de Marietta Robusti pour la regarder de plus près. La jeune fille lui adressa une gracieuse révérence puis tourna les yeux vers Virgile. Les jambes trop vacillantes pour le porter, le jeune Preudhomme dévisageait la nouvelle venue avec passion. Tout ce qui lui avait semblé étrange pour un garçon lui apparut beau chez elle : ce teint translucide, ses lèvres mignardes, ses cils longs et recourbés, ce sourire si doux. Enfin, il se mit debout, s'approcha lentement de la demoiselle, lui saisit la main, et lui dit simplement :

— Je suis heureux de te rencontrer, Marietta.

— De nous, c'est moi la plus heureuse car je te connais et j'en profite depuis deux jours déjà, répondit-elle sans retirer sa main.

Pour se remettre de la métamorphose de leur ami Marietto, les hôtes des Robusti acceptèrent le verre de vin grec résiné qui leur fut offert. Tout en sirotant le breuvage à petites gorgées, la fille du Tintoret les éclaira sur son travestissement.

— Mon frère aîné n'a jamais manifesté de penchant pour les beaux-arts. Moi, par contre, dès le plus jeune âge, j'ai adoré regarder mon père travailler à l'atelier et le seconder autant que je pouvais. Pour lui, j'ai savonné les pinceaux, j'ai tamisé les plâtres, j'ai préparé les palettes, j'ai découpé les toiles – comme vous tout à l'heure. Je me sentais tellement à mon aise dans les odeurs de vernis et les poudres de couleur ! Un jour, je me suis rendu compte que je voulais en faire mon métier.

— Et moi, intervint le Tintoret depuis le fond de l'atelier où il s'activait mais d'où il entendait la conversation, je me suis rendu compte que c'était la plus douée de mes enfants ! Elle n'a que vingt ans mais elle réussit déjà les portraits les plus charmants. J'ai la conviction que, d'ici dix ans, sa renommée aura fait le tour de l'Europe et que, dans vingt ans, elle sera la première femme admise dans une corporation de peintres.

Pendant que son père parlait, Marietta avait rosi de fierté. Sur son visage clair s'inscrivait toute la détermination de sa vocation.

— La peinture est un métier réservé aux hommes. Il m'était impossible d'accompagner Père dans les *scuole* qui lui passaient commande, ou chez les nobles dont il peignait les plafonds. Pourtant, pour continuer à apprendre, j'avais besoin de venir avec lui. Nous avons trouvé ce subterfuge : me vêtir d'habits masculins et prétendre que, comme Marco et Domenico, j'étais son fils. Je ne désespère cependant pas de pouvoir un jour tout ensemble tenir un pinceau et porter un vertugadin ! Néanmoins, pour enquêter avec vous sur la mort d'Atika, le haut-de-chausse ne s'impose pas. Je peux demeurer avec ma robe du dimanche, n'est-ce pas ? ajouta-t-elle avec un brin d'espièglerie.

Virgile, confus, s'empressa de l'assurer que sa tenue seyait parfaitement à une investigation, d'autant plus qu'elle lui allait à ravir. Sans doute Marietta devina-t-elle son embarras car elle enchaîna sur le sujet de la lettre découverte par Palma il Giovane.

— Où a-t-il déniché ce document incroyable ? demanda Pierre.

— Parmi les papiers de son maître, à ce que j'ai compris. Quand nous l'avons quitté, il a entrepris d'effectuer un peu de ménage dans l'atelier. C'est en nettoyant qu'il a trouvé ce pli.

Pour avoir lui-même procédé au rangement et au classement des papiers du Titien, Virgile savait qu'en effet, nombreuses étaient les lettres, tant envoyées que reçues. Avec Pierre, ils avaient jeté un coup d'œil indiscret à certaines missives écrites par le peintre mais ils n'avaient pas poussé la curiosité jusqu'à se plonger dans la correspondance arrivée à Biri Grande. S'ils l'avaient fait, sans doute auraient-ils vu l'invitation d'Atika qui n'aurait rien signifié pour eux car ils ignoraient, alors, qui était Atika et comment elle avait péri. À présent, elle représentait un document clé dans leur enquête.

— Cette importance, Palma il Giovane l'a pressentie. Il

s'est souvenu que l'auteur en était précisément la personne dépecée sur laquelle vous lui aviez posé des questions, poursuivit Marietta. Comme il ne savait où vous logiez, il l'a apportée ici. Le plus simple serait peut-être de passer le voir. Il va demeurer longtemps à l'atelier où vous aurez à étudier les détails de *Marsyas*. Lorsqu'il ne sera pas là-bas, il fermera la maison à clef ainsi que mon père le lui a conseillé.

La suggestion fut agréée. La troupe des trois amis prit aussitôt la direction de Biri Grande. Comme il l'avait lui-même annoncé la veille à la fille du Tintoret, et bien que l'on fût dimanche, le petit-neveu de Palma il Vecchio se trouvait à l'atelier, assis et méditant devant la *Pietà*.

— Il n'y a pas grand-chose à ajouter, expliqua-t-il à ses visiteurs lorsqu'ils l'eurent rejoint au pied du tableau. Juste rééquilibrer la diagonale qui va de la tête de Moïse au pied de Nicomède par un élément à peu près à la perpendiculaire de Jésus, quelque chose qui fasse à la fois contrepoids à l'horreur des deux têtes de lion, et écho à la douceur de l'enfant dans le coin en bas à gauche.

— Un ange ? proposa Marietta.

— Oui, je songeais à un angelot qui évoquerait le pélican christique derrière. Il porterait une torche et rappellerait aussi les photophores au-dessus.

Palma recula de quelques pas pour retrouver une vision globale de la *Pietà* et imaginer l'effet de l'ajout. Manifestement rassuré, il se tourna vers le trio d'enquêteurs :

— Je suppose que vous n'êtes pas venus jusqu'ici pour entendre mes considérations sur la structure géométrique de ce tableau, mais plutôt pour discuter de la lettre que j'ai retrouvée. Parmi les papiers épars sur le sol et qui n'avaient pas retenu l'attention des saccageurs, il y avait moult courriers, dont cette invitation de l'Égyptienne Atika. J'ai immédiatement fait le lien avec l'affaire de la femme à la peau arrachée qui semblait vous intriguer. Car, à la lecture de la lettre et à la vue de la signature, je me suis rappelé que c'était elle la victime. J'entends : elle, Atika, la courtisane.

Tout en s'expliquant, l'artiste s'était emparé d'une feuille et d'un fusain et s'était mis à croquer des silhouettes d'anges porteurs de torches.

— J'ai repensé à cette invitation et à la date, le 7 août 1574. D'autres souvenirs me sont revenus parce que ce soir-là, je m'en souviens fort bien, j'avais un rendez-vous galant de la plus haute importance à mon cœur. Sans doute le maître s'est-il rendu à la soirée donnée par Atika. Ce qui est sûr, c'est qu'il ne s'y est pas attardé. En me rendant à mon entrevue amoureuse, je suis passé en gondole, quelque chose comme un quart d'heure avant la mi-nuit, entre l'île de San Michele et les rives de Cannaregio, devant Biri Grande, et là j'ai aperçu le Titien à sa fenêtre. Il n'avait pas allumé de chandelle mais sa tête était parfaitement identifiable dans la pénombre de la nuit : sa barbe blanche, l'éternel bonnet qui lui couvrait le crâne. Il avait un air étrange sur le visage, un air inquiet, grave et même triste, un air un peu... perdu.

Palma éloigna de ses yeux le dessin qu'il venait d'esquisser et le tint à bout de bras pour l'apprécier tout à fait. Les formes de l'ange ne le satisfirent pas. Il froissa le papier, jeta la boule dans un coin, prit une nouvelle feuille et se remit à crayonner. Il termina son récit :

— Je ne suis pas venu à l'atelier le jour suivant. Lorsque j'ai revu le Titien, plusieurs jours s'étaient écoulés et je n'ai plus songé à le questionner ni sur la réception d'Atika ni sur sa réaction à la nouvelle du crime. Voilà tout. Je crois bien que cette fois-ci, j'ai fait le tour de ma mémoire.

Virgile remercia chaleureusement Palma le Jeune. Son témoignage lui apportait bien des indications. Grâce à lui, il pouvait recomposer une partie de l'emploi du temps du célèbre peintre le soir du 7 août et commencer à esquisser à grands traits l'enchaînement des sinistres événements. L'Égyptienne convie chez elle six personnes parmi lesquelles le Titien, qui se rend à l'invitation. Là, il est le témoin de quelque chose – peut-être du crime même – qui le bouleverse. Il rentre chez lui une quinzaine de minutes avant minuit si troublé qu'il s'installe à sa fenêtre pour réfléchir dans le noir. Au même moment, la Nanna passe devant le domicile de sa collègue et l'appelle, en vain. L'Égyptienne, si elle n'est pas déjà morte, est, à cet instant-là, en train d'agoniser. Peu après la douzième heure, l'esclave Ebano regagne le domicile de sa maîtresse et découvre l'abominable forfait. Il tombe en catalepsie devant le lit. Le lendemain de bonne heure, la Nanna revient rendre visite à Atika. Elle trouve le cadavre de son amie et Ebano à ses pieds. Elle court prévenir les services de l'Avogadoria qui, se fiant aux apparences, estiment l'Africain coupable du meurtre. Ils l'arrêtent et lui font subir un interrogatoire dès le 8 août. Lorsqu'il apprend que l'esclave est soupçonné, le peintre qui connaît – ou du moins devine – la vérité, se rend au palais des doges pour témoigner en faveur d'Ebano qui est libéré. L'Avogadoria enquête et ne trouve personne d'autre à inculper. L'affaire en reste là. Le meurtre demeure impuni. C'est pourquoi, dans l'impossibilité qu'il est de la révéler en parole, le Titien décide de peindre la vérité. Il choisit, pour symboliser le crime, le mythe de Marsyas : l'Égyptienne n'a-t-elle pas été mise à mort de la même et horrible manière que le silène ?

Apparemment, la pensée de Marietta avait suivi une route parallèle à celle des réflexions de Virgile. Elle se tourna vers lui et murmura :

— Le coupable est caché dans le tableau et nous devrions essayer de le découvrir. Pour Atika qui ne méritait pas de mourir. Et pour le Titien qui a tenu à témoigner. Oui, nous devrions vraiment essayer de trouver.

La détermination de la fille du Tintoret donna un coup de fouet au jeune Preudhomme. Non seulement le peintre en mourant l'avait, en quelque sorte, engagé à chercher, mais voilà qu'une jeune fille qui lui plaisait plus que toute autre lui demandait de poursuivre l'enquête. S'il ne parvenait pas à dénicher la vérité, à démasquer le responsable de cette barbarie, il aurait au moins profité du plaisir de côtoyer l'aimable Marietta. Pour le bonheur de ces moments en compagnie de la jolie Vénitienne, il se refusait à hésiter. À ce moment de sa rêverie, une boule de papier froissée, expédiée par Palma, vint rouler à ses pieds.

— Copier les anges que le maître lui-même a peints ne me vaut rien, grommela le peintre. Je devrais me détourner de ce *Doge Grimani agenouillé devant la Foi* pour ne plus en voir les putti ailés. Ils me perturbent par trop !

Joignant le geste à la parole, Palma se leva et pivota sur ses talons.

— Plutôt m'inspirer d'un beau visage titianesquc, ajouta-t-il autant pour lui-même que pour ses interlocuteurs. J'ai apporté ici un portrait que le Titien avait fait de la plus belle femme de notre famille Negretti.

Il traversa l'atelier à grandes enjambées et alla chercher près de la porte une petite toile qu'il avait déposée contre le mur en arrivant. Les dimensions du cadre ne dépassaient pas soixante-cinq sur cinquante centimètres. Il s'en saisit à bout de bras. Tout en gardant la face du tableau cachée contre son ventre, il se campa devant les trois jeunes gens. D'un geste théâtral, il retourna le portrait pour le leur présenter. Dès qu'il aperçut le visage du modèle, Virgile laissa échapper un cri :

— Ciel ! Elle ressemble à...

Avec son teint de pêche, ses yeux au regard pénétrant, son nez droit, ses lèvres comme des fruits rouges et surtout, surtout, la fleur de violette à la lisière de sa chemise, sur la peau du sein, elle évoquait la Florentine dont Virgile était tombé follement amoureux quatre ans plus tôt. À la différence de la jeune fille peinte par le Titien, blonde comme les blés, la bien-aimée de Virgile avait des cheveux noirs aux reflets presque bleus. Mais, en dehors de ce détail, la « plus belle femme de la famille Negretti » rappelait fort la mystérieuse et enivrante...

— ... Violetta ! balbutia le jeune homme.

— Violante, corrigea Palma le Jeune. C'était la fille de mon grand-oncle, et elle se prénommait Violante. Le portrait date, je crois, de 1515.

Violante ? 1515 ? Il sembla à Virgile qu'il se trouvait devant un fantôme surgi des ténèbres du passé. Pendant quelques instants encore, il ne put détacher les yeux des magnifiques prunelles de la demoiselle et de la violette inattendue à son corsage. Pour cette raison, il ne vit pas les yeux de Marietta se mouiller.

Tandis que Palma poursuivait ses essais au fusain, Virgile, Pierre et Marietta s'installèrent devant les quatre mètres carrés du *Supplice de Marsyas* pour essayer d'en tirer la substantifique moelle. Ils possédaient d'une part la liste des cinq invités qui, en sus du Titien, devaient prendre part à la soirée de l'Égyptienne le 7 août 1574. Ils avaient d'autre part sous les yeux le « tableau-témoignage » du Cadorin. Leur restait à établir le lien entre les uns et l'autre.

— Une question me turlupine..., avoua Pierre qui avait davantage étudié la botanique que la mythologie. Je devine que Marsyas est celui qu'on a suspendu par les pieds comme un jambonneau. Mais qui sont exactement les personnages qui l'entourent ? Vous m'avez narré la légende mais je ne suis pas sûr d'être en mesure de restituer à chacun son identité.

Virgile se leva et se planta devant la toile.

— Il faut reconnaître que le maestro a pris quelques libertés avec la légende. Par exemple, il n'a pas respecté la facture des instruments. Au lieu de deux tuyaux, la flûte de Marsyas que tu aperçois là en compte sept.

Le jeune détective pointa du doigt le détail sur lequel il désirait attirer le regard de ses interlocuteurs.

— De la même façon, la représentation de l'instrument du dieu est erronée : tandis que le mythe évoque une lyre, nous voyons ici Apollon jouer du violon.

— Non !

Avec une douce autorité, Marietta venait de couper la parole à Virgile.

— Je pense que tu te trompes.

Le Parisien manifesta sa surprise. La fille du Tintoret précisa :

— Pas au sujet des instruments ! Je crois que tu fais erreur sur l'identité d'Apollon.

Incrédule, le jeune Preudhomme fixa le tableau avec attention.

— Tu suggères qu'Apollon n'est pas le personnage en habit rouge sur le bord gauche, celui qui tient son violon et fredonne ? demanda-t-il. Pourtant, n'est-ce pas précisément de la sorte qu'il a remporté le duel musical d'avec le silène : en le défiant de jouer et chanter tout à la fois ?

— Sans doute, reconnut Marietta. Néanmoins, je dirais plus volontiers qu'Apollon est celui qui, au premier plan, à gauche de la victime, a commencé d'écorcher Marsyas.

— Et pourquoi cela ?

— D'abord, par son apparence physique : cette blondeur, cette nudité et même ces bottines. Elles me semblent caractéristiques. Je dirais même : emblématiques du dieu de la lumière.

— Est-ce là tout ? Apollon est aussi divinité des arts, et le violon symbolise la musique.

Nullement démontée, la demoiselle Robusti acheva son plaidoyer :

— Voilà le plus important : dieu des arts, de la lumière et de la beauté, Apollon est le seul à porter une couronne de lauriers.

Pierre, arbitre de l'affrontement d'érudition entre l'étudiant en droit et l'apprentie peintre, accorda le point de la première manche à Marietta qui eut un sourire modeste. Batailleur, Virgile n'abandonna pas le combat.

— Dans ce cas, qui peut bien être le violoniste ?

— Question des plus pertinentes. À dire vrai...

La fille du Tintoret marqua une hésitation et le jeune Preudhomme s'apprêtait à triompher à son tour quand elle termina sa phrase.

— À vrai dire, je pencherais pour Euterpe. La légende raconte que l'ensemble des muses a assisté à la compétition.

De toute évidence, le maestro n'allait pas représenter les neuf demoiselles. Mais il pouvait difficilement tricher avec le mythe jusqu'à supprimer toute référence aux divinités du chant et de la science. Ainsi, à mon humble avis, il a choisi une muse, présente en son nom et en celui de ses huit sœurs. Pour cette mission, Euterpe, inspiratrice des musiciens, s'est légitimement imposée.

Deux manches à zéro. Pierre, qui comptait les points avec un malicieux plaisir, ne pouvait que s'incliner devant la supériorité de Marietta en ce début de confrontation. Son amour-propre un peu malmené, Virgile s'empressa d'enchaîner :

— Autre juge du concours de musique : Midas qui, contrairement aux muses, prit parti en faveur du silène. Pour le punir, Apollon le dota d'une paire d'oreilles d'âne. Il fut condamné à les cacher sous un bonnet. Ceci m'amène à penser que l'homme au bonnet phrygien est Midas, roi de... Phrygie.

Il tapota du doigt la tête enchapeautée sur la gauche de Marsyas.

— Astucieux ! concéda Marietta. Pourtant, une fois encore : non ! Midas est vieux : il porte une barbe blanche. Midas est roi : il arbore une couronne. Midas est riche : son diadème est tout d'or et serti de pierres précieuses. Midas est favorable au silène : sa pose et sa figure expriment sa perplexité face au supplice. Midas est puni : il dresse ses oreilles d'âne. De toute évidence, Midas est le vieillard en toge rose assis à droite du corps qui pend.

Comment contredire démonstration aussi magistrale ? Virgile ne l'aurait pu, même avec la plus mauvaise foi. Il se laissa choir sur le sol, devant le tableau, forfait. Cependant, les présentations n'étaient pas tout à fait achevées. Pierre désirait rencontrer le reste de l'assemblée.

— Que dites-vous des trois derniers participants ? L'homme au bonnet qui n'est pas Midas, l'homme au seau qui est bien laid et l'enfant dont on se demande s'il a vraiment l'âge d'assister à un spectacle aussi sanglant ?

Marietta vint s'asseoir aux côtés du vaincu. Elle se pencha vers son oreille pour lui parler. Lui hocha la tête, puis se tourna vers son ami.

— Les deux barbichus : des satyres adultes, probablement. C'est-à-dire des démons des champs et des bois, avec le haut du corps d'un homme et le bas d'un bouc. L'enfant : un bambin satyre. Il n'a pas encore les cornes mais il possède déjà les sabots.

Les trois jeunes gens venaient, par ce voyage de l'autre côté du tableau, de déblayer le terrain pour le « jeu des paires » qui les attendait à présent. Il s'agissait d'associer à chacun des personnages de la peinture un des invités d'Atika le soir de sa mort. Pour accomplir ce travail-là avec méthode, Virgile installa sur un chevalet un petit châssis tendu de toile. D'un coup de fusain, il traça deux colonnes. À droite, sous le mot « Tableau », il inscrivit les mots de Marsyas, Apollon, Euterpe, Midas, satyre au bonnet, satyre au seau, enfant et peintre. Puis il tira de sa poche la lettre d'invitation de la courtisane égyptienne et dans la colonne de gauche, intitulée « Soirée », copia la liste des noms qu'elle contenait : Olimpia, Kara Muztapha, Zorzi Bonfili, Lionello Zen, Joâo El Ribeira, Titien et Atika. Tandis que le jeune Preudhomme complétait sa page, la demoiselle Robusti, après avoir papillonné dans tous les coins de l'atelier, s'était mise à touiller une pâte liquide et carmin. La préparation de la peinture rouge s'acheva à peu près en même temps que le remplissage du tableau. Marietta s'approcha de Virgile et lui tendit un pinceau imbibé de couleur. Campé devant le chevalet, le Français commença son exposé :

— Deux associations s'imposent d'emblée : le Marsyas du tableau symbolise Atika et le Titien a signé son tableau.

D'un trait rouge, par deux fois, il relia un nom de la première colonne à celui auquel il correspondait dans la seconde liste.

— À présent, les choses se corsent. Marietta, toi qui es

née à Venise et qui connais ses habitants : nous avons besoin de ta perspicacité.

La fille du Tintoret esquissa un sourire.

— J'ai posé quelques questions à mes parents et mes frères car certains, parmi les invités de l'Égyptienne, m'étaient inconnus.

— Laisse-moi deviner, intervint Pierre. Olimpia : un prénom seul, comme Atika ou comme la Nanna. Une prostituée, n'est-ce pas ?

— Exactement, applaudit Marietta. En Italie, les courtisanes délaissent souvent leur nom de baptême pour adopter un nom de guerre qu'elles vont parfois puiser dans les lexiques de la poésie ou de l'Antiquité. Elles se rebaptisent elles-mêmes : Primavera, Luna Nova, Selvaggia [1] ou encore Lucrezia, Cornelia, Judea, Pantasilea, Olimpia.

Virgile, qui n'avait pas quitté son schéma des yeux, avança une hypothèse :

— Le cas d'Olimpia est aisé : c'est la seule femme qui ait été conviée à la fête ; or la peinture ne présente qu'un visage féminin, la musicienne.

Le Français tira un trait rouge entre le nom d'Euterpe et celui d'Olimpia. La suite de l'exercice s'annonçait plus ardue. Il lança un regard chargé d'espoir vers la fille du Tintoret. Elle proposa :

— Il est probable que le Titien a donné à Kara Muztapha les traits de Midas. D'abord, ils sont originaires du même pays – Midas régnait sur la Phrygie et Muztapha, s'il s'est établi à Istanbul, est né à Denizli, l'ancienne Laodicée. Ensuite, l'un comme l'autre disposent de très vastes richesses : Midas changeait tout ce qu'il touchait en or et Muztapha a fait fortune dans le commerce des tissus. À tel point qu'en sus de sa demeure constantinopolitaine – magnifique à ce que l'on dit et immense car il y loge les dix femmes

1. « Primavera » signifie « Printemps » ; « Luna Nova » « Nouvelle Lune » et « Selvaggia » « Sauvage ».

de son harem –, il possède à Venise un palais sur le campiello de l'Arabo d'Oro, dans la paroisse de San Martino.

L'argumentaire de Marietta convainquit. D'un coup de pinceau, on relia « Midas » à « Kara Muztapha ».

— À partir de là, poursuivit la jeune fille, les choses s'embrument. Je ne peux rien affirmer, tout au plus supputer. Lionello Zen appartient à une famille patricienne de Venise inscrite au livre d'or. Il collectionne les statues antiques, achète de nombreux tableaux, écrit de la poésie ; bref, il aime les arts comme Apollon. Il est célèbre dans tout Venise, et au-delà, pour sa beauté... réputation qui, je le reconnais, n'est pas usurpée. En somme il est splendide comme Apollon.

Le commentaire de Marietta sur les avantages physiques de ce nobliau italien irrita quelque peu Virgile qui n'en laissa cependant rien paraître.

— De plus, il est né à Patara – sur la côte asiatique – où dans l'Antiquité se tenait un oracle du dieu des arts, moins célèbre que celui de Delphes mais néanmoins assez réputé. En outre... voilà une chose bien délicate... je ne sais si j'oserai...

La demoiselle, à l'idée de la quatrième similitude entre Lionello Zen et l'olympien Apollon, manifestait un certain embarras. Elle finit par poursuivre :

— Bref, Domenico et Mario prétendent que les hommes lui plaisent autant que les femmes.

— Sodomite, résuma Pierre de manière lapidaire.

— C'est-à-dire, pas uniquement, s'empressa de rectifier Marietta dont la fossette s'était creusée.

— Comme Apollon ! conclut l'étudiant-médecin en éclatant de rire.

Le jeune Preudhomme ne partagea pas cette hilarité. À son esprit restait vivace le trouble que Marietta avait provoqué en lui alors qu'il la croyait garçon. Pour masquer sa gêne, il se retourna et traça une quatrième ligne reliant Lionello et Apollon. Pierre fit un constat :

— Restent les satyres, vieux et jeune. Pas grand-chose ne

distingue les deux silènes : un chapeau, un couteau et un tablier pour le premier ; une main curieusement tordue, un seau et des cornes pour le second ; sinon même barbe broussailleuse, même torse nu et même cruauté des traits. De Ribeira et de Bonfili, lequel serait fine lame à l'escrime (le couteau) ? Viticulteur, tonnelier ou aubergiste (le seau) ? Frileux (le chapeau) ? ou cocu (les cornes) ?

Pierre interrompit son jeu des devinettes car, à l'autre bout de l'atelier, Palma il Giovane s'était mis à jurer. Vraisemblablement ses esquisses d'angelot photophore ne satisfaisaient guère l'ancien assistant du Titien. Dans un geste d'emportement, il donna un coup de pied dans une feuille froissée en boule qu'il avait jetée par terre. La balle improvisée vint rouler aux pieds de Marietta.

— Assez ! s'exclama le peintre. Je ne parviendrai à rien d'acceptable ici et maintenant.

Il traversa la pièce jusqu'au groupe que formaient les trois détectives.

— La faim ne vous tient-elle pas le ventre ? Les cris de mon estomac m'empêchent de bien dessiner.

Il sonda le fond d'une poche dans son haut-de-chausse et en tira quelques ducats.

— Je vais quérir des bricoles au miel et aux œufs chez la boulangère de la calle dei Botteri. Vous savez, dans sa prime jeunesse, elle a servi de modèle au maître ! En dégusterez-vous avec moi ?

Pierre, dont la gourmandise n'était pas le moindre des défauts, accepta la proposition avec entrain. Les deux autres compagnons agréèrent l'offre à leur tour. Palma salua la compagnie, jeta un regard amusé aux traits rouges du croquis, gagna le seuil de l'atelier et sortit. Mais, à peine eut-il franchi l'entrée qu'il fit demi-tour, passa la tête par l'entrebâillement et lança aux jeunes gens :

— Zorzi Bonfili, je le connais bien. Il a été blessé à la bataille de Lépante. Blessé à la main. Il ne peut plus en replier les doigts. Comme le faune du tableau.

Sur ce, il disparut pour de bon dans l'ombre du cortile de

Biri Grande, laissant derrière lui la porte ouverte et les trois enquêteurs ébahis. Sans ajouter un mot à la révélation de Palma, Virgile traça un sixième trait rouge.

— Cela nous conduit à déduire, conclut-il, que le Titien aurait donné à Joâo El Ribeira les traits du silène au bonnet. Marietta, une explication pour justifier pareil choix ?

— Une seule qui, cela dit, ne me convainc pas tout à fait. Joâo El Ribeira, évidemment, n'est pas vénitien. Il est né dans une famille juive au Portugal, comme son nom le laisse supposer. Une famille qui a dû se convertir au catholicisme puis qui a été chassée de Lisbonne. À Venise, les marranes sont traités en chrétiens, sauf s'ils retournent en cachette à leur religion d'origine. Par contre, les juifs doivent habiter dans le Ghetto et porter dans le reste de la ville un bonnet. Le couvre-chef : c'est le point commun que j'entrevois entre le satyre et le Portugais. Sans doute y a-t-il d'autres correspondances que j'ignore.

Avec ce nouveau trait rouge, le jeu des corrélations était presque parachevé. Demeurait cependant une équation aussi insoluble que la quadrature du cercle : cinq étaient les hôtes d'Atika, si l'on en excluait le Titien, et six étaient les auteurs du supplice de Marsyas. Dans la colonne qui les énumérait restait, solitaire, l'enfant.

— Qui se cache derrière ce mioche ? interrogea Virgile, perplexe. Un invité de dernière minute ?

— Avez-vous remarqué comme il regarde dans notre direction. Il nous narguerait presque, fit remarquer Pierre.

— Ni sa bouille joufflue, ni ses jambes caprines, ni le chien qu'il retient par le col ne m'évoquent qui que ce soit, avoua Marietta. Je...

Elle n'acheva pas sa phrase. Du cortile parvinrent des cris et le bruit d'une lutte. Les trois jeunes gens se ruèrent hors de l'atelier. À l'autre bout de la cour, deux hommes échangeaient coups et injures. La bagarre était féroce. Aucun des adversaires ne semblait surpasser l'autre en force. Pourtant, par un mouvement brusque et inattendu, Palma – car c'était l'un des combattants – réussit à faire reculer son opposant contre le bord du puits. Acculé, celui-ci attrapa le peintre par le cou. Les deux corps s'entremêlèrent et se cognèrent ensemble à la margelle. Ils roulèrent dans la poussière.

— Oh là ! cria Virgile

Il se précipita vers les antagonistes qui ne cessaient de combattre. Mais quand l'adversaire de Palma entendit la voix de Virgile, il repoussa à bout de bras l'assistant du Titien, se releva et prit la fuite. L'homme s'échappait. Le jeune Preudhomme s'élança à ses trousses. Il sauta par-dessus le corps de Palma toujours à terre et courut à la poursuite de l'intrus. Celui-ci s'était engagé dans un entrelacs de ruelles étroites. Il avait quelques dizaines de mètres d'avance. Virgile cependant gagnait du terrain à chaque foulée. Au coin de la calle del Fumo, l'homme trébucha. Il se releva aussitôt mais son poursuivant en profita pour réduire la distance entre eux. Campo Santa Maria Nova. L'espace d'une seconde, le fugitif hésita : à droite ? à gauche ? Derrière lui, Virgile allongea la foulée. Quelques aunes seulement le séparaient à présent de l'individu. Encore un effort : il allait pouvoir tendre la main et agripper sa chemise. Son pouls battait avec violence. Sa respiration lui brûlait la trachée. Faisant fi de la souffrance, il accéléra. Une ultime poussée et l'homme était à sa portée. Son talon frappa le sol avec vigueur. Soudain, une douleur insupportable le transperça. Un cri strident lui déchira les oreilles. Il s'écroula, assommé. Il ouvrit les yeux. Il comprit. Une femme venait de le heurter de plein fouet. Elle-même était tombée sous le choc. Elle était nue. Des ecchymoses verdâtres mouchetaient son corps. Deux bubons sanguinolents lui maculaient l'aine. Sa figure était déformée par la souffrance. La collision d'avec Virgile lui avait fendu la lèvre. Elle ne s'en rendit pas même compte. Elle se redressa et, tout en continuant à crier son désespoir, reprit sa course nue et folle. Un spasme nerveux secoua le jeune homme. Le fuyard avait disparu au bout de la *calle*. Virgile éclata en sanglots incontrôlés.

Dans le cortile de Biri Grande, Pierre et Marietta s'étaient précipités vers Palma à terre. Ils l'aidèrent à s'adosser contre le puits afin qu'il pût, assis, reprendre progressivement ses esprits. Une meurtrissure marquait le haut de sa joue. Marietta manœuvra la poulie du puits et tira un seau d'eau fraîche. Elle y trempa un bout de sa robe, s'agenouilla auprès du blessé et tamponna la plaie avec le tissu imbibé pour nettoyer la poussière qui s'y était incrustée.

— Rien de cassé ? demanda Pierre au peintre qui retrouvait peu à peu ses couleurs.

— Plus de peur que de mal, reconnut Palma dans une grimace.

— Qui était donc cet homme qui t'a agressé ?

— Je n'en ai pas la moindre idée, figurez-vous ! Je l'ai surpris qui écoutait votre conversation par la porte entrebâillée. Lorsque je l'ai aperçu, je l'ai interpellé. Sa conscience ne devait pas être tranquille : il a voulu s'enfuir. Je me trouvais sur son passage. Il m'a bousculé pour m'écarter de sa route. J'ai résisté. Je l'ai empêché de passer. Je l'ai même attrapé par le poignet. Voyant que je ne le laissais pas s'échapper, il m'a saisi à bras-le-corps et m'a entraîné dans la bagarre.

Un détail dans le récit de Palma il Giovane inquiéta Marietta.

— Crois-tu qu'il nous espionnait depuis longtemps ? Qu'il a entendu beaucoup de ce que nous disions ?

— Comment savoir ? répondit le peintre en haussant les épaules. Je n'ai vu personne au moment où j'ai quitté la maison pour me rendre chez la pâtissière.

— À ce moment-là, la porte de l'atelier était close, renchérit Pierre en tentant d'apaiser les alarmes de la demoiselle Robusti.

— Mais sans rien entendre, peut-être essayait-il de surprendre ce que nous faisions en guettant à travers le carreau. Le schéma de Virgile sur le chevalet est assez explicite.

L'imagination de Marietta se mit à vagabonder.

— En t'apercevant avancer vers la sortie, il se sera dissimulé. Puis, dès que tu auras eu le dos tourné, il aura repris sa place. Non plus derrière la fenêtre mais derrière la porte cette fois car elle avait été entrouverte. Mon Dieu ! Il aura surpris toute la fin de nos déductions sur les personnages dans le tableau du Titien ! Et dire que nous ignorons son identité ! Quelle catastrophe ! Pourvu que Virgile soit parvenu à le rattraper.

À l'instant précis où elle exprimait ce vœu, le jeune Preudhomme réapparut à l'entrée de Biri Grande, barbouillé de boue et claudiquant du pied gauche. Sa moue penaude annonçait assez qu'il avait échoué. Marietta s'élança vers lui :

— Virgile ! L'intrus a sûrement entendu ce que nous racontions ! Palma l'a surpris à nous espionner.

Cette mauvaise nouvelle ne pouvait requinquer le moral déjà vacillant du jeune homme. Il se laissa tomber aux côtés de Palma. Au moment où il se posait sur la pierre, il aperçut un morceau de papier traînant dans la poussière. Il le ramassa et y jeta un coup d'œil machinal. On y distinguait deux vignettes portant d'étranges dessins en noir sur blanc. La vignette de droite représentait un lion ailé qui gardait prisonnier sous lui, entre ses pattes, un homme en chemise étendu de toute sa longueur. La seconde vignette, partiellement déchirée, figurait deux anges, le premier avec sa main posée sur le torse à la hauteur du cœur, le second soutenant un rouleau de drap qui portait une inscription latine difficile à déchiffrer.

— Qu'est-ce que cela ? demanda Virgile en brandissant sa trouvaille.

Marietta et Pierre écarquillèrent les yeux. Palma s'en saisit.

— Je crois l'avoir arraché à l'intrus, dans la bagarre. Il portait avec lui une sorte de parchemin et lorsque nous avons roulé à terre, il l'a lâché. En se relevant pour s'enfuir, il a voulu ramasser son bien mais j'ai mis le pied dessus. Il n'en a récupéré que la moitié car le papier s'est déchiré en deux.

Le morceau orné des deux vignettes circula de main en

main. Chacun à son tour l'étudia avec attention. Les dessins laissèrent tout le monde perplexe.

— Je ne comprends pas ce que je vois, admit Pierre

— Un lion ailé, analysa la fille du Tintoret. Le symbole de Venise. On trouve des sculptures, des bas-reliefs, et des peintures de lions ailés partout dans la cité. Ne serait-ce que sur l'une des deux colonnes de la *piazzetta*, entre le palais ducal et la bibliothèque de Sansovino, en face de la lagune.

— Oui, mais qui est cet individu couché sous la bête ? Saint Marc l'évangéliste ? demanda Virgile intrigué.

— Ce serait la première fois que je le verrais ainsi représenté, reconnut Marietta

— Et que lisez-vous sur la bannière des deux angelots ?

Les têtes de Palma, Pierre et Marietta se penchèrent d'un même mouvement vers la feuille. Les trois jeunes gens déchiffrèrent ensemble la phrase en caractères majuscules :

— *Surgite mortui Venite ad indicium Domini mei.*

— Autrement dit : « Levez-vous morts, venez au Jugement de Dieu mon Seigneur » traduisit Virgile, digne fils d'un père qui avait signé sa propre traduction de *l'Énéide.*

— Quel rapport avec le lion de saint Marc ? s'enquit Pierre.

Personne ne sut répondre à cette légitime interrogation.

Soudain, une réminiscence traversa, comme une comète, l'esprit de Virgile.

— J'ai déjà vu ces dessins quelque part !

Il prit sa tête entre ses mains et compressa ses tempes avec vigueur. Autour de lui, ses camarades se turent.

— J'y suis ! s'écria-t-il soudain.

D'un bond, il se redressa et, sans ajouter un mot, courut jusqu'à la porte de l'atelier. Il disparut dans l'ombre de la pièce. L'instant suivant, il réapparaissait, une masse de papiers dans les bras.

— Les esquisses d'archives du Titien !

Il reprit place au milieu de ses compagnons, et commença à passer les dessins en revue.

— Quand nous avons rangé l'atelier, souviens-toi Pierre, nous avons vu une épure semblable.

Il tendit à son ami – qui l'empocha machinalement – le morceau de papier déchiré. Tout en essayant de raviver la mémoire de son camarade, il fit courir ses doigts d'un croquis à l'autre, vérifiant ce que figurait chaque dessin. Tout à coup, il brandit une esquisse au-dessus de sa tête et l'agita en l'air.

— ευρηκα[1] !

Intrigués, Marietta, Pierre et Palma lui arrachèrent le document des mains. Virgile avait raison. Tout du moins partiellement. Le papier du Titien comportait non pas deux mais cinq vignettes, et la dernière paire était en effet identique à celle qu'avait abandonnée le fugitif dans la poussière de Biri Grande.

— Mais ! s'exclamèrent d'une seule voix les deux peintres du groupe. Ceci n'a rien à faire parmi les archives du Titien ! Ce dessin n'est absolument pas de sa main ! On n'y reconnaît rien de son style !

— Ah ? s'étonna le jeune Preudhomme. C'est-à-dire qu'en classant les papiers avec Pierre, nous avons isolé tous les dessins que nous avons trouvés ; n'étant pas experts en beaux-arts, nous n'avons pas été en mesure de distinguer ce qui était « titianesque » de ce qui ne l'était pas.

— Dans d'autres cas, je ne dis pas que je me serais montré aussi affirmatif mais là je le répète : ceci n'est pas une ébauche signée du maître.

Le ton de l'ancien assistant était sans appel. Pour Virgile, cette affirmation ne faisait qu'envelopper de nouvelles ténèbres le mystère de leur espion et du papier déchiré.

— Si ces anges et ce lion n'ont point été peints par le Titien, dit-il lentement, que faisaient-ils alors dans le désordre de son atelier ?

La question restait, hélas ! sans réponse lorsqu'ils se séparèrent aux lueurs du soleil couchant. Les Français avaient,

1. Eurêka, c'est-à-dire « j'ai trouvé » en grec.

galanterie oblige, proposé à Marietta de la raccompagner mais elle avait décliné leur offre. Elle était coutumière des promenades en solitaire dans la Venise nocturne. Il lui faudrait à peine un quart d'heure pour regagner le domicile paternel. Tandis que Virgile et Pierre prenaient la direction du logis Peso-Manuce, la jeune fille se hâtait donc seule vers sa paroisse de la Madonna dell'Orto. Elle connaissait si intimement Cannaregio, ses calli et ses culs-de-sac, ses *sotoporteghi* et ses bras d'eau qu'elle aurait pu cheminer les yeux bandés. En traversant le rio di San Felice, elle ne put réprimer un tremblement au souvenir de l'homme qu'elle avait secouru la veille. La nuit lui parut tout à coup plus menaçante, la solitude plus oppressante. Elle pressa le pas. Deux ponts plus loin, elle sauta sur le pavement en briques à chevrons du campo dell'Abbazia et s'engouffra sous l'arcade sombre de la scuola Nuova della Misericordia en construction.

L'endroit baignait dans l'obscurité. Marietta s'efforça de contrôler son irrationnel accès de frayeur. Le quai qui débutait là conduisait tout droit à la casa tintoretta. Soudain, une ombre surgit devant elle. La demoiselle poussa un hurlement. Une main gantée se plaqua sur sa bouche pour l'empêcher de crier davantage. Avant même que la jeune fille ait commencé à se débattre, celle qui l'étreignait – car c'était une femme – se pencha à son oreille dans un nuage de parfum épicé.

— Toi et tes deux amis de Paris, vous devriez commencer par vous demander où était ton père le 7 août 1574 entre la onzième et la douzième heure. C'est un renseignement qui pourrait fort intéresser les *avogadori*.

L'instant d'après, Marietta se sentit poussée à la renverse. Dans sa chute, elle tenta désespérément de s'agripper au vêtement de son agresseur mais le morceau d'étoffe qu'elle attrapa se déchira. Les doigts crispés sur un bout de ruban rouge, elle bascula, la tête la première, dans l'eau noire du canal della Sensa.

CHAPITRE 7

— Le soir de la mort d'Atika, au moment où les invités prenaient congé de leur hôtesse, Père se tenait à l'angle de la calle della Toletta...

La fille du Tintoret se tut. Ses confidents, à savoir Virgile, Pierre, Cesare, et le chat Zanni, demeurèrent bouche bée de stupéfaction. Un silence pesant s'installa. Chacun se mit à cogiter fébrilement sur les conséquences d'une telle révélation, et en particulier sur la première d'entre elles : Giacopo Robusti s'inscrivait en tête dans la liste des suspects. Comme si elle avait deviné l'odieux soupçon de ses amis, Marietta s'écria :

— C'était une affreuse coïncidence ! Mon père n'a pas assassiné la courtisane ! Il me l'a dit et je le crois. Je vous en prie, croyez-le, croyez-moi à votre tour et venez-nous plutôt en aide !

La jeune fille avait parlé avec conviction. Il n'entrait pas dans sa nature de gémir ni de pleurnicher. Son énergie convainquit le trio. Mais Virgile ne retint pas la question qui les taraudait tous.

— Quelle est la raison qui amenait ton père à Dorsoduro ?

Un instant, la fille du Tintoret parut désarçonnée. Elle se racla la gorge.

— Je n'ai pas d'autre choix que de le dévoiler. Je vous conjure de garder secret ce qui va suivre.

Elle baissa une seconde les yeux avant d'affronter les regards qui la dévisageaient.

— Il avait rendez-vous avec... la Nanna.

Elle accompagna cet aveu d'un soupir. Elle reprit :

— Il y a deux ans, elle n'habitait pas loin de chez l'Égyptienne. Il l'a rejointe sur les coups de la onzième heure et l'a quittée alors que, précisément, en voisine, elle allait faire un tour sous les fenêtres d'Atika, un quart d'heure avant minuit. Constatez vous-mêmes que, si besoin était, il possède un alibi. Mais un alibi ô combien déshonorant ! Un alibi qui ferait mourir notre famille de honte s'il devait être rendu public. C'est pourquoi je vous conjure de m'aider à découvrir la véritable identité du coupable !

Un éternuement – contrecoup du bain forcé de la veille – empêcha Marietta de poursuivre. Tandis que Pierre se levait en quête d'un mouchoir et que Cesare préparait une potion qui prévenait les rhumes, Virgile comprit que ce qui jusqu'à présent ressemblait à une enquête relevant de la gageure, devenait dorénavant une recherche de la vérité pour sauvegarder un honneur menacé.

Alors surgirent deux questions nouvelles. Qui était celle qui avait assailli Marietta ? Par quel bout appréhender les investigations ? Le premier des mystères provoqua une cascade de points d'interrogation. D'où l'inconnue savait-elle que Virgile et ses amis s'intéressaient à l'assassinat d'Atika ? Se pouvait-il que la Nanna l'en eût informée ? Comment était-elle au courant de la présence du Tintoret dans la calle della Toletta le soir du meurtre ? Était-il envisageable qu'un ou plusieurs des invités l'aient croisé et reconnu en quittant la courtisane ? Enfin, celle qui avait propulsé l'apprentie peintre dans le canal de la Sensa était-elle la même personne qui avait fouillé Biri Grande quelques jours plus tôt ? Les deux rubans rouges le laissaient supposer.

La seconde interrogation des enquêteurs se révéla moins problématique. À son retour, dégoulinante d'eau, à la casa des Tintoret, son frère avait remis à Marietta un pli de la Nanna. Elle y remerciait Pierre pour les soins qu'il lui avait apportés, et qui l'avaient grandement soulagée. Elle précisait avoir eu souvenance de la destinée d'Ebano. Après le meurtre de sa maîtresse, l'interrogatoire par l'Avogadoria, la preuve de son innocence donnée par le Titien et la légitime libération qui s'ensuivit, il avait accédé au statut d'homme libre et s'était établi à son compte pêcheur et poissonnier. Pour le rencontrer, le plus aisé était de se rendre à la Pescaria entre le moment, à l'aube, où il y accostait avec son *bragazzo* chargé de la pêche du jour et l'heure, aux alentours de midi, où il pliait bagage après avoir vendu sa cargaison. À peine les Parisiens eurent-ils achevé la lecture de cette missive que la demoiselle Robusti se leva avec vivacité et lança d'une voix résolue :

— Direction le Rialto !

Rialto, « *di tutto il mondo la richissima parte*[1] » avait décrété au début du XVIe siècle le Vénitien Michele Sanudo dans son *Journal*. De fait, chaque fois qu'il s'y rendait, Virgile partageait cette impression de richesse et d'opulence. De la même manière qu'autour de la place Saint-Marc se regroupaient les bâtiments des pouvoirs religieux et politiques de la ville, le quartier du Rialto rassemblait en son sein les hauts lieux du pouvoir marchand. C'est là que se réalisait le commerce entre Orient et Occident. Les nations les plus variées s'y rencontraient : Frioul et Trentin, Chypre, Corfou, et Candie, Corinthie, Styrie, Bohême et Slovaquie, Égypte, Arabie, Barbarie, Chine et Insulinde. Les produits les plus divers s'y échangeaient : fer, cuivre, argent et or, toiles de laine, serge, chanvre, lin, coton et soie, bois, cuir, cire, miel et fourrures, épices, parfums, esclaves, ambre et corail, alun pour le mordançage des tissus et colorants pour leur teinture, vin, blé, sucre et sel. Sur les rives du Canale Grande et du rio del Fontego, l'on débarquait les marchandises de leurs *burchi*, de leurs *peate*, de leurs barques de tous types. On les stockait dans des entrepôts fermés ou des enclos à l'air libre qui avaient été aménagés là et dont le contenu avait servi à baptiser les quais : « riva del Vin », « riva del Ferro » ou « riva del

1. « Du monde entier le lieu le plus riche. »

Carbon ». Arrivant depuis Santa Maria Formosa, les trois enquêteurs parvinrent au pied du fondaco dei Tedeschi. Longeant le bâtiment, Marietta attira l'attention des Français sur ledit fondaco. Pierre répéta ce mot inconnu à son oreille :

— *Fondaco* ?

— *Fondaco*, ou *fontego*, de l'arabe *funduk*, expliqua la jeune fille. Ce bâtiment est le quartier général des marchands allemands, autrichiens et hongrois. C'est ici qu'ils entreposent leurs marchandises, négocient leurs affaires, sont hébergés pendant leur séjour. Il comporte plus de deux cents pièces !

Le chiffre fit ouvrir des yeux étonnés au jeune Preudhomme qui recula d'un pas pour mieux embrasser du regard l'édifice au style Renaissance et aux tourelles d'angle byzantines. Toutefois, il se demanda en quoi le comptoir des Germains pouvait bien le concerner

— Il y a presque soixante-dix ans, commença la Vénitienne, le *fondaco* a été totalement ravagé par un incendie. Le gouvernement donna l'ordre que cette antenne du négoce allemand soit immédiatement reconstruite. Pour la décoration extérieure, on engagea le peintre Giorgione. Celui-ci s'attaqua à la façade sur le Grand Canal. Giorgione embaucha pour peindre la paroi sur la rue – celle-là même – précisa-t-elle en pointant le doigt vers le mur devant lequel ils passaient, un jeune assistant qui venait de terminer chez lui son apprentissage...

— Titien ! s'exclama Pierre.

Le sourire que lui adressa Marietta dit assez qu'il avait deviné juste.

— Le Titien, précisément ! L'humidité de notre ville a hélas ! fragilisé le plâtre et terni les couleurs, mais voyez comme est encore magnifique la figure de Justice qu'il exécuta !

Suivant le conseil de l'apprentie peintre, Virgile et son ami levèrent les yeux vers l'immense femme nattée et drapée qui couvrait la façade du *fondaco*. De sa jambe gauche dénudée, elle écrasait la tête d'un géant aux yeux clos tandis que de la main elle brandissait une épée sous le nez d'un soldat en armure. Elle évoquait la Judith biblique. Ils la trouvèrent splendide.

Marietta agrémenta leur contemplation d'une anecdote.

— Titien peignit donc cette allégorie de la Justice. On raconte que les amis de Giorgione, croyant que c'était son œuvre, lui en firent grand compliment. À regret, Giorgione dut admettre qu'elle était de la main de son élève.

L'épisode divertit fort les Français pour ce qu'il décrivait l'éclosion d'un génie. Ils quittèrent plus savants le fondaco dei Tedeschi.

Ils traversèrent le campo San Bartolomeo Apostolo et débouchèrent sur le pont en bois qui enjambait le Grand Canal, le seul à relier les deux rives. À l'origine, c'était un pont de barques qui assurait la liaison. Il avait été remplacé au début du XIIIe siècle par une première construction en bois. À l'époque où se déroule notre histoire, sur les deux flancs du bel ouvrage de charpenterie datant du début du XVIe siècle, s'ouvraient des boutiques qui empêchaient les passants d'apercevoir l'eau. Virgile et Pierre grimpèrent quatre à quatre les marches jusqu'à un point qui surplombait l'onde verte : le tablier du pont, composé de deux parties mobiles, n'était ce matin-là pas ouvert pour laisser passer les galères. Parvenus à son faîte, ils ne purent s'empêcher d'exprimer leur émerveillement.

— Quel point de vue ! s'exclama l'un d'eux.

Amusée de leur enthousiasme, Marietta les mit au courant des projets qu'on élaborait au sujet du Rialto.

— Savez-vous qu'il est question de détruire ce pont ?

Les deux Français se tournèrent vers elle, interloqués.

— Pour en édifier un nouveau, en pierre !

— Comme le pont Notre-Dame à Paris, fit remarquer Pierre dont la bonne amie, Lisette, tenait une boutique d'encre et de plumes au bout dudit pont.

— Sans doute. L'avantage principal en serait évidemment

que, contrairement au bois, la pierre ne pourra ni rompre ni brûler. Car, figurez-vous, il est arrivé à plusieurs reprises que les lattes de bois craquent et que le pont s'écroule sous le poids de la foule. Par ailleurs, on craint chaque jour et chaque nuit de revivre le cauchemar d'un incendie. Rien ne fut plus terrible que le drame du 10 janvier 1514. Les commerçants du quartier connaissent tous la date car pareille tragédie ne s'efface pas de sitôt de la mémoire collective. Ce jour-là, le feu a pris dans une boutique de tissus. Le pont s'est embrasé, ainsi que les entrepôts qui regorgeaient de produits inflammables. Jusqu'à minuit, le feu a crépité, alimenté par la tramontane. En moins de six heures, il a laissé le secteur entier en cendres. Il a fallu près de vingt années pour tout rebâtir. Depuis cinquante ans au moins, il est envisagé de reconstruire le pont en dur. Les habitants du quartier se montrent très sceptiques et plutôt grossiers quand on évoque le sujet. Les hommes disent qu'avant le jour où ils pourront traverser le canal sur des marches de pierre, un ongle leur sera poussé entre les jambes. Et les femmes renchérissent qu'alors elles mettront leur « nature » au feu ! Pourtant des architectes – et parmi les plus grands – ont pris l'idée au sérieux : Sansovino, Palladio, Da Ponte, Michelangelo en personne. Un concours a été lancé.

— Da Ponte ? répéta Pierre amusé. Voilà un homme qui porte un nom prédestiné [1] !

— Marbre ou bois, la vue d'ici est incroyable, apprécia Virgile.

Partout le quartier fourmillait d'activité. Si le blé était à l'honneur au fondaco della Farina, le textile ne l'était pas moins le long des cent treize mètres de la Drapperia. Là, un vaste corps de bâtiment abritait des boutiques d'étoffes, des ateliers de tailleurs, des dépôts de tissus. Des tapis en provenance de l'Arabie, des soieries chinoises, des draps fabriqués en Flandres, des cotonnades venues d'Inde pendaient sous

1. De fait, c'est l'architecte Da Ponte qui remporta le concours et construisit le pont en 1588.

les auvents, s'exposaient sur les étals. Ils offraient au passant un spectacle multicolore. De la Drapperia, négligeant les bâtiments qui abritaient les magistratures et administrations diverses – le palais dei Camerlenghi, les Fabbriche Vecchie –, Marietta entraîna les Français vers la ruga degli Orefici où se regroupaient bijoutiers et joailliers, orfèvres et autres marchands patronnés par saint Éloi. Y étaient proposés aux clients à la bourse pleine des émeraudes indiennes, des lapis-lazuli afghans, des turquoises persanes, également des rubis, des saphirs, des topazes, des cornouilles et du cristal de roche. Marietta fit halte sur le parvis de l'église San Giacomo di Rialto.

— San Giacometto, la nomma-t-elle affectueusement, remonte au ve siècle. C'est la plus vieille église de Venise ! Elle me plaît beaucoup. Presque autant que la Madonna dell'Orto !

Dans une échoppe de la Naranzeria adossée à l'église, Virgile acheta une orange qu'il offrit cérémonieusement à Marietta. Le sang remonta aux joues de la jeune fille ravie jusqu'à les rendre aussi colorées que la peau du fruit. Les jeunes gens qui avaient fait un tour de l'église se retrouvèrent sur le campo San Giacomo di Rialto. Ils le traversèrent et s'arrêtèrent moins de cent mètres plus loin devant une étrange statue. Elle représentait un homme, agenouillé et courbé, qui soutenait une volée de marches, par lesquelles on accédait au sommet d'une petite colonne de porphyre rouge.

— Je vous présente le Gobbo [1].

Virgile et Pierre tournèrent lentement autour de ce curieux Atlas. Le premier, Pierre aperçut un feuillet accroché à sa cuisse. Il arracha le papier pour y jeter un coup d'œil. Virgile tira, pour sa part, une déduction sans même lire le document. Il se précipita vers Marietta, triomphant :

— Sior Rioba ! Le Gobbo est l'associé de Sior Rioba, un des Maures du campo dei Mori où tu habites. Il fait office

1. *Gobbo* signifie bossu en italien.

de porte-parole pour les mécontents qui y collent des libelles, des pamphlets et des poésies satyriques. N'est-ce pas ?

La fille du Tintoret applaudit le détective pour l'ingénieux rapprochement qu'il venait d'effectuer. Elle lui tendit la main et l'entraîna pour la suite de la visite du Rialto. À droite du campo s'étaient installés les offices de change et les banquiers en écritures. Au fond de la place s'ouvrait la calle della Sicurta où se concentraient, comme l'indiquait le nom, les maisons d'assurances maritimes. Par là, les trois jeunes gens s'enfoncèrent dans le labyrinthe des boutiques. À la Corderia, ils admirèrent les ficelles et les cordages, les paniers et les corbeilles exposés à la vente ; à la Caseria, ils humèrent l'odeur caractéristique des fromages. Plus agréable au nez des trois promeneurs furent les exhalaisons qui émanaient de l'Erberia et de la Frutteria où se vendaient les fleurs, les fruits et les légumes. Les maraîchers venus à l'aube de la terre ferme ou des îles de la lagune avaient débarqué leurs choux et leurs aubergines. À grands renforts de cris, ils vantaient aux passants la fraîcheur de leurs produits. Certains s'octroyaient une pause à l'ombre et s'adonnaient à leur passion pour les cartes et les dés. Les Français s'approchèrent de deux marchands qui semblaient plongés dans une partie enfiévrée, mais ils arrivèrent à l'issue du jeu, une issue qui semblait provoquer un sérieux litige entre les deux hommes.

— Tricheur !

— Escroc !

— Vaurien !

— Voleur !

Les insultes se mirent à tourbillonner, le ton s'éleva. Perturbés par cet échange de noms d'oiseaux, un groupe de gentilshommes, en grande discussion d'affaires sous la loggia contiguë, interrompirent leurs tractations pour intervenir dans l'algarade et tenter d'en apaiser les participants. Ils ne reçurent que rebuffades. Les deux joueurs en vinrent aux mains. Ils s'empoignèrent par le col de la chemise et cognèrent leurs fronts l'un contre l'autre. Chacun entreprit de faire reculer son adversaire vers le canal. De fait, l'un des marchands, le plus vigoureux, pouce après pouce, pas après pas, réussit à tirer son opposant jusqu'au rebord du quai. Là, d'un mouvement du corps, il poussa des deux bras son antagoniste et le fit chuter dans le Grand Canal. L'autre tomba comme une masse, provoquant une gerbe d'eau. « Chacun son tour », songea Marietta en souvenir de son plongeon de la veille. Cela n'avait été que le premier round d'une empoignade qui menaçait de se généraliser. Elle appela les Parisiens qui riaient de la scène pour les entraîner ailleurs avant que la rixe ne dégénère et que la Frutteria ne se transforme en champ de bataille. Plus loin commençait le royaume des épices. Leurs couleurs comme leurs parfums enchantèrent Pierre et Virgile. Ils vagabondèrent dans l'arc-en-ciel des poivres et du gingembre, de la cannelle et du safran, du clou de girofle et de la noix de muscade, du camphre et de l'encens, du santal et du musc, de l'opium du Caire et du laudanum de Bagdad. Entre le noir, le jaune et le gris, entre les coffres, les tonneaux et les ballots, entre le balsamique, le fleuri et l'ambré, ils s'imaginèrent au cœur d'un souk dans l'Orient des *Mille et Une Nuits*.

Au rêve succéda l'éveil. Au bout de la ruga degli Speziali, ils débouchèrent sur la Pescaria, le but véritable de leur visite au Rialto. C'était là le seul endroit, avec la *pescaria* de Saint-Marc, où la vente de poissons était autorisée. Il était logique qu'ils comptassent y trouver Ebano. À la recherche de l'ancien esclave, les trois jeunes gens balayèrent du regard le marché aux poissons alors que la mi-journée sonnait au clocher de San Giacomo. Du fait de l'heure tardive, il ne restait pas beaucoup de sardines ni d'anchois, de loups ni de daurades, de rougets ni de grondins, de muges ni d'anguilles, de seiches ni de crevettes sur les étals ou au fond des *vieri*. Les marchands n'étaient pas loin de fermer boutique et les chats d'investir les lieux. Les goélands argentés, les mouettes rieuses et les grands cormorans survolaient la Pescaria, prêts à fondre sur un poisson jeté. Identifier Ebano parmi ses confrères pêcheurs ne présenta aucune difficulté. Du haut de son mètre quatre-vingts, de par sa figure sombre, il se détachait avec évidence dans le décor. Lorsque les enquêteurs se présentèrent à lui et lui exposèrent le motif de leur venue, il leur proposa d'attendre quelques minutes. Qu'il vende son dernier bar, qu'il ferme son échoppe et il serait à leur disposition. Il parlait avec un accent d'Afrique plein de pittoresque sans réussir à rouler le « r » à l'italienne. Ni Virgile ni Pierre n'allaient se gausser, qui manifestaient à chaque mot par eux prononcé leur origine transalpine. En attendant le poissonnier, les Français firent le tour des Beccarie. S'ils s'émurent à la vue des agneaux et des chevreaux débarqués là et bêlant tendrement, ils firent la grimace devant le sang qui coulait des abattoirs, les carcasses équarries qui attiraient les mouches et les cuirs sanguinolents qu'on venait d'ôter aux animaux. Cette dernière image de peaux arrachées évoqua fort à Virgile, Marietta et Pierre le meurtre atroce de l'Égyptienne. Ils revinrent sur leurs pas. L'ancien esclave, ainsi qu'il l'avait promis, s'était dépêché de clore son négoce.

— Si nous allions parler dans une *locanda* du coin ? Je suis debout depuis l'aurore et je n'ai pas vu de nourriture – autre que du poisson cru – depuis lors !

Les détectives n'étaient pas moins affamés. La suggestion du pêcheur leur convint tout à fait. Le petit groupe se retrouva au fond d'une auberge de la fondamenta dell'Olio, à l'enseigne de *La Barrique percée*, devant des tartines de *baccalà* et un pichet de malvoisie. La taverne, en temps normal pleine de clients braillant et s'interpellant, plaisantant et vociférant, était pratiquement déserte. La peste. Les jeunes gens s'installèrent avec l'Africain dans un coin reculé pour pouvoir converser à leur aise.

— Nous nous intéressons à l'assassinat de ton ancienne maîtresse, commença Virgile, car il nous est apparu que le mystère de sa mort n'avait jamais été élucidé et que la vérité n'avait pas été faite.

— Rien n'est plus juste.

Ebano hocha vigoureusement la tête.

— J'ai été arrêté parce que je me trouvais sur les lieux du crime lorsqu'il a été découvert par cette amie de ma maîtresse qui se nomme la Nanna. Il est vrai que, le premier, j'étais arrivé dans la chambre, mais je n'avais pas agi. Mon inertie a paru suspecte aux magistrats de l'Avogadoria ; ils n'ont pas pu imaginer que j'étais resté prostré devant le corps de ma patronne. Pourtant...

Virgile engloutit la bouchée de pain à la morue qu'il mastiquait pour l'interrompre :

— Nous savons. Nous avons lu les minutes du procès-verbal de ton interrogatoire. Nous avons également appris que c'est au Titien que tu as dû d'être libéré.

L'ancien esclave étendit ses doigts et ouvrit ses mains, paumes vers le ciel.

— Un miracle que son témoignage. Il a précisé qu'il m'avait vu à peu près au moment où le meurtre avait lieu. Je me suis rendu à sa demeure pour le remercier dès que l'on m'a relâché, et il m'a répété qu'avec les autres invités, il avait quitté la calle della Toletta à la onzième heure et que, peu après la demie, tandis qu'il s'en retournait chez lui, il m'avait aperçu et reconnu à San Nicolo.

Tandis qu'Ebano narrait sa brève entrevue d'avec son sauveur, Virgile se livrait à un rapide calcul. Onze heures sonnent : les hôtes d'Atika quittent sa maison. Onze heures et les trois quarts : Palma le Jeune passe en barque devant la Biri Grande et aperçoit le Titien à sa fenêtre. Minuit : l'esclave rentre au logis et découvre l'Égyptienne dépecée. Une conclusion s'imposait : le peintre n'avait pas pu voir l'Africain dans le quartier de San Nicolo dei Mendicoli à l'heure à laquelle il le prétendait. D'abord parce que le chemin de Dorsoduro à Cannaregio qu'il avait dû suivre pour rentrer ne traversait absolument pas la paroisse de San Nicolo. Ensuite parce qu'au moment où il disait avoir croisé Ebano il était, semblait-il, déjà arrivé à Biri Grande ! Le pressentiment du jeune détective commençait sérieusement à se préciser. Le Cadorin n'avait pas pu assister de visu au meurtre de la courtisane. « Pourtant, il connaît l'assassin d'Atika. Il sait qu'il ne s'agit pas de l'esclave. Il décide de le faire libérer. Pour cela, il fournit délibérément un faux témoignage à l'Avogadoria », récapitula Virgile. Cela étant, les interrogations centrales de l'énigme demeuraient entières : qui avait arraché la peau de cette femme jusqu'à ce que mort s'ensuive ? Comment Tiziano Vecellio avait-il eu connaissance de l'identité du bourreau ?

Le Français avala le fond de vin que contenait son verre. Marietta le resservit tandis qu'il réfléchissait aux blancs que comportait son enquête. Une confirmation de la liste des invités présents le soir du 7 août 1574 s'avérait nécessaire. La seule source d'information qu'il possédait était l'énumération contenue dans la lettre de l'Égyptienne. Or, il redoutait la loi du *« textus unus, textus nullus »*.

— Ta maîtresse souhaitait recevoir seule ses amis ce jour-là, mais as-tu jamais su quels étaient ceux qu'elle avait conviés ?

— Oh oui ! répondit avec empressement l'interlocuteur de Virgile. Je sais cela. Elle me l'avait confié. Par la suite, j'ai souvent passé cette liste en revue pour essayer de déterminer si l'un d'entre eux pouvait être celui ou celle qui l'avait tuée.

Le pêcheur de sardines repoussa son assiette. Il balaya du revers de la main les miettes qui parsemaient le coin de la table, posa sur le meuble ses deux poings fermés et entreprit le décompte :

— Un et deux : Maître Vecellio et son fils, commença-t-il en dépliant l'auriculaire et l'annulaire de sa main gauche.

Virgile sursauta :

— Son fils ?

Marietta intervint :

— Orazio. Il était son collaborateur et l'accompagnait partout comme je le fais avec mon père.

L'ancien esclave acquiesça au commentaire de la demoiselle.

— Orazio, c'est cela même. Il escortait souvent son père lorsque celui-ci fréquentait chez ma patronne.

Le jeune Preudhomme prit mentalement note du renseignement qui était pour lui une découverte : le fils du Titien n'était pas mentionné dans la lettre retrouvée par Palma à l'atelier. Ebano poursuivit. Il allongea son majeur.

— Trois : l'honnête courtisane Olimpia. Elle s'est présentée la première. Je n'étais pas encore sorti. Je lui ai ouvert la porte et l'ai introduite dans le salon. Puis j'ai pris congé de ma maîtresse et suis parti pour San Nicolo. Quatre et cinq : Lionello Zen et Zorzi Bonfili.

Il allongea le pouce et l'index de sa main gauche.

— Six : le Turc Kara Muztapha. Sept : le Portugais Joâo El Ribeira. Voilà.

Si l'on écartait le cas d'Orazio, l'énumération d'Ebano corroborait la liste en leur possession. Elle correspondait également à la galerie des personnages représentés dans le *Supplice de Marsyas,* à l'exception de l'enfançon au chien.

Était-il envisageable qu'un individu supplémentaire se soit joint à la fête ? Un invité de dernière minute ?

Ebano n'hésita pas dans sa réponse :

— J'ai pensé à cette éventualité moi aussi. Parce que je n'arrivais à imaginer aucun des hôtes en train de torturer ma pauvre patronne. L'hypothèse d'un intrus m'a également traversé. Je crois que ce serait trop facile. En comptant ma maîtresse, ils étaient et sont restés huit dans la maison ce soir-là car il y avait huit verres, et seulement huit, sur la table du salon quand je suis rentré à minuit.

Le témoin baissa les yeux sur ses mains puis releva la tête vers Virgile, Pierre et Marietta. Il soupira, enleva ses poignets de sur la table pour les poser sur ses genoux. Il ajouta :

— En même temps, je ne vois personne parmi les invités à qui ce crime pouvait profiter. Olimpia a perdu une compagne, Zen une protégée, Muztapha une coreligionnaire, Ribeira un professeur, car elle lui donnait des leçons de turc. Sans parler de Tiziano et Orazio Vecellio pour qui elle posait comme modèle. Bonfili, à la limite...

Cette énumération rappela au jeune détective une règle de base des enquêtes criminelles : déterminer à qui profite le crime.

— Si le crime ne profite – apparemment – à aucun d'entre eux, qui donc a pu en tirer avantage ?

Le pêcheur réfléchit un long moment avant de répondre avec beaucoup d'honnêteté :

— Moi d'abord. J'aimais ma maîtresse pour la générosité avec laquelle elle me traitait. Elle m'a instruit. Elle m'a fait des cadeaux...

L'Africain porta sa main à une chaîne ras du cou sur laquelle se balançait un splendide pendentif, une tête de lion sculptée dans l'ivoire.

— Mais je dois admettre qu'avec son décès, j'ai gagné ma liberté ! Dans le testament qu'elle avait établi, elle m'affranchissait.

Virgile réagit. Un testament ? La Nanna n'avait rien évoqué de tel.

— Qui héritait de l'immense fortune de ta maîtresse ?

— Sa sœur, Qamara. À moi, elle a laissé assez de ducats pour que je puisse m'établir – et avec cet argent, j'ai acquis mon *bragazzo*, ma zone de pêche et mon emplacement à la Pescaria. Son autre esclave, Faustino, a été traité pareillement : affranchi et, comme qui dirait, doté.

Le jeune Preudhomme releva ce nom inédit.

— Qui est ce Faustino ?

— Nous étions deux valets au service d'Atika : moi et Faustino – un nain que lui avait offert un admirateur. Lui aussi, en somme, a tiré profit du crime puisqu'il a recouvré sa liberté et d'esclave s'est établi comédien.

Dans l'esprit bouillonnant du jeune Français, le débarquement impromptu d'un nouveau participant à l'énigme – et peut-être, par la même occasion, d'un nouveau suspect du meurtre – bouscula les a priori et les conclusions provisoires. Il se passa la main dans les cheveux :

— Où ce Faustino se trouvait-il le soir du 7 août ?

Dérouté par cette question, son interlocuteur fronça les sourcils.

— Je l'ignore. Sans doute a-t-il comme moi pu disposer de sa soirée et en a-t-il profité à sa manière. Je ne me rappelle pas. Le plus simple serait de le lui demander. Depuis son affranchissement, il appartient à une compagnie *della calza* : « I Sempiterni ». Il gîte dans la calle dei Proverbi, derrière les Santi Apostoli. Tout le monde connaît le nain Faustino là-bas !

Après avoir formulé ce conseil, Ebano se leva en dépliant son immense corps musclé. Il avait à faire. Son bateau était menacé d'une voie d'eau. Il s'était promis de passer au *squero*, pour qu'on y apprécie les dommages et évalue le coût de la réparation.

Après son départ, Virgile commanda une second cruche de malvoisie et une seconde assiettée de *baccalà*. Avant de se rendre chez Faustino, il avait besoin de faire le point sur l'affaire avec ses deux acolytes. Une idée, surtout, l'obnubilait depuis que l'Africain avait mentionné l'existence du nain. Et si l'enfant en bas à droite dans le tableau du Titien symbolisait le deuxième esclave de l'Égyptienne ? Cette hypothèse s'imposait à lui comme une conviction. Qu'est-ce qui, mieux qu'un garçonnet, permettait d'évoquer sur la toile la taille réduite d'un homme ? Le Cadorin ne pouvait introduire parmi les spectateurs du châtiment de Marsyas un personnage de nain. L'allusion aurait été trop évidente, trop directe. Il avait donc choisi le symbole de l'enfance pour traduire le nanisme.

— Pourtant, avança Pierre, se faisant l'avocat du diable, Ebano semblait penser que Faustino n'avait pas participé à la soirée d'Atika, qu'il avait lui aussi quartier libre.

— J'imagine que c'est précisément ce que, de ce pas, nous allons lui demander, présagea Marietta qui commençait à deviner le fonctionnement de Virgile.

Celui-ci lui adressa un sourire radieux en guise de confirmation. Il ajouta :

— Orazio Vecellio aussi pourrait nous renseigner sur la présence éventuelle de ce nain à la fête. Prions le ciel qu'il ne soit pas déjà mort dans l'enfer du lazaret.

Lorsque les trois jeunes gens se retrouvèrent sur la fondamenta ensoleillée de l'Olio, l'animation du marché du Rialto s'était quelque peu apaisée. Derrière les relents de carne et de poisson stagnait l'odeur pénétrante et caractéristique des feux des *pissegamorti*. L'activité des hommes ne parvenait pas à faire oublier la marche de la peste. Les détectives se répartirent la tâche. Pierre demanderait à Cesare Peso-Manuce de l'escorter jusqu'au Lazzaretto Vecchio pour rencontrer à nouveau le fils aîné du Titien. Virgile se ferait conduire par Marietta jusqu'au domicile du nain Faustino. Ils se souhaitèrent bonne chance, fixèrent un lieu de rendez-vous pour la fin de l'après-midi et se séparèrent avec une ultime salutation de la main.

— Le plus court chemin jusqu'à la calle dei Proverbi nous oblige à héler une gondole pour traverser le Grand Canal, indiqua la fille du Tintoret.

— Et par où passerait la trajectoire la plus longue ? s'enquit le jeune Preudhomme.

Marietta le regarda. Dans ses iris sombres, il décela amusement et tendresse. Si elle partageait ne serait-ce qu'un peu ses sentiments, pas plus que lui elle n'éprouvait l'envie de se hâter vers leur prochaine destination. Il avait goûté au plaisir de leur promenade dans le Rialto, à la facilité de se laisser guider par elle, à l'agrément d'écouter ses anecdotes vénitiennes, mais la présence de Pierre – quelque amicale qu'elle fût – avait fait de l'ombre à son contentement égoïste. Or, il se retrouvait maintenant en tête à tête avec elle et, le malvoisie aidant, la situation le grisait un peu. Il voulait en profiter, prolonger leur intimité. Ils empruntèrent donc la route la moins directe. En repassant dans la ruga degli Speziali, ils firent l'emplette de clous de girofle.

— J'en piquerai l'orange que tu m'as offerte. Je pourrai la conserver plus longtemps, en souvenir...

Main dans la main, ils parcoururent d'un pas indolent des calle désertes et longèrent, insouciants, des *rii* silencieux. Ils parvinrent, cheminant ainsi au gré de leur humeur, devant l'église San Giovanni Crisostomo, dont le campanile était en cours de construction. L'apprentie peintre entraîna son compagnon à l'intérieur pour lui faire admirer au-dessus du maître-autel un retable peint par Sebastiano del Piombo et représentant le saint patron du lieu.

Depuis qu'il était arrivé dans la Sérénissime, et surtout depuis qu'il avait rencontré Marietta, Virgile s'initiait petit à petit à la peinture : Titien mais aussi Tintoret, Palma le Jeune et à présent del Piombo. En ressortant de l'église, Virgile et Marietta subirent la morsure du soleil estival.

— Je connais une *corte* ombragée à deux pas d'ici. Nous pourrions y faire une halte avant de repartir vers la calle dei Proverbi.

Quelques minutes plus tard, les deux promeneurs s'asseyaient sur des marches à l'abri du soleil dans la corte Morosina. C'était une jolie cour fort pittoresque, avec un petit air de Moyen Âge, un puits central, un pavement de briques, deux escaliers extérieurs. Était-ce l'atmosphère d'intimité que respirait cette corte tranquille ? Virgile n'eut soudain plus qu'une envie : embrasser Marietta. De ses mains, il entoura le délicat visage et se pencha lentement vers ses lèvres.

Un choc aussi violent qu'inattendu fit alors basculer les jeunes gens. Un homme venait de tomber à la renverse dans l'escalier. Son corps les percuta de tout son poids. La tête de Virgile heurta le mur. Marietta se plia en deux. Il s'en fallut de peu qu'elle ne perde l'équilibre et ne chute à son tour au bas des marches. Virgile l'empoigna par le coude. Elle se blottit, tremblante, dans le creux de ses bras, et n'osa rouvrir les yeux que lorsque le bruit s'éteignit. L'homme n'était vêtu que de quelques haillons crasseux. Un bubon gros comme un œuf de poule d'où suppurait un jus jaunâtre craquelait la peau de son aine. Le ventre montrait des ecchymoses. Du crâne qui avait heurté la pierre coulait un filet de sang. Il était mort. La jeune fille éclata en sanglots nerveux. Virgile, désemparé, resserra son étreinte autour d'elle et la berça avec tendresse jusqu'à ce que s'apaisent ses pleurs.

— Allons-nous-en, lui murmura-t-il à l'oreille. Nous ne pouvons rien pour lui. Les croque-morts le trouveront. Viens !

Elle essuya une larme du revers de la main, ramassa l'orange piquée de clous de girofle et se hâta de quitter la corte Morosina. De retour devant San Giovanni Crisostomo, le jeune Preudhomme lui demanda ce qu'elle souhaitait faire.

— Nous ne sommes pas obligés d'aller trouver ce Faustino dès aujourd'hui. Si tu le désires, je peux te raccompagner. Cet incident t'a par trop secouée et tu aimerais peut-être t'en retourner chez toi à présent.

— Je n'envisage rien de tel ! se récria la demoiselle en secouant vigoureusement la tête. Je ne sais ce qui m'a pris. J'ai assisté à tant d'agonies depuis le début de cette épidémie ! Non, non ! Allons à la rencontre du nain d'Atika !

Tout en marchant d'un pas décidé, les deux jeunes gens entamèrent une conversation sur le sujet du théâtre – puisque selon le témoignage d'Ebano, son ancien compagnon de servitude était entré dans une *compagnia della calza*. Le mot amusa fort le Français.

— D'où sort un nom semblable ? « Compagnie de la Chausse » dirait-on à Paris !

— Cela vient de ce que les membres de ces associations, des gens de noble famille au siècle dernier, portaient précisément de ces chausses dont on dit qu'elles ont été importées de ton pays !

Le jeune Preudhomme, plus féru de droit que de mode, se souvint d'un décret du Conseil des Dix datant du 29 décembre 1508 dans lequel il était stipulé que : « *Siano del tutto bandite commedie, recitazioni, e rappresentazioni comiche et tragiche ed egloghe, cosi che assolutamente non possano farsi nè recitarsi in questa nostra città ne pubblicamente nè privatamente, sia in feste iniziali che banchetti che altrimenti*[1] » – et s'étonna que les troupes théâtrales y aient survécu. Sa rigueur de juriste amusa beaucoup la Vénitienne :

— Pourquoi les lois qui briment les plaisirs seraient-elles respectées dans la Sérénissime ? Il y a dix ans, on nous interdisait les excès de luxe vestimentaire ? Nous sortions plus couvertes de perles qu'avant ! On nous interdisait les débauches alimentaires et culinaires ? Nous consommions paons, faisans, et coqs de bruyère à chaque repas ! On nous interdisait les spectacles d'après Térence et l'Arétin ? Les associations de comédiens se sont multipliées – les « Reali », les « Potenti » et les « Eletti », les « Perpetui », les « Eterni », les « Immortali », les « Semprevivi » et les « Sempiterni », les « Fraterni », les « Pacifici », les « Concordi », les « Costanti », les « Fedeli », les « Cortesi » et les « Generosi », les « Belli », les « Felici », les « Fortunati » et les « Triumphanti » !

L'énumération de tant de troupes enchanta Virgile. Marietta reprit :

— Hélas ! depuis lors, sans vouloir refroidir ton enthousiasme, la tradition a pratiquement disparu. Les spectacles dans les vieilles salles de théâtre du secteur de San Canzian, juste à côté de Biri Grande, se sont faits rares ces derniers temps. La troupe de Faustino ne doit pas être une compagnie de la *calza* à proprement parler mais plutôt une troupe que l'on embauche pour donner des spectacles à l'occasion de mariages, de fêtes, de célébrations.

Virgile grommela. Catholique par sa mère mais éduqué par un père protestant, il estimait que les foudres de la Contre-Réforme devaient être dirigées vers les mœurs du clergé avant de se déchaîner sur les coutumes populaires. Plutôt que de chercher la paille dans l'œil du peuple, mieux valait s'efforcer de voir la poutre dans l'œil de l'Église. Un dicton à propos pour qui abordait précisément la calle Larga dei Proverbi. Ils n'aperçurent âme

1. Que les comédies, les récitations et les représentations comiques, tragiques et pastorales soient bannies, de sorte qu'elles ne puissent être conçues ou représentées dans cette ville ni publiquement ni en privé, qu'il s'agisse d'inaugurations ou de banquets ou d'autres festivités.

qui vive dans ladite calle si ce n'est un chiot au pelage crème et caramel qui remuait sa queue touffue en jappant furieusement. Virgile et Marietta s'approchèrent de l'animal pour s'apercevoir avec dégoût qu'il pourchassait un rat. Il avait réussi à le faire reculer jusqu'au mur. Soudain, le gros rongeur se rebella et bondit au museau du chien avec une stridulation suraiguë. Le canidé, griffé et mordu, sauta en l'air en glapissant. Le rat, libéré, en profita pour déguerpir. Il s'élança vers la sortie de la ruelle, droit sur Virgile et Marietta. Le jeune homme bouscula sa compagne pour la protéger de la charge du rongeur. Celui-ci fila entre leurs pieds. Sa queue rosâtre et annelée effleura la chaussure du Français. Derrière lui, le cabot blessé s'était mis à geindre. Marietta s'en approcha pour inspecter la blessure. Elle s'immobilisa soudain.

— Virgile ! Regarde bien ce chien !

Le jeune détective la fixa, intrigué.

— Virgile ! Regarde donc ! C'est exactement le même que celui qui lape le sang dans *Le Supplice de Marsyas*.

Au moment précis où elle prononçait ces mots, une porte donnant sur la rue s'ouvrit avec fracas. Alors apparut un étrange personnage, un être d'un mètre tout au plus, avec des bras courts et musculeux, des jambes arquées, une grosse tête difforme.

— Wawel ! tonna-t-il à l'attention du chien blanc et roux.

Reconnaissant le timbre de son maître, la bête au museau ensanglanté cessa de japper. En quelques sauts, elle rejoignit le nain qui lui frotta le sommet du crâne entre les oreilles. Les deux enquêteurs n'avaient pas osé bouger ni aborder Faustino, car c'était lui, indubitablement. Le petit homme continuait de parler à son roquet.

— C'est l'heure de ta pâtée. Je sais, je sais. Pas bouger !

Obéissant à l'injonction, Wawel se dressa sur ses deux pattes arrière, la langue pendante et la queue frétillante. Le nain disparut dans l'ombre de sa maison pour reparaître quelques instant plus tard, soulevant un seau au bout de son bras courtaud. Il posa le récipient devant le corniaud qui y plongea la gueule. C'est alors que Marietta et Virgile réalisèrent avec horreur que le récipient était rempli de sang.

CHAPITRE 8

C'est un Virgile vaguement épouvanté qui frappa, de son index replié, à la porte du nain. Sa compagne se tenait quelques pas derrière lui. Elle essayait d'éviter que le bas de sa robe ne traîne dans les éclaboussures que le chien avait projetées autour du seau. Un visage boursouflé, affreux et grimaçant surgit soudain sur le seuil. Virgile recula sous l'effet de la surprise. Marietta étouffa un cri. Leur réaction provoqua le rire grinçant du monstrueux visage, un rire étouffé, presque un rire d'outre-tombe.

— Un masque ! s'écria le jeune Preudhomme.

Au même instant, Faustino ôta d'un geste théâtral la peau de cuir qui lui recouvrait la face.

— *Tout habit sied bien à qui en a besoin*, déclara-t-il en saluant la compagnie. Je ne suis pas convaincu que ma vraie figure vous soit tellement plus agréable !

Certes, le visage du petit bonhomme n'était pas des plus esthétiques, mais l'on oubliait vite sa laideur tant on était d'emblée captivé par ses deux yeux insolites, grands, ronds, pétillants, insondables. Le nain exécuta sans crier gare un saut périlleux et esquissa une révérence. Puis, sans que ses visiteurs lui aient rien demandé, il les pria de pénétrer dans son antre. L'ancien esclave d'Atika habitait un petit logement au rez-de-chaussée. La pièce principale, celle où il invita ses hôtes à s'asseoir, était meublée d'un banc et de plusieurs bahuts et malles en bois. De ces coffres émergeaient ici la manche blanche et verte d'un costume de Brighella, là le pyjama rouge de Pantaleone dei Bisognosi, plus loin encore la casaque aux triangles rouges, bleus, verts et jaunes caractéristiques d'Arlequin. Des accessoires traînaient sur les meubles et sur le sol : des gourdins de zanni, une mandoline de Coviello, des épées de capitans, la toque blanche de Pulcinella. Et des masques de la commedia dell'arte en veux-tu en voilà ! Leur vue rappela à Virgile l'intrusion trois jours plus tôt à Biri Grande du couple d'individus masqués. Mais il écarta d'emblée l'hypothèse que l'un des deux pût être Faustino. Palma, qui s'était cogné à eux, aurait reconnu un nain. Les enquêteurs s'installèrent, les fesses au bord du banc qu'on leur désignait. Sous leurs yeux ébahis, Faustino exécuta une pirouette. Il retomba sur ses pieds sans vaciller, rappliqua son masque sur ses joues et leur demanda en roulant des yeux :

— Messieurs-dames, que puis-je pour votre service ?

— Nous cherchons à glaner quelques renseignements sur la réception que donna la courtisane Atika il y a deux ans, le jour de sa mort.

— Savez-vous, messieurs-dames, que le masque d'Arlecchino a été modelé par le très grand Michelangelo Buonarroti en personne ?

Marietta jeta un coup d'œil intrigué au masque de peau avec ses fentes pour les yeux et ses arcades sourcilières proéminentes. Virgile, lui, se montra plus intéressé par l'enquête que par l'art.

— Où as-tu passé cette soirée du 7 août 1574 ? demanda-t-il sans détours.

Comme s'il n'avait rien entendu, Faustino exécuta une cabriole.

— Savez-vous, messieurs-dames, que le très inspiré Dante Alighieri mentionne Arlecchino dans son *Enfer* de la *Divine Comédie* ?

Les pitreries du saltimbanque commençaient à irriter le Français qui haussa le ton pour répéter sa question :

— Où te trouvais-tu le soir où ta maîtresse a été assassinée ?

Pour toute réponse, le nain attrapa dans une malle à costumes deux gourdins de valet de comédie et se mit à jongler.

— Savez-vous, messieurs-dames...

Excédé, le jeune Preudhomme ne le laissa pas poursuivre une seconde de plus. Il se leva comme un ressort, attrapa au vol les deux bâtons – s'étonnant lui-même de son adresse –, les jeta rageusement par terre, saisit le jongleur par les épaules, le poussa à s'asseoir sur le banc et lui arracha son masque de zanni. Le nain se récria :

— Non ! Pas ma deuxième peau ! *Plus on se découvre plus on a froid !*

Il tenta, d'un mouvement de son bras trop court, de récupérer le morceau de cuir. Virgile le cacha derrière son dos, repoussa la main qui s'était tendue vers lui et demanda, en contenant son agacement :

— Pour la dernière fois, où étais-tu au cours de cette nuit fatale ?

Alors, contre toute attente, des larmes jaillirent des yeux de Faustino.

— Pourquoi faut-il que je me souvienne de ce jour maudit entre tous ?

Il y avait du désespoir dans cette exclamation. Le Parisien se rappela qu'il avait affaire à un comédien, un comédien apparemment des plus agiles et des plus doués. Il savait, pour avoir pratiqué lui-même l'art dramatique, que tout le talent de l'acteur tient en cela justement qu'il sait simuler les sentiments du cœur humain. Les yeux toujours humides, Faustino se redressa de toute sa hauteur et annonça avec un brin de défi.

— *De rien, rien.* Je veux bien tout vous raconter, à une condition...

Ses deux interlocuteurs le laissèrent exposer son marché.

— Il faut que mademoiselle m'aide dans un exercice de couture. J'ai racheté à un fripier du ghetto un costume d'Arlequin. Hélas ! il ne me sied pas : trop longues les manches et les chausses, trop larges le col et la taille. Il s'agit de le réajuster à ma mesure. Afin que je puisse me pavaner avec. *Les beaux habits servent fort à la mine*. Alors ?

Face à cette tentative de chantage, Marietta se rebiffa d'abord. Néanmoins, quand elle croisa le regard de son compagnon qui l'implorait silencieusement d'accepter, elle se rendit aux exigences du petit homme.

— Mon saint patron s'appelle Luc et non point Catherine. Je manie avec plus d'assurance le pinceau que l'aiguille. Je veux bien essayer. Sans garantir le résultat.

Satisfait, Faustino s'élança en un double flip-flap qui le fit atterrir les deux pieds dans un bahut. Il en fouilla le contenu et en extirpa, triomphant, un ensemble sur lequel étaient cousues, de manière anarchique, des pièces de tissus colorés. Il enfila des pantalons qui descendaient au-delà de ses chevilles et qui ne ceignaient guère sa taille, et se présenta devant la fille du Tintoret. Tandis que celle-ci entreprenait de mesurer la longueur de l'ourlet nécessaire, l'acrobate, remplissant sa part du contrat, entama son récit.

— Le soir où elle est morte, ma maîtresse avait organisé une réunion. Elle voulait recevoir elle-même ses invités et faisait toute une cachotterie à ce propos. Ce qui était bien inutile car *Secret de trois, secret de tous*. Elle nous avait, à Ebano et à moi, ses serviteurs, intimé l'ordre de disposer de la soirée. De n'être pas de retour avant minuit.

De cela, Virgile était déjà au courant, mais il préféra ne pas le signaler au narrateur. Celui-ci, après ses pantalons, avait enfilé une veste bariolée et tendait les bras afin que Marietta pût en raccourcir les manches.

— Ce jour-là, je suis tombé véritablement très malade. Une fièvre quarte m'a saisi, qui me faisait trembler les membres, me donnait comme des coups sur la tête, m'empêchait de marcher et même de bouger. Je n'en ai rien dit à personne – surtout pas à ma maîtresse. *Toutes les vérités ne sont pas bonnes à dire*. Je ne voulais pas la contrarier. Lorsque Ebano s'en est allé, j'ai fait mine de le suivre, de sortir à mon tour. J'ai profité de l'arrivée d'un invité et de la diversion que cela provoqua pour grimper à la façade de la maison, atteindre la fenêtre du dernier étage et gagner ma chambre. Là je me suis effondré, vaincu par la fièvre et par l'effort. Je ne l'avais jamais avoué à personne... *Si tu veux que l'on garde ton secret, que ne le gardes-tu !* Le seul à l'avoir jamais su est mon chien Lew.

La séance d'essayage s'acheva. Faustino fournit à sa costumière improvisée du fil et une aiguille. Lui-même s'arma de matériel de couture et se plongea dans le reprisage d'une fraise dont la dentelle était par endroits déchirée. Il n'en interrompit pas son témoignage pour autant.

— J'ai été englouti par le sommeil. Les jappements de Lew m'ont réveillé. Les invités partaient, tous ensemble. Cela excitait le chien : les salutations d'au revoir, la onzième heure au clocher de San Trovaso, le bruit de la porte, l'écho dans la calle des voix qui s'éloignent... Je me suis dit qu'il m'allait bientôt falloir faire le chemin à l'envers : redescendre par l'extérieur et me présenter en bas en prétendant avoir passé la soirée dehors. Je me suis levé, mais je ne me suis pas senti de force à enjamber tout de suite le rebord de la fenêtre. La tête me tournait, mes jambes ne me portaient point. *Plus le corps est faible, plus il commande.* Une demi-heure s'est écoulée sans que je me décide à bouger. Mon chien s'est assoupi. C'est alors que j'ai entendu frapper au portail d'entrée. J'ai tendu l'oreille. J'ai cru percevoir la voix de ma maîtresse. Elle disait : « Vous avez oublié quelque chose ? » J'ai pensé que je ne pouvais pas risquer une sortie dans l'immédiat. Celui ou celle qui était revenu n'allait pas tarder à repartir. Je ne voulais pas qu'on me surprenne dans ma descente. Je me suis laissé tomber sur ma couche. Je me suis rendormi. Assommé. Anéanti. Plus trépassé que vif. *Le sommeil est le frère de la mort.* Cette fois-là plus que jamais.

À ce point du récit, le comédien arrêta le rafistolage de sa collerette. Il fixa le vide avant de reprendre.

— Les cris hystériques de la Nanna m'ont réveillé la seconde fois. Depuis mes combles, je l'ai entendue qui hurlait. Cette fois, je n'ai pas tergiversé. J'ai franchi la balustrade, ai dégringolé le long de la façade et me suis enfui dans les profondeurs de Dorsoduro. *Mieux vaut bon fuir que mauvaise attente.* Plus tard dans la matinée, je me suis présenté à la porte, feignant de seulement rentrer de mon escapade nocturne. Personne n'a soupçonné que j'avais passé la nuit dans la maison.

Songeant à l'enfant-satyre peint par le Titien dans un coin de son *Marsyas*, Virgile insista sur ce « personne »-là.

— Es-tu bien certain que pas un n'a deviné ta présence ?

— Absolument personne. J'en ai la conviction.

Le ton était sans appel.

— Non, personne n'a su que, si seulement j'étais resté réveillé, j'aurais pu secourir la femme que j'aimais.

À nouveau, les larmes montèrent à ses yeux. Il cilla et l'une d'elles roula sur sa joue. Alors, Virgile et Marietta entrevirent le drame qu'avait vécu le petit homme martyrisé par la nature, lui si disgracieux, si difforme, elle si ravissante, si raffinée. C'est à peine, sans doute, si Atika avait été consciente de sa présence d'esclave. Comment aurait-elle pu deviner sa passion ? Or la nuit où il pouvait la sauver, la nuit où il pouvait s'imposer à ses yeux comme homme à part entière, la nuit où – qui sait – il pouvait espérer se faire admirer d'elle, la migraine l'assomme, la fièvre l'anéantit, la maladie l'endort. La vie, parfois, se montre cruelle au-delà de l'imagination et pathétique au-delà du cauchemar. En même temps qu'il mesurait combien Faustino avait dû se sentir misérable dans sa fuite, Virgile pesait l'importance de son témoignage. Sans s'en douter peut-être, l'équilibriste apportait de précieuses précisions sur le déroulement du crime. Une demi-heure après le départ des invités, l'un d'eux était revenu sur ses pas et s'était présenté à la porte de sa victime. Puisqu'elle se pensait seule dans la demeure, Atika avait ouvert elle-même à son futur assassin. Après... après, Morphée avait avalé le détail des événements, dissous dans les brumes du sommeil. Même s'il pressentait ce qu'allait être la réponse, le détective demanda :

— N'as-tu pas une idée, une minuscule idée, de l'identité de celui, ou de celle, qui « avait oublié quelque chose » ?

Faustino secoua la tête en signe de dénégation en même temps qu'il enfilait le bonnet d'Arlequin, orné d'une queue de lapin.

— Vous pensez bien que si j'avais eu la moindre certitude sur la question, j'aurais de mes propres mains réglé son sort à la personne qui a ôté son souffle à ma maîtresse bien-aimée. *On n'est jamais mieux servi que par soi-même...*

La fin de sa phrase s'étouffa dans sa gorge. Pour éviter que les sanglots ne le submergent à nouveau et qu'il ne donne le spectacle de ses pleurs à deux étrangers, le nain réalisa un salto avant et retomba accroupi devant Virgile et Marietta.

— Pourtant..., dit-il.

Aussitôt il regretta le mot qu'il venait de laisser échapper, sauta sur le banc et se retrouva en équilibre sur les mains. Mais il en avait trop dit et le jeune Preudhomme, qui avait sursauté à ce « pourtant », n'entendait pas qu'il laissât sa phrase en suspens. À son tour, il bondit sur le banc et attrapa les chevilles de l'acrobate qu'il colla l'une contre l'autre. Pareille manœuvre paralysa Faustino qui n'eut le choix que de parler ou de chuter.

— Pourtant, reprit-il, la tête entre les bras, le sang affluant au cerveau, pourtant je soupçonne quelqu'un. Mais je ne vous le confierai que lorsque vous aurez lâché mes jambes.

Apparemment, le *zanni* de théâtre ne fonctionnait qu'au chantage. Apparemment aussi, il respectait sa part d'engagement. Le Français le laissa retomber sur ses pieds. L'acteur se rétablit debout, ramassa son bonnet tombé dans la cabriole, s'assit sur le banc et s'adressa aux enquêteurs en les fixant tout à tour dans les yeux.

— Je n'ai aucune preuve. Je n'ai que des doutes. Mais *pour croire avec certitude, il faut commencer par douter.* J'ai beaucoup réfléchi aux intérêts des uns et des autres à ce crime. Paradoxalement, c'est à moi que la disparition de ma maîtresse a le plus rapporté. J'y ai gagné ma liberté, une belle somme d'argent et même son chien Wawel – celui-là même que le roi Henri III lui avait offert.

« Le bichon assoiffé de sang », songea Virgile. La mention

ex nihilo du roi de France l'avait étonné. Il garda pour lui sa surprise. Il n'interrompit pas le nain.

— À moi, il avait donné Lew. Mais tout cela n'est qu'apparence. *Quand on regarde quelqu'un, on n'en voit que la moitié*. Depuis qu'elle est morte, moi aussi je suis mort au monde. Je ne survis que dans la peau du *zanni* de la *commedia*.

En proférant ces mots, Faustino récupéra le masque que Virgile lui avait arraché un peu plus tôt et en appliqua le cuir sur son visage. Derrière sa tête trop grosse sur son corps trop petit, il en noua le lacet. Caché par la sempiternelle grimace d'Arlecchino, il termina ce qu'il avait promis de révéler.

— Celle qui véritablement a tiré profit de ce monstrueux décès s'appelle Olimpia. Songez-y ! Comme ma belle Égyptienne lui faisait de l'ombre ! Avec la signora Franco, elle avait la réputation d'être la plus révérée des honnêtes courtisanes de Venise. Aujourd'hui, Atika est dans la tombe et Veronica a fui la peste. Comme *par nuit semble tout blé farine*, seule règne Olimpia, courtisée par ceux qui autrefois honoraient ses deux rivales. Parmi eux, le noble Lionello Zen. Il était le protecteur attitré de ma maîtresse, son sigisbée, son chevalier servant. Olimpia – je l'ai lu dans ses yeux car je partageais ses sentiments – était ravagée d'amour. Et peut-être plus encore dévorée de jalousie. Ah, la jalousie ! la terrible jalousie ! *La jalousie est pire que la sorcellerie*, savez-vous ?

Un chien enfermé dans la pièce voisine se mit soudain à donner de la voix. Marietta fronça les sourcils. Était-ce le roquet blanc et roux qui aboyait avec ce timbre si rauque et si sonore ? Faustino la détrompa.

— Il s'agit de Lew, le chien dont le roi de France m'a fait cadeau. C'est un animal magnifique, bien moins chétif que Wawel !

Sa présentation fut couverte par de nouveaux aboiements pleins d'impatience. Le nain exécuta une pirouette suivie d'une révérence et prit congé de ses hôtes.

— *Cheval qui piaffe n'avance guère*, et mâtin qui grogne,

n'en parlons pas ! Je dompte mes chiens afin qu'ils me donnent la réplique sur scène. Est arrivée l'heure de leur leçon.

Il souleva son masque pour saluer les deux visiteurs. Son étrange visage fut la dernière image qu'il laissa à Virgile et Marietta avant de s'éclipser.

L'instant d'après, le couple de détectives se retrouvait au soleil de la calle dei Proverbi. Sans qu'ils aient eu besoin de se concerter à haute voix, ils savaient tous deux où devait les mener la suite de leur enquête, et à la porte de qui ils iraient frapper. Ils n'hésitaient que sur la question de savoir par où commencer. Le palazzo Zen ou le logis de la courtisane ?

Olimpia était installée sur son altana, petite terrasse carrée en bois sur le toit de sa maison du rio terrà della Parruc chetta à San Polo. Dans l'entrée de son logis, les deux visiteurs croisèrent la Nanna qui venait de passer quelques heures en compagnie de sa consœur. Virgile la salua comme il se doit. Marietta se contenta de lui jeter un regard impénétrable. À la suite de cette rencontre inattendue, une servante escorta le jeune couple jusqu'au nid où se tenait sa patronne. Elle y prenait un bain de soleil, ou, pour être plus exact, elle exposait ses cheveux à l'astre du jour. Virgile, qui, depuis son arrivée à Venise, naviguait dans le monde titianesque, avait remarqué comme ce blond nuancé de reflets roux appelé blond vénitien s'imposait dans la peinture, et au-delà, dans la cité. Toutes les Madones à l'Enfant et Vénus de l'Antiquité, peintes par le Cadorin ou par le Tintoret, possédaient un chef auréolé de nattes, de chignons et de boucles jaune orangé. Tous les poèmes signés Pietro Bembo que connaissait le Français louaient la beauté de la *chevelure d'or crêpelé et d'ambre clair et pur*. Aussi ne s'étonna-t-il pas de trouver Olimpia occupée à procurer à ses cheveux l'éclat lumineux et chatoyant à la mode dans la Sérénissime. Pour ce faire, elle avait revêtu un curieux chapeau dont les larges bords protégeaient son visage et qui était percé en son fond pour exposer ses mèches à la lumière.

Les deux enquêteurs la rejoignirent sur son édicule de bois surplombant les toits. Lorsqu'elle releva la tête et que Virgile découvrit son visage, il ne put retenir un cri de surprise. Marietta le dévisagea. Olimpia lui sourit. Il balbutia :

— Madame, vous évoquez de manière véritablement frappante une mienne amie de Paris.

Le regard de l'apprentie peintre se voila. Le sourire de la fille de joie s'épanouit et sa ressemblance d'avec Lisette, la petite vendeuse d'encres et de plumes, la bonne amie de Pierre, s'affirma davantage encore. Elles possédaient en commun un visage au doux ovale, des pommettes hautes et saillantes, des yeux bleus en amande, un nez mutin et une bouche gourmande. Bien qu'elle se tînt assise, l'on devinait qu'Olimpia n'était pas plus grande que la piquante marchande du pont Notre-Dame. Les seins, que sa robe dévoilait, possédaient le galbe et la rondeur de ceux de Lisette, pour ce que Virgile pouvait en imaginer d'après le témoignage de Pierre. La dissemblance majeure entre les deux femmes tenait à la couleur de leurs cheveux que la Parisienne gardait au naturel, châtains, et que la Vénitienne décolorait en blond. Tandis que s'échangeaient les cordialités des présentations, la domestique s'empara d'un fuseau au bout duquel était fixée une éponge. Elle la trempa dans un bol de lotion décolorante et en imbiba la chevelure à teindre. L'odeur que répandit le liquide fit grimacer les visiteurs. La courtisane s'excusa du désagrément. Elle avoua le secret de son shampooing blondissant.

— Il existe toutes sortes de recettes. Dans de l'eau chaude versée sur de la cendre ou du charbon de bois, l'on peut faire bouillir de la graine d'ortie. L'on peut également faire cuire des endives jusqu'à ce qu'elles se désagrègent. Ou encore utiliser des feuilles de lierre. Parfois, je prépare un mélange d'huile d'olive et de lie de vin blanc. Mais je ne connais rien de plus efficace que ceci : une lessive à base de pisse !

Ni la fille du Tintoret ni le jeune Preudhomme ne se récrièrent de dégoût. La première, peintre, savait les vertus alcalines de l'urine qu'elle incorporait parfois à ses couleurs.

Le second, humaniste, connaissait les droits de l'ancien État romain à revendre la récolte des vespasiennes publiques aux lavandières pour qu'elles blanchissent le linge.

— Nous ne sommes pas venus vous voler vos secrets de beauté, expliqua la demoiselle Robusti, que la nature avait dotée de magnifiques cheveux d'or.

Toutefois, avant de présenter leur requête, Marietta ne put s'empêcher de s'extasier sur les boucles d'oreilles qu'arborait la courtisane, deux émeraudes du vert le plus pur.

— Un cadeau que j'ai reçu pour mon anniversaire, le 11 août, indiqua laconiquement la galante.

La servante d'Olimpia s'était mise à peigner avec application les cheveux humides pour mieux étaler la substance éclaircissante. Cela ne perturba pas la courtisane qui, sollicitée au sujet d'Atika et de sa mort, évoqua d'abord la dernière fois où elle avait vu sa collègue vivante.

— Nous l'avons tous saluée sur le pas de sa porte. Elle avait congédié ses deux serviteurs pour la soirée et nous a raccompagnés elle-même jusqu'à la sortie. Comment pouvais-je me douter que jamais plus je ne la reverrais ?

Un mot avait attiré l'attention de Virgile : « tous ». Il confirmait les dires de Faustino, qui n'avait, du moins le disait-il, été qu'un témoin auditif du départ groupé.

— Tous, confirma Olimpia. Oui, nous avons quitté son logis de Dorsoduro ensemble. La onzième heure sonnait au clocher de San Trovaso. Nous sommes restés réunis un court moment, à discuter au milieu de la calle della Toletta. Puis nous nous sommes dispersés. Chacun, j'imagine, est rentré chez soi. En tout cas, c'est ce que moi j'ai fait.

— Personne n'est revenu sur ses pas ? insista le détective.

La courtisane afficha une moue dubitative.

— Comment en être certaine ? J'ai cheminé avec Lionello... Lionello Zen... et Zorzi Bonfili, pratiquement jusqu'ici. Il me semble que, de leur côté, le maestro Vecellio et son fils sont repartis en gondole. J'avoue n'avoir pas prêté attention à la direction prise par Kara Muztapha et Joâo El Ribeira.

Se rendant compte que, si elle était innocente, la courtisane n'avait, pas plus que l'Africain, pas plus que le nain, soupçon de l'identité du meurtrier, Virgile tenta d'orienter la discussion sur le mobile qui avait pu pousser quelqu'un à pareil carnage.

— Atika était une espionne. C'est pour cela qu'elle a été tuée.

Les deux enquêteurs ne purent s'empêcher d'écarquiller les yeux. Ils répétèrent d'une voix incrédule :

— Une espionne ?

Leur interlocutrice cligna des paupières en signe d'acquiescement. D'un claquement de doigts, elle indiqua à la soubrette qu'il était temps d'imprégner à nouveau ses mèches de solution à l'urée. La suivante s'exécuta. La maîtresse explicita sa déclaration.

— Elle-même me l'a avoué. Elle a fait ses premiers pas dans la diplomatie secrète lorsqu'elle est entrée au service de ses patrons, des Vénitiens qui l'ont achetée sur le marché aux esclaves d'Istanbul. Une famille qui gravitait autour du baile. Une maison dans laquelle circulaient des informations confidentielles. Un agent de Sélim Pacha et de son vizir Sokollu l'a contactée. On lui a proposé de l'argent contre les secrets qu'elle pouvait surprendre. Elle a accepté. Elle voulait accumuler les ducats pour un jour racheter sa liberté. Ce que finalement elle n'a pas eu besoin de faire puisque sa propriétaire l'a affranchie. L'argent, elle l'a utilisé pour s'établir ici. Elle est devenue officiellement honnête courtisane. Officieusement, elle a poursuivi ses espionnages. Sa position, pour cela, n'était-elle pas idéale ? Dans son salon défilaient diplomates étrangers et nobles vénitiens. Une caresse, deux chatteries ; elle leur soutirait sur l'oreiller des informations concernant la Turquie qu'elle faisait parvenir à Istanbul. Le commerce des renseignements lui a rapporté un bien considérable. Elle l'a reconnu lorsqu'elle s'est confiée à moi : le vizir Mehmet Sokollu et son conseiller Joseph Nasi payaient rubis sur l'ongle. Ils n'étaient pas les seuls à s'intéresser aux secrets de la Sérénissime soutirés à ses amants par Atika. La France aussi s'est montrée prête à rémunérer ses services.

La mention de son pays natal fit sursauter Virgile. Une rapide récapitulation de la situation politico-diplomatique lui permit de saisir la logique de cette révélation. Depuis le règne de François Ier, la France tissait des liens étroits avec la Turquie. Cette alliance dérangeait les autres puissances européennes, au premier rang desquelles se trouvait Venise, en rivalité directe avec Istanbul pour les îles de la Méditerranée. Dans la cité des doges, chaque matin, on se réveillait avec la crainte d'entendre le coq chanter en turc. En réaction à l'attaque des Ottomans sur Chypre et à la prise sanglante de Famagouste, la Sérénissime s'était liguée avec l'Espagne de Philippe II et le Vatican de Pie V au sein de la Sainte Ligue, une ligue à laquelle la France n'avait pas adhéré. En 1574, trois ans après la victoire de la Ligue sur les Turcs à Lépante, tout renseignement concernant les intentions de Venise à l'égard de son voisin ottoman devait trouver preneur à Constantinople, mais aussi à Paris. Ceci expliquait qu'Atika eût été sollicitée par les agents de Sélim comme par ceux des Valois. À cette étape de son raisonnement, le jeune détective opéra un rapprochement entre le témoignage d'Olimpia et celui de Faustino : la France - les Valois - Henri III.

— C'est à cet effet que le roi Henri a vu Atika lors de son séjour dans votre ville, n'est-ce pas ? J'aimerais en savoir davantage sur cette rencontre.

Olimpia réajusta son couvre-chef percé, pivota pour présenter ses cheveux au soleil dans l'axe de ses rayons, essuya les gouttes de sueur que la chaleur faisait perler sur son front et se lança dans le récit circonstancié de la venue du roi de France à Venise, deux étés plus tôt.

Le mardi 14 juin 1574, Henri de Valois, duc d'Anjou élu roi de Pologne, frère du souverain Charles IX, recevait à

Cracovie où il s'était installé au château de Wawel, la nouvelle de la mort de son aîné, survenue dix jours plus tôt. Ce décès lui conférait la couronne de France. Aussi décida-t-il de quitter subrepticement, pour ne pas dire en cachette, les bords de la Vistule et de rejoindre Paris, sa mère Catherine de Médicis et son nouveau trône. Car « *France et vous valent mieux que Pologne* », écrivait-il le 22 juin à celle dont il était le fils préféré. Il ajoutait : « *Quand vous lirez ces lignes, je serai à Venise, ou bien près, je m'en assure.* » Dans la ville lagunaire, la venue d'Henri III provoqua une effervescence sans pareille. C'était la première fois qu'un roi de France faisait l'honneur de sa visite à la République. Il fut reçu plus que majestueusement. Dès Mestre, sur la terre ferme, une foule enthousiaste et soixante-dix sénateurs en vêtement de satin cramoisi l'accueillirent. Au ponton de Marghera l'attendaient Giovanni Correr, ancien ambassadeur en France, habillé de drap d'or des pieds à la tête, et trois gondoles d'apparat. À celles revêtues de velours noir et violet, par respect pour son deuil, le roi préféra celle recouverte de brocart d'or. Elle était conduite par des gondoliers à la livrée jaune bordée de bleu, ses couleurs. Autour de son embarcation, deux mille gondoles voguaient en son honneur. À cette formidable escorte s'ajouta une flottille de cinq cents gondoles supplémentaires menées par le podestat de Murano venu à sa rencontre. Ainsi commença le séjour enchanteur d'Henri de Valois à Venise. Le lendemain de cette arrivée triomphale, il fallut quitter Murano et rejoindre le Lido sur une magnifique galère capitane. Un équipage de plus de trois cent cinquante esclaves, qui avaient endossé une casaque violette – toujours à cause du deuil royal – et un bonnet pointu orné d'une fleur de lys, manœuvrait le bateau qui relia les deux îles en un rien de temps. Au Lido, les fastes relayèrent les fastes. Un majestueux arc de triomphe dessiné par Andrea Palladio salua le visiteur. Il fut reçu par la Seigneurie et le Patriarche. On entonna un Te Deum à San Nicolo. Puis le roi de France fut invité à monter à bord du *Bucentaure*, le bateau de cérémonie depuis lequel le doge célébrait, le jour de l'Ascension, le mariage de Venise et de l'Adriatique, en lançant dans la mer un anneau d'or. Henri s'assit sur un trône, sous un baldaquin, à la poupe du navire.

— Mon père se trouvait sur ce même bateau, incognito ! s'exclama Marietta. Il s'était dissimulé parmi les gars de l'équipage pour esquisser en cachette plusieurs portraits du roi depuis différents angles, un travail préparatoire au tableau qu'il devait réaliser par la suite.

Sans doute Olimpia ne goûtait-elle que peu l'art de la peinture car elle ne releva pas cette anecdote et poursuivit son récit comme si de rien n'était. Du *Bucentaure*, donc, Henri III vit pour la première fois en plein jour le spectacle grandiose qu'offrent depuis le bassin, le palais, la basilique, la bibliothèque et le campanile. « Comme je voudrais que la reine ma mère fût là ! » s'écria-t-il, débordant d'admiration. En écho à son cri du cœur, les canons de toutes les galères ancrées en face de San Giorgio firent feu. La grosse cloche du campanile retentit, imitée en écho par celles de tous les clochers de la ville.

À partir du moment où le nouveau roi de France posa le pied sur le sol de la cité, débuta pour lui un tourbillon de réceptions et de fêtes, de cérémonies et de bals. Olimpia, qui ne pouvait les mentionner tous, hésitait quant à savoir lesquels citer : le banquet solennel qui se déroula dans l'immense Sala del Consiglio ; la représentation théâtrale que donna la compagnie des Gelosi ; la visite à l'Arsenal où il assista à l'assemblage d'une régate en un temps record ; la collation au palais ducal où les tables furent entièrement décorées de figures toutes en sucre ; la régate à dix épreuves qui se déroula sur le Grand Canal ; la promenade dans l'artère marchande des Merceries où il fit d'excessives emplettes de chaînes et bijoux en or ; la démonstration de l'art subtil de grands maîtres d'armes lors d'une séance d'escrime ; la fabrication, sur une fournaise de Murano montée sur radeau, d'objets en verre par des ouvriers pratiquement nus ;

la joute assez brutale entre les Castellani et les Nicoletti, qui s'affrontèrent à coups de joncs aiguisés ; le grand bal enfin, point culminant de son séjour magique, où deux cents patriciennes ruisselantes d'or et de perles dansèrent la padovane, le *passo e mezzo* et la gaillarde. En sus de ces festivités officielles, le roi Henri sollicita – et obtint, bien sûr – un rendez-vous galant avec la courtisane Veronica Franco. Celle-ci admit plus tard : « Bien qu'il se soit présenté en dissimulant sa grandeur, mon cœur en a reçu une si vive émotion que j'ai pensé en perdre le sentiment et lui l'a compris si bien qu'il accepta avec bienveillance mon portrait en émail et en couleurs. »

— Un portrait peint par mon père ! précisa Marietta.

Olimpia ne commenta pas cette information. Lancée qu'elle était dans son récit, elle enchaîna :

— Ce que la chronique n'a pas divulgué, parce qu'on le lui a caché, c'est qu'Henri III visita une deuxième des nôtres, outre Veronica j'entends. Et celle-là ne fut autre qu'Atika. Par le moyen d'un escalier aménagé à sa demande à la Ca' Foscari où il était hébergé, le Valois s'échappa de son palais à plusieurs reprises sans être repéré des hallebardiers chargés de sa protection. Incognito, il rejoignit à son domicile l'Égyptienne pour échanger avec elle des secrets diplomatiques de la plus haute confidentialité. Au matin du 22, son absence fut d'ailleurs remarquée par ceux attachés à son service. Il ne réapparut de son escapade nocturne calle della Toletta qu'à la mi-journée. Sans doute avait-il discuté avec Atika, entre minuit et midi, des détails d'une alliance politique et militaire entre la France et la Turquie. Lorsqu'il la quitta, à l'issue de leur dernière entrevue clandestine, il lui abandonna en guise de cadeau un petit bichon, comme il les affectionne, qu'il avait apporté avec lui de Pologne. Mais peut-être lui laissa-t-il aussi un secret si dangereux qu'il est la raison pour laquelle on l'a massacrée. Henri III a quitté Venise le 27 juillet. Atika a été assassinée le 7 août. Une dizaine de jours... c'est trop peu pour m'empêcher de penser que se cache là une liaison de cause à effet...

Sur ces énigmatiques paroles, Virgile et Marietta durent quitter la courtisane Olimpia. Son témoignage avait été trop riche en révélations et en ouvertures, en renseignements et aussi en sous-entendus pour qu'ils pussent en discuter à chaud. En silence, donc, chacun plongé dans ses pensées, ils prirent d'un pas jumeau le chemin de leur étape suivante.

Pouvait-on imaginer adresse plus simple que celle de Lionello Zen, au palazzo Zen sur la fondamenta Zen, à Cannaregio ? Le palais de cette famille patricienne se situait à quelques encablures de la demeure du Titien. Il ouvrait ses fenêtres sur un vaste *campo* planté d'arbres et entouré des bâtiments de l'ordre des Crociferi. Les murs de l'église, du couvent, de l'hospice et de l'oratoire en rappelaient l'appartenance, sculptés qu'ils étaient de l'emblème des Porte-Croix, trois croix latines plantées sur trois rocs saillants. Avant d'aller frapper à la porte du palazzo Zen, dont la façade, fit remarquer Marietta Robusti, était ornée de fresques signées de son père et d'Andrea Schiavone, les deux enquêteurs firent une visite dans l'église dédiée à Santa Maria. Comme à San Giovanni Crisostomo, la Vénitienne fit admirer à son compagnon quelques-unes des toiles accrochées sur les parois des chapelles, du transept, et de la sacristie. Une *Assomption de la Vierge*, une *Présentation de Jésus au Temple* du Tintoret. Et un ténébreux *Martyr de saint Laurent* du Titien, où l'éclat des casques, des torches, des cuirasses, du brasier et de la lumière zénithale trouaient de leur touche blanche la nuit de l'œuvre. À de nombreux égards, le retable rappela au Français *Le Supplice de Marsyas* ; le thème du supplice, mais surtout la noirceur dominante, les couleurs brunes et rougeâtres, les traces laissées dans la matière par les doigts de l'artiste.

Les jeunes gens ressortirent sur la place devant l'église et manquèrent d'y percuter un moine, dont la tunique affichait la croix grise des Crucifères, et un pèlerin apparemment en route pour la Terre Sainte. Ensemble, ils soutenaient un unijambiste sans doute hébergé à l'hospice de la congrégation. Quelques pas plus loin, ils évitèrent un second heurt avec un jeune homme portant un brassard clouté. Il était concentré à frapper au vol une balle qu'on venait de lui lancer. Il se retourna et Marietta le reconnut aussitôt.

— Lionello ! s'exclama-t-elle. C'est précisément toi que nous venions voir !

Ce fut au tour du sportif de manifester sa surprise. Audelà de sa moue étonnée, Virgile dévisagea le damoiseau. La beauté de ses traits frappait d'emblée. Il avait le nez droit, les yeux immenses et clairs, la bouche rose aux contours nets. Sa peau possédait la transparence de celle d'une fille. Ses cheveux blonds tombaient en boucles sur ses épaules. Le reste de son corps était aussi fin que son visage : une silhouette longiligne, des membres étirés, jusqu'aux doigts qu'il avait grands et soignés. Son maintien empreint de distinction, même dans ses mouvements de joueur de balle, ajoutait à sa grâce naturelle. Un instant, Virgile fut jaloux du sourire que Marietta adressa au sieur Zen.

— Vous tombez à point. Mes coéquipiers et moi, nous risquions de nous faire battre avant peu. Il était grand temps d'interrompre la partie !

D'un geste de la main, il signifia à ses deux partenaires et à leurs trois adversaires qu'il abandonnait le match. Un de ses compagnons de jeu s'approcha et Lionello le présenta à Virgile et Marietta.

— Sans doute n'avez-vous jamais rencontré mon ami Zorzi Bonfili.

Le jeune Preudhomme réprima un sursaut. Il se trouvait en présence non pas d'un mais de deux des suspects dans « l'affaire d'Atika ». Autant Lionello rayonnait de beauté, autant Zorzi respirait la laideur. Un teint grisâtre, une bouche grimaçante, des yeux globuleux, un nez proéminent, une barbiche mal peignée. Virgile était-il victime d'une hallucination ou Zorzi Bonfili ressemblait-il vraiment au vieux satyre peint par le Titien ? Le bonhomme entier semblait anguleux et courtaud. Mais ce qui attirait le regard, ce n'était ni son torse creux ni ses cuisses trapues, mais les doigts de sa main gauche pétrifiés dans un curieux rictus. Conscient que son regard s'attardait par trop sur ces phalanges tordues, Virgile leva les yeux. Il croisa ceux du blessé de guerre. Pour faire diversion, il demanda avec son accent d'outre-Alpes.

— Zorzi : un prénom vénitien ?

Les petits yeux cruels de l'homme clignèrent. Lionello prit la parole à sa place.

— Zorzi est la déformation, en dialecte vénitien, de Giorgio. Georges en français, n'est-ce pas ? Nous aimons particulièrement la lettre « Z » ! Chez nous, elle remplace le « G ». Par exemple, le prénom de l'évangéliste Giovanni – John chez Elizabeth Ire, Jean en France, Juan chez Philippe II, Joâo au Portugal – se métamorphose chez nous en « Zane » ou « Zani ».

Le patricien repoussa une boucle de ses cheveux derrière son oreille avant d'ajouter :

— Puisque vous êtes venus m'interroger sur le parler de Venise ou sur autre chose, pourquoi ne nous installerions-nous pas à notre aise ? La partie de ballon m'a épuisé.

Il proposa l'ombre d'un arbre non loin du bord de la lagune, à même la terre battue. À cette suggestion, son ami se récria :

— Ah non ! Pas là ! Voilà bien trente années que le Sénat a voté de bâtir ici des quais convenables à la place de cette merde de fange !

Au son de cette voix pleine de hargne, Virgile et Marietta eurent un haut-le-corps. L'un comme l'autre l'avaient identifiée. Leurs mains se rencontrèrent. Chacun eut la confirmation de son impression première. Zorzi Bonfili était l'un des deux individus masqués qui avaient fouillé les recoins de l'atelier du Titien tandis que Virgile, Pierre et Marietta étaient cachés derrière la *Pietà*. Les deux enquêteurs s'efforcèrent de ne rien laisser paraître de leur consternation. Ils affichèrent un sourire de façade tandis que Lionello passait une main dans le dos de son ami. Le geste était empreint d'une familiarité – l'on aurait pu dire d'une tendresse – qui fit froncer les sourcils de Virgile. En réponse à la caresse de Zen, Bonfili posa sa paume sur la taille de son camarade. Le jeune Preudhomme fixa, stupéfait, ce contact intime. Zorzi surprit son regard. Il retira aussitôt sa main. Un relent d'embarras flotta un instant autour du groupe debout au milieu du campo. Lionello s'empressa de le dissiper.

— Je vous invite chez moi ! offrit-il dans un sourire.

Le propriétaire des lieux ne fit pas visiter le palazzo Zen à ses invités ; ce que Virgile eut lieu de regretter car l'endroit était rempli d'œuvres d'art de toute beauté. Tableaux de maîtres et sculptures romaines, vases de Chine et tapis de Perse, faïences arabes et ors byzantins. Mais Lionello ne manqua pas à ses devoirs de maître de maison et fit servir du pro secco, un vin blanc sec...

— ... qui fut, dit-on, bu avec plaisir par l'impératrice Livia.

Le jeune Preudhomme savoura cette précision historique en même temps qu'il admirait la vue que l'on avait des fenêtres du palais. Il avala une gorgée de la boisson légèrement mousseuse et promena son regard sur les toits de Venise. Le sieur Zen s'enquit auprès de ses hôtes des motifs de leur visite. La fille du Tintoret évoqua alors la personne d'Atika. À ce nom, les yeux de Zorzi brillèrent d'un mauvais éclat.

— Atika ! Cette chienne à la solde de nos ennemis turcs !

Son ton était vibrant de mépris.

— Maudit soit à jamais le souvenir du funeste 29 mai 1453, un jour à vomir entre tous, lorsque la ville de Byzance tomba aux mains du sultan Mehmet II. Il célébra le soir même sa victoire en remerciant Allah, comme l'impie qu'il était, sous les voûtes de la basilique Sainte-Sophie transformée en mosquée ! Depuis ce moment-là, le péril turc ne nous a pas lâchés. Les infidèles ont peu à peu constitué une marine de guerre. Ils se sont engagés dans la conquête de la Méditerranée. Nom de nom, de « notre » Méditerranée !

Suivit le récit du recul progressif de Venise sur le « Mare Nostrum ». Telle déchéance rappela à Virgile deux vers de son compatriote Joachim Du Bellay qui, évoquant les noces de Venise et de l'Adriatique chaque jeudi d'Ascension, ironisait : « Ces vieux c... vont épouser la mer/ Dont ils sont les maris et le Turc l'adultère. » Un sourire flotta un instant sur ses lèvres.

— Sur la couronne de notre splendide empire, il n'est resté que trois gemmes : Corfou, Candie, et Chypre... Chypre !

À la mention de l'île où naquit la divine Aphrodite, la main gauche atrophiée qui moulinait l'air, emportée par la véhémence du discours, retomba. « Chypre ! Mais c'est bien sûr ! » s'exclama le détective en son for intérieur. Il venait de se rappeler le témoignage de Palma le Jeune sur Zorzi Bonfili. C'est en défendant l'île qu'il avait été blessé. « Moi qui m'apprêtais à demander des éclaircissements à l'oncle Cesare sur l'affaire de Chypre, je pressens que je vais avoir droit, ici et maintenant, à une leçon en bonne et due forme sur la tragédie de Famagouste et peut-être également sur la bataille de Lépante. »

Il ne se trompait pas. Le Vénitien, plein d'aigreur, reprit le fil de l'histoire à l'année 1570. Avec une évidente partialité, il exposa la situation telle qu'elle se présentait, selon lui, à l'ouverture de la décennie. L'île constituait alors un bien précieux pour qui s'en faisait maître. Elle ne rapportait pas moins de trois cent soixante mille ducats chaque année. Elle produisait du blé et du coton, du vin et de l'huile, du sel et du sucre, en abondance.

— Pour sa citadelle, pour sa fertilité, Chypre éveillait les gourmandises. Les Turcs bavaient dessus. Surtout depuis l'arrivée au pouvoir de Sélim II, cette crapule dont l'esprit est constamment obscurci par la boisson, ce qui est un comble pour un musulman !

De fait, dans sa relation au Sénat, le baile Badoer le décrivait comme : « Le visage tout ravagé et grillé de par l'excès de vin et la grande quantité d'eau-de-vie qu'il avait coutume de boire pour digérer. » Au début de l'année 1570, Sélim II ouvrit en quelque sorte les hostilités.

— Peut-être cet ivrogne de sultan songeait-il aux succulents vins chypriotes avec lesquels il allait pouvoir s'enivrer entre les murs de son sérail !

La Sublime Porte souhaitait l'affrontement ? Elle allait être exaucée. La Sérénissime retroussa ses manches et fit sortir de son arsenal, en cinquante jours, pas moins de cent cinquante galères équipées pour le combat. Malgré cet effort titanesque, la République du Lion fut prise de court par l'ennemi dont la flotte débarqua sur place, le 1er juillet. Des dizaines de milliers de soldats se lancèrent à l'assaut de Nicosie, la capitale, qui ne résista pas. Forts de cette première et facile victoire, les musulmans assiégèrent l'imprenable Famagouste.

— Là, ils déchantèrent face à l'excellence de nos constructions militaires, à l'inébranlable fidélité des Vénitiens à leur patrie, et surtout, surtout, à l'incroyable héroïsme du commandant de la garnison, Marcantonio Bragadin.

En prononçant le nom du courageux militaire, la voix de Zorzi Bonfili vibra d'une manière incontrôlée. Parvenu à cette étape de son récit, il était devenu pâle sous son teint mat.

— Famagouste assiégée tint bon, désespérément, presque un an. Pendant onze mois, elle subit les bombardements. Pendant onze mois, les Turcs minèrent ses bastions. Pendant onze mois, elle repoussa les attaques.

Apparemment emporté par l'émotion, le narrateur en avait oublié sa grossièreté habituelle. À la fin de l'été 1571, raconta-t-il, la population supplia Bragadin de capituler. Ce qu'il accepta de faire après avoir consulté ses collègues. Le 1er août, la trêve fit sonner les clochers et taire les canons. Lala Muztapha, le plénipotentiaire du sultan, le capitaine de l'armée d'invasion ottomane, tendit à son adversaire malchanceux une feuille de papier à laquelle pendait une bulle d'or ornée de l'effigie de Sélim II « promettant et jurant par Dieu et sur la tête du Grand Turc de respecter les chapitres qu'elle contient ». Parmi lesdits chapitres, il en était un qui assurait l'embarquement sous protection des troupes vénitiennes. Mais à la suite de la remise des clefs de Famagouste par le provéditeur italien qui expliqua : « Je vous donne ces clefs non par lâcheté mais par nécessité »... l'ignoble Lala Muztapha changea de ton. Il ne respecta aucun des engagements qui avaient été faits aux vaincus et viola les promesses d'honneur souscrites lors de la reddition. Les défenseurs de la Sérénissime furent faits prisonniers et pendus à des gibets, sommairement exécutés, envoyés aux galères ou vendus comme esclaves. Deux mille esclaves et vingt mille cadavres ! Un carnage ! Leurs femmes furent violentées sans pitié. Et Bragadin... Bragadin...

À l'évocation du sort qui avait été réservé au valeureux chef de la citadelle, la voix du patriote se brisa. Son visage se crispa. Ni Marietta ni Virgile ne surent interpréter sa grimace. Seul Lionello comprit le sens de l'émotion qui secouait son ami. Il posa une main compatissante sur l'épaule du narrateur. À sa place il raconta la fin tragique de Marcantonio Bragadin.

— Lala Pacha commence par lui trancher une oreille. Il fait couper la seconde par la main d'un soldat. Ensuite, il ordonne qu'on ligote Bragadin, qu'on serre un nœud coulant autour de son cou, qu'on vomisse sur lui maintes insultes. Une semaine plus tard, alors qu'il agonise, la tête infectée par la double amputation dont il a été victime, on lui offre la vie sauve contre sa conversion à l'Islam. Il répond à cette proposition par du mépris et des invectives. Il signe là sa mise à mort définitive – sans se douter des tourments infernaux qu'on lui réserve. Le traînant plus mort que vif, on l'oblige à transporter de lourdes hottes de terre et de cailloux, à marcher ainsi chargé de batterie en batterie. Puis on le ligote à la vergue d'un navire, à une hauteur suffisante pour que les chrétiens emprisonnés et asservis puissent apercevoir le corps martyrisé de leur chef. Et tout le temps qu'il passe suspendu dans les airs, les infidèles ne cessent de brailler : « Regarde si tu vois ton escadre ! Regarde le grand Christ ! Regarde si tu vois venir les secours ! » Lorsqu'on le redescend des hauteurs, c'est pour lui infliger la dernière, la plus atroce des tortures...

Lionello Zen s'interrompit un instant avant de reprendre :

— Ensuite, ses membres furent dispersés parmi les groupes de soldats musulmans ; le reste fut mené à dos de bœuf dans les rues de la ville. Sa dépouille fut trimbalée le long de toutes les côtes de Turquie pour provoquer la risée des vainqueurs. Sa peau tannée, empaillée, recousue, rhabillée, et même chapeautée, fut expédiée – macabre trophée – à Istanbul.

— Sa peau ? répéta Virgile en ravalant sa salive.

Il pressentait ce qui allait lui être répondu.

— Sa peau, oui. Il avait été écorché vif.

CHAPITRE 9

En sortant du palazzo Zen, Virgile et Marietta se retrouvèrent sur le *campo* de l'église Santa Maria Assunta vide de ses joueurs de balle mais brûlé par le soleil. Ils échangèrent un regard, se demandant quelles conclusions ils devaient tirer de l'entrevue qu'ils venaient d'avoir. La Vénitienne proposa que l'on s'assît à l'ombre d'un arbre, au bord de l'eau. Elle replia sous elle les frous-frous de sa robe, s'installa tant bien que mal sur le gravier, et, du revers de la main, épousseta une trace de terre sur la dentelle de son vêtement.

— Qu'as-tu pensé de ces deux-là ? demanda-t-elle.

Elle désigna du bras le palais de la famille Zen. Virgile soupira. Tant d'idées bombardaient ses tempes, tant de confusion brouillait son esprit !

— D'abord...

Il s'interrompit aussitôt. La pensée qu'il s'apprêtait à formuler l'emplit de gêne. Pour masquer son embarras, il baissa la tête et scruta le sol en cherchant les mots les plus neutres. Il ramassa quelques petites pierres qu'il fit sauter au creux de sa main.

— D'abord..., reprit-il, tu parlais la vérité lorsque tu nous as dévoilé les mœurs de Zen. Mais ce qui vaut pour lui convient aussi à son ami Bonfili. Son ami ! Son amant devrais-je dire, si je ne risquais pas de te scandaliser.

Marietta n'était pas de celles que l'idée d'homosexualité effarouche.

— Je me demande s'ils cohabitent, poursuivit le jeune Preudhomme soulagé de n'avoir pas choqué sa pudeur.

— Zorzi possède une maison dans la calle del Leone, officiellement tout du moins. C'est ce que m'a affirmé mon frère, que j'ai interrogé.

— Officieusement, je ne suis pas loin de parier qu'ils logent ensemble au palais. Quoi qu'il en soit, ils ne cessent de s'effleurer l'un l'autre. Ils échangent des regards chargés de lubricité. Ils ne peuvent s'empêcher de s'adresser des sourires, bref...

Virgile s'interrompit et lança dans la lagune un des cailloux qu'il avait ramassés. Il le regarda ricocher à la surface de l'eau. Pourquoi n'osait-il pas évoquer en termes clairs la relation des deux hommes ? Était-ce parce que le sujet le dérangeait depuis qu'il avait éprouvé une étrange attirance pour Marietta alors qu'il la croyait garçon ? Il se racla nerveusement la gorge, fit rebondir sur l'eau une seconde pierre. Ce fut la jeune fille qui termina la phrase :

— Bref, ils s'aiment.

À ce mot articulé par des lèvres qui lui étaient devenues chères, le Français se troubla. Des deux jeunes gens, ce fut lui qui rougit. Il s'empressa d'enchaîner.

— Ensuite... ensuite ces deux-là, et Bonfili en particulier, débordent de haine – le mot est faible – à l'encontre de tout ce qui se rapporte à la Turquie : Sélim II, son général Lala Pacha, son espionne Atika.

Un troisième projectile virevolta dans l'air avant d'aller valser sur les flots.

— Enfin ?

— Gardons le « enfin » pour plus tard. Il est grand temps que nous allions rendre visite au Turc de cette affaire, j'entends Kara Muztapha. N'as-tu pas dit qu'il gîtait au campiello dell'Arabo d'Oro ?

L'apprentie peintre acquiesça. Elle tendit la main pour que son compagnon l'aidât à se remettre debout.

— Me suis-tu ? demanda-t-elle.

— Jusqu'au bout du monde, promit Virgile.

Au bout du monde ne fut pas nécessaire. Au bout de Venise se révéla suffisant. Le campo dell'Arabo d'Oro sur lequel s'ouvraient les fenêtres du Constantinopolitain se situait au fin fond du sestiere de Castello, à proximité de l'Arsenal. Au détour de plusieurs *calli*, le jeune Preudhomme aperçut l'immense mur de briques rouges qui encerclait le haut lieu de la fabrication navale à Venise. Il passa également devant l'alignement de maisons toutes semblables qu'habitaient les *arsenalotti*[1]. Le palais de Kara Muztapha, malgré sa facture discrète, n'avait rien d'un logement d'ouvrier. A l'extérieur, il possédait les traits caractéristiques des habitations vénéto-byzantines. À l'intérieur, il déroulait la féerie d'un *saray* ou d'un *konak* stambouliote. Comme dans les hôtels particuliers turcs, le corps du bâtiment avait été partagé en deux : le harem des femmes d'une part, d'autre part le *selamlik* réservé aux hommes. Bien que Marietta fût fille, c'est dans cette seconde partie qu'elle fut introduite avec son ami par un esclave coiffé d'un turban et chaussé de babouches. Un coup d'œil permit aux visiteurs de constater que, à la manière commune aux *konaks* de son pays natal et aux demeures patriciennes de Venise, le propriétaire des lieux avait consacré le rez-de-chaussée aux cuisines et aux logements de la domesticité. Ils se répartissaient autour d'une cour centrale et de son puits. Les domaines du maître se trouvaient au *piano nobile*. La fille du Tintoret et le jeune Preudhomme suivirent le domestique enturbanné jusqu'au premier étage. Là, ils crurent pénétrer dans une caverne des *Mille et Une Nuits*. La salle dans laquelle ils furent invités à entrer, vaste et rectangulaire, donnait sur le *campo*. Les parois, jusqu'à la hauteur des fenêtres, étaient recouvertes de faïences à dominante blanche et bleue, dont les motifs laissèrent l'apprentie peintre béate d'admiration. Plus haut sur les murs, on avait accroché des miroirs de Murano et calligraphié des inscriptions coraniques. Le plafond à poutres apparentes, typiquement vénitien, avait lui aussi été agrémenté de dorures en arabesques, à l'orientale. Cette pièce de réception était par ailleurs partagée en deux par une

1. Les *arsenalotti* étaient les ouvriers de l'Arsenal.

estrade de bois – le divan – le long de laquelle s'étalait une banquette à l'ottomane – le sofa. Le divan était recouvert par des matelas de deux ou trois pieds de large, et par des petits kilims au poil ras. C'est sur le sofa que l'on trouvait les tapis les plus épais, les étoffes les plus luxueuses, les coussins les plus moelleux. Les couleurs du velours, les dessins du satin, l'arc-en-ciel des tissus dansèrent devant les yeux émerveillés de la demoiselle Robusti. Ravie, elle ne savait sur quoi jeter son regard tant s'offraient à elle de choses belles à voir. Soudain, retentit dans son dos la voix caverneuse de Kara Muztapha. Elle se retourna et découvrit le propriétaire des lieux. La richesse du vêtement que portait le Turc ne le cédait en rien à son intérieur. Sur un caleçon et une chemise, il avait enfilé un *dolman*, sorte de soutane qui descendait jusqu'à ses pieds, coupé dans un somptueux taffetas bigarré. Le dolman était serré à la hauteur des reins par une ceinture de cuir large de trois doigts et garnie de boucles ciselées dans un métal précieux. Le musulman salua ses visiteurs avec cérémonie, s'approcha du divan, ôta ses babouches de cuir jaune. Il s'assit à la place d'honneur, celle marquée sur le mur par un dessin de faïence qui, du fait de sa forme arrondie et de sa pointe en arcade gothique, donnait l'impression d'un trône inscrit dans la paroi. D'un geste, il invita Virgile et Marietta à le rejoindre sur le sofa. Hésitants, les deux Européens se déchaussèrent à leur tour. Ils grimpèrent sur l'estrade. Ils s'installèrent en tailleur sur la banquette surélevée, adossés au mur, appuyés sur des coussins. La position était pour eux inusuelle, et, en conséquence, malcommode. Mais ils ne laissèrent rien paraître de leur inconfort.

Au contraire, ils entamèrent avec Kara Muztapha la conversation sur un ton courtois et enjoué. Tout en dialoguant, ils continuèrent à détailler tant le vêtement que la physionomie de leur hôte. Son visage respirait un air martial. Regard noir, peau basanée, rides sévères, barbe distinctive des Turcs religieux, cultivés ou puissants. Son crâne était apparemment rasé et recouvert d'un bonnet autour duquel s'enroulait l'écharpe en soie du turban. L'ensemble s'ornait d'une aigrette et de pierres précieuses qui scintillaient dans la lumière. Le turban à lui seul révélait la dignité et la richesse de l'étranger. Son opulence : c'est bien une des rares choses qu'apprirent, par l'apparence ou par le discours de Muztapha, les deux visiteurs. Car, ruse levantine oblige, Kara se débrouilla pour parler sans révéler grand-chose. L'entrevue, toutefois, n'eut pas lieu en vain. Au détour de phrases ronflantes et entre deux bouchées de riz pilaf – l'homme avait en effet ordonné que l'on apportât sur un plateau rond de cuivre de quoi se sustenter –, filtrèrent plusieurs renseignements, non sans intérêt.

— Vous portez le même nom que le général qui triompha à Famagouste, avait commencé le jeune Preudhomme.

Tandis que son interlocuteur avouait son lien de fraternité avec le terrible Lala Muztapha, Virgile tendit la main vers une écuelle en porcelaine contenant de curieuses – et appétissantes – feuilles de vigne farcies. De son côté, la demoiselle Robusti, tout aussi désireuse de découvrir la cuisine stambouliote, goûtait d'un mets liquide à base de lait et de semoule.

— Lala a beau être mon frère, je n'ai pas voulu avoir affaire à lui depuis le massacre de la citadelle. J'ai réprouvé le bain de sang auquel il s'est livré. J'ai estimé qu'il avait trahi sa parole, sa signature, et par là notre nom. Pourquoi un lendemain de victoire aussi bestial ? Pourquoi ces viols, ces meurtres, ces supplices inhumains ?

Le musulman, qui venait de porter à sa bouche un morceau de viande de mouton cuite dans la graisse de sa queue, plongea sa main dans une aiguière d'eau pour y rincer ses doigts.

— Cela n'a servi qu'à propager l'image d'une Turquie barbare, incapable de respecter ses serments et assoiffée du sang des chrétiens. Nous sommes, au contraire, un peuple savant, raffiné, poète. Qui peut prétendre en Italie écrire des choses plus inspirées que les *gazel* et les *kasidè*[1] de Zatî, ou Fouzouli, ou Bakî, ou Revanî ?

Kara Muztapha poussa un soupir et mangea à la croque au sel une feuille de salade.

— Depuis cette regrettable guerre de Chypre, mes affaires sur le marché de Venise prospèrent moins qu'auparavant. Non qu'elles périclitent, dit-il en désignant d'un mouvement de la tête le luxe qui caractérisait la salle de réception et sans doute le reste du palais, mais les Vénitiens rechignent à négocier avec moi leurs satins, leurs velours, leurs brocarts... Même les Français, les Anglais, les Hollandais ne me cèdent leurs londrines, pourtant tissées exprès à l'usage de Levant, qu'après d'interminables pourparlers. Hier, j'ai dû négocier pendant quatre heures pour remporter un lot de draps dont les teintes correspondent exactement à ce qui se porte à Istanbul : couleurs de musc et de café, vert olive et lie-de-vin. Je vous le répète, on nous accueille dans cette ville à contrecœur. Comment expliquer autrement qu'alors que nous représentons une nation prépondérante dans le négoce de la République, nous ne disposions pas en son sein d'un funduk, comme en ont les Germaniques, qui nous servirait d'entrepôt, de bazar, d'auberge, et dans lequel nous pourrions construire des bains et une mosquée[2] ?

Ce disant, il secoua la tête et happa un morceau de halva, une succulente pâte au miel. Marietta l'imita, qui passa elle aussi aux douceurs. Elle mordit du bout de ses petites dents blanches dans un rahat-loukoum. Virgile préféra rester aux plats salés avec quelques beureks de pâte frite farcie au fromage et aux épinards.

— Peut-être est-il malvenu de vous dire ceci, à vous mademoiselle parce que vous êtes une citoyenne de Venise,

---

1. Le *gazel* est un poème d'une quinzaine de vers tandis que le *kasidè* est un poème assez long.

2. C'est en 1621 que se réalisa le souhait du personnage. À cette date, la Seigneurie accorda aux Turcs un palais qui prit le nom de fondaco dei Turchi.

et à vous jeune homme parce que vous venez de France, mais j'ai le sentiment que, si cela n'était au nom du commerce – et le marchand d'étoffes fit ronfler la consonne « C » comme une majuscule –, les étrangers ne seraient pas les bienvenus dans la Sérénissime.

Il se resservit de halva avant d'illustrer son propos.

— Les Allemands ? On les a regroupés dans leur *fondaco*. Les Albanais ? On les préfère lorsqu'ils sont ensemble dans leur calle dei Albanesi. Les juifs ? On les a rassemblés de force dans le ghetto. On les oblige à porter un infamant bonnet jaune. On tente, autant que faire se peut, de les conduire vers le catholicisme et on a fondé à cet effet une maison des catéchumènes. Mais malheur à ceux qui, convertis de force là-bas, à Madrid ou à Lisbonne, souhaitent revenir vers la foi de leurs pères. Ceux-là sont dénoncés et jugés par l'Inquisition. Combien ont préféré fuir chez nous, à Istanbul, où l'on respecte la croyance en Yahvé. C'est le cas d'un mien ami, du nom de Joâo El Ribeira.

En entendant prononcer le nom du sixième invité d'Atika – et du dernier suspect de son meurtre –, les deux enquêteurs tressaillirent. Pour masquer son excitation, la jeune fille dans sa bouche introduisit un nouveau loukoum saupoudré de sucre. Son compagnon piqua du nez dans son verre de boza, la bière stambouliote à base de millet. Leur hôte but une gorgée de raki et fit claquer sa langue avant de poursuivre.

— Il avait quitté en catastrophe son Portugal natal. Il était venu chercher refuge en Italie. À Ferrare d'abord ; ensuite à Venise. Un jour, il a découvert qu'il risquait, d'un moment à l'autre, d'être dénoncé à l'Inquisition comme judaïsant. Je lui ai conseillé de s'exiler sur les bords du Bosphore. Il s'y est installé, voilà presque deux ans maintenant. Il a pu y retourner sans crainte dans le giron de sa vraie religion.

Le musulman tira de son sein une pipe. Il la bourra de la poudre à nicot qu'il portait dans une bourse accrochée à sa ceinture. Une agréable odeur de tabac des Indes mêlé à du bois d'aloès se répandit autour de lui. Il proposa une pipe à Virgile, qui accepta.

— Le tabac m'évoque feu mon père, avoua le fils de Gaspard Preudhomme.

Il aspira une bouffée qui le fit toussoter. Kara en proposa également à Marietta qui accepta à son tour.

— Nos femmes aussi fument volontiers, expliqua le Turc. Elles mélangent du mastic à la poudre pour en rendre le goût plus doux. Atika elle-même en usait beaucoup avec le tabac.

Il ponctua sa déclaration d'un nuage de fumée bleue qu'il rejeta par le nez.

— Puisque vous êtes venus me questionner à son sujet et puisque je viens d'évoquer Joâo, il y a une chose que je dois vous confier. En société, elle traitait mon ami avec gentillesse. Pourtant, c'est elle qui menaçait de déposer plainte contre lui à ces messieurs du grand tribunal de l'Église ! Pour s'assurer de son silence, Joâo lui achetait des robes de soie et des colliers à triple rang de perles, des épices précieuses et des boucles d'oreilles en or. Il a même dû lui offrir un nain qu'elle avait remarqué.

« Faustino ! » pensèrent simultanément les visiteurs. Ils ne mentionnèrent pas à haute voix le nom du comédien qu'ils avaient rencontré plus tôt dans l'après-midi, mais Virgile, qui avait relevé une incohérence dans l'itinéraire de Joâo El Ribeira, demanda :

— Votre ami marrane s'est embarqué pour Constantinople alors qu'Atika avait déjà été assassinée. Pourquoi cela ? Avec la mort de la courtisane le chantage qu'il subissait ne s'évanouissait-il pas ?

À cet instant, l'esclave enturbanné fit son entrée dans la pièce porteur d'un nouveau plateau et d'une table-tabouret qu'il disposa sur le divan aux pieds de son maître.

— Café ? proposa Kara à ses invités.

Ceux-ci le regardèrent, interdits. À lire la perplexité sur les traits de leurs visages, l'homme éclata d'un rire guttural.

— Vous n'avez jamais goûté au café ? Quand je vous disais que notre civilisation est extrêmement raffinée ! Voilà un breuvage exquis, apparu sous le règne de Soliman le Magnifique. Chez nous, on le déguste dans des *kahvehané*, des établissements très en vogue. Le café est une boisson si extraordinaire que certains oulémas affirment que sa consommation est un péché ! Buvez-en quelques gorgées pour vous rendre compte par vous-mêmes.

Sur un signe de son maître, l'esclave versa le liquide noir qui intriguait les deux Européens. Ils en découvrirent alors l'insolite parfum. Chacun d'eux s'empara de la tasse qui lui était tendue et y trempa les lèvres. Virgile ne put réprimer une grimace. Il manqua de recracher le peu qu'il avait ingurgité. Il admira Marietta qui en buvait gaillardement une goulée. Alors que le café coulait dans son œsophage, il se demanda ce qui, de la brûlure provoquée à son palais ou de l'amertume qui avait envahi sa bouche, était le plus détestable dans ce brouet noirâtre. Le rire de Kara Muztapha explosa en cascade au spectacle du visage dégoûté du jeune Français. Sans cesser de s'esclaffer, le Turc rejeta le coussin sur lequel il était adossé, se leva de sa place d'honneur sur le sofa, descendit de l'estrade en bois et rechaussa ses babouches jaunes.

— Je dois à présent prendre congé de vous. J'ai rendez-vous au Rialto pour affaire. À cause de cette peste dévastatrice – Allah nous protège –, je crois que je ne m'attarderai pas à Venise. Je crains pour ma santé et surtout pour les épouses qui m'ont accompagné. Il est probable que je décide de regagner la Corne d'Or très prochainement et je dois signer mes contrats commerciaux au plus vite.

Il esquissa un mouvement de tête en guise de salutation.

— Quoi qu'il en soit, j'ai eu plaisir à faire votre connaissance. Peut-être reviendrez-vous me rendre visite ? Peut-être accepterez-vous, mademoiselle, de réaliser le portrait des femmes de mon harem qui sont venues avec moi d'Istanbul ? Et vous, monsieur, peut-être goûterez-vous à nouveau de ce café qui, croyez-m'en, s'avère plus plaisant à chaque dégustation !

L'Ottoman était arrivé sur le seuil de la salle de réception.

À l'esclave qui se tenait là, il donna l'ordre de raccompagner ses invités lorsqu'ils en exprimeraient le désir.

— Profitez tant qu'il vous plaira de la vue qu'on a de mes fenêtres et du moelleux de mes tapis, de mes baklavas et de mon tabac. Mais n'abusez pas du café. À trop grandes doses, il énerve l'esprit.

Sur ces paroles de bon conseil, il salua Virgile et Marietta. Il s'apprêtait à sortir de la salle lorsqu'il revint sur ses pas.

— J'allais oublier de répondre à votre dernière interrogation. Moi non plus, sur le moment, je n'ai pas saisi pourquoi Joâo quittait précipitamment Venise alors que celle qui faisait pression sur lui était morte. Il me l'a expliqué plus tard, lorsque je l'ai revu à Istanbul. Après avoir souffert de ce chantage, il ne parvenait plus à se sentir tout à fait en sécurité dans cette ville. Une personne l'avait menacé de révéler son judaïsme ; une autre pouvait prendre la relève. La vérité de sa religion pendait au-dessus de sa tête comme l'épée de Damoclès. Vous devez pouvoir comprendre ce sentiment d'oppression, jeune ami, vous qui venez d'un pays où appartenir à la religion réformée a, un certain 24 août, équivalu à être un homme mort.

Le Turc sortit. Virgile demeura pensif, ému par cette évocation de la Saint-Barthélemy qu'il avait traversée comme dans un cauchemar, et à laquelle il avait survécu, lui, fils de protestant, par miracle. Pour chasser ces souvenirs de sang, il avala une gorgée de la boisson âcre à l'arôme inédit.

— Kara Muztapha a raison. Je commence à m'y faire.

Marietta sourit qui avait déjà fini sa tasse. Elle lui rappela leur rendez-vous avec Pierre.

— Il doit être revenu du Lazzaretto avec Cesarone. Peut-être nous attend-il déjà à Biri Grande ! S'il a autant de choses à nous apprendre que nous avons à lui en raconter, nous risquons fort d'y consacrer une partie de la nuit !

Elle sauta au bas du divan, lissa les plis de sa robe et se posa sur le rebord en bois pour se rechausser plus commodément. C'est alors qu'elle remarqua l'extrémité d'un papier qui dépassait de sous le tapis couvrant le bord de l'estrade. Elle hésita à s'en emparer. Mais Virgile, qui avait suivi la direction de son regard, ne partagea pas ses scrupules et tendit la main. Il souleva le coin du kilim et récupéra le papier. Un papier déchiré couvert de trois curieuses figures. Pour tout dire : la seconde partie du papier que l'inconnu qui avait pénétré à Biri Grande, s'était battu avec Palma et que Virgile avait poursuivi dans les venelles de Cannaregio, avait abandonné derrière lui...

Biri Grande était, comme qui dirait, devenu le quartier général de la petite troupe d'enquêteurs. Là donc, ils se retrouvèrent alors que le soleil couchant teintait la lagune d'un rose digne de Véronèse. Palma il Giovane avait indiqué à ses nouveaux amis où trouver la clef, entre deux pierres disjointes. Depuis l'intrusion des pillards, il fermait la maison et l'atelier du Titien à double tour. Virgile et Marietta n'eurent pas à fouiller la cachette car lorsqu'ils parvinrent au lieu de rendez-vous, ils y trouvèrent Pierre et Palma. Au visage défait de son ami médecin, le jeune Preudhomme devina que sa mission au lazaret auprès d'Orazio Vecellio s'était soldée par un échec.

— Ton oncle a bien voulu me conduire jusqu'à l'île, mais ce fut une vaine expédition. Nous avons trouvé le fils du Titien dans un état abominable. Seigneur ! Quelle dégradation physique en quelques jours ! C'est à peine si nous l'avons reconnu. Tout simplement, la souffrance lui a dérobé le sens. Il roulait des yeux fous dans ses orbites. Il parlait un langage décousu. Il s'interrompait au détour de ses phrases pour hurler sa douleur. Il ne saisissait pas la signification de nos questions. Sa mémoire semble n'être plus qu'un parchemin effacé. Essayer de lui faire revivre la soirée du 7 août 1574 ne rimait à rien...

Virgile posa une main compatissante sur l'épaule de Pierre.

Les trois jeunes gens proposèrent à Palma de les rejoindre

dans le jardin. Celui-ci avait allumé une pléiade de chandelles plantées dans une roue métallique qui pendait au plafond au-dessus de la toile de la *Pietà*. Les bougies baignaient le tableau d'une aura d'outre-tombe.

— Je ne sais pas pourquoi, mais... eh bien... j'ai l'inexplicable sensation que le maestro nous parle à travers cette œuvre.

Il passa une main dans sa barbe noire avant de reprendre :

— Après tout, ce fut son dernier travail. Il était conscient que la mort le grignotait. Qu'elle l'emporterait avant qu'il ait pu y mettre le dernier coup de pinceau. De pinceau... que dis-je ! De couteau ! De doigts ! Regardez les traces de ses ongles. Elles sont inscrites dans la matière. Comme s'il s'était agrippé à la toile.

Du bout du majeur, il effleura la surface torturée de la toile. Ce contact sembla provoquer en lui une vision de son maître dans le feu de l'action.

Palma s'arracha à la contemplation de la *Pietà*. Il semblait sortir d'un rêve éveillé lorsqu'il se tourna vers ses interlocuteurs pour leur dire :

— Excusez-moi si je ne me joins pas à vous. Je veux m'imprégner de ce tableau jusqu'à... eh bien, jusqu'à ce qu'il me parle net. Et le meilleur moyen doit être encore de travailler à l'achever.

Dehors, une légère brise soufflait du nord, charriant des odeurs d'iode et de marée. Elle ne suffisait pas à masquer les relents des feux des *pissegamorti*, mais elle apportait un soupçon de fraîcheur dans l'atmosphère vespérale. Marietta s'installa sur un banc. Pierre s'étendit dans l'herbe. Virgile planta devant eux le chevalet dont il s'était déjà servi pour dresser le croquis des correspondances entre les invités d'Atika et les personnages du *Marsyas*. Il avait ramassé dans l'atelier le matériel nécessaire pour écrire et compléta le schéma inachevé.

— Marsyas / Atika ; Apollon / Zen ; Midas / Muztapha ; Euterpe / Olimpia ; le faune au seau / Bonfili ; le faune au bonnet / Ribeira ; et l'enfant... eh bien, comme dirait notre ami Palma, l'enfant n'est autre que Faustino ! Quoi qu'il en dise, sa présence au domicile d'Atika le soir du meurtre n'est pas restée ignorée de tous. Le Titien au moins le savait... Peut-être bien parce que le nain, malgré ce qu'il prétend, n'est pas resté immobile et enfiévré sur sa couche toute la nuit.

À l'assertion pleine de sous-entendus de son camarade, Pierre émit un « ah ! ah ! » à la fois convaincu et malicieux. La fille du Tintoret se contenta de sourire de manière sibylline. Virgile entreprit de tracer une troisième colonne dans laquelle il inscrivit le mot « Mobile ».

— Alors ? lança-t-il à la manière d'un maître interrogeant ses écoliers. *Is fecit cui prodest.* À qui profite le crime ?

Interpellés, Pierre et Marietta se prirent au jeu et se chamaillèrent pour obtenir le privilège d'exprimer en premier leur hypothèse. La galanterie voulut que la jeune fille parlât d'abord.

— Je vois au moins deux raisons pour que Zorzi ait souhaité la mort d'Atika. Primo, elle était espionne à la solde des Turcs et son patriotisme exacerbé lui fait haïr cette nation. Secundo, elle était la protégée de Lionello et il devait être dévoré de jalousie.

Le jeune Preudhomme approuva. Il inscrivit les deux motifs mentionnés dans la nouvelle colonne en face du nom de Bonfili. Puis il accorda la parole à Pierre.

— Je n'ai pas rencontré le nain avec vous, mais il me semble, d'après ce que vous m'en avez raconté, qu'il a gagné gros avec la mort de sa maîtresse : une somme rondelette pour s'établir et surtout sa liberté !

— Sans parler du chien du roi Henri, ajouta Marietta.

— Mais n'a-t-il pas perdu la femme qu'il aimait ?

Les larmes de Faustino avaient ému Virgile. Pierre se voulut plus pragmatique.

— Bah ! Une femme que, de toutes façons, sa laideur lui interdisait à jamais. Tandis que la liberté pouvait ne pas être qu'un rêve.

L'étudiant en médecine se tut avant de réattaquer sur le thème de l'affranchissement.

— Ce qui vaut pour le nain vaut de même pour l'Africain. À lui aussi la mort de sa maîtresse a brisé les chaînes de la servitude. Ne devrait-il pas figurer dans la liste des suspects ?

— Le Titien l'a disculpé auprès de l'Avogadoria ! protesta Virgile.

— Oui : « auprès de l'Avogadoria ». Comme moi tu as dû faire un calcul simple qui amène à conclure que, une heure n'ayant pas plus de soixante minutes, il était mathématiquement impossible à Tiziano Vecellio de se trouver à sa fenêtre de Biri Grande peu après la demie de onze heures et du côté de San Nicolo dei Mendicoli pratiquement dans le même temps. Cela signifie qu'à la vérité, il n'a pas pu voir Ebano au fin fond de Dorsoduro au moment où se commettait le crime. Que donc l'esclave noir n'a pas de réel alibi. En contrepartie, il possède un réel, un excellent motif, semblable à celui que tu as inscrit en face de Faustino. Lui n'avait pas, pour le freiner, une passion sans espoir pour la belle Atika.

— Ne doit-on pas, pourtant, faire confiance au maestro ? À mon sens, par deux fois il a mis Ebano hors de cause. D'abord il a pris la peine, malgré ses quatre-vingt-dix-sept ans, de se rendre au palais ducal pour témoigner en sa faveur. Ensuite il ne l'a pas représenté dans son *Supplice de Marsyas*.

— Ah non ? Que fais-tu alors du chien noir que retient l'enfant ?

L'apostrophe de Pierre laissa Virgile sans voix. Il resta un moment immobile et indécis. Puis il déposa précipitamment à terre le godet de peinture et le pinceau qui lui permettaient d'écrire, traversa le jardin à grandes enjambées et disparut à l'intérieur de l'atelier. Par la fenêtre, ses deux amis le virent se camper devant la toile au cœur de toute l'affaire. Marietta se tourna vers l'étudiant en médecine :

— Tu ne m'as pas persuadée.

Nonobstant cet avis, le jeune homme s'empara du matériel abandonné sur l'herbe et ajouta le nom d'Ebano dans la colonne des suspects, les mots « chien noir » dans celle des personnages et « liberté » dans celle des mobiles. Cette obstination divertit Marietta qui poursuivit :

— Si le gros chien représente Ebano, le petit cabot roux aussi doit symboliser un huitième suspect. Or nous savons qu'il ne figure rien d'autre que lui-même : le bichon qui a successivement appartenu à Henri III, à Atika et à Faustino. Pourquoi le Titien aurait-il traité différemment le thème du chien au sein d'un même tableau ?

La démonstration de l'apprentie peintre était probante. Le Français laissa retomber le long de son corps la main qui tenait le pinceau. Il jeta un coup d'œil vers l'intérieur de l'atelier. Virgile n'avait pas bougé.

— Terminons de remplir les cases de son croquis tandis qu'il patauge dans la contemplation du chien noir ! suggéra Marietta avec un brin d'espièglerie.

Pierre pointa son pinceau vers la feuille à demi noircie, prêt à suivre les indications de la Vénitienne.

— Olimpia, dit celle-ci, avait de bonnes raisons d'envier le sort d'Atika. Elle était sa rivale, et une rivale heureuse dans le cœur de Lionello.

— De plus, elle était sa concurrente, une concurrente indétrônable sur le marché du sexe, renchérit Pierre.

Une troisième ligne, dans la catégorie « mobile » se trouva remplie. On enchaîna :

— L'Égyptienne faisait chanter le Portugais. Par sa faute, il risquait non seulement de se retrouver totalement ruiné, mais également d'être condamné par l'Inquisition. De tous, il me semble avoir la meilleure des raisons : c'est de sa vie qu'il s'agissait.

— Et de quatre ! lança l'Italienne.

— Que penses-tu des motivations de Lionello, toi qui l'as rencontré ?

La question laissa la jeune fille songeuse.

— À vrai dire, je ne suis pas parvenue à le cerner. Il porte sa beauté comme un masque. Je ne devine pas ce qui se cache sous la surface. Tu sais, on dit que le visage est le miroir de l'âme, mais j'ai l'impression que cela ne se vérifie pas chez lui. Sa figure est totalement lisse, rayonnante, tout simplement et incroyablement belle. Les noirceurs, les avidités, les laideurs de son esprit, s'il s'en trouve, et pourquoi ne s'en trouverait-il pas, ne laissent aucune ride, aucune marque, aucun trait à l'extérieur. Je serais bien en peine si je devais exécuter son portrait, et pourtant je ne suis pas loin de croire que mon travail en dévoilerait finalement davantage que son insaisissable face d'ange.

— Les anges n'ont pas de sexe ; lui est sodomite. N'est-ce pas là qu'il faut chercher ce qui aurait pu le pousser à assassiner Atika ? Il était son protecteur mais il se donnait autant à elle qu'à Bonfili. Exaspérée de le partager avec quelqu'un d'autre – et qui plus est avec un homme – elle aurait pu le menacer de le dénoncer comme inverti. Ce qui l'aurait conduit au son du Maleficio entre les deux colonnes de la piazzetta...

— ... pour y être pendu. Tu as raison. Dans une telle hypothèse, pour lui aussi c'est sa vie qui était en danger. Ceci le place en tête des suspects, *ex aequo* avec le marrane. Après tout, n'avons-nous pas établi que le Titien a représenté Lionello en Apollon et Ribeira en satyre au bonnet ? Or c'est dans leurs mains à tous les deux que se trouvent les couteaux du sacrifice !

L'évidence de la remarque laissa les deux jeunes gens silencieux. Ils s'abîmèrent un instant dans la réflexion lorsque le cri strident de Virgile les secoua.

— Marietta ! Pierre ! Arrivez ! Palma vient de dénicher un document des plus mystérieux !

Comment décrire le dessin que l'ancien assistant du Titien avait trouvé par hasard dans le fouillis de l'atelier de son maître tandis que Virgile examinait les détails du *Supplice de Marsyas* ? Il s'agissait d'une esquisse au fusain assez complexe. Au centre, moitié rayonnants/moitié nuageux, moitié diurnes/moitié nocturnes, s'imposait une série de cercles concentriques qui formaient un énorme rond rempli de figures, de signes, de mots énigmatiques : « annus ventorum », « annus solarum », « annus stellatus » ; un corbeau, un cygne, un dragon, un pélican, un phoenix ; à gauche un agneau porte-drapeau, à droite une colombe auréolée ; le tout couronné de quatre lettres de l'alphabet hébreu. En dessous, sur un paysage de collines et d'arbreraie, se découpaient les corps de cinq êtres et de trois animaux. Un lion se dressait de profil sur ses pattes arrière. Un homme, nu et musculeux, était enchaîné au cercle central. Un mage à la barbe touffue et à la robe étoilée se tenait au milieu. Une dame sans vêtements était tout aussi enchaînée que l'homme dont elle était le symétrique féminin. Un hybride, enfin, à la tête de cerf et au corps humain, brandissait un trèfle. Sous ces cinq étranges personnages, trois animaux non moins curieux occupaient le bas du dessin. Un phœnix et un aigle voyaient leur nom mentionné en latin. Entre eux un lion à deux crinières, deux torses, deux queues et une seule tête, rugissante, grimaçante.

— Ceci n'est pas de la main du maestro, affirma Palma il Giovane aux trois enquêteurs assemblés autour de lui.

— Pas plus que les cinq vignettes découvertes en rangeant ses papiers, fit remarquer Virgile.

Il tira de sa poche le fragment ramassé sous le tapis du Turc.

— Des deux feuilles, je ne saurais décider laquelle est la plus énigmatique, avoua Marietta qui tortillait entre ses doigts une mèche de ses cheveux blonds.

Pierre y alla à son tour de son commentaire.

— En plus de baragouiner en latin, ce document nous baratine en hébreu !

C'est ce dernier commentaire de l'ami Pierre qui conduisit, dès le lendemain matin, les deux Français dans le ghetto de Venise. Le 29 mai 1516, le Conseil des Pregadi avait rendu public le décret suivant : *« Les Juifs habiteront tous regroupés dans l'ensemble des maisons situées au Ghetto, près de*

San Girolamo ; et, afin qu'ils ne circulent pas toute la nuit, nous décrétons que du côté du Vieux Ghetto où se trouve un petit pont, et pareillement de l'autre côté du pont, seront mises en place deux portes, lesquelles seront ouvertes à l'aube et fermées à minuit par quatre gardiens engagés à cet effet et appointés par les Juifs eux-mêmes au prix que notre Collège estimera convenable. » Les juifs n'ayant pas le droit de posséder de biens immobiliers sur les territoires de la République, la « jus gazahà » prévoyait pour les habitants du ghetto non pas un droit de propriété, mais un droit d'usufruit, qui pouvait être hérité, donné en dot, transmis en donation, ou encore vendu. Ledit ghetto constituait, à l'origine, un lieu où étaient installées des fonderies qui rejetaient alentours leurs scories. Parce que le mot fondre se dit en italien *gettare*, la zone des vieilles fonderies, puis des nouvelles fonderies, avait été baptisée *Getto Vecchio* et *Getto Nuovo*. Après l'installation des premiers juifs, qui étaient majoritairement d'ascendance germanique et qui prononçaient volontiers le « g » « gu » ou « gh », le nom de l'aire s'était transformé en « ghetto ». L'enceinte qu'évoquait le texte de loi de 1516 avait, avec le temps, été renforcée. Deux grands murs avaient été construits, les portes et les fenêtres vers l'extérieur murées. Les canaux qui encerclaient le quartier de leurs eaux étaient sillonnés en permanence par des surveillants. Les officiers du gouvernement chargés du respect de la loi et de l'application de la répression – les *cattaveri* – veillaient au grain. Tout judaïsant découvert de nuit à l'extérieur du ghetto se voyait, dans un premier temps, puni d'une amende puis, en cas de récidive, d'emprisonnement. De manière parallèle, les chrétiens n'étaient pas autorisés à hanter les lieux après le couvre-feu. À l'intérieur des limites de 1516, la densité du ghetto n'avait cessé de croître tout au long du XVIe siècle. Il avait fallu agrandir le quartier juif. Au Ghetto Nuovo avait été ajouté le ghetto des anciennes fonderies. Mais depuis trente-cinq ans qu'avait été adjoint ce Ghetto Vecchio, la population hébraïque de Venise avait poursuivi son expansion. S'adaptant aux nécessités de cette poussée démographique, les maisons, ne pouvant s'étendre en largeur, s'étaient mises à pousser vers le haut, atteignant parfois le niveau d'un sixième, d'un septième, voire d'un neuvième étage, chose inédite dans la Sérénissime.

L'altitude particulière des bâtiments frappa Pierre et Virgile lorsqu'ils traversèrent le pont qui enjambait le rio San Girolamo et qu'ils posèrent le pied sur le sol du campo del Ghetto Nuovo. Cesare Peso-Manuce avait entraîné là les Parisiens car il y connaissait, outre d'excellents médecins tels David de Pomis, un prêtre plein de culture et de sagesse, le kabbaliste Salomone Levi. Tandis que l'oncle s'enfonçait dans l'ombre d'un *sotoportego* à la recherche du savant, les jeunes gens entreprirent de faire le tour de la place. Trois comptoirs de prêt – le noir, le rouge, le vert – et une bonne soixantaine de friperies étaient installés aux rez-de-chaussée. Nombreuses étaient les professions interdites à la communauté des fils d'Israël dans la Sérénissime. Ils ne pouvaient se consacrer ni à la couture, ni à l'édition, ni à l'imprimerie, ni à quelque artisanat qui eût risqué de porter ombrage aux corporations locales. Pour dire la vérité, certains juifs occupaient des postes de typographes, de correcteurs, de relieurs, de collaborateurs auprès des presses d'où sortaient des ouvrages en hébreu. Il n'en restait pas moins que, parmi les rares métiers réellement autorisés aux juifs de la République, l'on ne comptait guère que le prêt sur gages et la *strazzaria*, la vente d'objets de seconde main en général et de vêtements usagés en particulier. La restriction était parfois détournée par des maîtres de l'aiguille et des ciseaux ; ils taillaient de splendides habits neufs qu'ils maculaient d'une tache minuscule, les faisant, de cette astucieuse manière, entrer dans la catégorie *strazzaria*. Quittant le campo du Ghetto Nuovo, les deux promeneurs s'enfoncèrent dans la partie la plus récente du quartier. Les ruelles y étaient tortueuses et les placettes ombragées. Calle Storta, campiello del Moresco. Malgré la présence de marchands de fruits et légumes, d'une boulangerie cachère et d'une auberge pour voyageurs juifs, les venelles baignaient dans le silence. On devinait qu'ici aussi la peste avait frappé. Virgile et Pierre s'étaient arrêtés devant l'échoppe d'un pâtissier pour humer le parfum du levain lorsque la voix ronflante de Cesare les rappela à la réalité de leur enquête.

Ils revinrent sur le campo central.

— Le rabbin nous rejoint, annonça l'oncle. Quelqu'un est allé le chercher à la scuola Italiana, la synagogue construite ces dernières années.

D'un geste, il désigna, au dernier étage d'un bâtiment, cinq grandes baies surmontées d'une petite coupole et couronnées d'un emblème. On y déchiffrait les mots : « Santa Communità Italiana 1575 ». Le lieu de réunion et de culte avait, expliqua Peso Manuce, été érigé cinq ans plus tôt, sur le Ghetto Nuovo, comme la scuola Grande Todesca qui datait de 1528 et la scuola Canton, plus jeune de trois ans. Toutes deux étaient les synagogues de tradition ashkénaze. Il en était là de ses indications historiques lorsqu'apparut à l'autre bout de la place un homme aux épaules voûtées par les ans, à la barbe blanche, au front immense sillonné de rides, au regard à la fois perçant et doux, à la démarche lente mais assurée. D'un ton rempli de respect, l'oncle Cesare présenta à Salomone Levi son neveu et l'ami de celui-ci. Puis il laissa la parole au plus téméraire des deux.

— Nous souhaiterions, monsieur, profiter de votre savoir, commença cérémonieusement le jeune Preudhomme. Vous interroger sur l'un de vos coreligionnaires et vous exposer un étrange dessin.

— Je suis tout disposé à vous aider. Les amis de Cesare sont mes amis et le neveu de Cesare est mon neveu.

Le kabbaliste tapota de sa main tachetée de son l'épaule de Virgile.

— Cependant, j'ignore si mes maigres connaissances me permettront de répondre à vos interrogations.

Virgile évoqua le nom de Joâo El Ribeira. Le vieux juif prit le temps de la réflexion et les rides de son front se creusèrent un peu plus.

— Je ne crois pas l'avoir jamais rencontré. Mais j'ai entendu parler de lui. Encore très récemment, d'ailleurs.

Les détectives ouvrirent des yeux ronds. Le sage n'approfondit pas le sens de sa phrase. Il poursuivit dans une autre direction.

— Il a quitté Venise il y a quelque chose comme une couple d'années. C'était un marrane, un exilé de Lisbonne. Il n'osait pratiquer ouvertement la religion de nos pères par peur de l'Inquisition. C'est pourquoi il ne s'est pas installé au Ghetto et ne fréquentait pas la synagogue. Pourtant, je me suis laissé dire qu'il évitait de manger du porc, du lapin ou des fruits de mer ; qu'il ne touchait pas au feu à shabbat ; qu'il allumait des bougies pour Hanoukka. Pour cela aussi on peut être condamné.

La pensée des procès intentés par les tribunaux de l'Église à ceux qu'elle considérait relaps assombrit le regard du kabbaliste. Il se tut. Aucun de ses trois auditeurs n'osa interrompre sa sombre rêverie.

— Je regrette de ne pouvoir vous renseigner davantage sur Joâo El Ribeira. Ribeira... ce n'est pas son véritable nom. C'est celui qu'il a dû emprunter lorsqu'il s'est converti. Je ne me souviens plus du nom de ses ancêtres. Je l'ai su pourtant... Savoir n'est pas tout. Il faut se souvenir.

Le kabbaliste leva vers le ciel une main parcheminée. Il la laissa retomber le long de son flanc en signe d'impuissance.

— Je l'ai su pourtant..., répéta-t-il. Et même entendu pas plus tard qu'hier !

Pierre et Virgile le dévisagèrent sans comprendre.

— Un Levantin des nôtres est venu me saluer dès son retour de la Sublime Porte. Il m'a donné des nouvelles de ceux que nous connaissons là-bas. Il a évoqué celui qui vous intéresse. Il a dit à son sujet une chose que je n'ai pas réussi à m'expliquer.

Les Parisiens échangèrent un regard. Ribeira était leur suspect numéro six. Toute information à son sujet ne pouvait qu'éclairer leur marche vers la vérité. Le rabbin caressait distraitement sa longue barbe, fouillant dans ses souvenirs les plus récents. Soudain, sa main s'immobilisa.

— C'est cela ! Ce voyageur des nôtres a rencontré Joâo El Ribeira sur les bords de la Corne d'Or. Il lui a raconté la peste, qui nous emportera tous ici, et comment même les plus grands comme Tiziano Vecellio ont été contaminés. Le pauvre homme n'était pas mort alors – paix à son âme ! À cette nouvelle, je veux dire à la nouvelle de la maladie et de ses ravages, El Ribeira a annoncé que c'était pour lui le moment de revenir à Venise. Cela je ne l'ai pas compris. Pour ce que je peux en savoir, il n'a aucune attache ici, aucune famille...

À nouveau, le silence s'installa. Virgile n'osait pas enchaîner immédiatement sur le mystérieux dessin découvert la veille à Biri Grande. Indécis, il tournait et retournait la feuille entre ses doigts fébriles, si bien qu'elle lui échappa des mains et chut aux pieds du vieillard. Le rabbin la ramassa et la porta à ses yeux.

— Yahvé, murmura-t-il.

Il précisa en pointant du doigt les quatre lettres de l'alphabet hébreu :

— Le Tétragramme sacré. Il désigne le Seigneur dont nul ne doit ni prononcer ni écrire le nom.

— Mais encore ? balbutia le jeune Preudhomme. Que représente ce dessin ? Quelle est sa signification ? Qui sont ces personnages ? Que symbolisent ces animaux ?

L'érudit ne quittait pas des yeux le document plein de mystères. Il hocha lentement la tête.

— Il est trop tôt pour parler. Au centre : l'étoile de David. Cet oiseau auréolé à droite du Tétragramme sacré : l'esprit saint sans doute ; il m'évoque un titre de la Kaballe, *Les Ailes de la Colombe*. Avant de vous pouvoir rien dire, il faut que je consulte mes livres, que je relise des fragments du *Zohar*, que j'étudie le détail de cela. Tu dois me confier cette feuille et revenir plus tard, mon neveu.

D'un signe de tête, le Parisien agréa la proposition.

— Je peux affirmer une chose dès à présent : ceci est un dessin d'alchimie.

— D'alchimie ? s'exclamèrent d'une seule voix Pierre et Virgile, abasourdis.

— D'alchimie, répéta Salomone Levi.

Et, les yeux toujours fixés sur l'esquisse, il s'en retourna vers la scuola Italiana.

LETTRE DE VERONICA FRANCO AU TINTORET

Cher et admiré Jacopo,

Je réponds à la hâte à ta missive au sujet de cette mienne amie morte dans les plus sombres circonstances il y a deux étés de cela.

Puisque tu me sollicites à son propos, je vais te confier ce que jusqu'à présent je n'ai dit à personne. Mais à qui l'aurais-je raconté ? Atika d'Égypte pratiquait l'alchimie. Je sais que le roi Henri de France qui l'avait visitée tout comme il m'avait rencontrée lors de son passage dans notre ville lui avait remis un vieux manuscrit d'un certain magicien. Elle en faisait grand mystère. Je sais également que le soir de sa mort, elle avait réuni en son palais ceux qui, comme elle, avaient été initiés par le maestro Vecellio, ton rival, à l'art d'Hermès. Elle avait pour projet de partager avec eux certains passages de ce manuscrit extraordinaire tout en gardant par-devers elle la clef ultime du texte.

Je n'en sais pas davantage sur cette étrange affaire, cher Jacopo, mais j'ai toujours nourri la conviction qu'Atika la Rouge avait été précipitée vers sa fin à cause de ce que je te conte.

Je n'ai guère le temps de t'écrire davantage. Je forme le vœu que tu prospères, malgré la peste qui m'a fait fuir la bien-aimée Venise. Je te ferai parvenir bientôt d'autres nouvelles d'où je suis.

CHAPITRE 10

La fille du Tintoret, porteuse de l'incroyable lettre de Veronica Franco, était venue à la rencontre des trois hommes et les avait guettés sur la fondamenta della Misericordia. Pour discuter plus librement des informations fournies par le kabbaliste et de la révélation de la célèbre courtisane, tous avaient marché jusqu'au palazzo Contarini dallo Zaffo où Marietta avait conduit les Parisiens le jour où ils s'étaient rencontrés. Les hommes s'étaient aussitôt vautrés dans l'herbe sèche. La demoiselle avait apporté avec elle quelques feuilles de papier et des morceaux de sanguine et, tandis que chacun lançait dans la discussion les pensées qui lui traversaient l'esprit, elle se mit à croquer ce qui s'offrait à son regard d'artiste.

— Ainsi, tout ce petit monde pratiquait – pratique toujours, je présume, pour ceux que ni le crime, ni la peste, ni l'exil n'ont éloignés – l'alchimie, énonça le jeune Preudhomme.

Au-delà de ce fait établi, son désarroi restait entier.

— Qu'est-ce exactement que l'alchimie ?

Cesare Peso-Manuce avait sur la question un début d'idée. Il cueillit un brin d'herbe dans lequel il mordit. Tout en faisant valser la tige jaunie au coin de ses lèvres, il se livra à un bref exposé.

— Ce que j'en sais, je le tiens de l'étude des écrits de Philippus Aureolus Theophrastus Bombastus von Hohenheim...

— ... dit Paracelse, intervint Pierre. J'ai lu son *Paragranum* et son *Paramirum*.

— Selon lui, l'homme a le pouvoir de transformer le monde pour le mener à un état de perfection supérieur. Dans la vie qui nous entoure, déjà, la nature métamorphose les aliments en sang. L'homme doit prendre la suite de la nature. Il doit élucider le mystère de la transformation du monde. Avec pour but de tendre toujours vers davantage de pureté. Et, selon Paracelse, cet homme qui découvre les secrets de la nature, c'est précisément l'alchimiste.

— Tout cela est bel et bon, grommela Virgile qui était sans doute par trop rationnel pour saisir les subtilités de pareilles aspirations. Mais comment procède-t-il, concrètement, cet alchimiste ?

— Pour le savoir, mon petit, il faudrait que je sois initié par un maître, de la même façon que vos Atika, Olimpia, Zen, Bonfili, Muztapha et Ribeira semblent l'avoir été par Tiziano Vecellio. À mesure que l'alchimiste progresse dans ses découvertes, son art se fait plus secret. J'imagine qu'il commence par distiller les simples, extraire le métal du minerai, rechercher les couleurs.

Marietta, que dessiner n'empêchait pas d'écouter, exprima son étonnement.

— Ainsi l'on pourrait pratiquer l'alchimie comme la peinture, voire par la peinture ?

— Je crois que les voies pour parvenir au Grand Œuvre sont innombrables...

L'oncle Cesare avala le bout d'herbe dont il avait sucé la sève. Il en cueillit un autre.

— Le Grand Œuvre ? répéta son neveu comme s'il articulait une formule magique.

— Le Grand Œuvre permet d'obtenir la pierre philosophale.

— La pierre philosophale ? reprit le Français transformé en écho.

— Ciel ! Te voilà devenu perroquet ! se gaussa son camarade. N'as-tu jamais entendu parler de la pierre philosophale ? Celle qui permet de changer le plomb en or, de guérir tout mal, d'accéder à la jeunesse éternelle, et surtout de s'approcher un peu plus près de Dieu ?

Virgile haussa les épaules. Pour cheminer vers le Seigneur, son père lisait la Sainte Bible et préférait la prière. Alors la pierre philosophale...

— La pierre philosophale, reprit son oncle, s'obtient en parachevant le Grand Œuvre qui se décompose en trois étapes essentielles : l'œuvre au noir, l'œuvre au blanc, l'œuvre au rouge.

À l'énoncé des étapes successives de l'œuvre, la jeune fille se figea. La pointe de sa pierre s'immobilisa au-dessus de sa feuille.

— Quelles couleurs avez-vous dit ?

— Le compost devient, dans l'ordre de la transmutation : noir/*nigredo*, blanc/*albedo*, et rouge/*rubedo* qui est l'état le plus parfait.

— Incroyable ! s'exclama l'apprentie peintre. À la fin de sa vie, le Cadorin ne peignait plus qu'avec ces trois teintes ! Virgilio, souviens-toi, je t'avais signalé cette particularité ! Il avait exprimé dans un aphorisme sa théorie selon laquelle pour être un peintre véritable, il faut savoir se contenter des blanc, rouge et noir. Songez aux tableaux qui trônent dans l'atelier ! La *Pietà*, *Marsyas*, *La Flagellation*. Il n'a plongé ses doigts, son couteau et son pinceau que dans ces trois pigments-là, et dans les marrons qui naissent de leur amalgame. Une véritable alchimie chromatique !

Mettant en commun leurs intuitions, Cesare qui mâchonnait ses brins d'herbe, Pierre qui demeurait allongé dans le gazon, Virgile que l'excitation rendait remuant et Marietta qui avait entrepris de croquer les trois hommes sur sa feuille, tressèrent le faisceau des présomptions. L'atelier de Biri Grande, avec ses godets et ses vases, ses coupelles et ses flacons, ses mortiers et ses pilons, ne ressemblait-il pas au laboratoire d'un alchimiste ? La bassine de cuivre dans laquelle l'huile chauffait à gros bouillons n'évoquait-elle pas l'athanor où couvait l'œuf hermétique ? Palma n'avait-il pas trouvé un dessin que le kabbaliste Salomone Levi avait qualifié d'alchimique ? Quid de l'autre document avec ses cinq mystérieuses vignettes ?

— Mais bien sûr ! hurla soudain le jeune Preudhomme éclatant tel un coup de tonnerre dans le silence moite d'un après-midi d'été.

Peso-Manuce avala tout rond son morceau de verdure. Pierre se redressa d'une contraction involontaire des abdominaux. La fille du Tintoret raya son croquis d'un trait de sanguine incontrôlé. Le Parisien claqua des doigts. Il précisa :

— Le cimetière des Saints-Innocents ! Les cinq vignettes ! Quand je vous disais qu'elles m'évoquaient quelque chose ! C'est que je les avais déjà aperçues. Maintenant, je m'en souviens. Il s'agit de la fresque peinte pour l'alchimiste Nicolas Flamel au cimetière des Saints-Innocents à Paris. La dernière fois que je l'ai aperçue...

Mais en même temps que le jeune homme se rappelait ce moment-là, sa voix se cassa. Car, la dernière fois qu'il s'était promené le long de la fresque de Flamel dans le cimetière parisien, il allait à son rendez-vous avec Violetta dont il avait été si passionnément épris et qui n'était jamais venue le retrouver... Il tenta de chasser les idées ténébreuses qui l'assaillaient. Trois personnes le regardaient avec inquiétude. Du trio, seul Pierre comprit les raisons du brusque silence de Virgile et lui adressa un sourire de réconfort. Marietta, pour sa part, dévisageait le jeune homme, la pointe de sa pierre suspendue au-dessus de son dessin. Elle devinait que quelque fantôme du passé venait de surgir dans le jardin des Contarini dallo Zaffo. Après tout, la maison du bout du parc derrière eux ne s'appelait-elle pas précisément il Casino degli Spiriti ? La jeune fille baissa les yeux sur sa feuille, laissa retomber sa main sur le papier et se mit à gribouiller avec fougue. Pendant un instant, seul le crissement de la sanguine habita l'air autour d'eux. Mal à l'aise, Pierre essaya s'insuffler un peu d'oxygène sur la discussion moribonde.

— Il est encore une chose qui tendrait à prouver que le Titien pratiquait l'alchimie, et sans doute avec succès...

Il laissa en suspens l'espace d'une seconde la suite de sa phrase, puis lança :

— Son âge ! N'aurait-il pas obtenu d'une manière ou d'une autre quelques gouttes d'une eau de jouvence qui lui aura permis de vivre jusqu'à quatre-vingt-dix-neuf ans ? Je répète : quatre-vingt-dix-neuf ans ! Pesez cela ! Avez-vous jamais rencontré un homme aussi vieux ? Tel âge est presque surnaturel. Qu'en dites-vous ?

Cesare Peso-Manuce fit tourner sa tige d'herbe entre ses dents. Il afficha une mine sceptique.

— Est-ce à dire que sa potion de jouvence ne l'armait pas contre la peste ? « Petit Œuvre » dans ce cas, et non pas « Grand Œuvre »...

Pierre, pugnace, n'accepta pas de lâcher le morceau de sitôt.

— Peut-être le protégeait-elle contre la peste de Dieu, mais pas contre celle des hommes.

— Mais encore ?

— Une idée me trotte dans la tête depuis plusieurs jours. Il est des morts qui sont des crimes flagrants. Le décès d'Atika est de ceux-là. Elle a tout bonnement été saignée. La main de la nature n'entre pour rien dans cette boucherie. L'on n'en dirait pas autant de la fin du Titien. À première vue du moins... pourtant, il existe des crimes qui ressemblent à des morts naturelles. Décéder de la peste, par exemple.

En comprenant où Pierre désirait parvenir, l'oncle Cesare cessa de grignoter sa verdure. La fille du Tintoret n'interrompit pas son crayonnage, mais elle marqua sa stupéfaction en griffonnant de plus belle. Virgile secoua la tête, balançant entre incrédulité et excitation.

— Tiziano Vecellio aurait été assassiné ?

En prononçant le dernier mot, il fit siffler les « s » pour rendre la parole parfaitement effroyable.

— Assassiné de la peste ? compléta-t-il. Voyons ! C'est toi, un presque docteur, qui profères pareille absurdité ?

Son oncle intervint, qui donna raison à Pierre.

— Le mal est contagieux. Imagine un homme qui se sait atteint par l'épidémie, qui hait une personne plus que de raison, et qui ne craint pas de se damner. Il va rendre visite à son ennemi, il l'étreint, l'entoure, l'embrasse, feignant l'amitié. Il peut ainsi réussir à le contaminer. Rien ne le lui garantit, certes, mais regarde autour de toi comme la maladie galope ! Les chances ne sont pas négligeables pour que cela soit aussi mortel, au bout du compte, qu'un coup de poignard. Ce qui en fait un crime, n'est-ce pas ?

Choqué par l'idée, Virgile bafouilla d'inintelligibles paroles. Son rationalisme de juriste prenant le relais du désarroi, il s'improvisa avocat du diable.

— Cependant, aucun des six suspects de notre liste, six ou sept selon que l'on compte ou non Ebano, oui, pas un de nos coupables potentiels n'est frappé de la peste. Et surtout : pourquoi vouloir supprimer le Cadorin ?

Pierre, habitué aux duels d'orateurs d'avec son ami, repartit :

— Un : pour empestiférer quelqu'un, il n'est point nécessaire d'être soi-même contaminé. On peut soudoyer un malade, ou un *pissegamorto*. Deux : parce que le Titien connaissait l'identité du meurtrier d'Atika.

— Depuis plus de deux ans !

— En es-tu sûr ?

— Qu'entends-tu par là ?

— En rendant l'âme, le maestro t'a-t-il précisé qu'il était au fait depuis le début ?

Virgile pâlit.

— Je ne sais...

Pierre enfonça le clou.

— Pourquoi ne pas imaginer qu'il n'a pas compris sur le coup la portée de ce qu'il a vu, ou entendu, ou su. Qu'il n'en a mesuré le poids que récemment. Et que cela a sonné son glas.

— C'est-à-dire que...

Virgile s'interrompit, noyé par une vague d'incertitudes. Impitoyable, son camarade revint une dernière fois à la charge.

— Quelles sont exactement ces paroles que le Titien t'a laissées « en testament » ?

Le jeune détective dut faire un pénible aveu :

— Je ne sais plus...

Lourde était l'atmosphère née de l'échange qui venait d'opposer, en toute amitié, les deux Parisiens. Comme pour matérialiser la tension de l'air alentour, l'azur au-dessus de la sacca della Misericordia s'était voilé. Un oiseau aux larges ailes traversa le ciel du jardin Contarini avec un cri rauque. Marietta leva les yeux vers le volatile. Elle poussa une exclamation qui fit valser son crayon et voler ses esquisses.

— Un nouvel indice des activités hermétiques du maestro ! Le pélican !

Si l'incompréhension pouvait se matérialiser, des points d'interrogation se seraient dessinés au-dessus des têtes des trois hommes.

— Souvenez-vous ! les exhorta-t-elle. Sur le document déniché hier par Palma, dans le cercle de l'astre central, étaient représentés cinq « oiseaux » : un dragon, un cygne, un phœnix, un corbeau et...

— ... un pélican ! crièrent les Français.

— Tous animaux d'alchimie. Or, quel est le volatile représenté sur la mosaïque à fond doré qui décore la niche derrière la *Pietà* ?

— Bonne question, admit Cesare.

— Pas remarqué, concéda Pierre.

— Un pélican ? se hasarda Virgile.

— Exactement ! applaudit la jeune fille, les pommettes roses d'excitation et la fossette au menton comme un accent aigu. Palma était dans le juste qui sentait hier que ce tableau recèle un secret.

Elle se leva dans un mouvement plein d'entrain, tendant les bras vers les trois paresseux assis dans l'herbe.

— Il nous faut retourner à Biri Grande.

Incapables de résister à l'énergie de la demoiselle Robusti, Virgile, son aïeul et son camarade se redressèrent à leur tour. Galamment, Virgile se précipita pour ramasser les feuilles à dessin qui avaient glissé à terre. Il écarquilla les yeux lorsqu'il découvrit le sujet des esquisses.

— Tu nous as croqués ?

— Oh ! J'ai fait cela sans beaucoup d'application.

Virgile tendit à chacun des deux médecins le portrait que la fille du Tintoret avait tracé d'eux. Ils s'exclamèrent, épatés par la justesse de son trait de crayon. Cesare ne put s'empêcher de glousser tant et plus à la vision de sa bedaine rebondie, de sa figure joufflue, de ses babines gourmandes. Seul le jeune Preudhomme restait muet. La stupéfaction l'avait saisi devant la représentation de son propre visage. Arborait-il souvent ce masque plein de gravité, ce pli douloureux des lèvres, ce voile de tristesse au fond des yeux ? Il allait protester lorsqu'il comprit la vérité. Marietta l'avait dessiné au moment où il pensait à Violetta qu'il avait perdue. Il se tourna vers l'artiste et lui adressa un sourire mélancolique. Pierre manifesta son enthousiasme avec spontanéité.

— Quel génie, Marietta, dans l'art du portrait !

La demoiselle lui exprima sa gratitude pour le compliment, mais lui rappela la toute relativité de son talent.

— Disons qu'en matière de portrait, mon père reconnaît que je possède tout au plus de la facilité. Le Titien, lui, avait du génie. Ceux et celles qu'il a peints continuent de vivre à travers la toile. On les voit frémir, on les entend respirer, on les sent vibrer. Savez-vous que lorsque, en 1548, il a découvert le tableau que le Cadorin avait réalisé de sa femme, Isabelle du Portugal, morte depuis une dizaine d'années, l'empereur a cru qu'elle avait été ramenée à la vie. D'ailleurs, le maestro avait pour devise : *Natura potentior ars*, l'art plus fort que la nature. Avec pour symbole une ourse léchant son petit – les oursons naissent informes, dit-on – pour le modeler.

— La mère ourse léchant sa progéniture, encore un symbole hermétique ! fit remarquer Peso-Manuce.

Il laissa Marietta poursuivre.

— Comme l'ourse, il modelait les matériaux bruts pour leur donner un corps, une âme aussi. Un défi à la nature, en quelque sorte. Pour cela on l'a comparé aux peintres de l'Antiquité. On l'a baptisé le « nouvel Apelle ». Connaissez-vous l'anecdote que l'on raconte au sujet d'une grappe de raisin peinte par Apelle, non, d'ailleurs, peinte par Zeuxis ce me semble.

Virgile, qui savait ses classiques, leva les yeux de son portrait à la sanguine, pour s'en faire le narrateur.

— Pline l'Ancien la raconte. Sur un sien tableau, Zeuxis avait représenté un garçon tenant des raisins si ressemblants que les oiseaux, trompés, vinrent se poser sur le chevalet pour en picorer.

— Figurez-vous, enchaîna la jeune fille, qu'il est arrivé la même aventure au Titien à Rome, lors de son voyage en 1545 ou 1546. Il venait de terminer un portrait du pape et l'avait posé sur une altana pour en faire sécher le vernis au soleil. À son grand amusement, et au vif étonnement de la cour, les gens qui passaient devant, persuadés de voir Paul III en personne au balcon, manifestèrent leur respect au souverain pontife en se découvrant et en s'inclinant.

Virgile, Pierre et Cesare s'esbaudirent de l'anecdote. Le visage de Marietta Robusti restait, lui, empreint de gravité.

— Je suis loin dans mes portraits, de parvenir à tel réalisme mais je ne cesserai jamais de travailler pour approcher pareille vérité. En attendant, je suis soulagée que mes esquisses vous plaisent, et je vous en fais volontiers cadeau.

Son offre fut accueillie avec maints cris de contentement et moult paroles de remerciements.

— Je vais l'envoyer à ma bonne amie Lisette pour qu'elle ne m'oublie pas tant que je serai loin de Paris et de ses bras ! se réjouit Pierre.

Le ciel, pour sa part, semblait moins content. Il se mit à gronder. Un orage approchait.

Au sortir du palazzo Contarini dallo Zaffo, le groupe se scinda. L'oncle Peso-Manuce salua la jeunesse et s'éloigna en direction de San Giobbe où il avait un malade à visiter. Marietta se sépara momentanément des Parisiens. La pluie s'approchait par trop et elle craignait pour le linge étendu plus tôt dans la matinée. Elle prit au pas de course le chemin de la maison familiale non sans avoir promis de venir à Biri Grande dès les draps rentrés. Dans l'atelier du Titien, Pierre et Virgile retrouvèrent Palma il Giovane, fidèle à son poste. Il était perché sur un escabeau devant les douze mètres carrés de la *Pietà*. Son travail avançait. La silhouette d'un angelot photophore se précisait à trois coudées au-dessus de la tête de Nicomède, sur la droite du cul-de-four en mosaïques dorées où un pélican s'arrachait les entrailles du bec. Marietta avait vu juste. Symbole christique ou signe alchimique ? Les Parisiens, sans rien laisser paraître de leurs doutes, orientèrent l'ancien assistant de Vecellio sur cet oiseau qui surplombait la scène.

— Le pélican se déchire la poitrine pour nourrir ses enfants affamés. Il est une métaphore du sacrifice, une allusion à la mort du Christ qui a donné sa vie pour sauver les hommes. Mais dans le cas du présent tableau, parce que c'est le dernier auquel aura travaillé le maestro, et parce qu'il l'aura peint en étant frappé de la peste comme Orazio, eh bien je me demande s'il ne faut pas y lire aussi un témoignage de son amour pour son fils.

Cette explication de la symbolique du pélican frappa les deux jeunes gens. Tandis qu'ils demeuraient contemplatifs devant l'oiseau aux ailes d'or, Palma remonta sur son échelle, plongea son pinceau dans un godet et appliqua un éclair de peinture rouge sur la cuisse de son ange. Les Français le regardèrent un moment travailler sans mot dire. Puis ils le félicitèrent sur les progrès accomplis depuis la veille.

— J'avance bien lentement, au contraire, rectifia le

peintre. Car à chacun de mes coups de pinceau, je demande son autorisation au maestro !

Il indiqua du doigt l'angle en bas à droite de la toile. Pierre et Virgile s'agenouillèrent. Apposés contre le socle en tête de lion sur lequel se dressait la Sibylle, l'observateur attentif pouvait remarquer un écu décoré d'armoiries et un tableau dans le tableau.

— Le blason de la famille Vecellio, expliqua Palma. Et surtout un petit dessin votif où le Titien s'est représenté lui-même avec Orazio, agenouillés en prière devant une deuxième minuscule Pietà assise sur un nuage.

— Un appel au secours de la grâce divine, suggéra Pierre. Il implore la Vierge d'intervenir pour les sauver de la peste par un miracle.

— Une manière d'autographe, également, remarqua Virgile, car je ne vois nulle part qu'il ait inscrit son nom.

— Il n'en a pas eu le temps, acquiesça l'artiste.

Il sauta au bas de son échelle et caressa de la paume l'espace entre le bord inférieur de la toile et les pieds de Jésus.

— Ici, sur la marche de l'estrade qui surélève le Christ et sa mère, eh bien j'indiquerai l'histoire de cette *Pietà*. Quelque chose comme : « Ce que Titien a laissé inachevé, Palma l'a respectueusement terminé et dédié à Dieu » ; en latin sans doute.

Virgile, comme son père féru de langues anciennes, esquissa une proposition de thème.

— *Quod Titianus inchoatum reliquit / Palma reverenter absolvit / Deoq. dedicavit opus*[1].

— Mon maître ne savait pas le latin, mais il signait pourtant Titianus, en rouge souvent. Eh bien, peut-être choisirai-je cette couleur pour ma dédicace[2]...

En prononçant ces mots, le peintre jeta un coup d'œil dans le fond de son godet presque vide. Il poussa un soupir de dépit. La contrariété se marqua sur son visage. En son

1. Texte peint en effet au bas du tableau.
2. Il a préféré le marron sombre.

for intérieur, le jeune Preudhomme pensa que si Palma il Giovane parachevait le tableau « reverenter » comme il l'avait précisé, grand besoin lui serait de disposer de rouge, de blanc et de noir, les trois teintes du Grand Œuvre. Palma se tourna vers ses visiteurs et leur demanda :

— Bougerez-vous de l'atelier ? J'ai besoin d'aller quérir une demi-livre de laque écarlate à base de cochenille et de bois brésil chez un mien fournisseur. Il tient boutique dans la paroisse de San Martino. Je ne devrais pas en avoir pour bien longtemps.

Les deux camarades le rassurèrent. Ils avaient l'intention de demeurer à Biri Grande pour y attendre Marietta. Dans l'intervalle, ils voulaient s'imprégner des lignes et des couleurs du *Marsyas*. Ils envisageaient aussi de compléter leur schéma à double entrée. Palma abandonna donc Biri Grande en laissant Pierre et Virgile à leurs réflexions.

En ressortant sur la fondamenta dei Mori après avoir rangé le linge familial, Marietta Robusti leva les yeux vers le zénith et constata que l'orage qu'elle avait redouté se faisait décidément menaçant. D'épais nuages noirs couraient le ciel au-dessus de la lagune nord. Une brise venant d'au-delà de Murano s'était levée, qui fit claquer le drapé de sa robe contre ses jambes. Pourvu qu'elle parvienne à Biri Grande avant les premières gouttes ! Elle marcha d'un pas alerte et atteignit rapidement le bout du quai de la Misericordia. Parvenue au milieu du pont qui prolongeait la fondamenta, elle crut percevoir dans son dos un bruit de pas. L'incident de l'autre soir l'avait rendue prudente. Elle se retourna. Personne. Mais elle ne put s'empêcher de frissonner. Elle s'engouffra sous le sotoportego dei Preti. La pénombre l'attrapa dans son piège et elle trébucha contre un caillou au milieu du chemin. Furieuse contre elle-même, elle se releva. Elle tâta la zone endolorie. Elle ne saignait pas. Au moment où elle allait reprendre sa marche, l'écho d'un pas la fit à nouveau sursauter. Elle jeta un coup d'œil par-dessus son épaule : elle était seule. L'obscurité du lieu multipliait ses alarmes. Elle laissa retomber sa robe, rajusta ses souliers et se remit en mouvement. Elle déboucha, vaguement soulagée, dans la calle della Racchetta – une *calle* longue et étroite vide du moindre passant. Elle haussa les épaules, irritée contre elle-même. Qu'importait que la venelle fût ou non déserte ? Elle n'avait pas besoin de garde du corps. Elle lança un dernier regard en arrière. Elle tressaillit. Là-bas, à l'autre bout du passage, ne venait-elle pas d'entrevoir une ombre ? Elle respira profondément. Elle ne risquait rien, certes, mais pourquoi s'attarder ? D'une démarche décidée, elle s'engagea dans le boyau. Ses talons claquaient. À chaque pas leur son sec et nerveux martelait ses oreilles. À mi-chemin dans la ruelle, Marietta effrayée se rendit compte que ce claquement en couvrait un second. Un autre bruit de pas, dans son dos, calqué sur le sien. Cette fois, elle en était certaine. Redoutant quelque chose qu'elle n'aurait su nommer, elle renonça à se retourner. Elle préféra accélérer. Ses pas devinrent d'amples enjambées. Celui qui la filait augmenta aussi la vitesse de sa marche. Elle pouvait l'entendre malgré le bruit de sa respiration et les coups sourds de son cœur. La *calle* n'en finissait pas. La jeune fille, à présent paniquée, eut soudain l'impression que la ruelle était devenue interminable. Que, comme dans un cauchemar, son issue ne cessait de s'éloigner à mesure qu'elle avançait. Elle accéléra encore. Une goutte d'eau tombée sur sa joue la fit sursauter. Une deuxième s'écrasa sur son bras. La pluie ! Fasse le Seigneur qu'elle ne la ralentisse pas ! Elle eut un spasme lorsqu'elle perçut son suiveur heurter une pierre du pied. Elle eut envie de hurler ; elle retint son cri et se mit à courir. C'est le moment que choisit l'orage pour éclater. Un éclair aveuglant zébra le ciel. Le tonnerre retentit, fracassant. D'énormes gouttes se mirent à tomber. En dépassant le palazzo Papafava, elle tourna furtivement le cou. Du coin de l'œil, elle entrevit une silhouette d'homme, laquelle glissa dans une flaque et poussa un grognement. Arrivant au pont del Lovo, la jeune fille souleva sa jupe pour y grimper quatre à quatre. Au sommet, elle manqua de tomber. Elle sauta au bas des marches et prit le quai sur sa droite. Elle courait à présent aussi vite que le lui permettaient ses forces, aveuglée par les mèches de son chignon défait et la pluie qui tombait à gros bouillons. Au fond de sa poitrine, une morsure embrasait ses poumons. Chaque mètre l'essoufflait davantage. Le sang cognait contre ses tempes. Sa gorge brûlait jusqu'à la douleur. Elle longea à bout de souffle la façade du palazzo Zen. L'idée lui traversa l'esprit d'aller cogner à la porte et de demander secours à Lionello et Zorzi. Elle se ravisa. Et si c'était l'un d'eux qui cherchait à la rattraper ? Cette pensée la terrifia. Au lieu de prendre à gauche, elle tourna à droite sur le pont au-dessus du rio Santa Catarina. Escalader les marches l'acheva tout à fait. Elle était à deux pas de l'atelier maintenant. Mais elle sentait ses forces l'abandonner. Elle dérapa plus qu'elle ne descendit jusqu'au pied du ponte Zen, se jeta dans la première venelle qui débouchait sur sa droite et s'écroula contre le mur de la maison d'angle. Malgré le bruit de la pluie qui tombait à verse, elle entendit la course rapide et le souffle rauque de son poursuivant. Il venait à son tour de parvenir au pont. Elle tâtonna à ses pieds et s'empara d'une pierre. L'homme sauta au bas des marches. Dans une seconde, il serait à sa hauteur. Elle se ramassa sur elle-même, prête à affronter son agresseur.

⁂

Aux premières gouttes de l'orage, Pierre et Virgile avaient plié bagage pour rentrer à l'abri de l'atelier. Comme attirés par la force macabre qui rayonnait des tableaux, ils s'étaient retrouvés devant *Le Supplice de Marsyas*, puis devant la *Pietà*. Ils finirent par s'asseoir devant cette dernière, juste en face du petit ex-voto représentant le Titien et Orazio.

— Depuis leur coin, ils semblent assister au spectacle de Marie en larmes, de Madeleine désespérée, de Nicomède implorant et du Christ sans vie, fit remarquer le jeune médecin en désignant du doigt les deux minuscules figures.

— Tu as raison, murmura son ami. Ce qui me fait penser que, une fois n'est pas coutume, Marietta, qui parle si souvent la voix de la sagesse, a eu tort.

Pierre se tourna vers son compagnon, surpris. Celui-ci s'expliqua :

— Dans cette toile, ne dirait-on pas que les deux Vecellio sont cachés derrière un poteau, comme dans une cachette d'où ils contempleraient en secret le spectacle qui se déroule sous leurs yeux ? Ce spectacle est celui d'une agonie. Ne peux-tu imaginer un éventuel parallèle avec ce qui a pu se produire le soir de l'assassinat d'Atika ?

Pierre essaya de saisir le raisonnement de son camarade.

— Le Cadorin et son fils, comme dans le tableau, auraient, sans qu'on devine leur présence, suivi à la dérobée le massacre de la courtisane... C'est précisément ce que nous soupçonnons depuis le début. Pour le maestro du moins, Orazio, c'est une autre affaire. Le peintre a, d'une manière ou d'une autre, assisté à l'exécution et il en a fait la représentation. Je ne vois pas où Marietta se trompe.

— Elle a prétendu que, dans le respect de Notre Seigneur, par égard pour les dogmes de la religion chrétienne, on ne pouvait peindre le Christ autrement que pour le Christ. Je crois qu'ici, elle a fait erreur. Le Titien – d'abord parce qu'il avait été infiniment bouleversé par la mise à mort de la courtisane, ensuite parce qu'il n'ignorait pas que, malade, il s'attaquait à son œuvre ultime – le Titien, donc, n'a pas craint le blasphème. S'il l'a redouté, il a, dans l'ex-voto, prié pour attirer à lui la clémence divine. Il n'a pas eu peur de choisir, pour symboliser la fin d'une courtisane, le décès du Christ.

— Ainsi, et *Marsyas* et la *Pietà* représenteraient le meurtre d'Atika ?

— L'un et l'autre, oui. Ses deux derniers tableaux. Compte toi-même. Ne constates-tu pas qu'on y dénombre autant de personnages ?

Pierre acquiesça. Si l'on exceptait, cela allait sans dire, l'ange dessiné par Palma, et si l'on incluait par contre les deux statues, la *Pietà* comptait, autour du corps central inanimé, six hommes, femmes ou enfants. « Ce qui exclurait Ebano de la liste des suspects », pensa-t-il. Virgile, pour sa part, poursuivit sur sa lancée :

— Comme dans le cas du *Supplice de Marsyas*, certaines associations entre invités d'Atika et personnages du tableau se font d'elles-mêmes.

Il se mit prestement debout, arracha son croquis bien-aimé de son chevalet, en déposa le châssis par terre, s'empara d'un pinceau mouillé de peinture et traça une nouvelle colonne.

— Comme dans le cas précédent, commenta Virgile porté par l'excitation de la découverte, l'enfant est là pour incarner Faustino. Il me semble évident que Moïse, le législateur d'Israël, remplace un autre juif, le marrane Ribeira. Madeleine et Olimpia : deux prostituées. Autre association qui s'impose : Muztapha/Nicomède, l'un et l'autre nés en Asie Mineure. À partir de là, j'avoue que les choses se corsent. Mais, en y réfléchissant, nous devrions pouvoir reconstituer les deux dernières paires. Qu'en dis-tu ?

— Je ne suis pas loin d'être convaincu, finit par avouer l'étudiant en médecine.

Virgile se frotta les mains de satisfaction.

— Cependant, reprit son ami, je me pose des questions d'une tout autre nature et qui me turlupinent davantage que tes jeux de rôle.

— Qu'est-ce à dire ?

— Par exemple : s'ils ont assisté à ce carnage, pourquoi le Titien et son fils ne sont-ils pas intervenus ? Pourquoi seraient-ils restés cachés dans leur recoin plutôt que de sauver la victime ? Évidemment, du haut de ses quatre-vingt-dix-sept ans, le maître n'était peut-être pas en mesure d'arrêter le bras assassin. Mais Orazio avait cinquante ans et sans doute assez de force pour s'interposer, surtout s'il avait à faire à une femme – Olimpia – ou un nain. Et...

Pierre s'interrompit. Marietta, dégoulinante, échevelée, la robe couverte de boue, le visage décomposé, venait d'ouvrir à la volée la porte de l'atelier. Elle poussa un cri inarticulé.

Virgile se précipita vers elle pour la cueillir dans ses bras alors qu'elle s'effondrait. Pris au dépourvu par cet évanouissement, vaguement troublé par le corps de la jeune fille, il entreprit de lui éventer le visage puis de lui tapoter la joue. Ces gestes suffirent à faire retrouver ses esprits à la demoiselle. Elle gémit en papillonnant des paupières, sourit en se découvrant dans les bras de Virgile, se redressa un peu titubante et hoqueta d'une voix essoufflée :

— J'ai manqué être à nouveau agressée ! Mon Dieu ! J'ai eu si peur ! J'ai assommé celui qui me suivait. Je l'ai laissé pour mort. C'était Ebano, l'ancien esclave d'Atika, le marchand de poissons.

— Ebano !

Du fond des gorges, un cri de surprise avait jailli simultanément. Virgile et Pierre échangèrent un regard de stupeur.

— Où se trouve-t-il ?

— À deux pas. Juste avant le pont Zen, à l'angle de la calle dei Volti.

Le corps de l'Africain gisait dans une flaque à l'entrée de ladite calle. Pierre s'agenouilla près de lui et, en quelques gestes experts, vérifia que le pouls battait toujours.

— Malgré la bosse sanguinolente qu'il porte au front, il est en vie, annonça-t-il. Ma foi, ajouta-t-il, notre petite peintre n'y est pas allée de main morte. Il faut croire que les beaux-arts musclent les bras !

De l'atelier où ils avaient laissé Marietta, les deux Français avaient apporté de la corde dont ils lièrent les pieds et les mains d'Ebano. Soulevant à deux son torse athlétique, ils l'adossèrent à un mur. La position verticale eut pour effet de ranimer l'Africain. Il poussa, en revenant à lui, un gémissement de douleur. Il ouvrit les yeux et hurla de frayeur en découvrant les faces mouillées de Pierre et Virgile à quelques centimètres de sa propre figure.

— Alors ? interrogea le jeune Preudhomme avec rudesse.

— Alors..., balbutia en retour le pêcheur.

— Vas-tu nous dire quel mal tu escomptais infliger à Marietta Robusti en la pourchassant comme tu l'as fait ?

— Mal ? Moi ? Mal ? Moi ?

Ebano manifesta une totale incompréhension. Il était là, sous la pluie et dans la boue, le front saignant et l'échine brisée, ligoté et accusé, sans le début d'une idée sur le pourquoi. Il essaya de se disculper :

— Après notre discussion l'autre jour au Rialto, j'ai réfléchi. Certaines choses, je les avais gardées pour moi. Je crois que j'ai eu tort. J'ai décidé de vous les confier mais j'ignorais où vous trouver. Je ne savais même pas votre nom ! La seule que je connaissais c'était la fille du sieur Robusti, le grand peintre. Je suis allé la chercher devant chez elle, ce midi après le marché. Quand elle est sortie sur la *fondamenta*, je n'ai pas osé l'aborder tout de suite. J'ai eu peur qu'elle ne s'effarouche, qu'elle passe son chemin. Alors, j'ai commencé à la suivre, et quand je me suis décidé à lui parler, elle a pris peur et s'est mise à courir. Je me suis élancé à sa poursuite, mais je ne suis pas parvenu à la rattraper. Elle filait à toute allure, une vraie sardine. Juste après le palazzo Zen, je l'ai perdue de vue. Je me suis enfoncé dans la calle et là, bong !

Devant la mine déconfite de l'esclave affranchi, les Français éclatèrent d'un même rire.

— Ah ça ! Elle a une poigne de fer la demoiselle Robusti, confirma le médecin. Elle t'a peint une contusion bien écarlate au-dessus du sourcil !

Tirant un mouchoir de la poche de son pourpoint, il tamponna la plaie au sommet de la bosse qui avait grossi sur le front d'Ebano. Tandis que son camarade apportait ce maigre soin d'infirmerie, Virgile libérait de leurs liens les pieds et les mains du prisonnier.

— Que voulais-tu donc dire de si important à Marietta, que tu l'as coursée comme un beau diable par les *calli* de Cannaregio ? demanda-t-il, intrigué.

— Il s'agit de ma maîtresse, Atika, et du moment où j'ai découvert son cadavre.

Malgré la pluie qui tombait drue, les deux enquêteurs s'étaient immobilisés.

— La corde qui attachait une de ses mains à la tête du lit s'était déliée et, sur le mur, dans un dernier effort, ma patronne avait écrit quelque chose du bout de son doigt avec son propre sang.

Pierre et Virgile cessèrent presque de respirer tant la révélation était d'importance.

— Qu'avait-elle écrit ? demanda Virgile d'une voix tremblante.

— Le nom de son assassin, j'imagine, répondit le pêcheur en écartant les mains pour signifier son incertitude.

Le jeune Preudhomme réprima un hoquet. Il reposa sa question en articulant chaque syllabe.

— Non. Je veux savoir : qu'as-tu lu de ce qu'elle avait écrit ?

L'Africain soupira :

— Presque rien. Le problème est là. C'est pour cela que je n'ai pas mentionné ce détail aux Avogadori, ni à personne d'autre. Je n'ai presque rien lu. Ce qui s'est passé, c'est que son chien, Wawel, avait sauté sur le lit et s'était mis à tout lécher. Je ne sais pas ce qu'il faisait là. Faustino avait promis de le sortir pour qu'il ne dérange pas les invités. Pourtant, Wawel était là, sur le lit, qui léchait et léchait. Les chairs dépecées, les draps imbibés de sang, les traces sur le mur. Tout. Des lettres que ma maîtresse avait tracées, il n'en restait qu'une, peut-être la première du nom – mais peut-être pas.

— Et cette lettre était ?... questionna Virgile, suspendu aux lèvres d'Ebano.

Celui-ci ferma les yeux comme pour mieux revoir la scène macabre et la lettre de sang sur le mur :

— Un « z » !

CHAPITRE 11

Pour éviter d'attraper une fièvre quarte au cœur de l'été, les deux enquêteurs et leur témoin se hâtèrent de regagner Biri Grande. Sur le chemin, dans la calle dei Botteri où l'on construisait des tonneaux pour l'alcool et l'huile, et où l'on pouvait acheter aussi du vin de Chypre ou de Candie, ils firent l'acquisition d'une mesure de rouge cuit et herbé qui leur réchaufferait le sang. Lorsqu'elle vit Ebano entrer dans l'atelier, Marietta poussa un cri de frayeur. Mais, quand elle apprit les intentions pacifiques de l'Africain, elle pâlit de honte et se confondit en excuses pour l'avoir assommé sans pitié. L'ancien esclave ne s'éternisa pas en compagnie des jeunes gens. Il se sécha, but une gorgée de vin, fit le tour de l'atelier, jeta un œil curieux à droite et à gauche, grimaça devant le *Supplice de Marsyas*, puis abandonna les jeunes gens à leur enquête.

— Un « z » ?

Mise au courant de ce qu'avait lu le poissonnier au chevet du cadavre, la fille du Tintoret fit une moue de dépit.

— Un « z » ! On trouve un « z » dans presque chaque nom, ici ! À commencer par celui de Venezia lui-même. Ce doit être la consonne la plus fréquente dans notre parler. Aussi répandue que les voyelles « a » et « o » !

Virgile la considéra avec douceur et amusement. Marietta, jeune fille mesurée et raisonnable, se laissait parfois submerger par la part « méditerranéenne » de sa personnalité : ce trait de caractère attendrissait fort le Parisien.

— Quelle exagération ! Il n'y a pas l'ombre d'un « z » dans ton propre nom, lui fit-il remarquer.

— Ce sera l'exception qui confirme la règle. De plus, même si mon père est né dans la Sérénissime, et si mon grand-père y était teinturier, la famille Robusti est originaire de Lucques !

— V-e-c-e-l-l-i-o : pas de « z » non plus dans le patronyme du Titien

— Certes, mais la famille Vecellio compte un OraZio et un TiZiano.

La jeune fille ramassa le croquis aux sept lignes et aux quatre colonnes. D'un geste énergique, elle marqua le trait d'une colonne supplémentaire. Elle l'intitula tout simplement « z ».

— Si l'on se penche sur la liste des suspects, et que l'on note un point en face des noms qui comportent la dernière lettre de l'alphabet, l'on va peinturlurer une ribambelle de confettis. Voyez plutôt !

Joignant le geste à la parole, dans la cinquième colonne, elle aplatit la pointe de son pinceau devant chaque « z » :

— Kara MuZtapha et Lionello Zen et ZorZi Bonfili – celui-ci mériterait deux points – et...

— Et un point c'est tout, lança l'étudiant en droit, s'autorisant un jeu de mots un peu facile.

— Mais non point, contesta Marietta. De Faustino, nous ne connaissons que le prénom. Olimpia n'est évidemment qu'un pseudonyme. Quant à Joâo El Ribeira, non seulement il s'agit de son nom de marrane mais en plus, à Venise, Joâo se transforme en Zani ou Zane.

Parmi les sept coupables potentiels, seul Ebano n'avait pas été évoqué.

— Et s'il avait parlé d'un « z » justement parce que son nom n'en contient pas ? murmura Pierre, sans bien savoir encore jusqu'où conduisait sa pensée. Ne croyez pas que je m'acharne à vouloir faire de lui un assassin mais... envisagez un instant l'hypothèse où, de fait, il est coupable.

L'étudiant en médecine indiqua du doigt le nom d'Ebano

dans le schéma. Dans la case « mobile » : le mot « affranchissement ».

— La visite que nous lui avons rendue a pu réveiller en lui la crainte d'être démasqué, après deux ans de paix et surtout de liberté. À l'expectative, il préfère l'attitude active et la fausse piste. Prudent, il choisit de n'incriminer personne mais il nous aiguille sur la trace des autres. Sa maîtresse a écrit un nom dont il ne restait plus qu'une lettre ? Il aurait pu nous lancer à la poursuite d'un « v », d'un « p » ou d'un « h » – de n'importe quelle consonne – pourvu qu'elle ne figure pas dans « Ebano ». Or si, sur le mur, c'était un « b » ou un « n » qui s'était étalé, dégoulinant de sang ?

Virgile et Marietta avaient suivi le raisonnement de leur camarade. Ils se mêlèrent à l'échafaudage de l'hypothèse :

— Atika n'a peut-être jamais rien écrit...

— En effet. Sinon, la Nanna aurait mentionné cette lettre sur le mur.

— Sauf si elle ne sait pas lire.

— Ou si le chien a finalement tout effacé avec sa langue.

— À moins que...

La fille du Tintoret s'apprêtait à initier une supposition. Mais en même temps qu'elle formulait son idée, sa gorge se serra, son cœur se souleva et ses mains se mirent à trembler.

— À moins qu'Ebano n'ait inventé cette histoire de « z » lorsqu'il est revenu à lui. Il aurait alors raconté n'importe quoi plutôt que... la vérité

Un hoquet la secoua. Une larme coula sur sa joue. Elle se mordit la lèvre. La voyant ébranlée, Virgile s'approcha et l'étreignit avec délicatesse.

— Quelle vérité ? demanda-t-il du ton le plus doux qu'il put.

— Qu'il courait à mes trousses, non pas pour me parler mais bien pour me tuer.

Les trois jeunes gens n'eurent pas le loisir de considérer plus longtemps cette monstrueuse perspective. Palma venait de surgir sur le seuil de la pièce, ruisselant autant de pluie que de sueur. Haletant de s'être hâté, et dans un état d'agitation extrême, il se précipita vers le groupe que formaient les trois camarades et leur annonça, à bout de souffle :

— Atika n'est pas morte ! Je viens de l'apercevoir !

Après le choc d'une semblable nouvelle, le peintre avait raconté le détail de cette incroyable rencontre. En se rendant à son négoce de couleurs au fin fond de Castello, à proximité de l'Arsenal, il était passé derrière le campiello dell'Arabo d'Oro par la calle delle Muneghette. Là, à l'arrière du palais de Kara Muztapha, derrière les moucharabiehs d'une fenêtre, il avait vu l'Égyptienne.

— Ma mémoire laisse parfois à désirer – la preuve, je ne me souvenais pas du nom d'Atika – mais le travail de la peinture a développé en moi le physionomiste. Je n'ai pas souvent eu l'occasion de croiser la courtisane, je le reconnais. Je n'ai accompagné le maestro chez elle que quelquefois et pourtant, je garde un souvenir précis de ses traits. Je suis prêt à parier que c'est elle que je viens de voir.

Sidéré par l'apparition, Palma avait tenté de communiquer avec la revenante. En réponse à ses apostrophes, le fantôme avait disparu de derrière son grillage. Le peintre avait alors essayé de s'introduire jusqu'à elle. Un esclave l'avait laissé entrer dans le *saray*. Mais la séparation entre harem et *selamlik* s'était révélée barrière infranchissable pour l'homme qu'il était.

— Seule une femme serait autorisée à pénétrer dans le quartier des épouses.

Un silence abasourdi accueillit les révélations de Palma. Chacun des trois détectives cherchait désespérément à établir, dans le désordre de ses pensées, comment il se pouvait que la courtisane qui avait été dépecée la nuit du 7 au 8 août 1574 pût se retrouver entière et en vie le mardi 2 septembre 1576 dans l'après-midi. Chacun d'eux arriva à la conclusion suivante : si Atika était encore de ce monde, elle n'avait pas été tuée deux ans auparavant. Le cadavre qui avait été retrouvé par Ebano sur son lit à baldaquin, dans sa chambre, en son palais, était celui d'une autre femme dont on avait arraché la peau. Cela éclaircissait un des mystères soulevés par Pierre. « Pourquoi a-t-on saigné cette malheureuse ? Ne suffisait-il pas de la tuer ? Pourquoi avoir arraché la peau lambeau après lambeau jusqu'à ce que mort s'ensuive ? » Non point par haine aveugle mais pour la défigurer. Pour rendre méconnaissable son visage, et aussi son corps, un corps public que beaucoup d'hommes auraient reconnu, ou justement n'auraient pas reconnu... car ce n'était pas celui d'Atika. Afin de parachever l'illusion, l'on avait enfilé aux doigts de l'écorchée les bagues de l'Égyptienne. Subterfuge auquel Ebano comme la Nanna s'étaient laissés prendre. Soudain, à la suite d'un extraordinaire hasard – un besoin urgent de peinture rouge, une course impromptue vers l'Arsenal, une vision imprévisible de la courtisane aux grillages de sa fenêtre –, l'investigation effectuait un saut périlleux. Atika la Rouge, de victime torturée jusqu'à l'horreur, devenait le bourreau d'une monstrueuse boucherie où une inconnue avait été massacrée pour prendre sa place sur un lit de mort.

Malgré cette incroyable révélation, l'enquête conservait nombre de pans obscurs et de détails inexplicables. Outre le fait que, comme au premier jour, l'identité de la défunte demeurait à découvrir, les questions se bousculaient sur les lèvres des détectives. À commencer par celle restée en suspens à l'arrivée de Palma : que penser du « z » qu'Ebano prétendait avoir lu sur le mur à côté de la dépouille mortelle ? Atika s'écrivait sans « z ». Si donc l'on prêtait foi aux allégations de l'Africain, il était nécessaire d'établir les noms véritables d'Olimpia, de Faustino et de Ribeira. Le terrain à déblayer était vaste, les directions à explorer multiples, les démarches à opérer nombreuses. Les trois enquêteurs organisèrent un partage des tâches pour le lendemain matin. Pierre irait interroger le nain et la prostituée. Virgile se rendrait au ghetto voir le rabbin Levi. Marietta les attendrait à la fondamenta dei Mori. Palma veillerait à l'atelier en compagnie de son ange photophore dont il fallait espérer que le flambeau apporterait un peu de lumière dans les ténèbres de cette affaire.

⁂

Lorsqu'il frappa le lendemain à la petite porte de Salomone Levi, Virgile, qui n'était, cette fois, accompagné ni de son oncle Cesare ni de son ami Pierre, éprouva un curieux sentiment de timidité. Une femme au fichu noir vint ouvrir. Virgile remarqua qu'elle portait autour du cou une chaîne à laquelle étaient accrochées des *kemi'ot*, petites amulettes destinées à protéger contre les maladies. Il lui signifia en italien son désir de rencontrer le rabbin. Elle ne comprit apparemment pas un mot de ce qu'il lui disait. Il répéta sa requête en français, puis en latin. Il se heurta à chaque fois à la même incompréhension. L'étrangère, elle, s'exprimait dans un parler où semblaient se mêler des accents judaïques et hispanisants. Lorsque, pour la troisième fois, il eut prononcé, en détachant chaque syllabe, le nom du kabbaliste, la bonne femme poussa un « ah » international et disparut à l'intérieur de la maison. Le Français alla s'asseoir sur la marche du puits, au centre du campo del Ghetto Nuovo, et attendit la suite des événements. Sur la place, trois jeunes garçons jouaient à la balle, tandis qu'au pied du pont de San Girolamo, deux bonnes femmes s'échangeaient les commérages du jour. Bientôt, Salomone Levi le rejoignit. Il tenait encore dans les mains son taleth, le châle qu'il revêtait pour la prière.

— Déjà de retour, mon neveu ? Shalom à toi.

Virgile entama un mouvement pour se relever mais, de la main, le rabbin lui recommanda de n'en rien faire. C'est lui qui se laissa choir en grommelant contre les rhumatismes endolorissant ses reins.

— Je regrette l'accueil que t'a réservé ma servante. Elle est à mon service depuis quelques semaines seulement. Elle vient d'Espagne. Elle ne maîtrise pas encore l'italien.

— Quelle est donc cette langue qu'elle parle ?

— Le ladino. Le parler des juifs de la péninsule ibérique : un joyeux mélange judéo-espagnol ! Notre ghetto devient chaque jour plus polyglotte que la tour de Babel, sais-tu !

Le Parisien sourit à cette comparaison saugrenue.

— Je te l'assure, neveu ! Ceux qui arrivent d'Espagne parlent le ladino, ceux qui sont d'origine germanique s'expriment en yiddish, ceux qui sont nés sur les terres de la République n'ont appris souvent que l'italien et connaissent, hélas ! bien mal l'hébreu. Que le Seigneur d'Israël les pardonne ! Quel est l'idiome qui naîtra de cet amalgame, je ne puis l'imaginer. Elohim seul le sait !

Il se tourna vers le jeune homme avec un éclat de malice dans les yeux.

— Mais je suppose que tu n'es pas venu jusqu'au cœur de Cannaregio pour discuter du ladino.

Cela, le kabbaliste n'avait pas grand mérite à le deviner, mais l'accent complice avec lequel il lut à haute voix dans les pensées de Virgile fit sourire ce dernier. Il ne put cependant pas prononcer un mot que, déjà, le vieux juif reprenait la parole :

— Sais-tu, neveu, que je n'ai pas eu le temps d'étudier ton dessin ni de consulter mes livres. Il faut me laisser quelques jours et, malgré cela, risquer d'être déçu.

— Quoi que vous élucidiez de l'étrange figure, je vous serai reconnaissant de l'avoir étudiée.

Un dessin hermétique en amenant un autre, Virgile se souvint des vignettes découvertes depuis. Il se maudit lui-même de les avoir oubliées. Alors qu'il s'adressait de vives remontrances, la balle des footballeurs [1] vint rouler jusqu'au puits. Le jeune Preudhomme se leva pour la ramasser et la réexpédier vers les joueurs. Il se rassit et Salomone Levi soupira :

— En voilà qui préfèrent le divertissement à l'étude !

---

1. Le football aurait été importé de Florence sur les places vénitiennes. Il se pratiquait déjà au XVIe siècle.

Même le vendredi soir et tout le samedi, ils sont là à faire rebondir le ballon entre leurs pieds. À tel point que nous autres, rabbins, nous avons dû nous rassembler pour statuer s'il était ou non convenable de s'amuser ainsi le jour du shabbat. Le débat est loin d'être clos ! Il a donné lieu à un savoureux échange de pilpul.

À nouveau, le vieillard tourna son grand front ridé et ses yeux pleins d'étincelles vers Virgile.

— Mais je suppose que tu n'as pas fait le chemin jusqu'ici pour t'entendre exposer les détails des subtils raisonnements talmudiques que nous tenons au sujet des distractions pendant shabbat !

Virgile, un sourire aux lèvres, formula la question qu'il était venu poser :

— Vous nous avez dit hier ne pas vous souvenir du premier nom de Zane El Ribeira. Y aurait-il au ghetto quelqu'un à qui je puisse m'adresser et qui me renseignerait à ce sujet ?

Salomone Levi posa une main mouchetée sur l'épaule de son visiteur :

— Depuis ce matin, il y a moi.

À cette nouvelle, le jeune détective manifesta son contentement. Le rabbin modéra son excitation.

— Savoir n'est pas tout. Il faut se souvenir. Mais oublier n'est pas la fin de tout. Il suffit de réapprendre. J'ai revu à arvith, notre prière du soir, ce voyageur qui revient de Constantinople où il a croisé Ribeira. Je lui ai demandé ce que tu m'as demandé. Il n'a pas su me répondre.

Le dernier morceau de phrase éteignit toute fébrilité chez Virgile, comme un seau d'eau sur un feu de paille. Ses mains retombèrent, inertes, sur ses genoux. Il écouta à peine le rabbin qui continuait :

— Toutefois, il m'a fourni un renseignement précieux. Pour qui a un peu de patience et d'astuce, retrouver le nom juif du marrane revient à jongler avec les lettres de ZANI EL RIBEIRA.

— Pardon ? murmura le jeune homme, qui eut l'impression d'émerger d'un mauvais rêve.

Les paroles du fils d'Abraham avaient frappé son oreille sans qu'il les entende vraiment.

— Il n'y a qu'à recomposer son vrai nom à partir de ces treize lettres, répéta avec patience le sage.

— Une anagramme en quelque sorte...

— Parfaitement, une anagramme.

À ce mot, le sourire refleurit sur le visage de l'enquêteur. Depuis la devinette post mortem que lui avait laissée son père, il était passé maître dans l'art de l'anagramme.

***

Pierre fit un bond en arrière lorsque l'homoncule à la face de cuir apparut sur le seuil. Derrière son masque, le nain éclata d'un rire grinçant.

— Pourquoi reculer, beau monsieur ? C'est toi qui frappes à ma porte et non pas le contraire.

L'étudiant en médecine retrouva digne contenance, se racla la gorge, salua poliment Faustino et déclina son identité. Il espérait un peu que le petit bonhomme se présenterait à lui en retour, indiquant son nom de famille. Il n'en fit rien. En lieu et place, il siffla. Un son strident, déplaisant. Les aboiements d'un chien résonnèrent en écho. L'instant suivant, un roquet roux et crème surgissait. Son maître claqua sa langue. Aussitôt, la bête se jeta sur Pierre, babines retroussées. Le Français se décala précipitamment pour ne pas être mordu. Le chien l'accompagna dans sa reculade. Jappant et sautant autour de lui, il l'empêcha de s'échapper d'aucune façon. Pierre ne put que lever les bras au ciel pour empêcher que ses mains ou ses bras ne fussent croqués. De le voir ainsi provoqua à nouveau l'hilarité du nain.

— *Chien qui aboie ne mord pas*, affirma-t-il. Par contre, *il faut se garder de l'homme secret et du chien muet*. Pourquoi veux-tu me voir ?

Il frappa dans ses paumes. Le cabot cessa immédiatement de harceler Pierre. Il put se reprendre et s'approcher à nouveau. Il expliqua qu'il venait à la suite des personnes enquêtant deux jours plus tôt sur la mort d'Atika. L'évocation de Virgile et Marietta fit naître derrière les fentes du masque un éclat étrange dans la pupille du saltimbanque.

— Les deux amoureux, murmura-t-il d'une voix qu'il voulait suave.

Il exécuta un salto en ricanant. Qu'est-ce qui, de l'allégation ou de la pirouette, l'étonna le plus, le Français eût été bien en peine de le préciser. Lorsqu'il contesta le sentiment attribué à son camarade pour la fille du Tintoret, il s'entendit rétorquer un dicton qu'il ne connaissait pas :

— *Amour, toux, fumée, argent / Ne se peuvent cacher longtemps.*

Il haussa les épaules. Il attaqua plutôt de front la question qui l'amenait à la calle dei Proverbi. Il engagea la conversation sur le nom de l'acrobate :

— Mes amis m'envoient corriger un oubli. Ils ont oublié de vous demander comment vous vous appelez.

— Point n'en avaient besoin. Déjà le connaissaient !

— Oui. Tout comme moi, ils savent que vous vous dénommez Faustino. Mais quid de votre nom de famille ?

Ledit Faustino enleva alors son masque. Dessous, son visage était absolument dépourvu d'expression. Il planta son regard dans celui du Parisien et, sans ciller, d'une voix blanche, répondit :

— Chez les nains, on n'a pas de nom de famille. On est de la famille des monstres. Voilà tout.

Alors que Pierre, gêné à l'extrême, allait pour demander excuse de sa terrible maladresse, le comédien éclata soudain d'un ricanement tonitruant :

— *Au ris connaît-on le fol et le niais*, grinça-t-il en se tenant les côtes.

Son rire en cascade lui impulsa un rythme entraînant ; il se mit à virevolter en une danse fantasque et déchaînée. Tout en tournoyant, il claqua des doigts et son chien sauta dans son giron. Il l'attrapa au creux de ses bras trop courts. La bête entreprit alors de lui lécher la figure à grands coups de langue baveuse.

— *Mieux vaut société de bon chien / Qu'amitié d'homme vilain*, lança le nain, qui, en retour, lécha le museau de son animal.

Pierre, observant la scène, songea en dedans de lui-même qu'il avait devant les yeux un chien qui, par une gourmandise atroce, avait effacé l'accusation tracée par Atika avec son propre sang. Il profita du dicton énoncé par le saltimbanque pour orienter la conversation :

— N'est-ce pas là le bichon que notre roi a offert à ta maîtresse ?

— Précisément. Voilà un souverain plein de sagesse qui recherche la compagnie des bêtes. Il ne se déplace pas sans sa cour de caniches. Eux ne jugent pas sur les apparences. Eux ne se livrent pas aux médisances. Eux ne font jamais souffrir sans raison.

Le petit homme souleva son roquet et le lança dans les airs. L'animal se roula en boule, effectua une galipette et atterrit sur ses quatre pattes, la queue frétillante. Son maître le félicita. Le chien jappa joyeusement. Un autre aboiement, à l'entendre celui d'un animal énorme, provenant des tréfonds de la maison, lui répondit comme en écho. Pierre lança un coup d'œil apeuré au-delà du seuil de l'habitation. Il déglutit péniblement : imaginer la taille de celui qui pouvait posséder pareille tessiture... L'acrobate lut son angoisse et le rassura :

— Ne te l'ai-je pas déjà dit : *Chien qui aboie ne mord pas*. Entre donc, mon bon monsieur, pour faire la connaissance de mon deuxième ami, Lew, celui que le roi Henri m'a cédé à moi. À l'intérieur, nous pourrons discuter plus à notre aise.

Pierre, courageux mais pas téméraire, préféra remettre à un autre jour la rencontre d'avec le molosse. Il refusa aimablement l'invitation. Déterminé à s'enraciner dehors, il s'adossa à la paroi du logis.

— *Qui n'a de siège s'accote contre le mur*, lui fit remarquer le nain.

Sans un mot de plus que ceux du dicton, il lui tourna le dos, exécuta une cabriole et rentra chez lui. Il n'avait pas claqué la porte, il n'avait pas rappelé son bichon, il n'avait pas pris congé. Pierre jugea cette éclipse provisoire et la mit au compte des incongruités de Faustino. Il raisonna bien car le bonhomme, sautant depuis une fenêtre du rez-de-chaussée, réapparut. Il s'était départi de son masque. À la place : un chapeau à queue de lièvre et une petite massue accrochée à la ceinture. Il était porteur d'un panier de prunes. Il en offrit plusieurs à son visiteur, s'empara lui-même de quatre fruits et se mit à jongler le plus habilement du monde. Croquant la chair jaune de sa mirabelle, le Parisien le regarda faire, ébahi, et ne put que l'applaudir. Stimulé par tel encouragement, l'acteur proclama :

— Que le spectacle continue !

Les mains dans le dos, il lança ses quatre prunes les unes après les autres par-dessus sa tête et les fit tomber droit dans le panier d'osier dont, du bout du pied, il avait attrapé l'anse. Il récupéra les fruits et se remit à les faire tournoyer, d'abord devant lui, puis tout autour de Pierre qui vit valser devant ses yeux quatre balles dorées et appétissantes. Le jongleur lança une dernière fois les prunes dans les airs. Il attrapa la première entre ses dents, expédia la seconde dans le museau de Wawel, fit tomber la troisième entre les mains de Pierre.

— Et la quatrième ?

Son spectateur secoua la tête, incapable de préciser où avait chu la dernière mirabelle.

— Qu'aviez-vous dans la poche de votre pourpoint ? demanda le nain.

Pierre fit un bref effort de mémoire :

— Un mouchoir, un ducat et...

Il se souvint des vignettes déchirées que Kara Muztapha avait perdues, que lui avait récupérées et qu'il avait glissées là aussi :

— ... et un papier.

— Y sont-ils toujours ?

Le jeune homme trouva la question saugrenue. Il porta la main à sa veste. Vidant sa poche, il en découvrit le contenu avec stupeur.

— Une prune ! s'exclama-t-il.

Il pâlit :

— Où sont passées les possessions que je vous ai énumérées ?

Le saltimbanque ricana avec fierté et tendit ses deux poings fermés. Il desserra lentement les doigts de sa main droite. Au fond de la paume, le Français retrouva sa pièce. De sa main gauche toujours close, d'un trou formé par son index enroulé autour de son pouce, comme d'une boîte, Faustino tira le mouchoir.

— Et mon document ? s'enquit Pierre, vaguement inquiet du devenir d'une des pièces à conviction de l'enquête.

Sans un mot, mais non sans un sourire goguenard, le prestidigitateur souleva son chapeau d'Arlequin. Là, au sommet de son crâne, se trouvait la feuille d'alchimie. Le jeune médecin tendit le bras pour la récupérer mais le nain, rapide comme l'éclair, réagit dans l'instant. Il se mit à agiter le papier.

— Mon art ne mérite-t-il pas une récompense ?

— Prenez le ducat et rendez-moi cette feuille !

— Ce document vaudrait donc de l'or ?

Songeant au but ultime de l'alchimie et au pouvoir de la pierre philosophale à transformer le plomb en or, Pierre ne put s'empêcher d'ironiser.

— Vous ne croyez pas si bien dire !

Ce fut un mot de trop. Il réveilla la curiosité du petit homme. Entre ses doigts, il déroula le document et posa le regard sur les deux dessins de Nicolas Flamel.

— Je connais bien ces vignettes, révéla-t-il alors.

La déclaration stupéfia si fort le Français que son bras, qu'il tenait toujours tendu vers le papier, retomba le long de sa cuisse. Ses lèvres s'entrouvrirent sur un silence sidéré.

— Je connais bien ces vignettes, répéta Faustino. Le

papier, avant d'être déchiré, en comptait cinq, n'est-ce pas ? La veille de sa mort, parce que je ne suis pas mauvais à l'esquisse, ma maîtresse me demanda de les recopier à l'identique. Par sept fois.

***

— Deux « e », deux « a », deux « i » et six consonnes.

Virgile étala devant lui douze petits morceaux d'un carton que lui avait fourni le rabbin et qu'il avait découpé en autant de lettres qu'en comportait le nom du marrane. Salomone Levi avait installé le détective à une table dans la salle qui lui servait de bibliothèque. Lui-même s'était enfoncé dans un profond fauteuil, un volume à la main. Il avait encouragé Virgile à refréner sa timidité en cas de nécessité :

— Si tu as une question, neveu, n'hésite pas à me la poser.

Puis il s'était absorbé dans une lecture très silencieuse. En d'autres temps, le jeune homme avait fait la preuve de sa dextérité au jeu des anagrammes. Il avait décrypté une épître que son père, le probe magistrat Gaspard Preudhomme, lui avait adressée d'outre-tombe. La tâche d'alors s'était trouvée facilitée par le fait qu'entre les lettres il devait découvrir un message composé de noms communs. Aujourd'hui, il s'attaquait à mission plus ardue car une appellation n'est pas porteuse de sens.

— Pourquoi pas « Laine Beziarir », se dit-il en ordonnant ses lettres de papier. Hélas, aux dernières nouvelles, laine, coton, soie et velours ne sont pas des prénoms.

Il mélangea ses jetons et haussa les épaules. Il se redressa aussitôt :

— Le prénom ! Il faut que je commence par trouver un prénom vraisemblable !

Il ferma les yeux un instant pour se concentrer. Dans son enfance, son père, protestant, lui avait souvent fait la lecture de la Sainte Bible. Il connaissait de nombreux extraits de l'Ancien Testament et les noms de ses héros : ceux des patriarches, ceux des rois, ceux des prophètes. Après en avoir effectué une rapide récapitulation mentale, il fixa à nouveau les douze éléments d'alphabet qui le défiaient.

— Pas de « o » constata-t-il, ce qui exclut beaucoup de prénoms. Ni JOseph, ni MOïse, ni JacOb, ni AarOn ne conviennent. Pas plus que YOshuah.

Quid des consommes ?

— Pas de « m »... Donc : pas d'AbrahaM, ni de SaMuel. Pas plus que BenjaMin, ChaïM, Meir, ou MenaheM.

La colonne des mots impossibles s'allongeait à chaque seconde. Celle des solutions envisageables demeurait désespérément vide. Virgile s'agita sur son siège. Il déplaça une fesse, décroisa les pieds, gratta sa cuisse et se replongea dans sa recherche. Ironie du sort, tous les prénoms qui traversaient son esprit comportaient soit un « o », soit un « m » et souvent les deux à la fois : GershOM, MOrdekaï, SiMOn, SalOMOn. Il leva les yeux vers le prêtre Levi, profondément abîmé dans sa lecture. Oser le déranger ? Peut-être pouvait-il espérer trouver du secours parmi les livres qui encombraient le bureau. Il laissa traîner le regard sur la pile la plus proche. Elle était composée de tomes imprimés et de volumes manuscrits. Certains titres, en hébreu ou en araméen, ne lui servirent évidemment de rien. Ceux qu'il put comprendre ne fournirent pas grande aide non plus. Le cou tordu et la tête renversée, il était en train d'essayer de déchiffrer le titre, apparemment en espagnol, du dernier volume d'une pile, lorsqu'il constata que le rabbin l'observait d'un air amusé.

— Tu veux donc t'initier à la Kabbale ? lui demanda le vieux juif.

Virgile hocha du chef, incertain qu'il était du sens de ce mot aux consonances énigmatiques. Salomone Levi s'extirpa de son siège et s'approcha de la table. Il s'empara précautionneusement de plusieurs des ouvrages.

— Ce sont de précieux tomes qui m'ont été apportés d'Espagne, sais-tu ? Regarde : Le *Sefer ha-Orah* ou *Livre de la Lumière* de Jacob Ben Jacob... il y développe le thème de la guématria – l'idée que les vingt-deux lettres de notre alphabet ont des correspondances numériques entre elles. Et ceci : *Cha'ar ha-Razim, La Porte des Mystères* de Rabbi Todros Ben Joseph Halevy Aboulafia qui propose un commentaire sur le psaume dix-neuf. Ou encore *Ginat Egoz*, le *Jardin du Noyer* de Joseph Gikatila qui part d'une analyse du langage pour dresser un vaste tableau des questions que nous posent la vie et le cosmos. Figure-toi, neveu, qu'il l'a écrit à vingt-six ans ! Si jeune et si sage ! Quel âge as-tu, toi ?

— Je viens de fêter mon vingt et unième anniversaire, murmura Virgile.

— N'est-ce pas triste de célébrer l'âge des rires dans une période de peste ? maugréa le kabbaliste.

De sa main osseuse, il ébouriffa avec tendresse la chevelure brune et bouclée du détective. Le jeune Preudhomme ne répondit rien. Il se rappela qu'il avait eu l'âge du premier amour dans une époque de guerre fratricide. Il se souviendrait toujours que le jour de ses seize ans avait aussi été celui de la Saint-Barthélemy. Mais ressasser les atrocités des hommes et les monstruosités de la nature ne permettait guère de progresser dans l'élucidation de l'anagramme. Virgile fit glisser sous ses doigts les bouts de carton qu'il avait découpés. Leur désordre le démoralisa. Il demanda à son hôte.

— Pourriez-vous me citer des prénoms hébraïques qui ne comporteraient ni « o », ni « m », mais plutôt une ribambelle de « a », de « e » et de « i ».

Le kabbaliste glissa ses doigts dans sa barbe blanche et commença une énumération :

— Isaac, Nathanaël, Nehemia, Yehiel...

Autant de dénominations qui ne donnèrent pas satisfaction à Virgile. À chaque mot énoncé, ses yeux papillonnaient d'une lettre à l'autre, ses doigts s'agitaient autour des cartes – mais ses épaules finissaient toujours par s'affaisser de déception – et ses lèvres grommelaient le nom du « fautif » :

— David ?

— Le « v ».

— Asher ?

— Le « h ».

— Naftali ?

— Le « f ».

— Daniel ?

— Le « d ».

— Zacharie ?

— Le « c ».

— Isaïe ?

— Le « s ».

Plus Salomone Levi sollicitait son esprit, plus il énonçait de propositions, plus rapide se faisait son débit, plus prégnante était la pression, plus Virgile était déçu de se rendre compte que le prénom proposé ne convenait pas. Pour évacuer la tension qui subrepticement montait, ils finirent par éclater d'un rire nerveux.

— J'abandonne, provisoirement, annonça le rabbin. Toi, tu dois persévérer. Tu trouveras de l'aide là-dedans, promit-il.

Il tendit au jeune homme un exemplaire de la *Torah.* Au texte en hébreu faisait face une traduction en italien. Il déposa également sur la table un *Talmud de Babylone* publié par Marco Antonio Giustiniani en son imprimerie de la calle dei Cinque, au Rialto. Il en tapota la couverture avec tendresse.

— Sais-tu, neveu, il n'y a pas si longtemps, il nous était interdit de posséder le *Talmud.* On le brûlait en place publique.

L'image de volumes jetés au feu écœura Virgile. D'un regard, il incita le prêtre à poursuivre.

— On calomnia le *Talmud* aux yeux du pape Jules III, soutenant que ce livre diffusé parmi les juifs était à l'origine des différences entre leurs coutumes et celles des autres peuples. On affirma en outre qu'il contenait des propos diffamatoires à l'encontre du Messie des chrétiens[1]. En conséquence de quoi un monstrueux autodafé eut lieu à Rome, sur le campo dei Fiori, en 1553, et à Venise, sur la place Saint-Marc, en octobre de la même année. Ce n'est que douze ans plus tard qu'un autre pape, Pie IV, autorisa à nouveau le livre. Mais le mot « Talmud » ne devait pas apparaître au frontispice des exemplaires. Le texte devait, avant toute chose, passer le cap de la censure.

Le kabbaliste ponctua son récit par un profond soupir avant de terminer sur un conseil.

— La *Torah* surtout pourra t'être utile. N'oublie pas qu'elle se lit, pour toi, à l'envers, en commençant par la dernière page. Si tu as besoin de me consulter, tu peux me rejoindre à la scuola Italiana. Mais sois sans crainte, je serai de retour sous peu. Probablement auras-tu déjà trouvé, sans mon aide mais avec celle de Yaveh !

Sur ces paroles de confiance, Salomone Levi quitta la bibliothèque. Il laissa Virgile nez à nez avec les douze lettres de son anagramme et les cinq livres du Pentateuque. Son attention vagabonda de l'un à l'autre ; il feuilleta le livre saint ; il jongla avec les bouts de carton ; il tourna de nouvelles pages ; il essaya de nouveaux ordres. Lorsque le rabbin redescendit du lieu de culte et de réunion où il s'était rendu, le jeune Preudhomme avait établi une liste de cinq prénoms qui s'inscrivaient dans le spectre des possibles :

— Azriel, Eleazar, Ezra, Elia.

Le vieillard les lut à haute voix puis il abaissa la feuille et jeta à Virgile un regard qui disait assez sa tristesse de devoir le décevoir.

— Tous ces prénoms sont en effet ceux d'enfants d'Israël, mais je ne reconnais pas parmi eux celui que portait Joâo El Ribeira.

Ce nouvel échec provoqua chez Virgile une pugnacité, presque une férocité, qui l'empêcha de désarmer. Il replongea les doigts dans le tas de lettres découpées, à la recherche

1. Récit d'un chroniqueur de l'époque, Joseph Ha-Cohen.

du secret qu'elles recelaient. Tout à coup, il cessa de pianoter, redressa le front, fronça les sourcils. Au fond de lui résonnait comme un écho. Il fit redéfiler les dernières minutes écoulées et dressa l'oreille à retardement. Qu'avait dit le rabbin exactement ? Que les prénoms étaient ceux des fils d'Israël... d'Israël... Israël... Soudain, il fut traversé par la conviction intime d'avoir débusqué la solution de sa cachette. Le prénom du marrane lui échappait, mais son nom s'imposait de lui-même : BENI IZRAEL – fils d'Israël ! Il ordonna les lettres dans l'ordre voulu. Entre les doigts lui restèrent un « a », un « i », un « r » : RAI, RIA, AIR. Il les fit valser sans satisfaction sur la table. IRA peut-être ? Un écho de la colère divine[1]. Qu'importait le prénom ? Ne venait-il pas d'élucider le principal. Il laissa les morceaux de carton dans leur ordre, « IRA BENI IZRAEL », sur le bureau et se leva en faisant craquer ses articulations. Le bruit d'os attira l'attention de Salomone Levi qui s'arracha à sa lecture. Le vieil homme s'approcha de la table :

— BENI IZRAEL ! Comment ai-je pu oublier ! Ari Beni Izraël. Ari, et non pas Ira. En hébreu, Ari signifie : le lion.

*
* *

Lorsqu'il eut terminé son récit, le nain replia la feuille sur laquelle étaient dessinées les deux vignettes de Nicolas Flamel. Il la remit lui-même précautionneusement dans la poche de Pierre. Sa version des événements corroborait les informations contenues dans la lettre de Veronica Franco. Ainsi donc, le roi de France, en remerciement de sa collaboration diplomatique, avait donné en cadeau à l'Égyptienne, outre le bichon Wawel, une lettre manuscrite de l'alchimiste parisien. Il l'avait dénichée par hasard dans une poussiéreuse librairie de Cracovie et la destinait originellement à sa mère Catherine de Médicis, férue d'astronomie, d'ésotérisme et

1. *Ira* signifie colère en latin

autres sciences occultes. Parce qu'Atika lui avait avoué pratiquer l'alchimie, et parce que la missive évoquait explicitement la ville de Venise, Henri III avait, en toute logique, offert la seconde à la première. Ce que contenait le parchemin autographe de Nicolas Flamel, Faustino n'en avait pas eu connaissance. La seule chose qu'il avait vue était les cinq dessins que la courtisane lui avait confiés pour qu'à la plume, sur sept feuilles de papier, par sept fois il les recopiât. En son for intérieur, le Français énuméra les invités du 7 août 1574 : Olimpia, Lionello et Zorzi, Kara Muztapha, Joâo El Ribeira auxquels il fallait ajouter le Titien et son fils, sept en effet avaient été les exemplaires nécessaires.

— Ma maîtresse a-t-elle lu à ceux qu'elle recevait le texte associé aux cinq schémas ? Leur a-t-elle promis de le leur dévoiler dans l'avenir ? Leur en a-t-elle simplement parlé ?

Le petit homme exprima à haute voix les questions auxquelles il n'était pas en mesure d'apporter de réponse.

— Si seulement je n'avais pas été possédé par la fièvre quarte ce soir-là ! Peut-être serais-je descendu jusqu'au piano nobile, peut-être me serais-je dissimulé derrière une porte pour épier ce beau monde, peut-être aurais-je entendu ma maîtresse révéler la confession de Flamel. Ou peut-être, au contraire, aurais-je constaté qu'elle distribuait les figures sans en dire davantage. Peut-être l'aurais-je observé raccompagner ses convives à la porte et rire après leur départ du tour mystérieux qu'elle leur avait joué. Peut-être aurais-je vu celui ou celle qui fit demi-tour sous prétexte d'oubli, la ligota sur son lit, lui arracha la peau pour soutirer le secret du manuscrit. Car peut-être est-ce là que se cache le motif pour lequel ma maîtresse a été assassinée...

En énonçant cette ribambelle de « peut-être » et en proférant sa sinistre hypothèse, le saltimbanque dévisagea Pierre de ses yeux globuleux. Pour masquer le malaise que provoquèrent en lui le discours et le regard, le Parisien se pencha vers le panier de fruits. Il se servit une mirabelle. Le rideau retomba sur Faustino l'esclave. Faustino le trublion réapparut. Il esquissa un clin d'œil et effectua une culbute vers l'arrière.

— *Après la panse, la danse !*

Il siffla le bichon blanc et roux. D'un bond, l'animal sauta sur ses épaules. Ensemble, ils exécutèrent en braillant et jappant une gigue peu ordinaire. Sans doute le gros chien regretta-t-il de ne pas participer à la chorégraphie. Depuis l'intérieur, il se mit à aboyer avec furie. Pierre avala tout rond le noyau de sa prune et s'éloigna du mur de la maison.

— *Qui aime Martin, aime son chien*, et tu m'aimes, n'est-ce pas ? Rassure-toi ! Mes bêtes n'attaquent et ne mordent qu'à mon signal. Dans cette ville, ce ne sont pas les chiens mais les lions qu'il faut craindre.

Les lions ? Le Français se demanda à quels félins le danseur faisait référence. Lui revinrent en mémoire les mésaventures d'avec un lion en chair et en os que son ami Virgile avait affrontées deux ans auparavant. Mais, dans la « Repubblica del Leone », les seuls fauves que l'on risquait de croiser n'étaient-ils pas de marbre ou de porphyre ? L'acrobate acheva ses sauts de cabri, laissa Wawel bondir à terre, reprit son souffle et dit :

— Lorsque j'eus fini de recopier les vignettes sept fois et que j'eus remis les exemplaires à ma maîtresse, elle m'a confié, d'un air étrange, les paroles que voici : « Je ne sais s'il faut redouter ou espérer l'heure du lion. » Je n'ai pas compris ce dont elle voulait parler. Tout ce que je sais c'est que *chien en vie vaut mieux que lion mort.*

Sur ce curieux dicton, le nain Faustino souleva son chapeau à queue de lapin, salua Pierre d'une révérence, siffla son bichon bicolore et s'évanouit dans l'ombre de son logis. Au milieu de la calle dei Proverbi, son visiteur, une mirabelle entre les dents et de la perplexité au fond des yeux, le regarda disparaître.

CHAPITRE 12

— « L'heure du lion » ?

Virgile répéta les dernières paroles du compte-rendu que son ami venait de faire sur sa rencontre avec Faustino.

— « L'heure du lion » ? Que signifie encore cette nouveauté ?

Pierre écarta les bras pour manifester son ignorance sur la nature de ce lion-là.

— C'est à n'y plus rien comprendre, gronda-t-il, habillant son désarroi d'irritation.

Les trois jeunes gens étaient attablés autour d'une petite collation préparée chez elle par Marietta. Des *sarde'le in saor*, une marinade à base d'oignons. Elle avait détaillé la recette à l'intention de Florine, la bonne nourrice des Preudhomme.

— Tu émincés les oignons. Tu les fais revenir dans de l'huile et du vinaigre. Tu ajoutes pendant la cuisson des raisins secs, des pignons de pins et des cubes de cédrat. Dans ce bain aromatique tu fais macérer tes sardines deux jours durant.

Tandis que les Français piochaient avec appétit dans le plat de poissons marinés, elle se mit à crayonner à la pierre noire.

— Savez-vous..., dit Virgile

Il s'était interrompu dans sa dégustation, avait posé ses coudes sur la table, et s'était mis à parler d'une voix fatiguée :

— ... cette enquête me procure l'effet d'une promenade dans Venise sous la pluie. L'on veut aller au plus vite d'un lieu à un autre sans précisément connaître le chemin. On se fie à son sens de l'orientation et l'on tourne dans une calle qui semble prendre la bonne direction. On se rend bientôt compte que l'on s'est fourvoyé. L'on rebrousse chemin. Impossible de retrouver l'angle où il aurait fallu obliquer. Pendant ce temps, l'eau détrempe vos cheveux, vous coule dans le cou, mouille vos souliers. On se décide à tourner vers la gauche et, au bout de quelques pas, on découvre que c'est un cul-de-sac, que la venelle débouche sur un canal et qu'on l'a empruntée en vain. On n'a plus qu'à faire demi-tour. Si ce n'était pas à gauche, c'était donc à droite qu'il fallait prendre. On s'aventure vers la droite et l'on échoue... sur un *campiello* où débouchent trois ou quatre *calli*. Dans laquelle s'engouffrer ? Il faut pourtant se décider vite car la pluie redouble. On n'a d'autre choix que de se fier à son intuition : va pour cette ruelle-là ! Ah ! Avec un peu de chance, on a fait le bon choix, le chemin est familier. Cette église ? Oui, oui, on la connaît, on ne va pas tarder à arriver à destination. La *calle* fait un coude. C'est là-bas, juste après la *corte*. On accélère le pas comme un cheval qui sent l'écurie. On bifurque... et l'on découvre avec horreur que l'on est revenu au point de départ !

À la chute du récit, Marietta éclata d'un rire frais.

— Et où as-tu l'impression de te trouver ce midi ? Dans une *calle* sans issue qui donne sur un rio ?

— Sur le *campiello* plutôt. Avec plusieurs *calli* en options : la « calle du Z », la « calle des cinq Vignettes », la « calle du Lion »...

— Calle del Leone ! C'est précisément dans cette rue de Venise que gîte Zorzi Bonfili ! s'exclama la jeune fille tandis que Virgile poursuivait son énumération.

— ... la « calle de la Victime inconnue », la « calle de la Résurrection d'Atika »... et je n'ai pas encore fait le tour de la place ! Je parie qu'entre deux maisons, je vais découvrir l'entrée d'une *calle* supplémentaire.

Pierre serra l'avant-bras de son ami perdu dans un labyrinthe virtuel de rues vénitiennes.

— Allons ! Essaye de voir les choses de manière plus réjouissante, l'exhorta-t-il. Un : il ne pleut pas. Deux : tu as rempli ta gourde de vin clairet.

L'étudiant en médecine versa une rasade de rouge dans le verre de son camarade.

— *Bon vin, bon éperon*, dirait Faustino !

L'évocation du nain rappela à Pierre l'analyse qu'avait faite le petit homme des sentiments de Virgile et de Marietta. Aussi rajouta-t-il, en tendant le bras vers la fille du Tintoret :

— Trois : tu es accompagné d'une délicieuse enfant. Se perdre dans la Sérénissime quand on a sur le visage les rayons du soleil, à la taille une gourde de malvoisie et au bras une charmante jeune fille, c'est tout le malheur que je peux te souhaiter ! La merveilleuse promenade que voilà !

Le sourire de Virgile réapparut. Encouragé, son compagnon lui proposa :

— Je peux même explorer la « calle du Z » pour toi. À mon avis, ce n'est pas un cul-de-sac. Admettons que, qui que fût de son vivant celle qu'Ebano et la Nanna ont retrouvée dépecée, elle ait en effet écrit le nom de son bourreau avec les dernières forces qui lui restaient. Désignation malencontreusement effacée par le chien Wawel qui n'a laissé qu'une lettre : « z ». Ce « z » accusateur peut désigner : Lionello Zen, Zorzi Bonfili, Kara Muztapha, El Ribeira alias Beni Izraël. Mais il exclut Faustino. Ce qui, je dois l'avouer à présent que j'ai rencontré le personnage, ne me paraît que logique. Comment un homme aussi petit aurait-il pu neutraliser sa victime ? N'importe quelle femme mesure au moins une fois et demie sa taille et parviendrait à se débattre et lui échapper. Demeure le cas de la courtisane Olimpia. J'irai, si tu le souhaites, vérifier si elle habite ou non la « calle du Z » !

La seconde visite fut consacrée à la « calle du Lion ». D'emblée, la ruelle s'annonça tortueuse. Il fallut bien cinq cuillerées de confiture et deux verres de vin avant d'oser y pénétrer. Le lion pouvait désigner aussi bien des animaux que des hommes, des idées que des objets, des rues que la cité elle-même. Ne la nommait-on pas : Repubblica del Leone ? Un objet : le pendentif en ivoire d'Ebano. Deux documents : le dessin alchimique laissé à l'étude chez Salomone Levi et la cinquième des vignettes de Nicolas Flamel. Trois hommes pour l'instant : Lionello Zen du fait de son prénom ; le marrane, originellement appelé Ari – autrement dit « le lion »...

— ... et Faustino enfin, énuméra Pierre.

Il précisa :

— À cause de son chien.

Son compagnon s'étonna.

— Quoi ? Wawel ? Le petit roquet d'Henri III ?

— Pas celui-là, l'autre, beaucoup plus gros, que je n'ai pas vu mais qu'il m'a suffi d'entendre. Lui aussi porte un nom polonais : Lew. Pas besoin de maîtriser les langues slaves pour deviner que *lew* signifie « lion » ! Et de trois, donc !

— Et de quatre, corrigea Marietta qui était demeurée muette depuis le début de la promenade dans la « calle du Lion ».

Elle reposa sa feuille de dessin et ajouta :

— Olimpia.

Les deux Français exprimèrent leur étonnement. Ils ne saisissaient pas le lien entre la fausse blonde et le roi de la jungle.

— Pourtant, à sa manière, elle est un lion, insista la jeune fille qui affichait un sourire malicieux.

— Qu'est-ce à dire ?

— Lorsque nous lui rendîmes visite, souviens-toi, Virgilio, elle arborait une paire de boucles d'oreilles qu'on lui avait offertes. À quelle occasion ?

L'interpellé fit un bref effort de mémoire.

— Son anniversaire, quelque chose comme le 13 août...

— Le 11 août, très exactement.

La fille du Tintoret n'en précisa pas plus. Elle posa la question suivante en fixant les deux Parisiens dans les yeux. Aucun d'eux ne réagit autrement qu'en laissant pendre sa mâchoire d'hébétude. Marietta ravala un rire de douce ironie.

— Voyons, aucun de vous n'entrevoit le rapport entre le 11 août et le lion ? Et vous prétendez enquêter sur les terrains glissants de l'alchimie, de la kabbale et de la cosmologie !

Le dernier mot mit la puce à l'oreille de Virgile.

— Le zodiaque ! 11 août – signe du lion !

— Nous reste à déterminer si Kara aussi loge dans la « calle du Lion », conclut Pierre.

Marietta retourna sa feuille de papier et brandit le dessin crayonné au cours de la discussion. Il représentait le *campiello* tel que l'avait imaginé Virgile pour sa promenade sous la pluie : une place sur laquelle débouchaient moult venelles. L'apprentie peintre en avait, comme sur un plan, écrit les noms. Elle avait baptisé la plus large venelle « calle dell'Egiziana risuscitata ». Une grille de fer ciselée en défendait l'accès.

— Voilà, à mon avis, vers où il faut se diriger en priorité, expliqua-t-elle en tapotant de sa pierre noire l'entrée de la calle. Mais le moyen de s'y introduire ?

Perpendiculaire à la ruelle dell'Egiziana, le jeune Preudhomme, en tordant son cou, déchiffra le nom de la « calle Amor degli Amici ». Il jeta à Marietta un regard interrogateur.

— Celle-ci existe vraiment à Venise, dit-elle. N'est-ce pas là que nous nous trouvons ?

Sans laisser aux Français le temps de réagir, elle enchaîna :

— Elle débouche sur la « calle del Lion » que nous avons en partie parcourue.

Au-dessus de ladite artère, elle avait repris, dans un cadre, la dernière des cinq esquisses de Flamel : un lion ailé emprisonnant entre ses pattes un personnage couché sur le côté.

— Cela me rappelle, susurra Virgile qui pointa l'enseigne du doigt, que j'ai plus ou moins promis au rabbin Levi de lui porter les images de notre alchimiste parisien, dont il circule une pléiade de copies. Nous en possédons deux : celle du Titien et celle de Muztapha. À en croire Faustino, cinq autres se promènent dans la nature. Je n'en avais hélas ! aucune dans mes poches tout à l'heure.

Pierre extirpa de son pourpoint le bout de feuille déchirée que le nain lui avait subtilisé un moment lors de son tour de prestidigitation.

— Si je récupère l'autre morceau, j'irai au ghetto lui donner cet exemplaire, proposa-t-il.

Son ami acquiesça. Il se pencha ensuite à nouveau sur le dessin de la demoiselle Robusti. Jouxtant la « calle del Lion », elle avait esquissé la « calle del Cadavere misterioso » et, parallèle, celle...

— ... « dello N » ? déchiffra Virgile.

Marietta éclata de son rire limpide. Elle tourna la feuille vers le lecteur, dans l'axe de ses yeux. Le détective se corrigea.

— « Dello Z », bien sûr !

Le visage de Pierre pâlit soudain sous le coup d'une inexplicable émotion.

— Quelque chose ne va pas ?

De longues secondes précédèrent la réponse :

— L'erreur que tu viens de commettre, Virgile, et si Ebano aussi l'avait faite ? S'il avait vu « z » à la place de « n » ? Après tout, les deux lettres sont identiques à un quart de tour près. La victime, attachée par deux pieds et un bras, n'a peut-être pas pu écrire droit.

Telle remarque pleine de pertinence fit monter d'un cran la température dans la pièce. Virgile repoussa nerveusement l'assiette posée devant lui.

— Si le « z » est un « n », cela implique qu'à côté de LioNello ZeN, Zorzi BoNfili et Ari BeNi Izraël, FaustiNo reste en course.

— Ainsi qu'EbaNo. « z » ou « n » ? Comment savoir ?

***

Pierre avait pris la direction du sud et du ghetto. Marietta avait entraîné Virgile vers le nord et la Madonna dell'Orto. Elle avait jugé qu'après la discussion à trois qu'ils venaient d'avoir, et avant toute nouvelle démarche, le jeune Preudhomme avait grand besoin d'air, de calme et d'art. Elle le prit par le bras et lui fit traverser le campo dei Mori. Ils franchirent le pont sur le rio della Madonna et levèrent les yeux vers une église devant laquelle, depuis une semaine, le Parisien était passé dix fois sans un regard. Serrant la main du Français dans la sienne, Marietta murmura :

— Viens ! Je veux te la faire visiter car c'est là que je souhaite être enterrée[1].

Pareille déclaration ébranla Virgile au plus haut point. Marietta était à ses côtés, si fraîche à ses yeux, si chaude dans sa main, si vivante en son cœur, et si familière pourtant avec l'idée de sa propre mort. Bouleversé, le jeune homme s'immobilisa. Il l'attira jusqu'à lui et l'étreignit sur sa poitrine. Il l'embrassa. Marietta ne résista pas. Elle lui rendit son baiser avec une infinie douceur. Lorsqu'elle se dégagea, des lueurs de bonheur illuminaient ses pupilles sombres.

— Viens ! Je veux te la faire visiter, répéta-t-elle.

Elle l'entraîna à l'intérieur de l'église. Dans le bâtiment, les deux amoureux papillonnèrent d'un tableau du Tintoret à un autre. Elle aimait particulièrement *L'Apparition de la Croix à saint Pierre* peint l'année de sa naissance. Lui fut sensible aux clairs-obscurs des *Quatre Vertus cardinales*. Ensemble, ils frémirent devant le vertigineux tumulte du *Jugement universel* où les éléments se déchaînaient, les damnés se tordaient et les anges s'abîmaient.

Ils trouvèrent un peu d'apaisement à la contemplation de *La Présentation au Temple de la Vierge*. La toile décorait, à droite du presbytère, l'orgue de l'église.

— Le meilleur d'Europe, susurra Marietta qui, épinettiste confirmée, avait eu l'occasion de jouer sur ses claviers.

1. De fait, Marietta Robusti – morte en 1590 – est enterrée à l'église de la Madonna dell'Orto, de même que son père, décédé en 1594.

Ils firent aussi halte devant *La Décollation de saint Paul.* L'apprentie peintre chuchota à l'oreille de l'étudiant parisien :

— L'ange a le même nez que toi !

L'intéressé observa la créature ailée porteuse de la palme du martyr et de la couronne de laurier. Il se rebiffa à voix basse.

— Allons, Marietta, cet ange est une femme !

Ce à quoi elle répondit :

— Voyons Virgilio, les anges n'ont pas de sexe.

Elle ajouta soudain d'un air chargé de malice :

— J'ai trouvé comment parvenir jusqu'à Atika.

La fille du Tintoret tendit un miroir au Parisien qui s'y lorgna avec circonspection. De quoi pouvait-il bien avoir l'air ? Par-dessus ses hauts-de-chausses, il avait enfilé une chemise de femme aux manches longues et larges pour dissimuler ses bras par trop vigoureux. La chemise bouffait à l'endroit où les seins auraient dû prendre naissance. Choisie par Marietta parmi ses vêtements, la robe en taffetas vert d'eau avait l'avantage d'estomper les angles virils du physique de Virgile. Elle passait en bandes floues et drapées sur les épaules ; elle moussait à l'encolure, ajoutant du volume à la chemise ; elle flottait autour des jambes sans en rien laisser deviner. Autour de la taille, Marietta avait ceint une largeur de tissu bleu turquoise qui cachait habilement l'absence de hanches du jeune homme. Sur la tête, pour masquer des boucles trop courtes, elle avait attaché un fichu. Autour du cou un collier, à ses lobes des boucles d'oreille. « Me voilà à la mode du roi Henri », songea le jeune homme. Pour parachever l'ouvrage, la costumière avait appliqué sur le visage du garçon, comme sur un portrait qu'elle aurait peint, quelques traces judicieuses de fard. Rasé de frais, vêtu d'une robe, et maquillé avec art, Virgile constata avec stupeur dans le miroir qu'il n'était pas loin de ressembler à une femme. Ce n'était pas la première fois qu'il se déguisait en fille. Pour les besoins des spectacles de théâtre qu'il montait avec ses camarades, il avait déjà endossé le costume de personnages tels la Guillemette de Pathelin. Mais il ne s'agissait pas, cette fois-ci, de s'adonner à la représentation d'une sotie bouffonne. Il lui fallait jouer avec nuance. L'enjeu était de taille : duper Kara Muztapha et son eunuque pour accéder au harem et parvenir jusqu'à Atika.

— Tu es bien mignonnette, Virgilia ! plaisanta la demoiselle Robusti.

D'ouïr son nom ainsi déformé fit grimacer le jeune Preudhomme.

— « Virgilia » n'est pas crédible, protesta-t-il. N'oublie pas que Muztapha m'a déjà rencontré. Si mes traits réveillent en lui quelque souvenir, il faut à tout prix éviter qu'il ne fasse le lien. Non ! Il faut trouver un pseudonyme qui n'ait rien à voir avec *L'Énéide* et son auteur.

— N'y a-t-il pas eu de femmes poètes dans l'Antiquité dont nous puissions emprunter l'état civil ?

— De poétesses ? Guère, mises à part Sapho et...

— Va pour Sapho ! s'exclama la fille du Tintoret.

Elle adressa à son ami une œillade complice et déposa sur sa joue lisse un doux baiser.

— Nous dirons que tu es en apprentissage chez mon père et que tu m'assistes dans mes travaux, avait précisé Marietta.

Elle avait chargé les bras de Virgile-Saffo d'un chevalet de bois et d'une toile montée sur cadre. Elle-même transportait le matériel complémentaire du peintre : pinceaux et godets, couleurs et chiffons. Ainsi équipés, les deux enquêteurs avaient traversé tout Cannaregio et tout Castello pour s'acheminer vers le palazzo du Turc, au campo dell'Arabo d'Oro. Aux abords du *saray*, la peur d'être démasqué assaillit le Français.

— Que se passera-t-il si Kara Muztapha découvre mon identité ? S'il lui venait l'idée de m'écorcher vif ?

L'absurdité du propos provoqua un haussement d'épaules de la jeune fille.

— N'oublie pas ce qu'il n'a cessé de répéter : il appartient à un peuple savant, raffiné et poète. Il déplore les actes de barbarie auxquels son frère s'est livré. De toutes les façons, ajouta-t-elle en plaisantant, je serai là pour te défendre ! Souviens-toi que d'ordinaire, moi, je vais vêtue en garçon.

L'argument n'eut pas l'heur de rassurer Virgile.

— Faisons un tour du quartier, la pria-t-il. Que je m'habitue aux souliers dont tu m'as chaussé et qui me tordent les chevilles ! Qu'au moins ma démarche ne me trahisse pas !

Les chaussures ne furent pas seules en cause quand Virgile tomba en arrêt devant l'Arsenal. Jamais il ne s'était vraiment aventuré dans cette partie de Venise. L'immense mur de tuiles hérissé de tourelles qui encerclait ce haut lieu de la fabrication navale le stupéfia. Immense, la paroi l'était par sa hauteur car elle s'élançait intrépidement vers les cieux et par sa longueur car elle protégeait les chantiers sur plus d'un kilomètre et demi. Deux tours carrées encadraient l'endroit où le canal débouchait dans la darse de l'Arsenale Vecchio. Avec les années et l'essor tant commercial que militaire de la République, l'endroit s'était étendu à deux autres bassins. Une porte, protégée par un lion ailé, fermait l'entrée du lieu, place forte où reposaient les secrets militaires de la Sérénissime. Majestueuse, avec son fronton triangulaire et ses colonnes à chapiteaux classiques, elle imitait l'architecture de l'Antiquité. Il en allait de même pour la récente église des marins et des *arsenalloti* – Santa Maria – appuyée à l'une des deux tours qui surplombaient le rio dell'Arsenale, et qui évoquait un petit temple grec ou romain.

— Qu'abritent ces murailles ? interrogea Virgile.

— Trois darses immenses : celles de l'Arsenale Vecchio, de l'Arsenale Nuovo, et de l'Arsenale Nuovissimo. Et trois palais appelés le paradis, le purgatoire et l'enfer.

Les dénominations dantesques amusèrent le Parisien. Sur sa lancée, sa compagne poursuivit l'énumération.

— Trois nobles, élus par le Sénat pour diriger, et près de trois mille ouvriers pour charpenter ; des bassins couverts, des cales sèches, un hangar pour l'artillerie, une fonderie de fusils, un entrepôt pour la poudre, le charbon et le soufre, un magasin d'armes. Et encore une réserve de bois de charpente, un atelier de tailleurs de mâts, un local de fabricants de rames...

Ce n'est pas sans fierté patriotique que la Vénitienne se livrait à cette description. Elle partageait l'avis du Sénat dans son affirmation de 1534 : *Le fondement principal de notre puissance, telle qu'elle a été installée par nos ancêtres, a toujours été notre marine.* Tandis que Marietta détaillait les richesses de l'Arsenal, Virgile apprivoisait ses talons. Un *arsenalotto* les dépassa qui lança un coup d'œil à Virgile. L'homme détailla sa silhouette en robe, son visage fardé. Il émit un sifflement d'appréciation. Ce qui provoqua un fou rire de Marietta.

— En voilà un qui t'a trouvée appétissante, gloussa-t-elle en essuyant les larmes provoquées par l'amusement. Je crois que s'il nous fallait une preuve de ta crédibilité, chère Sapho, elle vient de nous être fournie ! Tu as triomphé de l'épreuve du feu. Direction le campo dell'Arabo d'Oro pour l'épreuve des faits !

Le jeune Preudhomme en robe à froufrous attendait son amie devant le palais de Kara Muztapha. Elle était entrée pour rencontrer, seule d'abord, le maître de maison et lui proposer d'entreprendre le portrait de ses femmes. Lui avait déposé le matériel de peinture qu'il transportait sur le binek tashi, le banc de marbre qu'à la mode stambouliote le Turc avait fait installer devant chez lui, et déambulait en se tordant les mains. Que pouvait-elle bien faire depuis si longtemps ? Pourquoi les tractations avec le marchand d'étoffes duraient-elles tant ? Kara Muztapha n'avait qu'un oui – ou un non – à prononcer et il n'y avait pas là matière à s'éterniser. Le détective fit nerveusement craquer les os de ses doigts. Le lobe de son oreille droite le démangeait mais il n'osait y toucher de peur de faire choir sa boucle d'oreille ! Réfrénant l'agaçante envie de se gratter, il reprit sa marche de long en large. Il se répétait les instructions qu'à deux ils avaient établies : « Je ne dois pas parler pour éviter de faire entendre le timbre de ma voix. Je dois fixer mes pieds pour éviter qu'on ne me reconnaisse à mon regard. » Enfin, un esclave enturbanné se présenta au portail et le pria de bien vouloir monter à son tour. Le domestique se chargea du chevalet, de la toile, des couleurs et des pinceaux. À l'étage, on fit pénétrer Virgile dans la salle de réception. Allongée sur des coussins, à siroter du café, il découvrit Marietta. Devant le propriétaire des lieux, le jeune homme exécuta une révérence qu'il s'appliqua à faire la moins disgracieuse possible et baissa le front afin d'éviter que ses yeux ne le trahissent. Apparemment, son déguisement était convaincant. Le Turc ne bondit pas de son sofa en rugissant à l'imposture et en ordonnant qu'on mette le farceur aux fers. Au contraire, il salua de la main l'« assistante de la Tintoretta ». Virgile trouva charmante cette façon de nommer Marietta, digne fille de son père. Elle recevait d'ultimes recommandations.

— Seulement trois femmes de mon harem m'ont accompagné depuis Istanbul. Vous jugerez vous-même s'il est préférable de les représenter ensemble ou de les peindre chacune séparément. Je vous donne carte blanche, ou faut-il dire toile blanche...

Le seigneur des lieux s'amusa de son jeu de mots et son invitée l'imita par politesse.

— ... comme le fit le sultan Mehmet II lorsque votre Gentile Bellini vint chez nous réaliser son portrait il y a près de cent ans. Votre renommée parviendra peut-être aussi jusque dans les cours des monarques d'Europe et d'Asie ! Je me suis entendu dire que vous le méritiez.

Marietta remercia du compliment et de la confiance. Elle se leva du divan, rechaussa ses souliers et rejoignit Saffo à l'entrée de la pièce. Ensemble ils saluèrent leur hôte et se retirèrent à reculons. À peine eurent-ils mis le pied dans le corridor que leurs mains se joignirent avec fébrilité. Tous deux tremblaient. Dans leur légère étreinte ils s'apaisèrent l'un l'autre. Ne venaient-ils pas de sortir victorieux de la première étape de leur plan ? Dans le corridor, l'esclave, encombré du matériel, les précéda jusqu'à la porte qui séparait le *selamlik* du harem. À son flanc avait été installée une armoire pivotante, un dolap, qui permettait que l'on passât nourriture et objets d'une partie à l'autre de la maison sans se voir. L'esclave restitua godets de peinture et cadres de bois à leurs propriétaires et laissa à l'intendant du harem, le *harem-kâhyasi*, le soin de déverrouiller la porte de séparation. Alors, Marietta et Vigile purent pénétrer dans le lieu réservé aux femmes. Tout comme le *selamlik*, le harem s'ouvrait sur une pièce de réception dont la disposition était fort similaire à celle dans laquelle Kara Muztapha accueillait ses invités : mêmes faïences, mêmes dorures, mêmes tissus, mêmes ornements. À une différence près : les fenêtres étaient grillagées par des *kafès*. C'est derrière de semblables jalousies que Palma avait aperçu et reconnu Atika. La Tintoretta avança jusqu'au milieu de la pièce. Virgile l'imita, très mal à l'aise de pénétrer dans un endroit interdit aux hommes, à moins qu'ils ne fussent châtrés. Autour de lui, le divan et le sofa, mais aussi des armoires murales ornées de motifs végétaux, des niches dans lesquelles on avait placé des cruches d'eau, des étagères où traînaient quelques babioles appartenant à ces dames. Une *hizmetji kiz* apparut dans l'embrasure d'une porte et s'inclina cérémonieusement.

— Mes maîtresses arrivent, prévint-elle dans un italien très approximatif.

Elle s'éclipsa, laissant la place aux trois femmes de Kara Muztapha. Au premier regard, Virgile reconnut Atika que pourtant il n'avait jamais vue auparavant. Ce ne pouvait être cette femme au teint lactescent, aux yeux presque bridés, aux cheveux si noirs qu'ils en devenaient bleus. Ce ne pouvait être cette adolescente à peine pubère aux yeux de biche et aux hanches menues. Ce ne pouvait être que cette beauté épanouie au profil semblable à celui des reines d'Égypte dans la haute Antiquité et aux cheveux tombant en volutes auburn jusqu'à la cambrure des reins. Elle portait sur un caleçon qu'on entrevoyait à peine, une chemise de satin fuchsia qui recouvrait ses pieds et un déshabillé en coton piqué aux broderies assorties. Une veste enfin, du plus riche brocard, descendait aux fesses. Elle était boutonnée jusqu'au cou par des fermoirs en or sertis de pierreries. Au-dessus des hanches, une ceinture d'argent enrichie elle aussi de gemmes précieuses embrassait sa taille dont elle soulignait la souplesse. Comme elle se trouvait à l'intérieur, dans le harem, sur son domaine, elle n'avait pas posé sur sa tête le classique voile blanc qu'à l'extérieur elle aurait abaissé sur son front et croisé sur son visage pour le dissimuler aux regards avides des hommes. Au contraire, elle exhibait sa coiffure retenue par d'innombrables foulards multicolores tous enrichis de rubis, diamants, or, fleurs et perles blanches. Des pierres plus grosses, plus scintillantes, plus magnifiques encore ornaient son cou et ses poignets. Sa parure d'un luxe extrême rajoutait au port altier et à l'élégance naturelle qui étaient les siens. En la découvrant ainsi, racée et somptueuse, Virgile voulut bien croire tout ce qu'il avait entendu d'extravagant sur elle : ses succès de courtisane, la foule de ses admirateurs, la fortune qu'elle avait accumulée, la visite que lui fit le roi de France, voire ses pouvoirs d'alchimiste. Il se demanda pourquoi elle se retrouvait prisonnière – volontaire ? séquestrée ? – du sérail d'un Turc sans jeunesse et sans charme. Marietta aussi avait deviné laquelle des trois épouses était Atika. Bien que femme, elle ressentit l'attrait délicat et sensuel que dégageait l'Égyptienne. Du coin de l'œil, elle contrôla l'effet que l'ancienne prostituée produisait sur son compagnon – et fut à peine rassurée de constater que les joues de Sapho n'avaient pas pâli. Il s'agissait à présent de manœuvrer pour se retrouver en tête-à-tête avec elle. Maîtresse de la séance de pose, la fille du Tintoret dressa son chevalet, s'éclaircit la voix et proposa :

— Je pense qu'il serait plus judicieux de vous peindre chacune à part.

La servante vaguement bilingue traduisit la suggestion.

— Je commencerai volontiers par portraiturer madame, poursuivit l'artiste en désignant du doigt l'Égyptienne.

Son choix fut accueilli par quelques commentaires *sotto voce* en turc mais les deux autres épouses de Kara Muztapha n'eurent d'autre option que de se soumettre. Ce qu'elles firent en s'asseyant sagement sur les coussins brodés du sofa. « Flûte ! se dit Marietta, elles s'installent là en spectatrices ! » Elle jeta un coup d'œil à Virgile et vit qu'il partageait au même moment la même pensée. Comment allait-elle pouvoir remédier à la situation et se débarrasser de la paire de curieuses ? Sapho prit l'initiative. Sous prétexte d'apporter à celle qu'il assistait une feuille de papier, il s'approcha assez près pour lui parler sans être entendu :

— Fais en sorte de rater tes croquis préparatifs, et prétends que leur présence te déconcentre.

La stratégie ne manquait pas d'astuce. Presque avec allégresse, la Tintoretta s'empara d'un bout de charbon et se mit en devoir de gribouiller.

Si Virgile n'avait pas été tant oppressé par les circonstances, il aurait volontiers éclaté de rire à la vue des trois ou quatre premiers croquis que Marietta produisit de l'Égyptienne. Des croquis, ou plus exactement des caricatures défigurantes, qui donnèrent à cancaner aux deux autres épouses. À l'issue de la quatrième tentative, guère flatteuse, la Tintoretta interpréta avec brio la scène de l'autoflagellation. Avec les accents les plus sincères, elle pria les spectatrices d'abandonner la place pour lui donner une chance de réussir à se concentrer sur son modèle. Ainsi elle obtint des deux femmes – mais également de l'*hizmetji kiz* – qu'elles quittent la salle sans se douter de rien. À peine se retrouvèrent-t-ils avec le Français seuls face à l'ancienne courtisane que Marietta ne put s'empêcher de laisser échapper le cri qui était monté à sa gorge depuis qu'elle l'avait aperçue :

— Atika !

À ce nom, sorti si impulsivement d'entre les lèvres de la Tintoretta, la splendide épouse de Kara Muztapha pâlit.

— Atika ? répéta-t-elle avec les accents de la prononciation arabe.

— N'êtes-vous point Atika ? demanda la Vénitienne.

— Vous connaissiez Atika ? chuchota en italien la jeune femme aux cheveux auburn.

Elle écarquilla ses magnifiques yeux en amande et interrogea à nouveau :

— Vous connaissiez ma sœur ?

Ce fut comme un coup de tonnerre. De surprise, Virgile laissa choir à terre un godet de peinture.

— Votre sœur !

Il comprit soudain dans quel imbroglio ils se retrouvaient. Il se souvint d'un détail de la biographie d'Atika telle que l'avait narrée la Nanna. La courtisane avait une sœur, née à un an d'écart et élevée presque en jumelle. Cette sœur avait été achetée par un riche Turc qui en avait fait sa favorite. À présent, il était en mesure de terminer l'histoire. Ce riche Turc se dénommait Kara Muztapha. Il possédait un saray sur le campiello dell'Arabo d'Oro. C'est Qamara la blanche, sœur d'Atika la rouge que Palma avait cru reconnaître à la fenêtre grillagée dudit saray. La parenté était cause du quiproquo dont avait été victime l'ancien assistant du Titien. Là n'était pas la seule évidence et la seule déduction à laquelle parvint le jeune enquêteur tandis qu'il regardait Qamara. Il se rappela aussi la déclaration pleine de bon sens qu'avait faite l'esclave Ebano. À qui le crime profitait-il ? L'Africain de répondre : « À moi, d'abord. À son autre esclave, Faustino. À sa sœur, Qamara. » À sa sœur Qamara, ou au mari de celle-ci ? Le jeune Preudhomme avait beau être fils de magistrat et étudiant en droit, il ignorait les lois relatives à la succession dans l'empire ottoman. Mais il voulait bien croire que si une femme n'avait pas la possibilité de se promener sans cinq épaisseurs de voile sur le visage, elle n'avait pas non plus le droit de profiter elle-même d'un héritage. Aussi, celui à qui était logiquement revenue l'immense fortune de la courtisane Atika après son assassinat n'était autre que Kara Muztapha. La case « mobile » qui était demeurée vide venait de se remplir en lettres de sang de deux mots fort compromettants : alléchant héritage.

Tandis que Virgile remettait en ordre dans son esprit bouleversé les nouveaux éléments de l'enquête, sa complice se hâtait d'achever une esquisse de portrait au charbon noir.

— Kara voudra sans doute contempler le travail que j'ai accompli et il me faudra justifier le temps passé.

Faisant courir sa main légère sur la feuille, elle réalisa une image à la fois ressemblante et inspirée de la belle Qamara. À peine eut-elle, avec Sapho, quitté le quartier des femmes que le maître de maison vint à sa rencontre. D'un coup d'œil explicite, la demoiselle Robusti signifia à son assistante qu'il était préférable que celle-ci l'attendît dehors. Mieux valait ne pas tenter le diable. Ensuite, elle suivit Muztapha pour la deuxième fois de la journée dans la salle de réception du *selamlik*. Elle lui présenta son ébauche de portrait. Sincèrement satisfait, il la félicita.

— Dans votre dessin, signorina Tintoretta, le bras de mon épouse semble reposer sur un rebord. À quel type de rebord pensez-vous ?

La fille du Tintoret avoua :

— Ma foi, je pensais le peindre recouvert de l'un des somptueux tapis de votre pays.

— Je préférerais, si cela ne contrarie pas votre art, que vous profitiez de cet espace vide sur le tableau pour représenter l'enseigne de mon commerce, recommanda le Turc avec le sourire de la personne imbue de son propre succès.

— Et quelle est-elle, cette enseigne, Messire ? interrogea Marietta.

— Un lion. Un lion d'Anatolie.

⁂

Pierre tendit au rabbin les deux bouts de feuille déchirée représentant les cinq vignettes de Nicolas Flamel. Le kabbaliste les mit de côté et tira en retour, des replis de son vêtement, le dessin hermétique qu'il lui avait été demandé d'étudier.

— La Table d'Émeraude, voilà ce dont il s'agit.

L'étudiant en médecine, néophyte en matières alchimiques, ouvrit rond les yeux. Salomone Levi agita le papier sous son nez.

— Au centre des centres, c'est la Table d'Émeraude que l'on a représentée. Vois ce symbole chimique ! On peut y découvrir, cachée, la figure de l'ange déchu, Lucifer, sa tête sur une croix et ses cornes sur la tête. Au milieu, un point, une pierre qui est tombée de son front le jour de sa défaite. On la nomme « Table d'Émeraude ». Sur cette gemme, Hermès Trismégiste, le trois fois grand, le premier des adeptes, a gravé un texte. Écoute ceci ! *Je vous dis une chose très vraie. Ce qui est en bas est comme ce qui est en haut, ce qui est en haut est comme ce qui est en bas pour accomplir les miracles d'une œuvre unique. Et comme toutes les choses sont provenues de l'Un par l'œuvre de l'Un, ainsi toutes sont nées de cette chose unique, par adaptation. Le soleil est son père, la Lune est sa mère. Le vent l'a portée dans son ventre, la terre l'a nourrie. Elle est le principe de la perfection dans tout le monde. Sa puissance est infinie quand elle est changée en terre. Monte de la terre au ciel et du ciel redescends à la terre et rassemble l'unité des forces supérieures et des choses inférieures : ainsi tu conquerras la gloire dans tout le monde et tu éloigneras de toi toutes les ténèbres. Tu sépareras la terre du feu, le subtil du dense, doucement, avec grand art. Elle est la force plus forte que toute autre force, parce qu'elle peut dépasser toute chose subtile et pénétrer toute chose solide. C'est ainsi que le monde a été créé. Elles sont merveilleuses, les opérations qui de cette manière ont été accomplies. Et ici s'achève ce que je devais dire sur l'œuvre du soleil.*

Le vieux juif se tut. Pierre n'osa réagir. Il n'avait pas bien compris si la dernière phrase appartenait encore à la citation ou si elle s'adressait directement à lui. Et ce n'était que la moindre des choses qu'il n'avait pas comprise dans ce qu'il venait d'entendre. Il soupira. Le rabbin le regarda avec bienveillance. La gêne du Français s'envola. Il interrogea.

— Qu'est devenue cette émeraude gravée ?

— Elle a disparu ! De nombreuses légendes l'entourent. L'une d'elles veut qu'un moine l'ait récupérée dans une construction en forme de pyramide gardée par des aigles. À la suite de quoi elle s'est à nouveau volatilisée. Le texte de Hermès Trismégiste est parvenu jusqu'à nous grâce à une traduction qu'on en a retrouvée en arabe.

— Le dessin découvert chez le Titien apporte-t-il à son sujet des informations nouvelles ?

— En effet, il dit à celui qui sait le décrypter que les animaux le guideront vers la Table d'Émeraude. Cherchez le corbeau, le cygne, le phœnix, le pélican, le paon, l'aigle et le lion !

— Et les cinq vignettes que je vous ai portées, la concernent-elles également ?

L'érudit approcha de ses yeux les deux morceaux de papier que jusqu'à présent il n'avait pas examinés.

Ses sourcils se rejoignirent au-dessus de son nez.

— C'est curieux, murmura-t-il.

Le Parisien attendit sans un mot que le kabbaliste précise sa pensée.

— Peu de temps après que le neveu de Cesare Peso-Manuce m'a quitté ce matin, un homme s'est présenté avec exactement le même document.

À nouveau, le vieux juif fit une pause puis reprit sa narration.

— Il m'a posé des questions sur les cinq dessins que voici et sur les rapports que ceux-ci pouvaient posséder avec la Sérénissime.

Pierre exprima son étonnement.

— Avec la Sérénissime ? Pourquoi cela ? La fresque qui a servi d'original se trouve à Paris !

— Je le sais... Lui a insisté. Le lion ailé, les deux anges, les trois personnages de leur embarcation ne m'évoquaient-ils pas quelque chose de vénitien ? Il est reparti plus furieux que déçu, froissant presque son papier de rage.

Pierre commençait à perdre son latin dans cette affaire labyrinthique. Le nain lui avait raconté qu'il avait fait sept copies du schéma de Flamel. En comptant celui de sa maîtresse elle-même, c'est donc huit dessins qui avaient été mis en circulation deux ans plus tôt. Avec Virgile, Marietta et Palma, ils avaient trouvé celui du Titien et récupéré celui de Muztapha. Était-ce un des six autres que l'inconnu avait brandi sous les yeux du rabbin ? Ou bien un neuvième exemplaire se promenait-il par les *calli* de la cité des Doges ? Qui pouvait être celui qui le détenait ? Il posa la question à haute voix.

— Qui donc était cet individu ?

— Voilà ce que je ne sais pas non plus. Le visiteur n'a pas décliné son identité. Du fait qu'il soit venu me demander conseil, j'ai déduit qu'il était juif. Il s'exprimait en italien tout à fait couramment avec un léger accent ibérique. Pourtant, j'ai cru comprendre à ce qu'il laissait entendre qu'il arrivait par voie de terre de Constantinople. Drôle de mélange. Un cosmopolite en somme.

Le jugement du kabbaliste laissa l'étudiant en médecine songeur. Le silence qui s'installa autour des deux interlocuteurs fut bientôt rompu par Salomone Levi.

— Sais-tu... peut-être est-ce parce que ton ami a retrouvé son nom ce matin, mais, après le départ de cet homme étrange, je me suis demandé s'il ne s'agissait pas justement de Ari Beni Izraël...

« Joâo El Ribeira alias Ari Beni Izraël serait revenu à Venise ! » La perspective laissa Pierre parfaitement pantois. Qu'est-ce qui avait pu motiver son retour au bord de la lagune ? La mort annoncée du Titien comptait-elle pour quelque chose ? Avec ses innombrables méandres, l'affaire se compliquait chaque jour davantage. À essayer de s'orienter dans le dédale des hypothèses, le Parisien fut brusquement saisi de migraine. « Avant d'aller interroger la courtisane Olimpia dont l'ami Virgile prétend qu'elle évoque ma Lisette, je vais faire halte chez l'oncle Peso-Manuce. Je lui demanderai une médecine contre ma douleur crânienne et je m'octroierai peut-être une heure de sieste. » Pierre prit pensivement le chemin de Santa Maria Formosa. À peine eut-il quitté l'enceinte du ghetto et pénétré dans la calle della Rabbia qu'un brouhaha de vociférations et de râles, de cris et d'invectives vint déchirer ses tympans. Ses maux de tête s'en trouvèrent soudain ravivés. Il s'ébroua péniblement de ses réflexions et considéra la scène devant ses yeux. Au milieu de la venelle, par terre, un groupe s'agitait et se chamaillait et se débattait. L'étudiant en médecine avisa derrière eux un chariot où s'entassaient des corps noircis par la peste, boursouflés par la putréfaction et raidis par la mort. « Des *smorbatori.* » Contrecoup de sa migraine ou plongeon dans l'absurde, il ne parvint pas à saisir d'emblée pourquoi les trois croque-morts s'empoignaient et se tordaient à même le sol. Il s'immobilisa. Il observa un instant le spectacle de ce combat insolite. Il comprit. Aux gémissements, aux hoquets et aux soubresauts du moins vaillant des lutteurs, il devina que l'homme était à l'agonie. Sans doute à côtoyer quotidiennement l'épidémie au plus près avait-il à son tour été contaminé. Les convulsions qui annonçaient sa dernière heure venaient apparemment de le saisir en plein labeur, en pleine rue. Bientôt son corps parsemé de bubons et grignoté par la maladie allait rejoindre, au sommet de la pile survolée par les mouches, le tas de cadavres par ses propres soins empilés. Au lieu de le seconder dans l'épreuve du grand passage, ses deux collègues, avant même qu'il n'ait rendu l'âme, se battaient pour récupérer sur ce qui n'était pas encore une dépouille un bien à leurs yeux plus précieux que l'humanité : ses gants. Ses gants de *monatto*, d'épais gants goudronnés, illusoire protection contre une peste triomphante. Au bord de la nausée, Pierre pivota sur lui-même et déguerpit.

Il courut sans s'arrêter ni reprendre haleine jusqu'à Santa Maria Formosa. La vaste place et sa paisible église, qui lui étaient devenues familières l'une et l'autre, le firent ralentir. Il contourna l'édifice religieux d'un pas fatigué et allait s'écrouler d'épuisement à l'entrée de la librairie lorsqu'une vision d'horreur le fit sursauter en hurlant. Sur la porte du domicile Peso-Manuce, un corbeau avait été cloué vivant, les ailes en croix. Dégoûté autant qu'épouvanté, le jeune homme recula jusqu'au milieu de la petite place. L'involontaire clameur qu'il avait laissé échapper à la vue du volatile crucifié avait alerté l'habitant des lieux. La bedonnante silhouette de l'oncle Cesare apparut à la fenêtre du premier étage, le chat Zanni sur l'épaule. Sans trouver le souffle pour parler, ni les mots pour décrire, Pierre désigna du doigt la porte du rez-de-chaussée et son macabre ornement. Ce n'est pourtant pas la vue de l'oiseau noir qui fit miauler le chat avec une incroyable fureur. Instinctivement, le regard de Cesare partit dans le dos du garçon, au-delà du pont, sur la fondamenta del Rimedio. Un éclair traversa les prunelles dilatées du docteur. Le poil de Zanni se hérissa, comme électrifié. Alors Cesare vociféra avec les accents de la frayeur pure :

— Attention Pierre ! Derrière toi ! Un chien enragé !

Au même instant, le Français entendit un grognement plein de férocité. Dans un sursaut de survie, il rentra la tête entre ses épaules, plongea sur le côté et roula comme une boule dans la poussière.

CHAPITRE 13

Pourquoi fouiller la merde des autres ? Si vous persévérez à foutre votre nez où il n'a que faire, vous vous en repentirez !

À la lecture du message, les deux amoureux avaient pâli. Le billet était anonyme. La cire qui cachetait le pli ne portait l'empreinte d'aucun sceau. Seul le papier était orné, en en-tête, de la silhouette du lion de Saint-Marc, les ailes déployées, la queue tombante, une patte posée sur un livre ouvert : *Pax tibi Marce, evangelista meus.* Malgré la chaleur de l'après-midi, Marietta et Virgile frissonnèrent. C'était comme si Venise leur envoyait un billet pour leur intimer l'ordre de la laisser en paix. Cette vision fantomatique ne s'attarda pas dans leurs esprits. Le bon sens, vite, reprit le dessus. Le poulet n'avait rien de surnaturel. La feuille se froissait comme du vulgaire papier. L'encre tachait le bout des doigts. Le sceau se fragmentait en petits morceaux de cire sèche. L'écriture, vilaine, annonçait un expéditeur par trop terrestre. De qui pouvait-il s'agir ? Marietta s'adressa au gamin porteur de la missive, un gosse aux cheveux ébouriffés, aux ongles noirs et aux guenilles malpropres.

— Tu viens de loin pour nous donner ceci ?

Le messager, intimidé, se dandina. Il hésitait à répondre. L'autorité de la Vénitienne atténua ses atermoiements. Les quelques sous que Virgile sortit de sa poche vainquirent tout à fait ses réticences. Il avoua, dans un dialecte que le Français eut toutes les peines à comprendre, qu'il arrivait de Murano. Mais, quand la demoiselle Robusti insista pour savoir à quoi précisément ressemblait l'expéditeur, le mioche s'effaroucha, tourna les talons et s'enfuit en courant. L'information obtenue suffisait, toutefois, à orienter les soupçons. La fille du Tintoret étendit les doigts de sa main.

— Un : qui s'exprime avec la grossièreté dont est imprégné ce message ? Deux : qui est si cocardier qu'il utilise un papier aux armes de Venise ? Trois : qui manque de noblesse au point d'envoyer un message sans le signer ? Quatre : qui possède une âme des plus belliqueuses ? Cinq : qui est en ce moment à la villa des Zen sur Murano ?

Virgile avait beau n'être pas aussi doué que son ami Pierre en sciences de la mathématique, il fut capable d'additionner les indices et de compter jusqu'à Bonfili.

— Je pense qu'il mérite une petite visite de courtoisie, conclut la jeune fille.

Tandis que le jeune Preudhomme se débarrassait de son costume de damoiselle, la Tintoretta lui démontrait comment le hasard pouvait, parfois, faire bien les choses.

— Il se trouve, figure-toi, que la maison de campagne des Zen n'a guère de secrets pour moi. Il y a deux ans, mon père avait été engagé pour peindre les salles à fresque. Un autre contrat, plus prestigieux, l'appela ailleurs. Il nous chargea, Domenico et moi, d'exécuter le travail à sa place. Du palais, et du jardin, je connais tous les recoins !

Une demi-heure plus tard, le Français avait abandonné ses frusques de Sapho, nettoyé les traces de fards sur ses joues, décroché les colifichets dorés de ses oreilles et retrouvé l'aisance qu'on a à se déplacer en hauts-de-chausses. Avec Marietta, ils avaient quitté la fondamenta dei Mori, gagné la rive boueuse de Cannaregio et sauté dans la gondole de la famille Robusti. Virgile avait beau être redevenu tout à fait mâle, c'est la Vénitienne qui se mit aux commandes de l'embarcation. Elle s'empara de la rame. Elle en frappa l'eau en rythme. De son énergique cadence, elle doubla les îles de San Cristophalo et San Michele où, dit-elle, un moine cartographe du siècle passé, Fra Mauro, avait rêvé de dessiner l'*ultima mappa mundi*. Passé San Michele et son couvent, l'embarcation ne tarda pas à aborder la grève de Murano. L'île n'était guère éloignée de plus d'un mille. L'on sait qu'elle était devenue le centre de la production, très ancienne et très traditionnelle, du verre dans la Sérénissime. À la fin du XIIIe siècle, par mesure de sécurité – car l'on craignait pour les maisons et les ponts en bois la flamme des incendies – et aussi par souci écologique – parce que les fumées des fournaises souillaient en permanence la cité –, l'activité verrière fut tout entière délocalisée à Murano. Là, à l'abri de la lagune, des dynasties de verriers avaient mis au point des techniques aux résultats plus magnifiques les uns que les autres : verre soufflé, verre cristallin, verre millefiori, verre aventurine, verre calcédoine, verre lattimo et verre des miroirs dont la réputation internationale n'était plus à faire. Lorsque les deux jeunes gens débarquèrent à Murano, ils constatèrent, à la quiétude qui régnait sur les rives du rio dei Vetrai, que la peste avait, ici aussi, étendu son noir manteau. Beaucoup de volets fermés et de portes closes aux façades des verreries. Les habitations des patrons avaient été désertées. Les ateliers étaient devenus silencieux. Les entrepôts des matières premières demeuraient vides. Marietta et Virgile, qui longeaient la fondamenta dei Vetrai main dans la main, s'arrêtèrent devant une antre où ronflait une fournaise et où suaient des employés. Ils soupirèrent d'aise, soulagés de trouver au moins une manufacture au travail. Du cœur du brasier, au bout des tubes des ouvriers, naissaient des objets aux formes, aux matières et aux couleurs audacieuses.

En sus d'être l'île du verre, Murano était également l'île de la verdure. On y trouvait assurément plus d'arbres que de maisons. Les patriciens qui y venaient en villégiature avaient domestiqué la riante nature et créé potagers campagnards, pans de vignes, enclos fruitiers, jardins d'arbustes et talus de fleurs. Les enquêteurs parvinrent bientôt à l'oasis qui verdoyait derrière la Ca'Zen, sise sur le canal degli Angeli. Virgile s'apprêtait à frapper à la porte lorsque sa compagne prévint son geste. Elle proposa un programme différent.

— D'abord, excursion dans la closerie. Ensuite, visite de la demeure. Enfin seulement, rencontre avec les occupants.

Montrant l'exemple, elle entreprit d'escalader le muret d'enceinte. La nature, épanouie, éclatait de couleurs et d'odeurs en cet fin d'été méditerranéen. Aux branches des arbres du verger pendaient des fruits gonflés de jus. Sur les talus, le gazon tendre était moucheté de fleurs aux pétales offerts à la caresse du soleil. Des haies de buissons dessinaient des arabesques. D'étranges plantes venues de l'Orient, du continent africain, et même d'au-delà l'Atlantique, avaient pris racine dans le sol et y avaient puisé de quoi se satisfaire. Dans cet eldorado inattendu de flore éclose et généreuse, des papillons voletaient, des paons déambulaient, des tourterelles roucoulaient. L'œil aux aguets, les visiteurs s'introduisirent dans l'enclos sur la pointe des pieds. Personne. Ils se détendirent. Ils se sentaient là à l'abri des regards, à l'abri du monde. Tandis que Marietta croquait à pleines dents dans une pomme cueillie sans scrupule, Virgile tomba à genoux devant un plant d'aubépine.

— Elle est identique à celle que Père avait rapportée de son voyage aux Amériques ! Il l'avait plantée dans notre jardin de la rue des Blancs-Manteaux et elle a dépéri en même temps qu'il a été assassiné...

Surprise de l'émotion du Parisien, la jeune fille le rejoignit près de l'arbuste. Elle appuya ses doigts sur son bras et lui tendit sa pomme à mordre. Il secoua la tête. Le souvenir de son géniteur lui avait noué la gorge. Marietta mésinterpréta son émotion, retira sa main et dévisagea avec gravité le visage de son ami.

— Une aubépine ? Je croyais que tu préférais les violettes...

Sa remarque provoqua en Virgile une vive réaction. Son corps se raidit, ses traits se durcirent, son regard se voila. Confuse, malheureuse, jalouse, la Vénitienne sentit une larme couler sur sa joue. Alors, avec une infinie tendresse, le jeune homme essuya la gouttelette qui glissait, enlaça Marietta, et déposa sur sa bouche un doux baiser. La pomme à peine entamée roula dans l'herbe aux côtés des amoureux.

*
* *

Le chien avait disparu aussi mystérieusement qu'il avait attaqué. Le corbeau avait été décloué de la porte d'entrée. Pierre avait bu d'affilée trois verres d'une bienfaisante eau de prunes. Cesare avait pansé ses égratignures avec une sienne potion. Malgré l'agression, malgré la peur, l'enquête avait repris son cours. La soubrette qui avait accueilli Virgile et Marietta lors de leur visite chez Olimpia ouvrit la porte à l'étudiant en médecine. Elle l'introduisit dans un boudoir où elle le pria d'attendre la maîtresse de céans. Le Parisien pénétra dans la chambre et écarquilla les yeux à la vue des richesses qu'elle contenait. Les meubles étaient luxueux et de bon goût. Tapis, damas, vases et bibelots ornaient le sol comme les murs, les tables comme les guéridons. Sur un fauteuil, une viole de gambe. L'instrument lui fit froncer les sourcils sans qu'il sut immédiatement pourquoi. Puis il se rappela lc tableau du Titien et la muse au violon qui accompagnait le châtiment de Marsyas de son chant funèbre. N'était-ce pas un signe probant du fait que le peintre avait choisi Euterpe, une musicienne, pour en symboliser une autre, Olimpia, impliquée elle aussi dans un assassinat ? Pierre fut interrompu dans ses cogitations par le bruissement d'une étoffe. Un pan de velours cramoisi au fond de la pièce se souleva. Il vit apparaître l'honnête courtisane. Son cœur bondit dans sa poitrine. Il porta sa main à sa bouche. Combien Virgile avait eu raison de le prévenir ! Olimpia évoquait vertigineusement Lisette, sa bonne amie, sa petite vendeuse d'encres du pont Notre-Dame. Une Lisette apprêtée, maquillée, sophistiquée. Une Lisette captieuse. Consciente de l'effet qu'elle produisait sur son visiteur, Olimpia avança vers lui à pas lents, sa gorgée gonflée dans l'échancrure de sa robe qui masquait peu de choses, ses lèvres habitées par un sourire de bienvenue, ses cils battant de l'aile. Elle le salua d'un geste plein de langueur et l'invita à prendre place dans un fauteuil. Pierre, encombré de lui-même, s'y installa du bout des fesses, les genoux joints, les mains irrésolues. Il ne savait plus comment engager le dialogue, comment justifier sa venue. La prostituée possédait l'art de détendre ceux qui la visitaient. Elle prit la parole, entama la conversation. Sur le ton de la confidence, elle avoua être fort aise que quelqu'un vînt, enfin, chez elle.

— En ces temps tragiques de peste, bien des patriciens ont fui la cité. Ils se sont réfugiés dans leurs villas de la terre ferme, à l'écart des miasmes morbides.

Certaines de ses consœurs, à l'image de Veronica Franco, avaient également pris le large. Elle était demeurée à Venise, mais elle s'y retrouvait esseulée. Pour qui donc continuait-elle à prendre la peine de tant de soins, de tant d'heures à sa toilette ? Pierre n'eut d'autre choix que de la complimenter sur les résultats de ladite toilette. Ses civilités firent mouche. Olimpia, à moitié par plaisanterie, à moitié par provocation, entreprit de lui confesser ses secrets de beauté. Des reflets blonds de sa chevelure, il savait déjà l'insolite origine. La révélation des autres soins corporels ne l'étonna pas moins.

— Pour la douceur de la peau, j'applique un cosmétique à base de lait d'amandes douces, de jus de citron, de fèves en purée, et, ajouta-t-elle avec un rire de gorge, d'excrément de bœuf mariné dans du vinaigre !

La recette, plutôt baroque, amusa Pierre. Malgré la répugnance naturelle qu'il eut à imaginer le visage de l'hétaïre recouvert de bouse de vache, il ne put s'empêcher d'avoir envie de tendre la main vers ses joues pour en caresser la peau.

— C'est donc ainsi que les femmes de Venise entretiennent leur teint ?

— C'est en tous les cas ainsi que se pomponnent les femmes de Zara.

— De Zara ?

— Une possession de la République sur la côte dalmate dont je suis originaire. Olimpia de Zara. C'est par ce nom que je suis mentionnée dans le *Catalogue de toutes les principales et plus honorées Courtisanes.*

L'information fit frémir le Parisien. Olimpia de « Z »ara. À son tour, l'Esclavonne s'inscrivait dans la liste des éventuels coupables. Dans son nom l'on trouvait un « z ». Sans qu'il put préciser véritablement pourquoi, Pierre se rendit compte qu'il aurait préféré pouvoir annoncer à son ami Virgile que la courtisane devait être rayée des rangs des suspects. En face de lui, la marchande d'amour ne perçut pas son tressaillement ni ne devina son inquiétude. Elle poursuivait son inventaire des traitements pour épidermes fragiles.

— ... et j'en connais qui appliquent sur leur face des tranches de viande de veau crue qui ont trempé, des heures durant, dans du lait.

Pierre sourit distraitement. Son esprit vagabondait autour des indices qui permettaient d'incriminer la fille de joie aux cheveux blond vénitien. Évidemment, son nom apparaissait en noir sur blanc dans la lettre d'invitation au Titien. Le violon d'Euterpe évoquait sa viole de gambe à elle. Son nom d'Olimpia de Zara possédait un « z » traître. Elle était née sous le signe zodiacal du lion. La liste s'allongeait. Chaque nouvel indice emplissait Pierre de malaise. Le courtisane finit par ressentir sa nervosité. Elle se leva et vint se poser sur le bras du fauteuil dans lequel le jeune homme était assis. De son corsage, elle extirpa une plume noire. Du bout de la penne, elle lui effleura la base du cou. Il frissonna.

— Il n'y a pas qu'au visage qu'une belle de nuit doit porter soin et attention..., ronronna-t-elle. Il nous faut nous épiler avec une crème de chaux vive, de gomme arabique et d'œufs de fourmis. Nous épiler jusque dans les recoins les plus secrets.

À l'image qu'il se forma du sexe imberbe de la prostituée, le Français sentit sa gorge se serrer de soif.

— Quelle touffeur, n'est-ce pas ? lui murmura Olimpia au creux de l'oreille.

Elle se pencha et se remit à jouer de sa plume noire sur la nuque de Pierre, un chatouillis délicieux et sensuel. La sensation fit monter en lui une bouffée de chaleur. Une main virevolta tout autour de sa nuque, puis glissa avec expertise dans le col de sa chemise. Était-ce le contact de cette peau de femme sur la sienne, les verres de liqueur bus auparavant, le parfum épicé qui s'échappait des profondeurs de la robe, les effets a posteriori de sa migraine, l'image qu'il s'était forgée du pubis lisse et velouté, la pointe dressée des seins qui jaillissait du décolleté, la ressemblance infiniment troublante d'avec sa douce Lisette ? Le jeune homme fut saisi par le vertige du désir. Il laissa la main de la courtisane glisser plus avant.

*
* *

— Regarde ! Tu n'en croiras pas tes yeux !

Les deux amoureux étaient parvenus au second étage de la Ca' Zen via un escalier de service. Ils avaient réussi à progresser si discrètement, se faufilant et se dissimulant, que personne n'avait décelé leur présence. La maison était, pour dire le vrai, presque vide. Un couple de domestiques vaquait dans les cuisines. Au piano nobile se trouvaient Lionello et Zorzi. On pouvait percevoir leurs voix. Au deuxième étage du bâtiment, la fille du Tintoret avait entraîné le jeune Preudhomme dans une enfilade de chambres jusqu'à un boudoir. De curieuse manière, elle s'y était jetée sur le plancher et avait interpellé Virgile.

— Regarde !

Docile, le détective s'était accroupi. Alors il avait aperçu un trou d'à peine un pouce de diamètre, percé dans le plancher. Avant d'y porter l'œil, il lança à sa complice un regard interrogateur. Elle se pencha sur son oreille, le frôla délicieusement du menton et lui expliqua comment elle était venue à connaître ce pertuis plein d'indiscrétion.

— Lorsque, avec Domenico, nous avons commencé à

enduire de plâtre le plafond qui est dessous, nous nous sommes rendu compte de l'existence de cette brèche. Nous aurions pu la combler. Elle se trouvait au milieu de notre fresque ! Nous avons préféré la laisser à son voyeurisme. Nous nous sommes joués d'elle ! Nous peignions une scène mythologique, Actéon surprenant Diane et ses suivantes au bain. La fente correspond exactement à la pupille d'Actéon ! De sorte qu'on ne peut la deviner. Pas plus qu'on ne peut remarquer quand quelqu'un espionne depuis cette chambre-ci. À présent, regarde donc !

Virgile s'exécuta. Il approcha son œil de la latte trouée. Son regard plongea dans la pièce, assez exiguë, de l'étage en dessous. Ce qu'il y vit le stupéfia tout à fait. Dans le réduit étaient disposés maints récipients, pleins ou vides, bouteilles en verre, vases en grès, cornues de cristal, urnes en marbre. Au centre, sur un fourneau chauffé au bois, reposait un aludel de forme ovoïdale, fondu dans un matériau transparent. Il laissait voir le liquide qui, à l'intérieur, bouillonnait à grosses bulles. « La clôture des jointures d'un athanor, n'est-ce pas cela précisément que l'on dénomme le "sceau d'Hermès" ? », songea Virgile. Le nom de l'appareil à distillation lui revint en mémoire.

— Un pélican, murmura-t-il.

Prenant conscience de l'écho particulier que ce nom d'oiseau avait dans l'affaire, il répéta avec fébrilité, en articulant chaque syllabe :

— Un pé-li-can !

Son œil poursuivit l'exploration de la pièce du premier étage. Sur une étagère, un sablier pour mesurer le pas du temps, un soufflet pour attiser le feu, un tisonnier pour remuer les braises, de petits miroirs pivotant pour capter la lumière du soleil et de la lune, des pinces pour soulever les tubes chauffés à blanc, quelques manuscrits entre lesquels, peut-être, gisait la feuille des cinq vignettes de Nicolas Flamel. Lorsqu'il se redressa, le jeune détective affichait un air de stupéfaction absolue.

— Un laboratoire d'alchimie !

— C'est à n'y pas croire, n'est-ce pas !

La Tintoretta n'était pas moins exaltée que lui. Elle allait ajouter quelque chose lorsque le bruit d'une porte qu'on ouvrait l'incita à se taire. Elle colla son sourcil contre le chas et vérifia l'identité de qui pénétrait dans l'antre.

— Lionello et Zorzi, chuchota-t-elle à Virgile qui attendait confirmation de ce qui n'avait pas été difficile à prédire.

L'aperture permettait aux bruits et aux voix de parvenir, audibles, à l'étage supérieur. Les deux détectives, lovés dans les bras l'un de l'autre, purent suivre, dans son intégralité, la conversation que tinrent les amants homosexuels.

— Voyons, Zorzi, ton projet n'est rien d'autre que démentiel ! Tu veux récupérer la peau de Marcantonio Bragadin chez les Turcs ?

— La dérober dans l'arsenal de Constantinople, exactement.

— Mon cher, seul tu n'as aucune chance !

— Je ne serai pas seul dans cette expédition. Tu refuses de m'accompagner, tu te dégonfles... mais j'ai rencontré quelqu'un qui accepte de se joindre à moi.

— De qui s'agit-il, s'il te plaît ?

— Il se nomme Polidoro. Girolamo Polidoro. C'est un survivant de Famagouste. Je le crois assez couillu pour me seconder dans cette entreprise [1].

— Je comprends que toi, tu veuilles rapatrier la dépouille de ton père, mais lui, quel intérêt trouve-t-il dans cette aventure ?

Les espions sursautèrent. Son père ? Marcantonio Bragadin était le père de Zorzi Bonfili ? Durant quelques secondes, ni Virgile ni Marietta ne réussirent à reconstituer l'arbre généalogique de cette étrange famille où parents et progéni-

1. De fait, quatre ans plus tard, Girolamo Polidoro parvint, seul, à voler la peau tannée de Bragadin à Istanbul. Il la ramena à Venise, où elle fut déposée en l'église San Gregorio, puis dans celle des Santi Giovanni e Paolo (où elle se trouve de nos jours).

ture ne portaient pas le même nom. L'un d'eux finit par deviner le seul mode de filiation possible.

— Un bâtard ! Bonfili est le nom de sa mère. C'est un fils illégitime de Bragadin !

Un instant, les deux épieurs perdirent le fil de la discussion qui se tenait à l'étage d'en dessous. Un peu de concentration leur permit de raccrocher au dialogue qui déjà avait glissé sur un autre sujet.

— ... et dans cet alambic, *bien qu'il soit entièrement volatil, le mercure primitif, corporifié sous l'action siccative du soufre arsenical, prend l'aspect d'une masse solide, noire, dense, fibreuse, cassante, friable, que son peu d'utilité rend vile, abjecte et méprisable aux yeux des hommes*[1] sans foi. Mais ni aux tiens, mon cher, ni aux miens !

Le discours, truffé de vocables aux accents scientifiques, que Lionello venait de tenir aurait volontiers provoqué chez le Parisien et la Vénitienne le plus franc des éclats de rire. Mais il ne leur était pas permis de pouffer. Leur position de taupes, introduites, en catimini, dans une résidence privée ne leur autorisait pas le moindre gloussement. Aussi, chacun ravala-t-il son hilarité. Pour essayer de regagner son sérieux, avec l'espoir que la vue de liquides brunâtres gargouillant dans un œuf philosophique l'inquiéterait assez, Virgile apposa son œil à l'ouverture du parquet. Cinq mètres sous lui, exactement à la verticale, Zen venait d'ouvrir un grimoire à la reliure parcheminée. Désignant la solution qui bouillonnait dans sa cornue, il se mit à lire à son alter ego ce qu'il espérait de l'expérience.

— *Il paraît premièrement une noirceur qui ressemble à du bouillon gras sur lequel on a jeté du poivre.* C'est exactement ce que j'ai obtenu. J'attends à présent que l'opération entre dans la phase suivante.

Suivant du doigt la succession des mots manuscrits sur la page, il reprit le cours de sa lecture.

— *Cette liqueur s'étant épaissie et étant devenue comme une*

1. in Fulcanelli, *L'Alchimiste.*

terre noire, elle se blanchit en continuant à cuire. Car notre terre pourrit premièrement dans la noirceur, puis elle se nettoie en s'élevant, et après qu'elle s'est desséchée, la noirceur disparaît et elle blanchit et la domination humide et ténébreuse de la femme ou de l'eau finit. C'est alors que la fumée blanche pénètre le nouveau corps.

L'alchimiste était apparemment parvenu à la fin de son chapitre. En le refermant, il fit claquer son volume. À ce bruit sec et violent, Marietta sursauta. Virgile abandonna son poste de surveillance pour la reprendre tendrement dans ses bras. Enlacés, ils entendirent la suite de la conversation.

— Combien de temps faudra-t-il pour que s'accomplisse ton Grand Œuvre minéral ?

— Le processus doit durer quarante jours. Car pendant quarante ans les Hébreux errèrent avant d'atteindre la Terre Promise. Et pendant quarante jours Jésus fut tenté dans le désert. N'oublie jamais ni l'Ancien ni le Nouveau Testament, Zorzi !

— Je sais les Saintes Écritures, mais je sais aussi que ta putain de voie humide dure bien longtemps en comparaison à la voie sèche.

En guise de réponse, Lionello poussa un profond soupir.

— Si seulement nous possédions cette lettre de Flamel qui livre les clefs de ses cinq vignettes !

— Il ne faudrait pas que les deux morveux de Parisiens qui enquêtent avec la fille Robusti la trouvent avant nous.

— Si ton billet ne les a pas dissuadés, nous songerons à un moyen plus radical de les écarter de notre chemin.

L'évocation de leur propre personne arracha à Virgile et Marietta un cri de surprise. Dans un mouvement jumeau, chacun plaqua sa main sur la bouche de l'autre. En même temps, ils retinrent leur souffle. Leur malencontreuse réaction avait-elle été entendue ?

⁂

Exténué, à bout de souffle, gisant sur une soyeuse carpette, Pierre regardait Olimpia. Elle l'avait entraîné dans un monde de plaisirs et de privautés, de mignardises et de jouissances, de chatteries et de voluptés à lui inconnu. Elle n'avait pas ôté sa robe, mais son corsage était dégrafé sur sa poitrine rose et ses jupes remontées jusqu'en haut de ses cuisses. Chevauchant encore son bas-ventre, elle le dominait, triomphante et lascive. Le jeune homme ferma les paupières pour ne plus la voir. Il la sentit qui se relevait. Les pans de sa robe de satin retombèrent sur ses pieds à elle et son abdomen à lui. Elle avança très lentement de sorte que l'ourlet de ses jupons frôlassent son torse dénudé. Ultime et langoureuse caresse. Le bas du vêtement glissa de son menton à son front. Olimpia se pencha pour détacher les nœuds avec lesquels elle avait lié, aux pieds d'un fauteuil, les poignets de son client. D'un geste très charnel, elle laissa choir sur la bouche du Parisien les deux rubans rouges qui avaient servi à l'attacher.

*
* *

Au premier étage, dans la salle à l'athanor, Lionello et Zorzi aussi s'étaient tus. Quel avait été ce borborygme qu'ils venaient d'entendre ? Le maître de maison plaça son doigt devant sa bouche pour imposer le mutisme à son compagnon. Le silence se fit, pesant, palpable et si angoissant que, dans leur cachette, ni Virgile ni Marietta n'osèrent se pencher sur leur pertuis de peur que l'air déplacé ne trahisse leur présence. Des deux côtés du plafond, le temps sembla suspendu. Peut-être se serait-il à jamais figé si un rat noir, surgi de Dieu sait où, n'avait sauté sur le vieux grimoire d'alchimie.

— Raminagrobis ! Je pensais qu'il avait crevé de la peste, celui-là ! grommela le fils de Bragadin.

Lionello tendit la main vers l'animal qui grimpa le long de sa manche.

— C'est toi qui couines de la sorte ? J'ai bien cru que quelqu'un s'était introduit dans le palais !

À l'étage supérieur, les complices échangèrent des regards horrifiés. Lequel était le plus épouvantable : qu'ils aient manqué d'être découverts ou qu'ils dussent leur sursis à un gros rat ? Mesurant le péril de leur situation, le jeune Preudhomme et la Tintoretta jugèrent qu'il était grand temps pour eux de déguerpir. En silence, ils quittèrent la pièce d'où ils avaient espionné les sodomites et descendirent sur la pointe des pieds l'escalier de service. À peine eurent-ils regagné le jardin qu'ils s'élancèrent à toute vitesse vers la sortie de la propriété. Marietta, embarrassée par la longueur de sa robe, agrippa un pan du drapé pour le soulever au-dessus de ses pieds. Mais la boucle d'un de ses souliers s'accrocha au jupon. Elle chuta à terre. En l'entendant tomber, Virgile qui avait sur elle quelques coudées d'avance, se retourna, l'avisa au sol, fit demi-tour, s'agenouilla près d'elle et l'aida à se relever. Reprenant sa course, il l'entraîna dans son sillage. Lorsqu'ils parvinrent à la clôture, il la saisit par la taille et la hissa au sommet du muret. Il sauta derrière elle dans la rue. Les jeunes gens ne se sentaient pas hors de danger pour autant. Ils reprirent la fuite, main dans la main. Ils galopèrent tout le long du Canal degli Angeli jusqu'à parvenir, les joues en feu, sur le parvis de San Pietro Martire. Parce que leur sang battait contre leurs tempes, que leur souffle ronflait dans leurs poitrines, ils n'entendirent pas les cris du domestique des Zen qui accompagnaient leur fuite.

***

Lorsqu'il sortit de chez Olimpia de Zara, Pierre s'engouffra dans le rio Terrà della Parrucchetta et marcha droit devant lui sans se soucier de la direction qu'il prenait. Il était possédé par l'impression inaccoutumée de progresser dans un monde parallèle où tout était à distance, où rien n'avait d'importance. Peut-être était-ce sa façon d'échapper à la culpabilité... Celle d'avoir trahi la fidélité qu'il avait jurée à sa Lisette. Celle de s'être livré sans honte aux mains expertes d'une professionnelle. Celle d'avoir trouvé du plaisir au cœur d'une ville ravagée par la peste. Celle de s'être adonné à la bagatelle alors que son ami Virgile enquêtait sur un meurtre monstrueux. Il émergea sur une vaste place plantée d'arbres. Une église se dressait que jamais auparavant il n'avait vue. Il avança jusqu'au campanile en brique de type vénéto-byzantin qui surplombait l'édifice. Il remarqua sur la paroi une étrange patère. Elle représentait un bonhomme en armure, une lance à la main, couronné d'une auréole. Malgré l'absence de dragon, l'étudiant en médecine identifia saint Georges. Par où devait-il se diriger pour retourner dans les sestieri de Castello et Cannaregio ? Il jeta un regard panoramique autour de lui. L'endroit était désert à l'exception d'un mutilé qui quémandait l'aumône. Pierre s'en approcha et s'informa.

— Cette église est dédiée à saint Georges ?

Un grognement s'éleva des lèvres ridées et de la bouche édentée.

— San Giacomo ! San Giacomo dell'Orio !

Le mendiant lui indiqua le chemin du Rialto ; là il pourrait franchir le Grand Canal. Pierre voulut gratifier l'éclopé d'une piécette. Il porta la main à sa poche. Il n'en tira qu'un ruban carmin... Le souvenir d'Olimpia le liant aux pieds du fauteuil avec des cordons écarlates zébra son esprit comme un éclair.

*
* *

Sur la fondamenta Serenella, Virgile et Marietta retrouvèrent la gondole des Robusti à l'endroit où ils l'avaient arrimée. Ils sautèrent à son bord. En capitaine, la demoiselle donna un coup de rame contre la rive pour éloigner l'embarcation du quai. Ni elle ni son amoureux ne jetèrent un coup d'œil en arrière. Ils n'aperçurent pas Zorzi Bonfili et Lionello Zen qui les observaient.

— Cette visite à la maison de campagne Zen, même si elle a pris un tour imprévu, nous a grandement renseignés, fit remarquer Marietta.

D'un mouvement d'aviron, elle fendit la paisible surface des flots.

— Zorzi, fils illégitime de Marcantonio Bragadin ! Quelle révélation sensationnelle ! renchérit Virgile.

Il était assis aux pieds de sa mie. Il avait posé une main sur sa cheville. L'autre pendait négligemment dans la lagune.

— Je comprends mieux pourquoi il manifestait tant de haine lorsqu'il nous décrivait le drame de la citadelle à Chypre.

D'un geste des bras et des épaules, la fille du Tintoret fit réémerger sa pagaie et la laissa une seconde suspendue en l'air avant de la replonger dans l'onde claire. Le jeune Preudhomme, dont les doigts mouillés commençaient à s'engourdir, retira sa main de l'eau. Il l'essuya contre les mailles de ses bas.

— Ce que je comprends, moi, c'est que ce lien de parenté lui fournit un mobile, et non des moindres, dans le meurtre d'Atika. Considère cela : il sait ses activités d'espionne pro-turque. Peut-être la soupçonne-t-il d'avoir fourni à l'armée ennemie des renseignements sur Chypre, des renseignements qui auraient permis à l'Ottoman de triompher dans le siège de Famagouste. Par là, à sa manière, l'Égyptienne aurait sa part de responsabilité dans le supplice de son père. *La vengeance est un plat qui se mange froid*, dirait Faustino ! Il mûrit sa revanche pendant trois ans, s'introduit dans l'intimité de Zen, par lui rencontre Atika, devient petit à petit un de ses familiers, et lorsque vient l'heure de la vindicte, « l'heure du lion », il applique impitoyablement la loi du Talion : œil pour œil, dent pour dent, peau pour peau... Il lui arrache l'épiderme lambeau par lambeau comme le fit Lala Muztapha à Marcantonio Bragadin.

Après le récit d'une aussi sinistre Némésis, narrée par un

Virgile inspiré et comédien, la Tintoretta aspirait à un peu de tendresse. Elle ramena sa godille à l'intérieur de la gondole. Son chevalier, de son bras, lui entoura la taille. Il planta dans son cou des bécots gourmands. Un baiser en entraînant en autre, les lèvres des deux amoureux se rejoignirent. Happés par la douceur, ils ne remarquèrent pas au loin, sur la berge de Murano, une embarcation qui se détachait lentement du quai, Zen et Bonfili à son bord.

*
* *

Les faveurs rouges tourbillonnaient devant ses yeux à y ressusciter une migraine, à en devenir obsédantes. Soudain, dans le tumulte qui l'abrutissait, Pierre entrevit deux autres lacets, carmin eux aussi, ou mieux encore imbibés de sang. Ils enserraient deux sabots caprins. Avec une précision presque chirurgicale, il se souvint que Marsyas, ballant sous l'arbre qui lui était un gibet, y était pendu par les pieds, et que ses chevilles étaient attachées aux branches par deux rubans couleur garance.

*
* *

Virgile et Marietta – suivis par l'ombre de Zorzi et Lionello – et Pierre – hanté par l'idée qu'il venait de faire l'amour avec une criminelle – arrivèrent en même temps à Biri Grande. L'étudiant en médecine aurait voulu attirer son ami de toujours dans un coin de l'atelier pour partager avec lui ses affreux soupçons et son profond dégoût. La présence de la Tintoretta et celle de Palma l'obligea à ravaler la confession qu'il brûlait de faire. Autour d'une bouteille de vin résiné et devant le tableau à sept lignes et déjà cinq colonnes, il s'assit avec ses deux coéquipiers. D'une voix atone, il participa au remplissage des cases vides. L'ancien assistant du Titien avait terminé son ange porteur de lumignon et avait commencé à recouvrir la toile d'une couche de vernis. Il vint se servir un verre. La vue du schéma lui donna le motif d'une ironie dépourvue de méchanceté.

— Si je lis bien votre croquis, en mettant le maestro et son fils de côté, les cinq invités et les deux esclaves d'Atika possédaient chacun un « z » ou un « n » dans leur nom, un signe du lion et un mobile valable. Somme toute, depuis que j'ai découvert cette fameuse invitation de l'Égyptienne dans le fatras des documents du maître, vous n'avez pas progressé d'un pouce. Personne n'est hors course, mais personne n'est en tête !

— Tu n'imagines pas à quel point tu dis vrai, cher Palma, admit Virgile. D'autant plus que nous savons aussi, grâce à la missive envoyée par Veronica Franco au père de Marietta, que chacun avait un motif supplémentaire de dépecer Atika : la torturer jusqu'à ce qu'elle cède la lettre de Nicolas Flamel. Elle avait fait copier les vignettes par son nain, elle les avait distribuées à chacun, mais elle avait gardé pour elle le secret de leur pleine signification.

Palma il Giovane considéra les visages désenchantés de ceux qui étaient, par la force des événements, devenus ses amis. Un peu d'exercice rendrait leurs couleurs à ces joues défaites. Il les sollicita :

— Un coup de main, s'il vous plaît, pour bouger la *Pietà* ! Posée où elle l'est, eh bien, je ne peux accéder au côté gauche qu'il me faut vernir comme le reste.

Les Parisiens et la Vénitienne se redressèrent aussitôt pour apporter leur aide. La fille du Tintoret et l'assistant du Titien, habitués à manipuler des toiles et à déplacer des cadres, indiquèrent aux néophytes la partie du châssis à agripper et la manière de le soulever. Palma lui-même se courba pour s'emparer, en bas, à droite, du coin du tableau. Au signal lancé par Marietta, tous bandèrent leurs muscles et soulevèrent les douze mètres carrés de l'œuvre. Soufflant et ahanant, ils décalèrent la *Pietà*. Trop vite soulagés d'avoir accompli le déménagement, les Français relâchèrent leur prise. Le bois dérapa dans la paume de Palma qui poussa un cri de douleur. Il porta la main à hauteur de ses yeux. Elle était ensanglantée par une bonne dizaine d'échardes.

— Eh bien mais qu'est-ce que c'est que ce travail ! grommela-t-il, furieux.

Pierre et Virgile, convaincus que la réprimande leur était destinée, s'apprêtaient à se confondre en excuses, lorsqu'ils virent le peintre s'accroupir devant la peinture. Il se pencha sur l'angle où le Titien s'était représenté avec son fils dans un minuscule ex-voto. Il examina avec méticulosité le panneau de bois qui l'avait blessé.

— Qui est-ce qui a cloué ça comme ça ! s'exclama-t-il.

Intriguée, Marietta rejoignit son confrère. À son tour, elle expertisa le châssis. Elle passa sa main derrière la toile et en tâta le dos d'un air circonspect.

— Regarde ! Ne dirait-on pas qu'il y a là une double épaisseur de chanvre ?

Tandis que Palma inspectait l'endroit désigné, Marietta jeta autour d'elle un regard inquisiteur. Elle repéra sur une table l'instrument métallique qu'elle cherchait, s'en empara, et avec détermination, entreprit de désosser l'encadrement du coin droit. En un tour de main, elle arracha la deuxième couche de toile dont elle avait décelé l'existence. Alors, aux yeux des personnes présentes dans l'atelier, apparut, collé contre la face cachée du tableau, précisément derrière l'ex-voto figurant Vecellio père et fils, un parchemin. La Tintoretta tendit la main vers le document. Dans son dos, pour lire par-dessus son épaule, s'agglutinèrent Virgile, Pierre et Palma. Hypnotisés par les mots en latin qu'ils déchiffraient à voix basse, ils ne virent pas les deux silhouettes qui se faufilaient en silence par la porte de l'atelier et se baissaient pour ramasser à terre des tasseaux de bois gros comme des gourdins.

LETTRE DE NICOLAS FLAMEL

Loué soit éternellement le Seigneur mon Dieu, qui élève l'humble de la basse poudrière. Ô Dieu tout-puissant, comme ta bénignité a daigné d'ouvrir en la terre devant moi, ton indigne serf, tous les trésors des richesses du monde, qu'il plaise à ta grande clémence, lorsque je ne serai plus au nombre des vivants, de m'ouvrir encore les trésors des cieux et de me laisser contempler ton visage divin.

Moi, Nicolas Flamel, écrivain et habitant de Paris, en cette année mille trois cent quatre-vingt et dix-neuf, je n'ai pas laissé d'entendre au long les livres des philosophes, et d'apprendre en iceux leurs tant occultes secrets. Il me tomba entre les mains pour la somme de deux florins, un livre doré fort vieux, et beaucoup large, il n'était point en papier ou en parchemin, comme sont les autres, mais seulement il était fait de déliées écorces. Sa couverture était de cuivre bien délié, toute gravée de lettres ou figures étranges. Il contenait trois fois sept feuillets. Au premier des feuillets, il y avait écrit en lettres grosses capitales dorées : ABRAHAM LE JUIF, PRINCE, PRÊTRE LÉVITE, ASTROLOGUE, ET PHILOSOPHE.

Les pages suivantes jusqu'à l'avant-dernière enseignaient la pierre philosophale. Cela fut la cause que durant le long espace de vingt et un ans je fis mille brouilleries, non toutefois avec le sang, ce qui est méchant et vilain. Jusqu'au jour où, pour la première fois, je fis la projection sur du mercure, en pur argent. Ce fut le 17 de janvier un lundi environ midi l'an de la restitution du lignage humain mille trois cent quatre-vingt-

deux. Le vingt-cinquième jour d'avril suivant de la même année, sur les cinq heures du soir, je transmuai véritablement en quasi autant de pur or.

Ce qu'enseignait la dernière page des trois fois sept feuillets, onc ne pourrai l'accomplir, car ne serai plus au nombre des vivants. Fasse Dieu tout puissant que je puisse voir son visage dont la majesté est un délice inénarrable et dont le ravissement n'est jamais monté en cœur d'homme vivant. Mais celui qui sera à l'endroit juste au moment juste pourra accomplir mieux que le Grand Œuvre. Il tiendra dans sa main la Table d'Émeraude et accomplira, s'il est digne adepte, l'ultime transmutation. À cela je veux l'aider s'il le mérite. J'ai chargé un pélerin en partance pour la Terre Sainte de cacher où il faut cinq cailloux nécessaires à l'accomplissement que je dis. Cet homme est parti aujourd'hui pour Venise.

Et à présent, écoute. L'année où notre millénaire aura atteint moins et plus la demeure de Satan, au solstice du dizième mois, il faudra partir en quête de la première pierre. Mais pas avant la mi-nuit de ce jour, ni après la mi-nuit de ce jour. Fie-toi à moi et ne songe à la ruse en lieu et place de la foi. NE CHERCHE, NI N'APPROCHE, NI NE TROUVE NI NE TOUCHE LA PIERRE AVANT LE JOUR QUE JE DIS. ELLE SE VIDERAIT DE TOUTE MAGIE. *Ce que j'en dis vaut ensuite car il en sera de même par cinq fois à chaque solstice et équinoxe. Une seule chose te permettra de déceler les pierres d'où le pèlerin les aura mises comme je le lui ai confié. Ce sont les cinq figures hiéroglyphiques que voici.*

Maintenant, je veux donner à celui qui le mérite cinq indications. Pour la première figure hiéroglyphique je dis : les murs dedens les sales sont tous couvers d'or et les chambres aussi et d'argent, et y a pourtrait dragons, bestes, oyseaulx, chevaliers et ymages et de pluseurs autres generacions de choses. Pour la deuxième figure hiéroglyphique je dis : l'homme dépeint ici me ressemble tout exprès bien au naturel, tout de même que la femme figure très naïvement Perrenelle. La cause pourquoi nous sommes peints au vif n'est pas particulière. Notre ressemblance n'y était pas nécessairement requise. Pour la troisième figure hiéroglyphique je dis : dans leur escapade, avec un bien précieux entre tous, ils rapportèrent aussi un os magique. Pour la quatrième figure hiéroglyphique je dis : je ne saurai rien écrire de mieux que les paroles d'ange. Pour la cinquième figure hiéroglyphique je ne dis rien.

Que donc celui qui ayant bien pesé mes mots et bien connu et entendu mes figures parfasse à la gloire de Dieu le magistère d'Hermès. Ainsi soit-il[1].

1. Certaines phrases de cette lettre sont directement copiées des *Écrits alchimiques* de Nicolas Flamel.

CHAPITRE 14

Une douleur suraiguë à l'arrière du crâne ranima Virgile. Il souleva ses paupières et aperçut un ange photophore planer au-dessus de lui. Il porta une main à sa tête et reconnut sous ses doigts le poisseux du sang coagulé. Il referma les yeux pour essayer de donner cohérence aux pensées qui virevoltaient dans sa cervelle au gré de son algie. Des bribes de souvenirs firent surface. Le déplacement de la *Pietà*, la double épaisseur de toile, le manuscrit de Flamel, ses hallucinantes révélations, et puis ce séraphin porteur d'une torche qui flottait devant lui. Il comprit qu'il avait été violemment assommé. Lentement, car le moindre mouvement ranimait sa souffrance, il se redressa. À ses côtés, dans la poussière de l'atelier, gisaient les corps inertes de Pierre et Palma. Celui de Marietta aussi. Cette vision provoqua une décharge de douleur dans le crâne de Virgile. Il se précipita vers la Tintoretta et se pencha sur elle. Elle respirait. Il poussa un profond soupir de soulagement. Il vérifia que le pouls de son ami et celui du peintre battaient également et se leva à la recherche de l'unique médication qu'il connaissait pour ce genre de pathologies, de l'eau bien fraîche. Dans la cour de Biri Grande, il se courba sur la margelle du puits et fit remonter le seau en cuivre plein. Chaque contraction de ses muscles provoquait un élancement qui se réveillait dans la nuque et se diffusait dans tout l'occiput. Stoïquement, il endura ces maux. Il s'empara du récipient rempli d'eau et retourna à l'intérieur de l'atelier. Quelques gouttes sur son front suffirent à ramener la jeune fille à elle. Lorsque, à son tour, elle aperçut au-dessus d'elle ce qui lui sembla un ange aux mains mouillées, elle sourit avant que la bosse qu'elle avait au front ne lui arrache une grimace. Le retour à la conscience des deux hommes fut moins gracieux. Ils grognèrent à la manière de porcs qu'on ficelle. Les plis de leur bouche tordue donnèrent une idée de ce que pourrait être le contraire du sourire.

Le premier à se préoccuper de la lettre de l'alchimiste fut Palma. Oubliant leurs plaies et leurs boursouflures, leurs bleus et leurs tuméfactions, les quatre réanimés se mirent frénétiquement à la recherche de la page. En vain. L'évidence s'imposa. Ceux qui les avaient assommés s'étaient approprié le très précieux document. Engourdis et cruellement dépités, Virgile et ses coéquipiers se laissèrent choir sur le sol, sans plus ni force ni volonté. Pendant de longues minutes, ils demeurèrent sans parler. Le silence n'était égratigné que par le bruit des mouchoirs trempés dans le seau, essorés de leur eau et tamponnés sur les blessures. Palma, enfin, brisa la morosité muette qui les tenait.

— Je suis curieux de savoir, eh bien, qui est ce Nicolas Flamel au nom duquel on m'a si fort cogné la tête !

Les Français – la question s'adressait à eux en priorité – affichèrent une moue dubitative. Que savaient-ils au juste sur le fameux alchimiste ? Qu'il exerçait le métier d'écrivain public à Paris. Qu'il avait pour épouse dame Pernelle, de vingt ans plus âgée que lui. Qu'il était entré un jour en possession, comme il le racontait lui-même dans sa lettre, d'un très mystérieux manuscrit. Que vingt et une années durant il avait essayé de parachever le Grand Œuvre, sans succès. Qu'enfin, il avait accompli la transmutation en or. Qu'il était devenu immensément riche. Qu'il avait alors reconstruit des églises, édifié des hospices, créé des fondations pieuses. Qu'il avait fait peindre une arche au cimetière des Innocents. Qu'il était mort en 1418 à près de quatre-vingt-dix ans. Mais que nombreux étaient ceux qui prétendaient l'avoir croisé, lui et dame Pernelle, depuis cette époque... Telle biographie laissa les Italiens pensifs. De raconter la vie du plus célèbre des alchimistes avait remonté Virgile comme est remontée d'un tour de clef une horloge qui a cessé de tourner. Sa jeunesse avait repris le dessus, cette jeunesse qui se nourrit d'espérances naïves, d'aspirations têtues, et d'énergie autorégénérée.

Il se redressa, épousseta ses chausses, marcha jusqu'à une table, s'empara d'une feuille, d'une plume et d'un encrier. Il revint s'asseoir au milieu de ses compagnons interloqués et déclara :

— Ce n'est pas comme si l'on nous avait volé un document dont nous ne saurions rien. Ce maudit texte, nous en avons pris connaissance ! Chacun de nous l'a lu. Chacun de nous doit bien se rappeler quelques fragments. En associant nos mémoires, et en mettant en commun nos souvenirs, nous devrions parvenir à en reconstituer l'essentiel. Non ?

Le point d'interrogation au bout de son discours fut accueilli par des grommellements peu convaincus de la part de Pierre et Palma. Seule Marietta manifesta son adhésion la plus déterminée. Ce que la conviction de Virgile n'avait pas réussi à gagner d'emblée, la fossette de la Tintoretta l'obtint illico. Les quatre fronts se penchèrent au-dessus de la plume d'oie pour cogiter de concert.

— Flamel écrit que tout doit commencer à une certaine date, une date tarabiscotée. À mon oreille, l'année était aussi obscure que le mois.

— Obscure ? Eh bien, oui, obscure en effet. Il y était question du diable ! *« l'année où notre millénaire aurait atteint plus ou moins la demeure de Satan »*.

— *« moins et plus »*...

— Comment dis-tu ?

— *« aura atteint moins et plus »* et non pas *« plus ou moins la demeure de Satan »*. J'ai retenu cela parce que j'ai cru à une faute.

— Je ne pense pas que dans cette lettre l'alchimiste ait rien laissé au hasard ou à l'erreur. *« Moins et plus »*... *« Plus ou moins »*... tant que nous n'aurons pas établi ce que c'est que ce millénaire hébergé par le diable, nous n'en mesurerons pas la différence.

— *« Notre millénaire »* : celui de Flamel, et le nôtre, s'étend de l'année 1001 à l'année 2001. Il ne s'agit que de déterminer une date dans cet intervalle !

— J'imaginerais assez le démon loger au 666 de la calle del Diavolo !

— Ce qui nous conduirait à l'année 1666...

— *« Moins et plus »* 1666 !

— Eh bien, j'aurais compris *« plus ou moins »* 1666, ce qui aurait signifié 1665 ou 1667, mais *« moins et plus »*...

— Et si ce n'était pas les unités que l'approximation concernait, mais les centaines et les dizaines ?

— Et si ce n'était pas un discours scientifique que tu nous tenais, mais une explication intelligible ?

— Considérons le premier des 6 dans 1666. *« Moins »* de 6 serait 5. La date commencerait par mille cinq cent etc. Prenons à présent le second des 6 de 1666. *« Plus »* que 6 serait 7. Nous serions donc en quinze cent soixante-dix et quelques. Pour le troisième 6, aucune précision n'est fournie – ni *« plus »*, ni *« moins »* –, 6 reste 6.

— Ce qui aboutit à... 1576 !

Le chiffre de l'année resta suspendu dans l'air. Autour des quatre jeunes gens, ce fut comme si la force de gravité terrestre s'était soudain accrue et les avait cloués au sol. Quelqu'un eut cependant le courage de prononcer la trivialité qui s'imposait à tous.

— L'an de grâce 1576 c'est précisément l'année en cours !

Une grande rasade de vin grec fut versée dans les verres. Elle fut ingurgitée cul sec par le quatuor de gosiers. L'alcool irrigua les cerveaux et raviva les sens. La discussion pour la réminiscence et l'élucidation du texte de Flamel reprit de plus belle.

— 1576, *« au solstice »*, a-t-il précisé.

— Comment savoir, eh bien, s'il entend celui de l'été ou celui de l'hiver ?

— Il s'agit du *« solstice du dixième mois »*, cela je me le remémore.

— Voilà qui n'a aucun sens ! Le solstice de juin a lieu le sixième mois et le solstice de décembre le douzième mois !

— Non point !

— Qu'est-ce à dire ?

— Si la Table d'Émeraude doit apparaître à Venise, il faut se référer au calendrier de la République. L'année chez nous débute le 1er mars. Ainsi le solstice d'hiver a, de fait, bien lieu en décembre qui est le dixième mois !

— En résumé de quoi, conclut Virgile, la chasse à la pierre philosophale devrait, selon les instructions de l'alchimiste, commencer le 22 décembre 1576, dans cent dix jours exactement.

Ainsi, bribe de phrase après bribe de phrase, compléments de nom après compléments de nom, et synecdoques après métonymies, le jeune Preudhomme et ses trois acolytes parvinrent à reconstituer l'énigmatique lettre que Nicolas Flamel leur avait fait parvenir d'outre-tombe. La nuit tombait lorsque Virgile reboucha le flacon d'encre. Mais les échanges de vue et d'opinion, les hypothèses et les devinettes, les plans d'action et les projets d'avenir n'en étaient qu'à leur commencement.

Ils sortirent de l'atelier du Titien deux heures plus tard. La lune se reflétait sur la lagune bordant Cannaregio comme sur un miroir de Murano taillé à sa mesure. Les jeunes gens avaient tenté de récapituler tous les éléments en leur possession dans l'inquiétante affaire de la mort d'Atika. Qu'avaient-ils établi ? Dans la Sérénissime de ce XVIe siècle, Tiziano Vecellio, le génial, le célèbre et le richissime Tiziano, qui possédait tout ce qu'un homme peut souhaiter pour être combler, pénètre au-delà des portes ténébreuses du monde alchimique. Qui sait si la mort qui rafle son mentor, le peintre Giorgione, dans la fleur de l'âge et à l'aube d'une radieuse carrière, ne lui a pas fait toucher du doigt cette vérité essentielle : il est humain, il est mortel. Ce qu'il détient, un talent pour faire vibrer les couleurs, une renommée auprès des plus grands d'Europe, une fortune à laquelle peu d'artistes avant lui avaient prétendu, tout cela ne vaut rien sans la vie. Or, seule la pierre philosophale pourrait lui procurer une existence sans fin. Il se prend à y rêver. Biri Grande devient son laboratoire en même temps que son atelier. Son réchaud lui sert aussi bien à étuver l'œuf philosophal qu'à cuire ses vernis. Dans ses creusets, il expérimente la voie sèche du Grand Œuvre tout autant qu'il broie les roches de ses pigments. Peut-être obtient-il quelques résultats... Peut-être ces résultats lui permettent-ils de vieillir sans faiblir...Vient le jour, vers l'âge vénérable de quatre-vingts ans, où il décide, comme il se doit en alchimie, d'entamer l'initiation de ses héritiers spirituels. Il réunit autour de lui – et de son fils Orazio – un cénacle selon les lois millénaires de l'hermétisme, telles que le kabbaliste Levi les avait exposées à Pierre le jour même. Il faut réunir un représentant de chacune des trois grandes religions monothéistes et un représentant de chacun des trois continents du vieux monde. Autrement dit : Bonfili (disciple de Jésus), Ribeira (disciple de Moïse) et Muztapha (disciple de Mahomet), Olimpia (née à Zara d'Europe), Lionello (né à Patara d'Asie) et Atika (née à Alexandrie d'Égypte). Assemblée pour le moins hétéroclite ! Mais comment expliquer autrement que Zorzi Bonfili souffre la compagnie de Kara Muztapha, le propre frère de celui qui charcuta son père ? Comment comprendre sinon que le marrane Ribeira accepte les invitations de qui le menace d'une dénonciation à l'Inquisition ? Ce que ces huit-là faisaient au cours de leurs séances, Dieu seul le sait ; Lucifer peut-être aussi. Après tout, c'est de son front qu'avait chu la Table d'Émeraude.

1574. Le roi Henri III, en chemin du trône de Pologne vers le trône de France via Venise, rencontre Atika lors d'entrevues secrètes. Ensemble, ils précisent les détails de l'alliance gallico-ottomane contre la République du Lion. En témoignage de sa reconnaissance, outre son bichon Wawel, il lui offre un vieux grimoire de Nicolas Flamel qui prophétise d'obscurs miracles. Le monarque ne les a pas retenus un instant pour sérieux. Il comptait en faire présent à sa mère, Catherine de Médicis, mais la courtisane lui apparaît la personne à qui destiner le manuscrit. Il y est question du Grand Œuvre : elle pratique l'alchimie. Il y est question de figures hiéroglyphiques : elle est née en Égypte. Il y est question de Venise : elle demeure à Dorsoduro. Il ne se doute pas que ce cadeau de peu de valeur à ses yeux va se révéler mortel. Henri quitte la lagune et ses splendeurs le 27 juillet.

Dans la semaine qui suit, la courtisane décide de révéler aux membres de son cénacle d'alchimie la première partie – mais celle-là seulement – de l'incroyable témoignage contenu dans la lettre. Elle demande à son nain, habile dessinateur, de recopier sept fois les vignettes qui illustrent les énigmes de Flamel. Le 7 août, à l'orée de la nuit, elle donne congé à ses deux serviteurs. Apparemment, seul Ebano en profite. Faustino, épuisé par une fièvre quarte, reste, en cachette, cloué à sa paillasse. Arrivent Olimpia, le Cadorin et Orazio, Lionello et Zorzi, Kara Muztapha et Joâo El Ribeira. L'Égyptienne annonce l'existence de l'extraordinaire document en possession duquel elle est entrée. Pour preuve, elle distribue à chacun une version des cinq curieuses vignettes. L'hypothèse la plus plausible est qu'ensuite, à la dérobée, Atika confie à celui qui l'a initiée, Tiziano Vecellio lui-même, la lettre de Nicolas Flamel. La onzième heure sonne au clocher de San Trovaso. Les invités quittent leur hôtesse. Parmi eux, le maestro, accompagné ou non de son fils, regagne Biri Grande. Il y cache le précieux manuscrit, peut-être dans la chambre à la fenêtre de laquelle son assistant, en route pour un rendez-vous galant, l'aperçoit depuis sa gondole.

Au même moment, à peu de chose près, Faustino, depuis sa mansarde, entend frapper à la porte du palais. Ayant congédié ses deux serviteurs pour la soirée, Atika va ouvrir à celui, ou à celle, dont elle ignore encore qu'il – ou elle – s'apprête à la tuer. Pourtant, n'était-elle pas sur ses gardes ?

N'aurait-elle pas dû se méfier ? Ne craignait-elle pas « l'heure du lion » ? La mystérieuse mention du fauve ne disculpe personne. Au contraire, elle évoque ensemble le prénom de Lionello, le signe zodiacal d'Olimpia, le corniaud de Faustino, le nom hébreu de Joâo, le colifichet en ivoire d'Ebano, l'adresse de Zorzi, l'enseigne de Muztapha. Pourquoi pas aussi, avait fait remarquer Palma il Giovane, le tableau du maestro daté de 1570 dans lequel, pour une allégorie du temps, il s'était peint lui-même (le passé) en compagnie de son fils (le présent) et de son jeune neveu (le futur) et avait attribué aux trois visages un animal : à Tiziano le loup, à Marco le chien et à Orazio... le lion !

Quel qu'il soit, l'assassin, profitant de l'effet de surprise, ligote la malheureuse sur son lit. Ensuite, avec une cruauté sans nom, il entreprend de lui arracher, petit bout par petit bout, l'épiderme du visage et du corps. Qui et pourquoi ? Lionello parce qu'elle risque de le dénoncer comme sodomite ? Zorzi parce qu'elle a, d'une certaine manière, contribué au supplice infligé à son père ? Olimpia parce qu'elle lui jalouse l'attachement du beau Zen ? Ribeira parce qu'elle menace de le livrer comme judaïsant au tribunal de l'Église ? Kara parce qu'il veut hériter de sa fortune par le biais de Qamara ? Ebano, rentré plus tôt qu'il ne le dit, parce que sa mort à elle équivaut à sa liberté à lui ? Faustino, moins malade qu'il ne prétend, parce qu'elle ne l'aimera jamais et qu'il souffrira toujours ? Pourquoi pas Orazio, s'il n'est pas rentré avec son père ? Chacun possède un très solide mobile. Mais il est un autre mobile, commun à tous les invités de ce 7 août : récupérer pour son propre compte la lettre de Nicolas Flamel. Ce qui permettrait d'expliquer pourquoi la victime a été conduite d'une manière si atroce vers la mort. Pourquoi elle a été écorchée vive et non pas simplement poignardée en un tour de main. Le criminel l'aura torturée pour lui faire avouer où elle cache le manuscrit. Vraisemblablement, Atika sera morte sans livrer le nom du Titien auquel elle a confié le document. Mais non pas sans écrire celui de son assassin. Avec ce qui lui reste de force, et ce qui lui reste de sang, de sa main déliée, du bout de son doigt épluché, elle trace en majuscules les lettres accusatrices. Lettres, hélas, mille fois hélas, effacées d'un coup de langue par Wawel, amateur de sang frais. Si la Nanna, qui vient de quitter le Tintoret, qui se poste sous les fenêtres d'Atika et qui appelle son amie en vain, un quart d'heure avant la mi-nuit, était montée jusque dans la chambre, sans doute aurait-elle surpris le roquet attablé à son écœurant festin. Mais il est tard et la Nanna passe son chemin. De la dénonciation ne reste qu'un « z », ou un « n », lorsque Ebano rentre de sa virée à San Nicolo dei Mendicoli et découvre l'affreux carnage. Il tombe en catalepsie au pied du lit mortuaire, devant le « z/n » qui incrimine tout le monde : ZorZi BoNfili, Kara MuZtapha, ZaNi El Ribeira, OraZio Vecellio, Olimpia de Zara, LioNello ZeN, ainsi que FaustiNo et EbaNo lui-même.

L'esclave noir n'a pas bougé lorsque, au matin du 8 août, la Nanna, persévérante, revient, entre, monte, le découvre et hurle son horreur. Elle alerte la police. L'Africain est mis aux arrêts. De ce qui s'est déroulé dans le huis clos de la chambre à coucher cette nuit-là, le Titien sait quelque chose de précis. Pourtant, il n'a pas pu assister au drame. Pour être rentré chez lui à l'heure où Palma l'aperçoit, il n'a, c'est mathématique, pas pu s'attarder sur les lieux. Il semble pourtant connaître l'innocence d'Ebano. Il n'hésite pas à se rendre à l'Avogadoria, à y faire un faux témoignage et à obtenir la libération de l'accusé. Le Cadorin visiblement n'ignore pas non plus la présence au palais cette nuit-là de Faustino. Il n'aurait, autrement, pas peint le nain sous la forme d'un bambin-satyre dans son *Supplice de Marsyas*. Dans cette œuvre, ainsi que dans la *Pietà*, ses ultimes tableaux, ses testaments picturaux, il fait se rejouer la tragédie avec tous ses acteurs. C'est ce que résumait le schéma à double entrée de Virgile Preudhomme, chargé par le peintre agonisant de révéler la vérité du crime.

Le meurtrier sait-il que le célèbre peintre a découvert son identité ? Dans pareille hypothèse, n'aurait-il pas assassiné l'artiste à son tour ? À moins que ce soit précisément ce qu'il a fait en empestiférant le père et le fils Vecellio... Par contre, une chose apparaît avec évidence ; les survivants du cénacle d'alchimie ont deviné que d'Atika le parchemin de Flamel est passé au Titien. À peine le génie a-t-il poussé son dernier soupir, que le marrane réfugié à Constantinople se met en route pour Venise et que les autres affluent vers l'atelier comme des hyènes. Ils fouillent Biri Grande de fond en comble. Olimpia perd sur place un de ses sulfureux rubans rouges. Lionello et Zorzi, cachés derrière des masques de commedia dell'arte, viennent y fureter. Puis c'est le tour de Muztapha que Palma tente d'intercepter et Virgile de rattraper.

L'immixtion des étudiants français et de leurs deux acolytes peintres n'est pas pour enchanter les protagonistes de cette macabre affaire. Elle déplaît, elle dérange, elle inquiète, elle irrite. C'est pourquoi des manœuvres d'intimidation sont tentées afin de dissuader les détectives de pénétrer plus avant dans les coulisses du sanglant théâtre. On pousse Marietta dans le canale della Sensa. On expédie aux amoureux un billet d'insultes. On lance un chien tous crocs dehors à l'assaut de Pierre. On crucifie un corbeau sur la porte de Cesare. On assomme sans merci les quatre jeunes gens au moment où ils découvrent, placé sous la protection de Marie en Pietà, dans une double épaisseur de toile, exactement au verso de l'autoportrait du Titien en ex-voto, la lettre de l'alchimiste parisien. Surtout, on menace de révéler la présence du Tintoret dans la calle della Toletta le soir du crime. Une accusation dont le peintre ne pourrait se blanchir que par un plus grand déshonneur.

Virgile, Marietta, Pierre et Palma, après avoir pansé leurs plaies et récapitulé les grandes lignes de l'intrigue, étaient parvenus à une conclusion. Afin de découvrir qui était prêt à tuer pour le secret du Grand Œuvre et avait probablement dépecé Atika sans pitié, afin, en somme, de disculper définitivement Jacopo Robusti, ils devaient à leur tour devenir apprentis sorciers. Ils devaient s'introduire dans l'univers hermétique. Nicolas Flamel leur donnait rendez-vous au *« solstice du dixième mois »*, *« l'année où le millénaire aurait atteint moins et plus la demeure de Satan »*. Le 22 décembre, ils marcheraient ensemble vers le point de Venise où les conduirait l'énigme cachée dans la première vignette.

Lorsque, ce soir-là, les Français annoncèrent à Cesare Peso-Manuce leur intention de traquer la pierre d'Hermès, ils s'attendaient, pour tout dire, à ce que le gros médecin s'esclaffe. Au contraire de moquer les sornettes alchimiques, il encouragea les jeunes dans la voie établie.

— Vous sauverez la famille Robusti dont la dignité est menacée et, sait-on jamais, si cette caillasse se révèle miraculeuse et omnipotente, peut-être sauverez-vous aussi la population vénitienne qui se meurt de la peste.

Il soupira. Sur sa figure d'ordinaire joviale s'étaient dessinées les rides d'une noire amertume.

— Après tout, j'ai vu et expérimenté des remèdes ô combien plus farfelus : des fumigations de genièvre, des rinçages de bouche au laurier, du tabac à priser, des évaporations d'aloès, des lavage à l'urine, du camphre à respirer, des frottis d'herbes urticantes, des tisanes de girofle, de la pomme d'ambre à renifler, des bains de sang menstruel, des cure-dents à sucer, de la thériaque de serpent, de la licorne véritable à tenir, de l'arsenic à promener, des vents en bouteille, des amulettes porte-bonheur, des mouchoirs au soufre, du lait frais à exposer, des excréments à absorber, des cloches à sonner, des lézards en collier, de l'écorce de bouleau à mâcher, des *pater noster* sur papier à avaler, des canons à tirer, des cuillerées de pus de furoncles mûrs, des coqs à l'arrière-train plumé et même des testicules à percer ! Alors pourquoi pas la pierre philosophale pour médication antipeste !

Il s'arrêta. Il conclut, philosophe :

— Puis, si cette étrange affaire n'est qu'une gigantesque

bouffonnerie, personne ne pourra vous reprocher de ne pas avoir tout du moins « essayé »...

Les encouragements de l'Italien affermirent tout à fait la détermination des deux amis qui s'assoupirent bien vite avec une bosse sur le front et des rêves d'alchimie. Le lendemain, 4 septembre, l'oncle sortit dès l'aube pour se rendre au chevet de malades, la plupart pestiférés. Avant cela, il prit soin de dresser pantagruéliquement la table. Lait parfumé et vin aux épices, beignets frits et tartines de baccalà, compotes de fruits et pastilles au sucre attendaient Pierre et Virgile lorsqu'ils se réveillèrent, ainsi que Palma et Marietta lorsqu'ils se présentèrent. Le quatuor d'enquêteurs s'attabla, déroula la lettre de Flamel reconstituée, relut le paragraphe des cinq indications, examina les vignettes qui leur étaient associées et s'abîma dans l'analyse de leur sens sous-jacent. Nicolas Flamel avertissait ; Nicolas Flamel soulignait : « Ne cherche, ni n'approche, ni ne trouve, ni ne touche la pierre avant le jour que je dis. » Loin des jeunes gens l'idée d'enfreindre tel commandement. Savait-on jamais quel cataclysme la désobéissance pouvait déclencher ! Néanmoins, ils avaient résolu de déblayer le terrain. L'alchimiste du XIVe siècle leur soufflait, par de sibyllins indices, la place dans Venise des cinq pierres. Autant tenter, dès à présent, sans attendre solstices et équinoxes, d'élucider les énigmes et de lister les cachettes possibles.

Ce à quoi ils consacrèrent une longue matinée. Ensuite, leur groupe s'éparpilla. Virgile se laissa entraîner par Marietta à la *bottega* familiale.

— Tu vas m'aider à préparer de l'huile pour l'incorporer aux pigments des couleurs, lui proposa Marietta. Si tu réussis, tu pourras demander à mon père de t'accepter comme apprenti avec nous !

Elle avait dit cela à la manière d'une boutade. Pourtant la fossette se creusa plus qu'à l'ordinaire sur son menton. Virgile rit de bon cœur à la perspective de se transformer en peintre vénitien.

— Personne n'est plus gourd que moi lorsqu'il s'agit des matières artistiques. Je n'ai jamais su jouer de la musique, les poèmes que j'ai composés sont rien moins que calamiteux, quant à la sculpture ou à la peinture, les muses ont dû me maudire à ma naissance.

— Il ne s'agit pas d'art mais de cuisine, rétorqua la jeune fille. Il te suffira de suivre mes indications.

Ils arrivèrent à la fondamenta dei Mori. Elle l'entraîna vers le fond de l'atelier et l'installa devant le matériel ad hoc. Elle commença à lui dicter ses instructions. La technique de la peinture à l'huile, d'abord utilisée en Flandres, avait été introduite en Italie par Antonello de Messine, disait-on, un siècle plus tôt. Elle avait été rapidement adoptée par les peintres du Cinquecento. Le médium de l'huile leur permettait de faire rayonner leurs compositions. Ils posaient leurs couleurs en glacis, appliquaient les tons sombres sur une sous-couche de blanc et faisaient ainsi jaillir la lumière des profondeurs mêmes du tableau. Le raffinage de cette huile miraculeuse se décomposait en étapes plus délicates les unes que les autres. Le jeune Preudhomme le découvrit à ses dépens. Sous la direction de sa belle, il commença par mélanger huile sale et eau chaude dans un vaste récipient. Il patienta jusqu'à la séparation des deux liquides. Au fond étaient tombées les premières impuretés de la graisse d'origine. Après avoir lavé l'huile à l'eau chaude, il dut réitérer l'opération à l'eau froide. Dans le liquide deux fois nettoyé, il saupoudra poudre de craie, grains de sable et miettes de pain, chargés d'absorber les impuretés restantes. À la suite de quoi le jeune homme dut s'armer de patience car il fallait exposer le liquide à l'air, attendre qu'il absorbe de l'oxygène et observer sa couleur pâlir. Pendant ce même temps, il devait être vigilant qu'aucune pellicule ne se formât à la surface. Pour éviter pareille catastrophe, il dut remuer consciencieusement le tout.

— Il ne reste qu'à chauffer l'huile, déclara Marietta qui regardait son bon ami opérer avec un éclat malicieux au fond des prunelles. À la chauffer puis à la soumettre à l'épreuve de la plume ! Si la plume n'est pas carbonisée, tu pourras passer l'huile par le tamis de lin. Si elle brûle, tu seras fouetté et mis sur-le-champ à la porte de notre atelier !

Tout en proférant sa menace, la fille du Tintoret versa le liquide d'or dans un pot en terre à fond plombé sous lequel elle alluma un petit brasier. Avec cérémonie, elle tendit une plume blanche à son nouvel apprenti. D'un signe de tête, elle lui indiqua qu'il fallait affronter l'ordalie par le feu. Obéissant, Virgile plongea la penne dans le fluide ambré et se mit à remuer doucement. Hélas, il sentit bientôt parmi les vapeurs qui montaient un vilain fumet de volaille rôtie.

— Aïe ! s'exclama Marietta dans son dos, tu n'as pas suffisamment purifié l'huile ! On ne pourra pas l'incorporer aux poudres. Si tu n'es pas capable de préparer des couleurs à l'huile, quelle catastrophe se serait pour les tons au jaune d'œuf ou pour les nuances à l'urine d'enfançon ! Ils requièrent bien d'avantage d'adresse, de patience, de dextérité et de savoir-faire !

— Des peintures au pipi de bébé ?

Virgile fut traversé par la lâche idée que, peut-être, il avait été bienheureux d'échouer à l'épreuve de la plume pour n'avoir pas à subir d'autres examens, bien plus déplaisants pour l'odorat.

— Je serai donc fouetté ? demanda-t-il d'un air faussement apeuré.

— Comment donc ! Sur-le-champ et en place publique !

Les deux tourtereaux se retrouvèrent sur le campo della Madonna dell'Orto, assis côte à côte, sur les marches du pont. Le jeune homme prit dans sa main encore grasse d'huile celle, tachée de pourpre, de brun et de beige, de la Tintoretta. Les doigts de la demoiselle ne se laissèrent pas emprisonner. Marietta leva vers le Parisien amoureux et soudain inquiet des yeux à l'expression indéchiffrable.

— Je t'aime, Virgilio, dit-elle tout simplement. Mais mon père n'acceptera jamais que je n'épouse pas un artiste.

Ces paroles transpercèrent la poitrine du jeune homme

comme un poignard. Une larme naquit au coin de leurs yeux à tous les deux. Il enlaça la blonde enfant par les épaules et la serra éperdument contre sa poitrine. Elle avait autant, sinon davantage, de raisons de désespérer que lui. C'était elle qui allait être sacrifiée sur l'autel des beaux-arts. C'était elle qui était née au sein d'une famille de peintres dans une Venise où la tradition voulait qu'on soit artiste de père en fils, de frère en sœur, de grand-oncle en petit-neveu [1]. C'était elle qui serait contrainte d'épouser un dessinateur ou un sculpteur, un architecte ou un orfèvre. Lui, personne ne le contraindrait jamais à convoler en justes noces avec qui que ce soit. Une intuition le traversa, là, sur les marches du pont, à l'ombre de l'église dédiée à la Vierge, alors que venait de s'échapper pour la deuxième fois de sa vie l'espoir du bonheur partagé avec la femme aimée ; l'intuition qu'il ne se marierait jamais. Lovée contre son torse, Marietta leva vers lui son petit visage. Il caressa ses cheveux, effleura sa fossette, se fondit dans ses yeux. Elle lui murmura :

— Viens, Virgilio, ne restons pas ici. Allons cacher notre tristesse dans le jardin dallo Zaffo.

Et ceci encore :

— Je ne me marierai que tu ne sois reparti en France pour toujours. Je t'en fais le serment.

*
* *

1. De fait, dans la Venise de la Renaissance, les exemples de dynasties d'artistes fourmillent. Chez les Bellini, le père Iacopo et ses deux fils Gentile et Giovanni furent peintres. Le peintre Palma le Jeune est le fils du peintre Antonio Palma lui-même neveu du peintre Palma le Vieux. Le peintre Antonio Vivarini a travaillé en collaboration avec son beau-frère, le peintre Giovanni d'Alemagna, puis avec son frère le peintre Bartolomeo Vivarini, et enfin avec son fils Alvise Vivarini. Le frère, Benedetto, et les fils, Carletto et Gabriele, de Paolo Véronèse étaient aussi peintres. Jacopo Bassano, fils de peintre, eut quatre garçons peintres. La sœur de Marietta, Ottavia, dut promettre par écrit à ses deux frères peintres, Domenico et Marco, avant leur mort, d'épouser l'artiste Sébastien Casser de façon à maintenir la réputation de la famille du Tintoret.

Une saison avait passé. Pierre et Virgile avaient dû regagner Padoue et les bancs de son Université pour leur dernière année d'études. Marietta avait retrouvé le mauve et l'indigo, le jaune citron et le gris souris, le terre de Sienne et le bleu d'outremer. Palma était retourné aux chapelles des églises et aux sacristies des sanctuaires qu'il devait décorer. Orazio Vecellio était mort au Lazzaretto Vecchio huit semaines après son père. Cesare Peso-Manuce, enfin, n'avait pas quitté le chevet de ses pestiférés, moins nombreux au fur et à mesure que s'était affirmé l'hiver. Quant au chat Zanni, il avait été le gardien fidèle de la lettre reconstituée et des cinq vignettes, cachées l'une et les autres dans la paille de la chaise sur laquelle il préférait dormir. C'est là qu'au matin du 22 décembre, Pierre, Virgile et Marietta récupérèrent les précieux documents de Flamel. Palma il Giovane, trop engagé dans un travail de commande qui devait lui rapporter argent et prestige, avait été empêché de se joindre à eux. « La prochaine fois, j'espère, pour la seconde étape, le 21 mars », avait-il dit à la Tintoretta. Elle avait répété ces paroles au jeune Preudhomme lorsqu'ils s'étaient revus. Pour retrouver sa douce amie et profiter de sa compagnie davantage que le temps d'une chasse au trésor, Virgile était arrivé de Padoue deux jours plus tôt. Il s'était présenté à la fondamenta dei Mori avec un agrume piqué de clous de girofle, en souvenir de leur promenade au Rialto. L'orange de Virgile et Marietta devait entrer, au même titre que la pomme d'Adam et Ève, au verger des fruits d'amour. Avec sa belle, malgré le brouillard qui montait des canaux, brouillait les lignes, diluait les couleurs et dissipait les repères, ils avaient vagabondé dans la ville froide et humide. Main dans la main, yeux dans les yeux, ils avaient confié à l'autre comme il lui avait manqué, combien le temps sans lui avait duré. Ils avaient échangé des baisers mouillés de brume et des caresses baignées de pluie. Mais leur rendez-vous du 22 était empreint de solennité, même si la demoiselle s'était habillée en robe pour complaire à son aimé, même si le jeune homme ne pouvait s'empêcher d'enlacer la taille de sa mie. Pierre, faisant mine de ne rien voir de leurs chatteries, tira de sa poche une feuille qu'il déplia. Il expliqua :

— J'ai écrit à Lisette pour qu'elle se rende au cimetière des Innocents et recopie la fresque de Nicolas et Pernelle. Voilà ce qu'elle m'a envoyé.

Virgile et Marietta se penchèrent, intrigués, sur le fac-similé expédié depuis Paris par la petite marchande d'encres.

— À mon avis, et à celui du rabbin Levi que j'ai consulté hier, le reste du dessin ne concerne aucunement notre quête, continua Pierre. Seules importent les cinq vignettes. Or, souvenez-vous ce que nous avons déduit, le 4 septembre dernier, au sujet de la première !

L'image initiale de Flamel figurait deux étranges créatures entortillées l'une autour de l'autre. Curieux amalgame zoologique que la plus en vue des bêtes : une tête de chameau, des oreilles de diablotin, des ailes d'ange, un torse félin, et une queue à la manière des sirènes. Un monstre, en somme, agglutiné avec un autre monstre, à l'oreille ronde, à la patte de chat, au corps tel un sac et à la figure indéfinissable.

— Une hydre, avait proposé Pierre.

— Une chimère, avait déclaré Virgile.

— Un dragon, avait hasardé Marietta.

— Un dragon, exactement ! avait confirmé Palma.

Il tenait à la main le texte de la lettre dissimulée par le Titien dans le cadre de sa *Pietà*.

— Le commentaire contenu là-dedans indique – je cite le texte, qui curieusement est en français – « *les murs dedens les sales sont tous couvers d'or et les chambres aussi et d'argent, et y a pourtrait dragons, bestes, oyseaulx, chevaliers et ymages et de pluseurs autres generacions de choses* ».

— C'est la basilique Saint-Marc qu'il décrit là ! « *Les murs dedens tous couvers d'or* » ne peut que désigner ses parois décorées de mosaïques à la manière de Byzance !

Le calme régnait place Saint-Marc, bien différent du fourmillement de l'accoutumée. L'heure matinale et le vent de décembre expliquaient cette tranquillité inhabituelle. La peste, surtout, était passée par là. De l'autre côté de la piazzetta, cependant, dans le bassin de Saint-Marc, en face des Magasins du Blé, les pêcheurs commençaient à accoster. Ils débarqueraient bientôt le fruit de leur labeur sur le Terranova, le bout de terrain où ils étaient autorisés à vendre leurs poissons. Les trois détectives dédaignèrent les sardines et les grondins, les seiches et les squilles. Ils s'immobilisèrent devant la façade de la basilique. Elle scintillait à travers la brume dans la lumière rose pâle de l'aurore. Ses coupoles se dressaient, à la fois maternelles et orgueilleuses, surmontées de leur lanterne en bulbe et de leur croix ciselée. Les colonnettes aux chapiteaux en marbres rares lui conféraient élégance et fragilité. Les jeunes gens levèrent la tête pour détailler les bas-reliefs de ces chapiteaux rapportés d'Orient. Beaucoup de feuilles, pas de dragons parmi le feuillage. Les seuls animaux qui dominaient à première vue la façade étaient les quatre chevaux de la Loggia dei Cavalli, au-dessus de l'arc principal, moulés dans leur bronze aux reflets mordorés, prêts à « presque hennir et trépigner » comme l'avait écrit Pétrarque. Débarrassés de leurs rênes et de leurs mors, ils symbolisaient la liberté de la République du Lion. Délaissant le quadrige volé par les croisés sur l'hippodrome de Constantinople un peu plus de trois cent soixante-dix ans auparavant, Virgile, sa douce et son fidèle s'approchèrent du bâtiment et pénétrèrent dans le narthex. Marietta pointa le doigt vers une mosaïque de saint Marc en apothéose, les bras écartés, les yeux au ciel, qui surmontait le portail central.

— Père raconte que c'est Tiziano Vecellio qui en a esquissé le carton à l'époque où il accomplissait son apprentissage chez Sebastiano Zuccato.

Virgile s'arrêta pour admirer l'œuvre à laquelle le grand maître avait contribué. Son compagnon le sermonna.

— Nous ne sommes pas venus ici pour une séance de contemplation esthétique, mais pour une chasse au dragon. Je suggère que nous nous répartissions la tâche. Que celui qui a les yeux les plus perçants s'attache à inspecter la voûte.

Celui qui a la vue la plus basse se concentrera sur le pavage. Le troisième se chargera de détailler les parois.

Ainsi, chacun partit explorer son morceau des quatre mille mètres carrés de mosaïques de l'église. Marietta qui possédait l'œil aiguisé du peintre leva le front. Virgile qui avait abîmé ses yeux sur les codes de droit baissa le menton. Pierre tourna sa face vers les murs. Une demi-heure plus tard, tous trois se retrouvèrent sous le saint Marc à la barbe bouclée et à l'auréole orangée attribué au Titien. Chacun déchiffra la circonspection sur le visage des autres. Virgile le premier vida sa gibecière.

— Des paons, des aigles, des griffons, une cigogne avec un serpent au bec, deux coqs transportant un loup saucissonné, une buse becquetant un lièvre, et même un rhinocéros égaré loin d'Afrique. De dragon, point.

— Beaucoup d'animaux dans l'arche de Noé, sur la cloison du vestibule ; des lapins, des ours, des panthères, des biches, des loups, bien sûr une colombe. Mais pas de dragon non plus.

— Pour ma part, sous la Coupole de la Création, j'ai croisé plus d'animaux que dans une ménagerie, annonça Marietta avant de se lancer, espiègle, dans une énumération. Lions, chevaux, dromadaires, éléphants et sangliers, bœufs, cerfs, lézards, ânes, et lièvres, gazelles, béliers, ours, ocelots et chiens, panthères, hérissons, cabris, faisans et serpents, colverts, pigeons, cygnes, chouettes et paons, sardines, brochets, dorades, crabes et... une bestiole qui, ma foi, ressemble fort à un dragon !

À la mine ahurie de ses deux complices, la jeune fille éclata de rire. Sa gaieté résonna sous la voûte du narthex. Les Français se précipitèrent vers la coupole de la Création. Ils levèrent le nez, se tordirent le cou, plissèrent les paupières. Dans une image relative à la création des animaux, alors qu'une dizaine d'oiseaux de toutes sortes voletaient dans les airs, quatorze créatures aquatiques prenaient un bain. Parmi elles barbotait ce qui paraissait un dragon.

— *« Dieu dit : que les eaux foisonnent d'une multitude d'ani-*

maux et que les oiseaux volent au-dessus de la terre, face au firmament du ciel / Et Dieu créa les monstres marins, et tous les animaux qui glissent, dont foisonnent les eaux, selon leur espèce, et tous les oiseaux ailés selon leur espèce. Et Dieu vit que cela était bon », récita Virgile dont le père en digne protestant lui avait souvent fait entendre la lecture de la Bible.

Il sentit dans son dos la douce présence de la Tintoretta. Elle lui effleura le cou. Il se retourna vers elle. Elle demanda à la cantonade.

— Que pensez-vous de mon dragon ?

— Ceci n'est pas un dragon, c'est un monstre marin, dixit La Genèse chapitre premier, verset vingt-deuxième, la création du cinquième jour, répondit le fils de Gaspard Preudhomme.

— Qu'est-ce à dire ?

— Le dragon est créature de feu, le monstre marin créature d'eau.

Pierre intervint. Il désigna la mosaïque qui étalait ses tesselles multicolores plusieurs mètres au-dessus de leur tête.

— J'imagine mal comment qui que ce soit peut avoir grimpé là-haut pour y cacher quoi que ce soit. Il faudrait des échafaudages, ou des ailes.

Une crampe commençait à endolorir leurs nuques. Les jeunes gens baissèrent le museau vers les marbres polychromes du sol et leurs figures géométriques. Les yeux toujours à terre et les épaules affaissées sous le poids de la déception, ils quittèrent la basilique.

Aux mines catastrophées qu'ils affichaient lorsqu'ils revinrent au logis Peso-Manuce, l'oncle devina qu'ils avaient échoué à trouver le dragon de Nicolas Flamel à Saint-Marc.

— Nous étions si totalement convaincus qu'il s'agissait de la basilique ! gémit son neveu.

Les trois enquêteurs se laissèrent choir sur le banc et les chaises autour de la table. Cesare déposa devant eux une assiettée de pâtisseries aux raisins de Smyrne et un broc de lait parfumé à la cannelle. Le sucre les réconforta. Le Vénitien étala les cinq vignettes sur la table.

— Ne paniquons pas ! Vous avez toute la journée pour trouver ! Concentrons-nous sur ce premier dessin. Qu'y voyons-nous ?

— Deux affreux et maudits dragons, grommela Virgile.

Son parent s'adressa à Marietta.

— Toi qui es née ici, où irais-tu chercher des dragons dans cette ville ?

Sans prendre le temps de réfléchir, Marietta lança :

— À la scuola San Giorgio degli Schiavoni, où Vittorio Carpaccio a peint deux toiles représentant saint Georges et le dragon. D'abord il l'empale sur sa lance, ensuite il l'achève en place publique. Ils comptent parmi mes tableaux préférés.

En même temps que la Vénitienne décrivait les toiles de Carpaccio réalisées au début de siècle pour la scuola des Dalmates, son amoureux sauta de son banc, disparut dans l'escalier qui menait à la librairie et revint avec dans les mains l'édition imprimée en 1475 de *La Légende dorée* dans sa traduction de Nicolao Manerbi. Il feuilleta l'ouvrage de Jacques de Voragine jusqu'à trouver le chapitre sur saint Georges.

— *« Georges était originaire de Cappadoce... »*

Pierre interrompit la lecture d'une exclamation :

— La Turquie, comme Muztapha !

— *« ... et servait dans l'armée romaine... »*

— Il a combattu, comme Zorzi !

— *« ... avec le grade de tribun... »*

— Peut-être un patricien, comme Lionello !

— *« ... Le hasard d'un voyage... »*

— Un expatrié, comme Ribeira !

— *« ... le conduisit un jour dans les environs d'une ville de la province de Libye... »*

— L'Afrique, comme Ebano !

— *« ... nommée Silène... »*

— Silène, comme Marsyas !

Cette fois c'était Marietta qui s'était laissé déborder par l'excitation et avait coupé le fil de la lecture. Virgile lui lança une œillade et reprit.

— « *... Or, dans un vaste étang voisin de cette ville habitait un dragon effroyable.* »

Cesare Peso-Manuce, qui avait écouté le jeu des similitudes en savourant un beignet, intervint à son tour.

— Vous oubliez quelque chose. Il est une raison imparable pour laquelle votre première vignette ne peut pas faire référence au saint Georges des Schiavoni, c'est que...

— ... la scuola n'existait pas en 1399 !

L'évidence franchit les lèvres du jeune Preudhomme dans un cri. Son oncle confirma. Il s'adressa à nouveau à la Tintoretta.

— À part sur les tableaux de Carpaccio, où vois-tu des dragons à Venise ?

Cette fois-ci, la demoiselle Robusti s'octroya le temps de la méditation.

— Rien que dans le quartier, je localise une couple de dragons, qui tirent leur langue pointue à l'entrée de San Lio, et un autre dragon, solitaire lui, dans la corte del Rosario. Mais je ne sais pas de quand ils datent.

L'oncle applaudit des deux mains.

— La bestiole de San Lio est aussi vieille que l'église ; celle du Rosario remonte au XIVe siècle. Antérieures à l'écrit de Flamel !

Supervisant l'organisation des opérations, Cesare Peso-Manuce, une main dans sa barbe, une autre sur sa bedaine, suggéra :

— Virgile accompagne Marietta à la corte del Rosario pendant que Pierre fait un saut jusqu'au portail de San Lio. Je te conseille, mon petit, de jeter un coup d'œil au passage à la voisine des dragons, une gorgone généreusement offerte et parfaitement obscène !

À sa propre grivoiserie, le Vénitien éclata d'un rire tonitruant. Les bourrelets de son ventre se mirent à tressauter. L'hilarité de son aïeul amusa le jeune Preudhomme.

— Et toi, tu demeures ici à glousser ?

Sans cesser de pouffer, le médecin fanfaronna :

— Exactement ! Je descends au rez-de-chaussée, je me vautre dans un fauteuil, je me bourre de beignets et Zanni me fait la lecture de certain livre, car j'ai nécessité de vérifier un détail de littérature.

Ils se séparèrent sur le pas de la porte. La silhouette pachydermique de Peso-Manuce disparut au fond de la librairie. Pierre prit en courant la direction du Rialto. Les amoureux, main dans la main, passèrent le pont en « z » qui débouchait sur le campiello et longèrent le rio nauséabond qui coulait sur leur gauche. Au bout de la *fondamenta*, ils s'engouffrèrent sous un *sotoportego* puis émergèrent sur le campo Zaninovo. Ils contournèrent l'église du même nom et marchèrent jusqu'au triangle de la place Santi Filipo e Giacomo.

— C'est là ! indiqua Marietta en désignant une venelle étroite un peu plus loin.

Ils s'y enfilèrent et parvinrent dans une courette exiguë.

— Le bas-relief se trouve dans le coin, précisa-t-elle.

En effet, dans l'un des angles du lieu, au-dessus de deux portes ouvrant de plain-pied sur la corte, flanqué à la paroi en briques, à la hauteur du premier étage, était un dragon de pierre blanche. Avec une queue annelée à double nœud, des ailes palmées, une langue pendante, des dents aiguës et une barbichette au menton. Son œil rond et cerné semblait fixer le sol en dessous, à l'endroit où, tel un pantin, le corps tordu, les membres disloqués, le crâne éclaté et le cerveau répandu, Zorzi Bonfili gisait dans une mare de sang.

CHAPITRE 15

— Il a dû choir tout seul depuis le balcon du premier étage. À moins qu'on ne l'ait poussé par-derrière.

Virgile expliquait à Pierre et Cesare les circonstances de la découverte macabre qu'avec Marietta ils avaient faite dans la corte del Rosario. La jeune fille était blottie contre lui, un peu pâle depuis qu'elle avait vu le cadavre écrasé de Bonfili baignant dans une flaque écarlate et poisseuse.

— Ledit balcon n'est pas si haut. Il aurait pu se relever de sa chute avec juste quelques contusions. Mais il est passé par-dessus la rambarde la tête la première. Voilà pourquoi je soupçonne qu'il n'a pas basculé tout seul. Puis, il devait tenir un parchemin – un parchemin qu'on lui a arraché une fois qu'il s'est aplati en bas. Il serrait encore un petit morceau de cuir entre le pouce et l'index. Comme si, même défunt, il n'avait pas voulu lâcher la précieuse lettre de Flamel. Il y a gros à parier que c'est cela qu'il agrippait entre ses doigts de cadavre. Il est celui, j'imagine avec Lionello, qui nous avait assommés pour la voler. Et que c'est pour cela qu'on vient de l'assassiner. En tout cas, il est mort et bien mort.

— Est-ce à dire que celui ou celle qui a défenestré Bonfili et lui a dérobé le parchemin s'est, par la même occasion, emparé de la pierre dissimulée dedans le dragon de la corte del Rosario ? s'enquit l'étudiant en médecine.

Il avait galopé jusqu'à l'église San Lio, avait inspecté les monstres de l'arc d'entrée et n'avait absolument rien découvert. Sa question jeta un lourd silence autour de la table.

Seule se fit entendre la mastication de l'oncle Peso-Manuce qui mordait avec conviction dans les beignets ruisselants d'huile et de sucre. Lorsqu'il eut englouti la dernière bouchée de la dernière pâtisserie, il se lécha goulûment les doigts. Après quoi, il annonça tranquillement.

— Le dragon de la corte del Rosario n'est pas celui que désignent le dessin et le texte de votre magicien.

Trois paires d'yeux écarquillés se fixèrent sur lui. Sans se presser, avec un malin plaisir à faire languir d'impatience ses interlocuteurs, il se leva et marcha jusqu'au bahut sur lequel Zanni était vautré. Il écarta le chat de l'endroit où il s'était posé. Les trois complices remarquèrent alors un volume que le gros animal avait soustrait à leur vue.

— *Il Libro di Marco Polo*, divulgua l'Italien en brandissant l'ouvrage au bout de son bras replet. Paru à Venise il y a dix-huit ans grâce aux bons soins du sieur Ramusio, géographe. Une traduction en italien de la traduction en latin de Pipino, elle-même traduction de l'original en français de Polo et Rustichello.

— *Le Devisement du Monde* ! s'exclama Marietta.

— *Le Livre des Merveilles* ! s'écria Virgile.

— Mais encore ? demanda Pierre, plus ignorant que ses compagnons sur le sujet de la littérature italienne.

De sa patte d'ours, Cesare Peso-Manuce lui appliqua une claque dans le dos et se mit en devoir de l'informer.

— 1271 : un Vénitien de dix-sept ans, Marco Polo, quitte les bords de la lagune pour un voyage d'affaires en compagnie de son père et de son oncle, les signori Nicolo et Matteo Polo. Leur périple, de trois ans, les conduit aux fins fonds de l'Orient mystérieux, de l'Anatolie à l'Iran, du Pamir au Turkestan, à travers le désert de Gobi et jusqu'à la lointaine Catay. Ils parviennent ainsi à la légendaire capitale de Chine, Pékin, et à la cour du grand empereur mongol, Kublaï Khan. Auprès de lui, ils demeurent près de dix-huit ans ! Lorsque les trois voyageurs reparaissent à Venise, changés par les années et habillés à la mongole, personne ne les reconnaît, pas même leurs familiers. On raconte qu'enfoui dans la doublure de leurs vêtures orientales, ils rapportaient de leur incroyable voyage un véritable trésor. L'on prétend aussi qu'ils redécorèrent leur maison vénitienne avec de très luxueuses étoffes brodées d'or et d'argent. Quelques années plus tard, au cours d'une bataille navale entre Vénitiens et Génois dans le canal de Curzola, le 7 septembre 1298, Marco Polo est fait prisonnier. Il se retrouve enfermé dans les geôles de Gênes. À son compagnon de cellule, Rustichello de Pise, il narre les mille et une aventures de son parcours en Asie et de son séjour chez le Grand Khan. Rustichello retranscrit le récit en français, donnant naissance à une œuvre aux titres multiples, *Le Livre de Marco Polo*, *Le Devisement du Monde*, *Le Livre des Merveilles*, *Le Million*, *Le Livre du Grand Khan de Tartarie*.

Édifié par cette formidable histoire, Pierre tendit la main vers le fameux *Libro di Marco Polo*. L'oncle Cesare le lui céda. Entre les mains du Français, le volume s'ouvrit de lui-même. Sous ses yeux effarés s'étalèrent en caractères d'imprimerie soulignés de rouge les phrases suivantes : « *Les murs des salles sont tout couverts d'or et d'argent, les chambres aussi ; on y a peint des dragons, bêtes, oiseaux, cavaliers, images de toutes espèces* ». Ébahi, Pierre posa le bouquin au centre de la table et pointa pour ses amis le passage souligné. À la description du palais de Kublaï Khan sous la plume de Rustichello, Virgile et Marietta poussèrent un cri de stupéfaction.

— Comment as-tu fait le rapprochement d'avec la consigne de Flamel ? balbutia le jeune Preudhomme sous le coup de l'effarement.

Avant de répondre, son parent alla remplir quatre verres d'un vin de Bardolino. Tout en sirotant la boisson, dont il s'était généreusement servi, il expliqua :

— J'ai trouvé curieuse cette phrase en français au milieu du texte latin de votre Nicolas, avoua-t-il. Alors, j'ai additionné : ville de Venise plus texte en français plus dragons étranges plus époque d'avant 1400 et j'ai obtenu pour somme Marco Polo. Un véritable calcul d'alchimie ! À votre place, j'irais faire un tour du côté de la maison de Polo, dans la cour que l'on appelle de nos jours justement la corte del Milion !

À cette suggestion la Tintoretta fit claquer son pouce contre son majeur. Une lueur ardente illuminait son iris. Le rose de l'excitation lui était monté aux pommettes.

— Comme cela est évident ! Les patères de la corte del Milion ! Elles expliquent ce qui demeurait obscur. « Deux » dragons sont dessinés sur la vignette : sur les patères de la corte, les animaux vont par paire. Puis cet indice de chercher les cinq oiseaux alchimiques que le rabbin Levi nous a donné : des paons, je crois, ornent lesdites patères. Tout à coup, chaque détail prend son sens ! Venez les garçons ! Vite !

La fille du Tintoret jeta ses bras autour du cou de Cesare, se dressa sur la pointe des pieds et déposa un baiser sur sa joue barbue.

— Bravo ! lui souffla-t-elle dans l'oreille. Dans votre famille, les oncles sont aussi formidables que leurs neveux !

Peso-Manuce reçut le compliment en frétillant des babines. Il trinqua à la santé de la blonde demoiselle tandis que les trois détectives faisaient claquer derrière eux la porte du logis.

Derrière l'église San Giovanni Crisostomo, à quelques mètres de la corte Morosina où Virgile pour la première fois avait voulu embrasser Marietta, se trouvait l'ancienne demeure de la famille Polo. Les murs étaient décorés de patères vénéto-byzantines et les fenêtres surmontées d'arcs en ogive. Au-dessus d'un deuxième étage s'alignaient cinq ronds sculptés d'animaux parmi lesquels des paons. Le volatile figurait sur l'étrange dessin retrouvé dans les paperasses du Titien et analysé par le kabbaliste du ghetto. « Cherchez le corbeau, le cygne, le phœnix, le pélican, le paon, l'aigle et le lion ! », avait recommandé ce dernier. « Sans doute ces paons ont-ils conduit Flamel à choisir ce lieu comme cachette de sa première pierre », conjectura le jeune Preudhomme. Déjà Pierre le tirait par un pan de son pourpoint. Il se laissa entraîner vers une arche dont le pourtour était sculpté d'une série de patères représentant des animaux : deux daims face à face, deux pigeons se bécotant, et... deux dragons entremêlés. Ils avaient la même queue de sirène et la même tête de dromadaire que les créatures de la vignette numéro un.

— Et maintenant ? demanda la Tintoretta, la voix altérée par l'émotion.

— Maintenant, répéta Virgile en écho, gauche ou droite ?

— Droite, choisit son ami.

— Gauche, préféra sa belle.

Il tendit la main vers la patère aux dragons de gauche et se mit à en tâter le contour. Ses doigts tantôt caressaient la pierre, tantôt la griffaient, palpant ses aspérités et explorant ses fentes. Rien. Il pivota et recommença l'exploration, d'une main un tantinet plus nerveuse, autour du bas-relief de droite. Soudain, il sentit un accroc dans la texture rocheuse de la sculpture, là, derrière l'oreille. Il glissa un ongle dans la lézarde. Il arqua toute sa phalange, faisant pression sur le moellon. Presque deux siècles de poussière et de sédiments scellaient la pierre. Encore un effort, encore une grimace. Il appuya plus fort. Brusquement, il poussa un cri. Son ongle venait de se casser. La Tintoretta porta ses mains à son chignon et extirpa une épingle de sa coiffure. Elle la tendit à son ami. Il reprit l'exploration de l'interstice. Mieux que l'ongle, le fer résista à la roche. Le dragon, terrassé, céda à l'attaque du jeune Preudhomme, Persée de la Renaissance. Sa tête de pierre gicla de la patère et roula par terre. Alors, dans la crevasse dégagée, Virgile, Pierre et Marietta aperçurent le pâle éclat d'une pierre ronde, noire et gravée.

*
* *

Une saison plus tard, exactement, les trois mêmes personnes se retrouvaient autour de la même pierre noire. Le jour pointait à peine en ce 21 mars 1577. Le trio était réuni, comme trois mois auparavant, autour de la table de l'oncle Cesare. Ce dernier n'était pas présent. Il avait été tiré du sommeil, au cœur de la nuit, par un voisin dont l'épouse s'était réveillée, prise de vomissements. Il était parti en priant saint Roch que ce ne fût pas un nouveau cas de peste. Il n'était pas encore revenu. Palma il Giovane, non plus, n'était pas à ce rendez-vous matinal. Il avait toutefois promis à Marietta de s'efforcer, mieux que la première fois, de se joindre à eux dans le courant de la journée. Une journée particulière pour laquelle les deux Français avaient fait le voyage de Padoue. À dire la vérité, le jeune Preudhomme était arrivé dès le 17 mars dans la cité des Doges pour fêter les vingt et un ans de sa bien-aimée[1]. Il lui avait offert la dorénavant rituelle orange aux clous de girofle que la demoiselle ne lâchait pas. Le camarade Pierre les avait rejoints au bord de la lagune la veille de cet équinoxe de mars. La froide saison se retirait d'une Venise laissée exsangue par la tragédie de la peste. Pourtant, les arbres n'en bourgeonnaient pas moins que les autres années. Le mimosa était éclos sur les branches dans les jardins entourés de murs, et les violettes fleurissaient mélancoliquement dans le jardin du palazzo Contarini dallo Zaffo, à l'ombre du Casino degli Spiriti. Mais les violettes ne faisaient plus sangloter le cœur de Virgile ; il était amoureux d'une fleur moins sombre et moins secrète, qui jouait pour lui du luth et du clavecin dans le vent printanier. Il était amoureux d'un brin de muguet.

***

Six mois plus tôt, le 4 septembre, les enquêteurs s'étaient penchés sur la seconde vignette de Nicolas Flamel. Un

1. Date d'anniversaire fictive de Marietta Robusti. On ne connaît pas le jour de sa naissance, ni même l'année avec certitude ; probablement 1556.

homme barbu et une femme voilée. Qui ceux-là étaient-ils censés symboliser ?

— Le couple est représenté enrubanné dans un rouleau blanc, avait fait remarquer Palma.

— Je l'ai noté aussi, avait renchéri la fille du Tintoret. Quel sens cela peut-il avoir ?

— Le parchemin fournit-il une explication à ce sujet ? avait demandé Pierre.

Virgile, qui savait l'indice presque par cœur, avait récité :

— *« L'homme dépeint ici me ressemble tout exprès bien au naturel, tout de même que la femme figure très naïvement Perrenelle. La cause pourquoi nous sommes peints au vif n'est pas particulière. Notre ressemblance n'y était pas nécessairement requise. »*

La Tintoretta avait hésité entre un rire libérateur et un soupir d'affliction.

— Je n'y comprends rien ! Le couple représente-t-il ou ne représente-t-il pas les époux Flamel ?

L'étudiant-médecin, bien que cela ne fût pas son domaine, s'était hasardé à une analyse syntaxique du texte.

— Il est écrit : *« notre ressemblance n'y était "pas" requise »*. En conséquence de quoi, à mon humble avis, cet homme et cette femme ne sont « pas » Nicolas et Pernelle. Il s'agit juste d'un homme et d'une femme. Ou plutôt, de *l'*homme et de *la* femme.

— D'Adam et Ève !

La Tintoretta avait alors dit en riant :

— Mon père a peint une création d'Adam et Ève, ainsi qu'une toile du péché originel, et une autre de la comparution devant Dieu, pour la scuola della Trinità à Dorsoduro, derrière la pointe de la douane[1]. Mais ce n'est évidemment pas cet Adam et cette Ève-là dont il s'agit !

Chacun avait souri de sa plaisanterie à l'exception de Palma, depuis quelques instants plongé dans une étrange

1. Cette *scuola* a été détruite pour laisser place à la construction de l'église Santa Maria della Salute.

catalepsie. Soudain, il avait tapé du plat de la main sur la table.

— Sur la façade du palais des doges, certains chapiteaux sont sculptés de personnages de l'Ancien Testament : Noé, Salomon... Adam et Ève !

— Adam...

— ... et...

— ... Ève !

Un seul cri en trois syllabes avait fusé des gorges de Virgile, Pierre et Marietta.

— Une cachette machiavélique, avait commenté le jeune juriste, car exposée à la vue de tous. Si évidente et cependant si astucieuse !

La fille du Tintoret, en tant que conseillère artistique, avait renchéri :

— Certaines des figures seraient trop tardives. *Le Jugement de Salomon* par Bartolomeo Bon par exemple, date du XVe siècle ; mais *La Tentation d'Adam et Ève* est antérieure à 1399. Elle entre dans nos dates.

***

Marietta, habillée à la garçonne, se pencha vers Pierre.

— Sommes-nous toujours en partance pour le paradis d'Adam et Ève, au coin du palais ducal ?

Le jeune médecin s'apprêtait à acquiescer lorsqu'un coup fut frappé à la porte de la librairie. Le neveu du maître de maison, en l'absence du propriétaire, se leva de son banc pour descendre ouvrir. Quelle ne fût pas sa surprise de découvrir le rabbin Levi sur le pas de la porte, accompagné d'un inconnu à la longue barbe. Le Parisien avait rendu visite au kabbaliste en son logis du ghetto dès son arrivée dans la Sérénissime, quelques jours auparavant. Ensemble, ils avaient un peu discuté de l'affaire à l'occasion de laquelle ils avaient fait connaissance. Le vieux sage lui avait surtout montré un manuscrit qu'il avait reçu de Castille, un long commentaire sur le Pentateuque de Joseph Angelet, le *Livnat ha-Sappir, la Transparence du Saphir.* Une nouvelle fois, Virgile avait été noyé dans la mystique et l'ésotérisme juifs. « C'est d'émeraude et non de saphir dont je me soucie ! », aurait-il voulu crier. Mais il n'avait osé piper mot. L'enthousiasme de Salomone Levi pour le texte dont il l'entretenait fiévreusement faisait plaisir à voir. Or voilà que le rabbin réapparaissait et renversait l'ordre des choses puisque c'est lui qui, chapeauté de jaune comme la République du Lion le lui imposait, venait trouver le jeune Français.

— Shalom, mon neveu, dit-il en guise de salut lorsque la porte s'ouvrit. Je suis venu te présenter quelqu'un.

Il désigna la personne qui l'escortait d'un signe de tête. Celle-ci salua cérémonieusement le Parisien.

— Joâo El Ribeira, annonça le prêtre.

Un cri de stupéfaction échappa au jeune Preudhomme. Joâo El Ribeira alias Ari Beni Izraël, le dernier invité à la soirée d'Atika, le seul qui n'ait pas été interrogé, le septième suspect ! Il resta un instant à le dévisager. L'homme avait une soixantaine d'années mais les rides et les cernes, les taches de son et les cheveux de neige le faisaient paraître un octogénaire. Contrairement au rabbin, il n'avait pas la tête couverte par l'infamant chapeau jaune. Il exposait aux regards sa calvitie, une calvitie que contrebalançait une barbe longue, blanche et filasse. Il était de petite taille et surtout d'une maigreur inquiétante. Il soutenait son corps décharné à l'aide d'une canne de bois. L'impression de faiblesse qu'il dégageait se trouvait accentuée par l'habit de toile noire qu'il avait endossé. Virgile proposa aux deux visiteurs d'entrer. Salomone Levi laissa passer devant lui le marrane. Quand celui-ci se trouva engagé dans l'escalier, le kabbaliste se tourna vers le Français, agrippa son bras, l'entraîna dans un recoin du rez-de-chaussée et se mit à susurrer sur le ton de la confidence :

— Mon neveu, je n'ai pas de preuves de ce que je vais avancer. Si je le fais néanmoins, c'est que je possède l'assurance que tu ne disposes pas, toi, de preuves contraires.

Le jeune détective porta la main à son front. Il redouta un instant que le discours du juif ne s'enfonce dans les brumes de la mystique la plus opaque. Il fut vite rassuré par les paroles qui suivirent :

— J'ai l'intime conviction qu'Ari Beni Izraël n'est coupable de rien : ni du supplice de l'Égyptienne Atika, ni du meurtre du sieur Bonfili, ni de la contamination du Titien et de son fils, s'il s'avère qu'elle fut l'œuvre d'un criminel.

Le rabbin ouvrit les mains pour manifester à la fois son impuissance et sa sincérité.

— Si tu me demandes ce que j'en sais, je ne pourrai que te répondre : j'en sais ce qu'il m'a dit, et ce qu'il m'a dit m'a convaincu. Il reconnaît que la courtisane l'a menacé de l'Inquisition, l'a fait chanter, l'a ruiné. Qu'elle soit morte torturée au moment où il lui remettait ses premiers ducats est une première coïncidence. Qu'il ait quitté Constantinople peu de temps après cet assassinat en est une seconde.

— Et qu'il soit revenu ici dès qu'il a appris la maladie du Cadorin en serait une troisième ?

L'ironie était perceptible dans la voix du jeune détective. Le vieux juif la décela et l'apaisa.

— Non pas mon neveu. Il a fait à la hâte ce voyage du retour parce qu'il se doutait que le manuscrit de Flamel, qui fut offert par le Valois, qu'Atika a en partie lu le 7 août, et dont elle a distribué à ses invités les cinq vignettes, avait été récupéré par le Titien. N'avait-il pas été celui qui les avait initiés à l'art hermétique ? La courtisane morte, le peintre mort, le document se retrouvait sans propriétaire, disponible à celui qui le récupérerait. Pour cela il est revenu dans la Sérénissime : mettre la main sur le parchemin, récolter un à un les cinq galets dans leur cachette, réaliser le Grand Œuvre, obtenir la pierre philosophale et, s'imagine-t-il, le 22 décembre prochain, toucher à la vie éternelle ici-bas. Cette espérance seule le fait lutter contre le mal qui le ronge et qui, sinon, l'anéantirait.

Le récit du kabbaliste n'était pas loin d'avoir persuadé Virgile. Il anticipa ce que Salomone Levi espérait de lui.

— Comme nous sommes en possession à la fois d'une copie de la lettre et de la pierre numéro un, vous souhaiteriez que nous associions Ribeira à nos recherches et que nous lui fassions partager nos découvertes ?

« Précisément », aurait répondu le fils d'Abraham s'il avait parlé. Ses yeux s'exprimèrent pour lui. Puis, leur lueur pâlit derrière le voile de l'incertitude, comme s'ils demandaient : « Alors ? »

— Alors ? dit lentement Virgile. Qui peut refuser à un homme un sursis de neuf mois de vie ?

Joâo El Ribeira prit place sur la chaise que lui présenta le neveu de Cesare Peso-Manuce. Il tira de la poche de son habit noir sa copie des cinq vignettes de Flamel. La presbytie l'obligeait à tenir la feuille loin de ses pupilles.

— Sur le second dessin : un homme et une femme. J'ai établi de qui il pouvait s'agir. Et vous ?

Ses jeunes interlocuteurs opinèrent du chef. Ils n'eurent pas le temps d'exposer leurs déductions que déjà le marrane expliquait comment lui en était venu à identifier le couple primitif du palazzo dei Dogi. À l'époque où il craignait le plus d'être dénoncé, il rôdait quotidiennement autour du palais ducal. Il veillait à ce que l'Égyptienne ne vînt pas glisser un pli d'accusation dans une des *bocche di leone*, ces boîtes aux lettres à tête vaguement féline, placées à plusieurs endroits du monument, et ornées des mots : « *Denontie secrete contro chi occultera gratie et officii o colludera per nasconder la vera rendita d'essi.* [1] » Pendant ces guets, il lui arrivait souvent de se demander où, si on l'arrêtait, il serait emprisonné. Dans les puits, *preson orba* – prison aveugle où les rayons du soleil n'entraient jamais et où l'humidité était traîtresse ? Dans les plombs, sis sous les toits mêmes du palais, où l'étroitesse et la chaleur des cellules faisaient suffoquer les détenus ? Ou bien dans la « liona », comme l'appelaient les

1. « Dénonciations secrètes contre quiconque dissimulera des bénéfices et des charges ou collaborera à cacher leur vraie valeur. »

Vénitiens, la prison sous la loggia du palais ducal *avec vue sur la place publique qui disposait de fenêtres amples et lumineuses, formées par des barreaux de fer à travers lesquels les prisonniers pouvaient tendre la main et discuter avec tous et, s'ils étaient pauvres, demander la charité aux passants*[1] ». Desdites fenêtres, imaginait-il, il pourrait voir les arcades et certains chapiteaux, celui d'Adam et Ève, par exemple. Ses auditeurs le félicitèrent de sa perspicacité. Joâo El Ribeira ne put réprimer un sourire qui creusa les rides de sa face parcheminée. L'entrain des jeunes gens lui faisait plaisir. Il lui faisait également du bien. Il le sentait dans ses membres ; il le sentait dans son cœur. Contaminé par leur énergie, il saisit sa canne, la leva au-dessus de la table et lança comme un cri de guerre :

— Allons-y !

Les trois enquêteurs marchèrent moins vite qu'ils ne l'auraient voulu vers le palais des doges, retardés par le vieux Portugais que l'âge faisait cheminer presque au ralenti. Piaffant et trépignant, ils parvinrent au môle. Ils levèrent les yeux vers les chapiteaux des colonnes et vers les figures d'angles. Au coin du bâtiment et du rio, Noé ivre, moqué par ses fils. Plus loin, des visages féminins, des joueurs de luth, des savants barbichus, des angelots joufflus et des cygnes au long cou. Virgile attira l'attention de la compagnie sur ces derniers.

— Le cygne, animal hermétique que le rabbin Levi nous a recommandé de trouver.

Il interpréta la présence en l'endroit de cet oiseau cher aux alchimistes comme le signe magique : ils ne s'étaient pas fourvoyés, ils se trouvaient sur la bonne route. La sculpture représentant Adam, Ève et le serpent se situait à l'angle que faisait la façade sur la lagune d'avec celle sur la piazzetta. Virgile, Marietta, Pierre et Ribeira entourèrent la colonne qui supportait le haut-relief ciselé dans la blanche roche

1. Frere Felice Faber de Ulm dans *Evagatorium*·

d'Istrie. Ils auraient formé une ronde s'ils s'étaient donné la main. Ils levèrent la tête vers l'ornement de pierre. « Cette histoire va me faire venir le torticolis », songea le jeune Preudhomme. Puis il se posa la question à laquelle ses acolytes songeaient déjà : où ? Après l'oreille du dragon, où se cachait le caillou ? Une suggestion saugrenue démangea sa langue.

— Sous la feuille de vigne d'Ève ?

Elle lui valut un léger coup de canne sur le fondement.

C'est précisément avec ladite canne que Virgile réussit à récupérer la seconde des pierres de Nicolas Flamel. Hissé par l'ami Pierre qui lui faisait la courte échelle, il explora les corps des deux parents de l'humanité sans rien y déceler. Il fouilla Adam et Ève jusqu'à ce qu'une étrange sensation le pénètre : le serpent le fixait d'un œil curieusement insistant. D'instinct, il comprit.

— Droite ou gauche ?

— Gauche ! proposa Pierre.

— Droite ! décida Marietta.

Virgile emprunta son bâton de bois au vieux juif et, d'un coup décidé, défonça l'orbite droit du reptile. Un peu de sable lui tomba sur le visage. Rien de plus. Il réitéra l'opération à l'œil gauche. Une poussière de roche effritée plut sur ses épaules. Un galet rond, gris et gravé chut de sa cachette. Il rebondit à la base du pilier. Aussitôt, Pierre desserra les mains. Virgile dégringola à terre. Marietta, la première, bondissant au pied de la colonne, s'empara de la pierre. Elle l'enferma dans sa main gauche et, de sa dextre, puisa au fond de sa poche. Elle tendit ses deux poings clos devant elle et, lentement, déroula ses doigts. Apparurent deux cailloux au creux de ses paumes. L'un, noir comme le charbon, l'autre gris comme la cendre. Ils avaient même volume, même forme, même aspect, même écriture et même mystère. Virgile poussa un glapissement de joie qui soudain se transforma en cri de frayeur. À quelques mètres d'eux venait de surgir, d'une gondole accostée au môle, Kara Muztapha suivi d'une demi-douzaine d'esclaves en habits occidentaux. Ils se précipitèrent sur le groupe formé par le jeune Preudhomme et ses comparses. En un tour de main, les trois jeunes gens et le vieux marrane se retrouvèrent bâillonnés, soulevés de terre, transportés jusqu'à la gondole, poussés les uns et les autres sous la *felze*. La scène de cet enlèvement n'avait guère duré plus d'une minute. Personne apparemment n'en avait été témoin. Le tout s'était déroulé sous l'œil narquois et impitoyable du marchand turc.

***

Palma il Giovane parvint au domicile de Cesare Peso-Manuce au moment même où celui-ci rentrait à son domicile. Le jeune peintre expliqua qu'il venait, comme il l'avait promis, se joindre aux détectives pour la seconde énigme. Cesare le pria de bien vouloir entrer chez lui. Tous deux pénétrèrent dans la maison et grimpèrent l'escalier qui menait à l'étage. Personne ne répondit à l'appel qu'ils lancèrent depuis les marches ; personne, si ce n'est Zanni, ne se montra lorsqu'ils parvinrent en haut. Ils durent se rendre à l'évidence : Virgile, sa bien-aimée et son fidèle ami étaient déjà partis. Derrière eux, ils avaient laissé en évidence, sur la table, un exemplaire des cinq dessins. Le premier d'entre eux était rayé d'une croix. Le second était entouré d'un trait rouge.

— Je vais les rejoindre, décréta l'ancien assistant du Titien.

L'oncle lui donna une tape d'encouragement entre les omoplates. Le peintre s'éclipsa.

***

Sous la *felze*, Virgile, Marietta, Pierre et Ribeira, poussés par les sbires du Turc, étaient tombés pêle-mêle les uns sur les autres. Ils auraient voulu crier leur peur et appeler au secours, mais des bandeaux d'étoffe rêche leur écartaient les mâchoires, leur immobilisaient la langue et leur sciaient le coin des lèvres. Il ne leur restait que les pieds et les poings pour se débattre. À peine la gondole eut-elle quitté le quai, qu'un esclave vint leur ligoter poignets et chevilles. Debout, dressé devant l'ouverture de la *felze*, apparut Kara Muztapha. Il ricanait de l'impuissance à laquelle il les voyait réduits. Il s'accroupit à la hauteur de ses prisonniers et tendit la main vers Marietta. Se méprenant sur son geste, elle se rétracta sur elle-même, la prunelle noyée de dégoût. Muztapha comprit sa méprise et éclata d'un rire sardonique :

— Petite dinde ! Que m'importe tes jambes pâles quand je possède en mon harem vingt femmes qui te surpassent en beauté. Ce qui m'intéresse, idiote, ce ne sont pas tes cuisses mais les pierres que tu as remis en poche.

Ses doigts se posèrent sur la jambe de la Tintoretta et farfouillèrent jusqu'à trouver la poche de ses chausses de garçon. Il y glissa la main et en extirpa ce qu'il convoitait : la boule noire et la boule grise. Il les fit rouler avec un malin plaisir entre ses phalanges aux ongles soignés.

***

Palma il Giovane déboucha sur le campo Santi Filippo e Giacomo et s'engouffra dans la calle degli Albanesi. Il marchait d'un pas rapide. Une curieuse envie de courir le taraudait. Pourquoi se presser ? Il chercha à se raisonner. Marietta, Virgile et Pierre ne devaient pas être partis bien longtemps avant lui. Après tout, il n'était pas arrivé en grand retard au rendez-vous fixé pour ce 21 mars. Inutile de se hâter. Au bout de la calle, il déboucherait sur la riva dei Schiavoni et les verrait au loin tentant de grimper à la colonne du palais. Mais, comme elle s'éternisait, cette ruelle des Albanesi ! Les maisons qui la bordaient étaient si proches qu'elles empêchaient le soleil de pénétrer dans la venelle. Il y faisait froid. Palma frissonna. Il se mit à courir.

***

La gondole avait traversé le bassin de San Marco jusqu'au rio Ca'di Dio dans lequel elle avait tourné. Debout à l'avant de l'embarcation, Kara Muztapha faisait sauter dans sa paume les deux cailloux volés aux jeunes enquêteurs. Devant lui se dressaient les hautes murailles de brique rouille de l'Arsenal. Le bateau accosta. Il donna en turc une série d'ordres à ses esclaves. Les quatre prisonniers furent débarqués comme des ballots de marchandises. L'entrave qui leur liait poings et pieds contrecarrait leurs mouvements. Le bâillon étouffait leurs cris. Un serviteur s'empara de la fille du Tintoret. Un autre se chargea sans effort de la carcasse du Portugais. Virgile sentit deux mains se poser sur ses mollets et deux autres l'attraper aux aisselles. Il bascula en arrière et fut soulevé de terre, balancé comme un vulgaire sac de farine. Pierre connut le même sort. Les *oushak* et les *koul*[1], obéissant aux ordres rugis par leur maître, transportèrent les corps par un lacis de ruelles désertes jusqu'à l'arrière du *saray*. Un coup sur le portail de service suffit pour que les battants en soient instantanément poussés de l'intérieur. Comme en procession, les six esclaves porteurs des captifs pénétrèrent dans l'ombre du palais tandis que, sur eux, se refermait la lourde porte dans le craquement du bois et le grincement du fer.

***

Palma accéléra sur les derniers mètres de la calle degli Albanesi et regarda autour de lui. Pas âme qui vive à cette hauteur de la riva dei Schiavoni. Le jour se levait sur la lagune et sur San Giorgio. Un vent frais le décoiffa. Il frémit. Où donc étaient les trois enquêteurs ? Difficile de voir de l'autre côté du rio del Palazzo. Il gravit quatre à quatre les

1. *Oushak* signifie domestique et *koul* signifie esclave.

marches du ponte della Paglia et, de son sommet, embrassa le môle du regard. La figure d'angle représentant Adam et Ève se trouvait, il le savait, au bout de la galerie, au coin de la piazzetta. Au pied de la colonne où il escomptait retrouver ses compagnons, il ne vit personne. Personne non plus sur le large quai devant le palais des doges. Seules quelques embarcations voguaient sur les flots du bassin de Saint-Marc – des *peote* de pêcheurs et une gondole bien matinale. Son sixième sens alerta le peintre. Ladite gondole s'éloignait à grands coups de pagaie. Il plissa les yeux pour accommoder malgré la distance. À la proue, il vit un homme qu'il avait déjà croisé mais dont le nom lui échappait.

⁂

Les trois enquêteurs et leur nouvelle recrue furent poussés sans ménagement dans un escalier qui s'enfonçait vers le sous-sol. Ils atterrirent dans une cave au parterre boueux et aux parois poisseuses d'algues. Les esclaves qui les avaient transportés jusque-là s'éclipsèrent. Seul demeura le marchand d'étoffes.

— Avant de vous abandonner à votre sort, je tiens à vous remercier.

L'ironie perçait derrière la feinte amabilité.

— Oui, reprit-il, merci ! La pierre grise, le serpent d'Adam et Ève... N'importe quel *ballotino*[1] y aurait songé. Mais les dragons de Marco Polo... j'ai compris trop tard. Quand j'y suis parvenu, le soir, j'ai découvert que quelqu'un m'avait devancé... Je m'étais fourvoyé corte del Rosario, comme Zorzi. Ce pauvre Zorzi qui ne voulait pas me céder le manuscrit original... Même mort, les membres écartelés et la cervelle en bouillie, il ne se résolvait pas à lâcher son

1. *Ballotino* : Pour l'élection du doge, deux nobles allaient choisir dans la basilique Saint-Marc un garçon de dix ans. C'est lui [le *ballotino*] qui distribuait les jetons et qui les comptait après le vote. Il restait par la suite au service du doge.

précieux papier ! Vous avez fait moins de manières pour me confier les pierres. J'espère que vous serez aussi dociles que lui pour crever.

À cette sentence de mort, un froid glacial envahit l'âme et le corps de Marietta, Virgile et Pierre. Seul Ribeira ne réagit pas. Il côtoyait la pensée de sa fin depuis que la maladie avait mordu sa chair. Cependant, il ne put rester insensible lorsque le Turc décrivit dans un grincement de dents ce qui attendait ses quatre victimes.

— Les fondations du palazzo sont bordées par un rio souterrain, expliqua-t-il. Son cours s'enfle avec la marée et il déborde dans cette cave par cette ouverture.

Il désigna, de son index chargé de bagues, un orifice bouché par une grille de métal à hauteur du sol, au fond de la pièce.

— Le niveau monte petit à petit. En quelques heures, l'eau s'élève d'une demi-aune, parfois d'une aune, voire de deux lorsqu'il s'agit d'une grande marée comme aujourd'hui, puisque nous sommes à l'équinoxe du printemps...

Dans la bouche de Kara Muztapha, cette sinistre constatation s'accompagna d'un rire plein de perfidie. Son ricanement macabre résonna entre les murs humides de la cave. Un écho multiplia l'insupportable bruit. C'est comme si dix, vingt, cent Kara Muztapha s'étaient mis à s'esclaffer. Virgile voulut se boucher les oreilles. Il porta ses mains à son visage. La corde qui le ligotait entailla ses poignets. Il se mit à saigner tandis que le Turc, toujours hilare, remontait lentement l'escalier qui conduisait à la surface. Il atteignit la dernière marche. Les prisonniers entendirent le craquement d'une trappe qu'on claque puis le choc d'une barre qu'on place en son travers. Ensuite ce fut le silence. Rien que le murmure de l'eau vive et les battements sourds de leurs cœurs.

CHAPITRE 16

Ils avaient à présent de l'eau jusqu'aux chevilles. Un rongeur sortit en couinant d'un trou dans le mur, traversa en nageant la cave jusqu'à la grille métallique et disparut derrière avec un petit cri suraigu.

— Les rats quittent le navire, grommela Pierre, et nous devrions bien faire de même.

La gravité de la situation rendit Virgile cynique.

— Excellente idée ! Quittons le navire, mon cher ! Montre-nous le chemin !

Son camarade haussa les épaules.

— Je ne risque pas, tant que j'aurai les mains liées. Viens donc ici m'aider à y changer quelque chose.

Nonobstant sa méchante humeur, le jeune Preudhomme s'exécuta. Il sautilla jusqu'à son camarade qu'il éclaboussa dans la manœuvre. Pierre ne s'en offusqua pas. Au contraire :

— La baignade ne fait que commencer.

D'un geste du menton il ordonna à Virgile de s'asseoir par terre dans l'eau. Lui-même s'installa dos à dos avec son ami. De leurs jambes à leurs ventres jusqu'au nombril, ils disparaissaient sous la surface. Entre eux, leurs mains nouées se touchaient.

— Les liens vont s'attendrir, et, avec un peu de chance, nous donner assez d'amplitude pour mouvoir nos doigts et nous détacher l'un l'autre, expliqua le tacticien de la manœuvre.

Suivant les conseils proférés, Virgile laissa l'humidité faire son œuvre ramollissante. Il entreprit ensuite d'agiter ses mains engourdies par la corde et le froid. Il constata qu'en effet l'étreinte autour de ses poignets s'était faite moins mordante. Elle offrait à présent à ses phalanges une certaine liberté de mouvement. Dans son dos, il sentit les doigts de Pierre s'agiter à leur tour. Palpant et tâtonnant, les deux jeunes gens entreprirent mutuellement de dénouer les liens qui les entravaient. Chacun se concentrait sur le bout de ses doigts. À leurs côtés, la Vénitienne et le Portugais avaient suspendu leur souffle.

— Je crois que j'ai réussi, susurra le jeune Preudhomme.

Dans l'incertitude, il craignait de parler trop haut et de triompher trop vite.

— Essaye d'éloigner tes mains d'un coup sec !

Pierre banda ses biceps et, d'un geste énergique, écarta ses bras. La ficelle se déroula autour de ses poignets. Il était libéré. Il sortit ses poings de l'eau et se rua sur son ami pour le délier à son tour. Après les mains, les pieds. Tout à fait désentravés, les deux jeunes gens se précipitèrent vers Marietta et Ribeira dont ils défirent les attaches aussi vite qu'ils le purent.

— Ne restez pas dans l'eau, leur recommanda Virgile.

Il aida le vieillard à se hisser dans l'escalier et à s'installer sur une marche encore sèche. La Tintoretta vint s'asseoir en hauteur elle aussi. Son amoureux l'embrassa furtivement puis rejoignit son compagnon dans ce qui ressemblait de plus en plus à une piscine. En pataugeant, il s'avança jusqu'à l'endroit par lequel avait filé le rat, et par lequel pénétrait l'eau saumâtre. Il s'accroupit devant la grille et se mit à en sonder le pourtour.

— Si j'arrive à desceller ceci, nous pourrons nous faufiler par cette issue. Muztapha a dit qu'elle communiquait avec un canal souterrain. Ce canal doit déboucher quelque part. Nous le suivrons et nous finirons bien par émerger à l'air libre.

Pierre rejoignit son camarade devant le grillage qui obstruait la voie de leur évasion. À son tour, il s'agenouilla. Tandis que Virgile agrippait les barres de fer sur la droite, il assura sa prise sur celles de gauche. Tous deux se mirent à tirer. Rien ne bougea. Ils recommencèrent, s'arc-boutèrent, bandant leurs muscles, se raidissant à l'extrême sous l'effort. Pas la plus ténue vibration n'annonça un quelconque déboîtement de la grille ancrée dans la pierre. Ils envisagèrent alors de s'en prendre au mur lui-même. S'ils parvenaient à desceller un ou deux blocs parmi ceux qui constituaient la paroi, ils auraient dégagé une sortie vers le rio souterrain. Pierre s'arma de la canne du marrane et Virgile de l'épingle à cheveux que lui tendit sa mie. Les deux jeunes gens s'attaquèrent au plâtre qui accolait les pierres entre elles. Sous les frottements, les coups, les grattements répétés, l'enduit commença à s'effriter, mais dans une proportion si infime que c'était folie d'escompter quoi que ce fût avant de nombreuses heures. La marée ne leur accorderait pas un si long délai. Déjà, les flots baignaient les cuisses des Français ainsi que la pierre sur laquelle ils avaient concentré leurs efforts. Poursuivre l'opération de désintégration du plâtre sous l'eau relevait de l'impossible. Ils se relevèrent. Chacun lut dans les yeux de l'autre le découragement qui gagnait. Ils jetèrent un regard sur leurs instruments de forage, inutiles au bout de leurs bras ballants. Pierre restitua sa béquille à Ribeira. Virgile, de rage, jeta l'épingle de la Tintoretta dans l'onde verdâtre. L'évidence s'imposait : il leur fallait abandonner le projet d'exode par le canal souterrain.

— La trappe ? suggéra le médecin en fixant le lourd panneau de bois que le marchand d'étoffes avait refermé sur lui, en haut de l'escalier.

— En admettant qu'on parvienne à l'ouvrir, sortir de ce piège équivaudra à choir dans un autre. Juste derrière doit se tenir une ribambelle d'esclaves aux ordres de Kara Muztapha, prêts à régler notre compte, rétorqua le jeune Preudhomme.

— Tant qu'à faire, figure-toi que je préfère me faire poignarder par un janissaire turc plutôt que d'être noyé par la marée montante. Puis, comme dirait Faustino, *qui ne tente rien n'a rien.*

Avec détermination, Pierre monta les marches, dépassa Marietta et Joâo et s'immobilisa devant la trappe qui faisait obstacle à leur fuite. Il en étudia l'aspect et le contour. Le constat qu'il tira de cette inspection n'était pas des plus réjouissants.

— C'est du solide ! Mais rien ne nous empêche d'essayer de la défoncer. Les gonds sauteront peut-être. Ou bien la barre à l'extérieur pourrait se briser... si elle est en bois.

Virgile avait assez distinctement entendu un bruit métallique au moment où Kara Muztapha avait barricadé la sortie. Il garda ce souvenir pour lui. Il ne voulait pas entamer l'optimisme de son ami. Il avait peut-être raison d'espérer sortir la porte de ses gonds. Il le rejoignit au sommet de l'escalier. Ensemble les garçons se mirent, de leurs épaules arrondies par la contraction, à heurter le bois avec toute la puissance dont ils étaient capables. Ils cognèrent dix fois. Ils cognèrent vingt fois. Le panneau qui bloquait l'issue semblait inébranlable. Ils abandonnèrent la partie et se retournèrent vers les deux autres prisonniers. Ceux-ci avaient été obligés de se hisser de deux marches car déjà les flots léchaient l'endroit où ils étaient auparavant assis. Virgile alla se poser derrière sa bien-aimée et entoura ses épaules. Ils soupirèrent. Que leur restait-il, sinon attendre que la marée monte inexorablement jusqu'à eux et les recouvre de ses flots mortifères ? À cette perspective, une consolation berçait l'âme des deux amoureux : ils allaient mourir ensemble et aucune tradition familiale, aucun mariage d'avec un artiste ne les séparerait plus.

Maintenant, bien qu'ils fussent tous les quatre réfugiés sur les dernières marches de l'escalier, l'eau leur parvenait aux épaules. Le vieillard, adossé contre le mur, avait fermé les yeux et s'était mis à marmonner des prières. Il dodelinait de la tête tandis que ses lèvres se mouvaient au rythme des mots. Marietta, plus petite que les hommes, avait déjà de l'eau jusqu'au menton. Son bain prolongé dans l'onde glacée de mars la faisait trembler des pieds jusqu'à la tête. Elle grelottait de tout son corps et claquait des dents. Ses yeux luisaient d'un très étrange éclat. Au spectacle déchirant de sa bien-aimée si mal en point et prête à chavirer dans l'inconscience, Virgile se révolta :

— Cette putain de trappe ne va tout de même pas nous obliger à mourir, rugit-il. Pierre, recommençons !

Ils s'arc-boutèrent à nouveau et, le dos rond, assénèrent au bois une série de heurts qui leur meurtrit les épaules et déchira leurs chemises. L'écho des chocs répétés résonna sous la voûte de la cave presque remplie d'eau. Il assourdit les captifs. Mieux valait le bruit de ces coups que le clapotis des flots toujours plus conquérants.

— Arrête ! ordonna soudain Pierre à son camarade qui s'apprêtait à se jeter une nouvelle fois contre le bois tel un bélier de guerre.

— Pardon ?

— Arrête, te dis-je ! hurla Pierre comme jamais de sa vie il n'avait crié.

Trop interloqué pour répondre, trop las pour discuter, trop angoissé pour s'offusquer, Virgile se tut. Alors lui aussi entendit. Il entendit une voix qui, quelque part au-dessus de sa tête, appelait leurs noms.

— Palma ? balbutièrent les trois jeunes gens en écarquillant des yeux béants d'espoir.

Seul Joâo El Ribeira, appuyé contre le mur, les yeux toujours clos, ne réagit pas. Ce fut à celui qui beuglerait le plus fort. Virgile, Pierre et Marietta se mirent à brailler avec autant de coffre et de puissance que le permettaient leurs poumons, leur fatigue et leur fièvre. Ils s'égosillèrent, vociférèrent, tempêtèrent jusqu'à ce que les pas du peintre s'arrêtent de l'autre côté de la trappe.

— Vite, vite ! fulmina Virgile. Vite, ou nous allons mourir noyés !

Palma ne se doutait pas de la dramatique situation dans laquelle étaient plongés ses amis. Il s'empressa néanmoins de soulever la baguette de fer qui cadenassait la trappe. Dès que les Français perçurent le grincement de la barre, ils poussèrent de toutes leurs forces le panneau au-dessus de leurs têtes ; tant qu'ils auraient percuté l'artiste s'il s'était tenu du mauvais côté. Lorsqu'il aperçut les quatre prisonniers immergés jusqu'au cou dans la cave engloutie, Palma poussa un cri de stupéfaction. L'eau parvenait à la hauteur de la bouche de Marietta. Pour éviter d'en avaler, la jeune fille serrait désespérément les lèvres. Le peintre se rua à la rescousse, l'attrapa sous les aisselles et la tira hors du bain. Juste à temps. Elle venait de boire la tasse. Elle fut secouée par une toux violente. Palma ôta son pourpoint et en couvrit les épaules de la demoiselle. Elle s'affaissa en sanglotant dans les bras de son sauveteur. Pierre et Virgile n'avaient pas attendu que Palma leur tendît la main pour s'extirper de l'eau. Ils s'égouttèrent comme de jeunes chiens puis se penchèrent vers l'entrée de l'escalier pour secourir Joâo El Ribeira. Le vieux Portugais n'avait pas bougé de contre le mur. Il n'avait pas rouvert les yeux. Le jeune Preudhomme l'apostropha :

— Monsieur ! Tendez-nous votre main que nous vous aidions à sortir.

Le marrane ne répondit pas.

— Il est peut-être trop épuisé pour bouger, conjectura Virgile.

Il descendit quelques marches de l'escalier, replongeant jusqu'aux genoux dans l'onde froide, et saisit le vieil homme à bras-le-corps. Il hissa puis déposa précautionneusement son fardeau à terre. Pierre s'agenouilla auprès de l'homme inerte, posa ses doigts experts sous le menton, à la base du cou. Sur son visage, Virgile, qui le connaissait mieux que quiconque, lut l'expression fugitive de la panique. Le jeune médecin se pencha sur le buste immobile. Il posa une oreille sur la poitrine de celui qu'il auscultait. Lorsqu'il se redressa, la tristesse baignait son regard.

— Il est mort, annonça-t-il d'une voix sourde.

Durant l'heure qui suivit, l'agitation et la fébrilité régnèrent dans le *saray* du campo dell'Arabo d'Oro. Tandis que Pierre installait la dépouille de Joâo El Ribeira, alias Ari Beni Izraël, sur le sofa d'une chambre du premier étage, Virgile s'immisçait dans le harem dont il connaissait l'entrée afin de s'y approprier des vêtements et des châles assez épais pour réchauffer sa belle, meurtrie par le froid. Cependant, Palma explorait l'ensemble du palais. Il obtint ainsi confirmation de ce qu'il avait cru deviner en pénétrant dans le *saray* · l'endroit était désert ou, plus exactement, déserté. Dans la cuisinc, aussi vide que le reste de la demeure, il trouva du vin qu'il fit bouillir sur un réchaud et qu'il saupoudra d'épices. Lorsque chacun des trois hommes eut accompli sa tâche, et que les deux Parisiens eurent changé de vêtements – des caleçons et des tuniques trouvés sur un divan –, ils se rassemblèrent sur les tapis de la salle de réception du premier étage. Virgile s'assit en tailleur et enserra Marietta au creux de ses bras. Pierre se vautra avec délectation sur des coussins tandis que Palma servait à tout le monde le breuvage tiède et bienfaisant qu'il avait préparé. Il entama alors le récit de ce que, jusqu'au dernier moment, il ne se doutait pas être un sauvetage.

— Quand je suis arrivé sous le pilier d'Adam et Ève, j'ai trouvé un objet qui a fait résonner en moi une cloche d'alarme.

Ses trois interlocuteurs froncèrent les sourcils, étonnés et curieux. L'ancien assistant du Cadorin plongea la main dans sa poche et en retira une orange, une orange piquée de clous de girofle.

— J'ai compris qu'il s'était passé quelque chose mais vous n'étiez nulle part en vue. À vrai dire, il n'y avait pas grand-monde, mis à part les pêcheurs qui déchargeaient et une gondole qui s'éloignait.

Palma avala une gorgée de vin chaud puis reprit le cours de son récit.

— La gondole s'était déjà considérablement écartée du môle, mais la silhouette qui s'y dessinait à l'avant, debout en contre-jour, j'étais convaincu de l'avoir déjà entrevue, j'étais sûr qu'elle m'évoquait quelqu'un. Toute la question était de savoir : où ? quand ? qui ? Vous savez comme je suis. J'ai appris à reconnaître une personne pour peu que je l'aie croisée une fois. J'imagine que toi aussi, Marietta... déformation professionnelle en somme. Cela dit, j'étais dans l'incapacité de mettre un nom dessus. Souvenez-vous ! La première fois que je vous ai rencontrés, et que vous m'avez questionné sur le meurtre de la courtisane : je revoyais en pensée les traits de son visage mais j'ai été absolument inapte à me souvenir de son prénom. Même phénomène ce matin – le trou noir. Il faut reconnaître que Kara Muztapha n'était pas costumé comme à son habitude. Ses sbires non plus d'ailleurs. Cela a dû créer un peu de confusion dans mon esprit. Plus fort je tentais de me concentrer, plus loin son nom s'échappait. Je me disais que, si je parvenais à l'identifier, j'irais l'attendre à son domicile et lui demander s'il ne vous avait pas croisés sur le môle. Je ne pouvais pas me douter qu'il venait de vous enlever, et que vous vous trouviez sous la *felze*, presque sous mes yeux...

Il secoua la tête en songeant que, s'il avait été plus perspicace, il aurait évité à ses amis bien des affres et aurait empêché que le vieux marrane ne succombe. Par une question, Pierre coupa court à ses remords :

— Comment as-tu finalement songé au Turc ?

— Je me suis acheminé vers la maison de messire Tintoretto. Je me disais que vous étiez peut-être déjà rentrés làbas. C'est en passant devant le bas-relief de l'homme au chameau sur le palais Mastrelli derrière le campo dei Mori que j'ai eu l'illumination. Tout à coup, sous son turban, je l'ai vu avec les traits de Kara Muztapha. J'ai compris qui était l'homme de la gondole.

Palma vida son verre avant de terminer sa narration.

— Je suis accouru jusqu'ici et j'ai trouvé porte close. Personne ne répondait à mes coups de boutoir si ce n'est d'autres coups qui provenaient de l'intérieur du palais. J'ai été traversé d'un drôle de pressentiment. J'ai appelé vos noms et vous m'avez répondu. Alors, j'ai défoncé une fenêtre, me suis orienté à vos cris et ai découvert la trappe derrière laquelle vous étiez.

Pierre se leva de ses moelleux coussins et vint donner une claque pleine d'émotion dans le dos du peintre :

— Je crois bien que tu nous as sauvé la vie !

L'alcool cuit, les bons châles et le récit de Palma avaient réchauffé les trois jeunes gens. Marietta était toujours fiévreuse mais elle ne grelottait plus et avait recouvré des forces. On décida de se séparer pour mieux se retrouver un peu plus tard au domicile de Cesare Peso-Manuce. On y profiterait d'un déjeuner reconstituant. On y déciderait aussi de la marche à suivre. D'ici là, Pierre devait courir jusqu'au ghetto pour prévenir le rabbin Levi du décès de son coreligionnaire, et Palma se rendre sur la riva degli Schiavoni pour vérifier que, comme ils étaient tous prêts à le parier, Kara Muztapha, ses femmes, ses esclaves et les deux pierres hermétiques avaient pris le large dans la matinée en direction de la Corne d'Or. Virgile allait pour sa part raccompagner sa douce chez son oncle afin qu'il lui administre une médication contre la fièvre.

Ils se quittèrent à l'entrée du campiello dell'Arabo d'Oro. Chacun s'engouffra dans la calle qui le conduirait au plus vite vers sa destination. Les amoureux prirent le chemin, balisé d'églises, de la maison avunculaire : Sant'Antonio, San Lorenzo au loin, San Giorgio dei Greci, San Severo sur le campiello della Fraternità. Ils durent faire une halte pour permettre à la jeune fille, épuisée, de reprendre son souffle. Elle se mit à toussoter. Virgile la soutint. Sa toux s'apaisa. Elle inspira profondément. Ils reprirent leur marche en s'enfilant dans la calle della Madonna. À la moitié de la ruelle ils entendirent des pleurs de nouveau-né. Ils s'immobilisèrent et tendirent l'oreille pour en localiser la provenance. Marietta indiqua de l'index le rez-de-chaussée d'une maison. Ils s'en approchèrent hâtivement. Virgile frappa à la porte de sa main fermée. Seuls leur répondirent les cris de l'enfant.

Sans attendre, Virgile poussa la porte et pénétra dans le logis. Une odeur abominable lui sauta à la gorge, celle, familière maintenant mais toujours écœurante, de la chair en putréfaction. Il s'avança dans la pièce. Un nuage de mouches bourdonna devant lui. Une horde de cafards s'éparpilla autour de ses pieds. Des yeux, il fouilla la pénombre. Dans son dos, il devina Marietta qui scrutait elle aussi la pièce dans le demi-jour. Ils les virent alors. Dans un recoin de la chambre, sur un minuscule grabat, les corps d'une femme et d'un bébé. Elle gisait, inerte. Son visage à la peau presque verte reposait sur le drap maculé. Son corps était zébré de tâches brunâtres et gonflées – incontestables stigmates de la peste. De l'échancrure de sa blouse ouverte, sortait un sein, flasque et vide. À ce téton tari s'accrochait avec un instinct de survie insensé un nourrisson qui hurlait sa faim.

*
* *

Le 4 septembre de l'an de grâce 1576, lorsque Virgile, Pierre, Marietta et Palma avaient tenté de décrypter les cinq vignettes alchimiques, le troisième dessin n'avait pas été le plus aisé à disséquer.

— Eh bien, c'est même, à mon avis, le plus obscur, avait remarqué l'ancien assistant du Titien. Le commentaire qui l'accompagne ne l'est pas moins !

Il avait brandi la copie de la lettre de Nicolas Flamel.

— *Dans leur escapade, avec un bien précieux entre tous, ils rapportèrent aussi un os magique...*

Ses trois compagnons avaient affiché une mine absolument pétrifiée de perplexité. Virgile avait froncé les sourcils et tendu le cou vers l'image.

— Que voyons-nous exactement ?

— Deux hommes et une femme, avait suggéré Pierre.

La Tintoretta s'était étonnée.

— Une femme ?

— Au centre, n'est-ce pas une femme qui lève les bras ? Elle a les cheveux longs.

— Le personnage de gauche aussi ; cela ne fait pas de lui une femme.

Virgile s'était rangé à l'avis de sa mie.

— Une femme sans poitrine, eût-elle des mèches dévalant jusqu'à terre, n'est pas une femme. Reprenons : nous voyons trois hommes. Mais où sont-ils ? Que font-ils ?

Cela avait été au tour de Marietta de lancer une proposition...

— Ils sortent de terre. Ce sont des ressuscités.

... et au tour de Pierre de la reprendre :

— De terre ?

— Les bosselures tout au bas de l'image et à l'arrière-plan, ne sont-ce pas des mottes de terre ?

— Bien sûr que non ! Il s'agit de vaguelettes. Ils ne sortent point de terre ; ils sont en pleine mer !

Le jeune Preudhomme avait rapproché la page de ses yeux myosotis pour essayer de se forger une opinion. Sans conviction, il avait marmonné :

— Je décèle quelque chose qui ressemblerait à un bout de coque, ce qui validerait la thèse marine... Admettons pour l'instant que nous sommes en présence de trois gaillards dans une barque. Je dirais que le premier écarte les mains, le second lève les bras au ciel, et le troisième transporte... une feuille ?

— Une pierre ?

— Une planche ?

— Bref, une chose rectangulaire et non identifiée, avait conclu Virgile avant de demander à la cantonade : trois hommes dans un bateau, cela vous évoque-t-il quelque chose ?

La question avait trouvé ses compagnons peu inspirés. Virgile ne possédait pas le talent de Socrate pour la maïeutique. Pourtant, au bout d'une heure de remue-méninges, d'associations d'idées et de réflexions à haute voix, les enquêteurs avaient dégagé une piste envisageable.

— ... celle des frères Mastrelli ! Une version des faits prétend qu'ils étaient quatre frères, mais la plus répandue n'en retient que trois : Rioba, Sandi et Afani. Ils ont fui la Morée en bateau et ont transporté avec eux leur fortune. Ce qu'évoquent à la fois l'esquisse et le texte : « un bien précieux entre tous » puisqu'il s'agissait de monceaux d'or et d'argent.

Les indices semblaient converger. La troisième étape sur le chemin de la Table d'Émeraude serait donc le campo dei Mori.

*
* *

Depuis le jour où Kara Muztapha avait volé les gemmes noire et grise de Nicolas Flamel, où Pierre, Virgile et Marietta avaient manqué périr noyés, où Joâo El Ribeira avait été tué par la marée montante, et où les amoureux avaient arraché des bras de sa mère morte une fillette de quelques semaines, s'étaient écoulés les trois mois d'une saison. Cesare Peso-Manuce, malgré ses manières d'ours casanier et de célibataire endurci, s'était pris de tendresse pour l'orpheline. Il l'avait recueillie chez lui. Il lui avait trouvé une nourrice. Il l'avait fait baptiser. Virgile, en parrain, lui avait choisi un prénom : Marietta. Avec le fidèle Pierre, il avait ensuite regagné Padoue et son Université. Mais il n'attendait qu'une chose : que tombent les feuilles de l'éphéméride et qu'arrive la date du 21 juin.

À la lumière des événements du 21 mars, Virgile avait établi la vérité après laquelle il courait depuis les débuts de son aventure vénitienne : l'identité du meurtrier d'Atika. Selon lui, au soir du 7 août, désireux de posséder pour lui seul un manuscrit hermétique qui dévoilait la clef de la Table d'Émeraude, Kara était revenu, après un faux départ, chez la courtisane, l'avait ligotée sur son lit, l'avait torturée pour savoir où elle cachait la lettre et l'avait finalement tuée sans obtenir de réponse. Après tout, son frère, Lala Muztapha, n'avait-il pas procédé de la même façon, atroce et sanguinaire, avec Marcantonio Bragadin à Famagouste ? Lorsque avait sonné l'heure du premier rendez-vous posthume avec Nicolas Flamel, sans l'aide de la lettre mais avec les indices de la vignette, il était parti comme Virgile et ses amis à la chasse au dragon. Dans la corte del Rosario, il était tombé nez à nez avec Zorzi Bonfili. Il n'avait éprouvé aucun remords à le défenestrer. De ce crime, il ne pouvait que se féliciter. Il faisait d'une pierre deux coups : il récupérait le fameux manuscrit qui allait l'éclairer dans sa course au trésor et il éliminait en même temps un concurrent qui n'avait pas plus de scrupules que lui à assommer les gens. Cependant lorsque, orienté par l'extrait du *Livre des Merveilles*, il était parvenu à la corte del Milion, il avait eu le grand regret de constater que quelqu'un était passé avant lui. Il ne se doutait pas de l'identité de ses prédécesseurs mais il lui suffisait d'attendre trois mois pour la découvrir. Ce qu'il avait fait. Au matin du 21 mars, il s'était posté, accompagné d'une cohorte de *koul* à ses ordres, devant ce qu'il devinait être le lieu de la seconde pierre. Il avait là attendu que se présente celui ou celle qui avait déniché la première. À nouveau, il avait réalisé une opération doublement satisfaisante : entrer en possession de deux gemmes et se débarrasser, les enfermant dans sa cave inondée, de quatre rivaux combatifs. Après ce quadruple meurtre, pour plus de sécurité, il avait quitté Venise à la hâte. Il avait pris la mer pour Istanbul, décidé à ne revenir que pour le troisième rendez-vous de l'alchimiste parisien. Ce jour-là, le 21 juin 1577, était arrivé. Ce dont ne se doutait pas le Turc, c'est que les trois jeunes gens dont il pensait les corps décomposés dans sa cave souterraine, étaient eux aussi à pied d'œuvre dès les premiers rayons du soleil d'été.

Exceptionnellement mais logiquement, au matin du solstice d'été, plutôt que de se réunir au domicile Peso-Manuce, les jeunes gens se retrouvèrent à la casa tintoretta. Palma il Giovane n'était pas de la partie. Il avait laissé un message pour exprimer ses regrets. Un travail urgent l'accaparait.

Peut-être les rejoindrait-il plus tard... lorsqu'ils se retrouveraient en danger de mort ! Virgile, lui, se présenta avec la dorénavant traditionnelle orange aux clous de girofle. Marietta l'embrassa puis rappela la destination du jour.

— Campo dei Mori !

La place était, le lecteur s'en souvient, au coin de la rue. Avant de sortir, les détectives, immunisés par leur mésaventure de mars, se munirent de poignards. Non qu'ils eussent des velléités de meurtre, mais ils étaient décidés à ne pas se laisser kidnapper à nouveau par les sbires de Kara Muztapha. Ils parvinrent presque guillerets sur la place derrière le palais Mastrelli. Là se dressaient les statues peintes des trois frères de Morée. Trois sculptures pour trois détectives. Même la petite Marietta, du haut de ses quatre mois et de ses trois paumes, aurait sans doute réussi le calcul. Chacun s'avança vers le « Maure » qui lui revenait. La fouille au corps commença. Ils ne laissèrent rien au hasard : ni les plis des tuniques à la grecque, ni les bonnets cylindriques, ni ce que cachaient les doigts, ni ce que piétinaient les talons. Ils s'acharnèrent à sonder chaque centimètre carré des sculptures – en vain. Au bout d'une heure, l'ami et l'amoureuse de Virgile, les doigts griffés, les ongles cassés, les paumes écorchées, abandonnèrent la partie de ce curieux cache-cache. Seul, le jeune Preudhomme, accroché à Rioba qui faisait l'angle du *campiello* et de la *fondamenta*, s'obstinait. Il était grimpé sur le fragment de colonne antique où le « Maure » lui-même était posté, et grattait avec son poignard le nez de la statue.

— Il y a une fente là, annonça-t-il désignant une minuscule craquelure à la base de la protubérance nasale. Je suis sûr que la troisième pierre est dissimulée dessous.

Pour tenter de déloger ladite pierre, il glissa le bout de sa lame dans l'échancrure de la roche, et se mit à appuyer sur le manche de la dague comme sur un levier. Dans le duel entre la lame en fer et le nez en roche, la lame la première manifesta un signe de faiblesse. Sous la pression de la poigne virgilienne, elle commença imperceptiblement à ployer. Le jeune homme n'en accentua pas moins son effort. Soudain, un bruit sec et net retentit dans le petit matin. Quelque chose venait de craquer. Virgile, agrippé à son poignard planté dans le vide, bascula en arrière. Il retomba de tout son poids dans les bras de la Tintoretta. Elle l'aida à se stabiliser. Il l'embrassa. Tous deux se ruèrent alors vers la statue... dépourvue de nez. Le jeune homme, fébrile, se jeta à terre pour ramasser le morceau pyramidal tombé aux pieds de Rioba. Il se releva, désemparé. Le bout de pierre qu'il tenait dans la main était d'un bloc et d'un seul. Il ne recelait rien qui pût, de quelque manière que ce fût, s'apparenter à une gemme alchimique. Marietta se mit à applaudir avec ironie mais sans méchanceté :

— Tout ce que tu as réussi, c'est à casser le nez de ce pauvre Rioba !

Elle jeta un regard plein de pitié au Grec de Morée, dorénavant défiguré. Après cet échec, Virgile n'était pas disposé à plaisanter.

— Je serais d'humeur moins badine à ta place, Marietta. Si la pierre de Flamel n'est pas cachée sur l'un des trois « Maures », où faut-il aller la chercher ?

Bien que proférée avec un ton pour le moins acrimonieux, l'apostrophe ne manquait pas de pertinence. Les jeunes enquêteurs s'étaient égarés. Ils avaient perdu un temps précieux. Ils risquaient de se faire doubler par Kara Muztapha. Obligés de repartir du début, ils récapitulèrent ce que leur apprenait la vignette *trois hommes dans un bateau*, et ce que leur disait l'indication, *dans leur escapade, avec un bien précieux entre tous, ils rapportèrent aussi un os magique*. Aucune nouvelle idée ne vint à leur rescousse.

— Allons consulter le rabbin Levi, proposa le jeune Preudhomme déboussolé. Je n'imagine que lui pour nous éclairer.

Ils se mirent en route. Le ghetto était tout proche. Ils longèrent la fondamenta della Sensa, traversèrent le rio du même nom, et franchirent bientôt les portes du quartier juif.

Le kabbaliste les accueillit avec sa chaleur habituelle. Il ne réagit pas d'emblée à la vignette, mais la phrase mystérieuse qui la sous-titrait alluma une étincelle au fond de sa prunelle. Il se tourna vers Pierre. La malice transparaissait sous sa barbe et ses rides.

— De nous tous, n'es-tu pas celui qui connaît le mieux les os du corps humain ? N'est-ce pas toi le médecin ?

L'interpellé balbutia une réponse mal assurée.

— C'est-à-dire que... ceci n'est pas une énigme d'anatomie. C'est une charade alchimique, et...

Salomone Levi ne le laissa pas poursuivre.

— C'est une charade alchimique fondée sur une énigme d'anatomie. Des os du corps, lesquels retiendrais-tu ?

La question ainsi formulée interloqua l'étudiant en médecine. Inutile de vouloir argumenter avec un maître du pilpul. Il était préférable de s'exécuter. Il entreprit d'énumérer les os du corps humain.

— Le radius et le cubitus, le tibia et le péroné, le coccyx, les vertèbres, l'omoplate, la clavicule...

— Nous y voilà, l'interrompit le vieil érudit. La clavicule ! C'est une clavicule qu'« ils » rapportèrent dans leur voyage avec le bien le plus précieux entre tous.

— De quoi s'agit-il donc ? s'exclama Virgile que la nervosité et l'impétuosité avaient rattrapé.

Le rabbin posa une main osseuse sur son épaule juvénile. Ce seul contact apaisa quelque peu l'agitation du jeune homme.

— Je vais vous le révéler, promit le kabbaliste. Mais, pour cela, je dois vous narrer un fragment de l'histoire de cette ville bien que, fils d'Israël, je ne sois pas le mieux documenté pour conter de telles légendes. Quoi qu'il en soit, pour les chrétiens de ce monde, c'est à saint Théodore que revint la protection de cette ville. Pour cela sa statue nous est donnée à contempler au sommet de l'une des deux colonnes de la piazzetta ; saint Théodore et son monstre semblable à un crocodile. Cependant, saint Marc était lié à la cité. Lorsque l'évangéliste passa un jour, peut-être en rêve, par la lagune, il y rencontra un ange qui lui adressa ces paroles : « *Pax tibi, Marce Evangelista meus*[1]. » Par là, la créature céleste entendait que le saint trouverait le repos éternel ici même. Marc s'installa de l'autre côté de la Méditerranée. Il devint évêque d'Alexandrie. Il y mourut martyrisé. Il y fut enterré. C'était sous Néron, en l'an 57. Venise n'avait pas oublié la promesse céleste. Quelque sept cent soixante-dix ans plus tard, deux marchands, Buono di Malamocco et Rustico di Torcello, abordèrent non loin du delta du Nil. Leur objectif : récupérer coûte que coûte la dépouille de Marc et la rapporter dans la Sérénissime. Voler les reliques du monastère où elles reposaient ne fut pas la partie la plus ardue de leur opération. Il leur fallut ensuite détourner l'attention des contrôleurs égyptiens. Pour ce faire, ils recouvrirent leur précieux butin de viande de porc. L'odeur et l'aspect écœurèrent les douaniers musulmans d'Alexandrie qui les laissèrent embarquer leur « marchandise » sans l'inspecter plus avant. À leur retour à Venise, ils furent fêtés triomphalement dans la joie et l'allégresse. Pour abriter la sacro-sainte relique de Marc, une église fut édifiée. La première pierre a été posée en l'an 832.

À ce point du récit, Salomone Levi s'interrompit. Dans le silence qui suivit, la demoiselle Robusti soupira.

— Je ne connais que trop bien la légende de saint Marc ! Mon père a réalisé pour la scuola di San Marco une série de trois tableaux sur le thème de ses miracles. J'y ai collaboré. Je n'avais pas dix ans. Pourtant, je me souviens très bien. J'ai broyé des couleurs pour les toiles de mon géniteur ; celle où Marc sauve un Sarrazin du naufrage ; celle où son corps est retrouvé ; celle enfin où sa dépouille est enlevée.

La sévérité se peignit sur les traits de son tendre et cher.

— La vignette de Flamel ne t'a pas rappelé cet épisode fondamental dans l'histoire de la cité ? Tu as cité les frères Mastrelli et tu n'as pas songé à saint Marc ? Regarde pourtant...

Virgile s'empara des cinq dessins et les brandit sous les

1. « Que la paix soit avec toi, Marc, mon évangéliste. »

yeux de sa belle. Il désigna l'homme à droite et celui à gauche de l'image.

— Deux marchands, commenta-t-il, qui ont rejoint Alexandrie d'Égypte... en bateau.

Du bout de l'ongle, il repassa ce qui ressemblait à un morceau de coque au milieu des vagues.

— Deux marchands, reprit-il, qui transportent un corps saint.

Il suivit du doigt ce qu'il avait auparavant appelé tantôt une planche, tantôt une pierre, tantôt encore une feuille. Il griffa le cercle que formaient, au-dessus de sa tête, les bras de l'homme central.

— Ces bras ne symbolisent rien d'autre que son auréole !

Bien qu'il n'eût pas tort, Marietta se défendit.

— Tu nous la bailles belle avec tes remontrances ! Que n'y as-tu songé toi-même ?

Galamment, Pierre la relaya.

— En effet ! L'histoire nous est contée – si je m'en souviens bien – sur les mosaïques dans le bras droit du transept de la basilique, ainsi que sur la Pala d'Oro du maître-autel. Toi aussi, tu la connaissais !

Salomone Levi sourit à la façon dont son « neveu » était rabroué. Il ne laissa pas à la discussion la possibilité de s'envenimer et reprit son récit.

— Ne croyez pas que l'histoire de l'évangéliste se termina là où moi-même je me suis arrêté. Non point. L'église de l'an 832 fut remaniée à maintes reprises, en particulier aux alentours de 1060-1070. À ce moment-là, par crainte que les saintes reliques ne fussent dérobées, l'on cacha le corps de Marc au sein du sanctuaire. On l'enfouit si bien qu'on en oublia l'emplacement ! Prières, cérémonies, processions, rien n'y fit. Aucune trace de la relique ! Jusqu'au jour où, trente ans plus tard, le 25 juin 1094, saint Marc lui-même se lassa de ce jeu de cache-cache. Il se manifesta en étendant le bras. Le membre jaillit d'un pilier, en endommagea la décoration marmoréenne, mais eut l'avantage de signaler la présence sacrée[1] ! On l'installa alors dans la crypte où il est enseveli depuis lors...

Réagissant au quart de tour, Virgile s'exclama :

— C'est donc là que nous devons aller chercher !

Pour toute réponse, il n'obtint du kabbaliste qu'un sourire entendu.

— Un instant !

La voix de Pierre, claire et autoritaire, suspendit le mouvement de Virgile qui déjà se levait pour filer là où l'appelaient saint Marc et Nicolas Flamel.

— Tout ceci s'accorde on ne peut mieux à notre troisième vignette, reprit le jeune médecin, mais quid de la phrase qui l'accompagne : *« Dans leur escapade, avec un bien précieux entre tous, ils rapportèrent aussi un os magique »* ? Je croyais que *« le bien précieux entre tous »* correspondait à la dépouille de l'évangéliste, mais quel est cet *« os »*, cette *« clavicule »* avez-vous dit, dont il est question ?

— La clavicule de Salomon...

Le rabbin articula ces trois mots comme s'ils possédaient une saveur particulière.

— La clavicule de Salomon, répéta-t-il. Elle se trouvait sous le corps de Marc. Une émeraude magique portant, incisés dans la pierre, des caractères énigmatiques qui auraient permis de retrouver l'extraordinaire trésor du roi Salomon et de la reine de Saba. Au début du Xe siècle, Saud Khalula de Palerme s'empara de l'émeraude qui disparut à jamais. Saud Khalula de Palerme connut une fin tragique puisqu'il se noya dans le canal de la Madonna dell'Orto...

Le vieux juif acheva son récit avec un clin d'œil et trois points de suspension. Ou bien il avait trop parlé, ou bien il n'en avait pas raconté assez. Ses interlocuteurs, suspendus à ses lèvres, le pressèrent de leur en dire davantage.

— Il faut faire un pas dans le monde de la kabbale pour approcher de plus près le mystère de la clavicule de Salo-

1. Cette scène aussi est représentée sur les mosaïques de la basilique Saint-Marc.

mon. Le nom de Yahvé se décompose en soixante-douze noms qui l'explicitent et que l'on nomme sémaphores. Ces noms, organisés en formule, permettent d'élucider les mécanismes de l'Univers. Les kabbalistes appellent ladite formule « clavicule de Salomon » car la première rédaction daterait du fils de David. « Clavicule » autrement dit « petite clef ». Grâce à cette clef, l'alchimiste parvient à dialoguer avec les esprits et à dompter la nature. Tout magicien doit, une fois dans sa vie, avoir de sa main gravé la formule.

Alors Virgile se souvint des signes étranges incrustés à la surface des deux premières pierres de Flamel. Il se souvint aussi qu'elles avaient été traîtreusement volées par Kara Muztapha, et il se jura bien que la troisième gemme, celle qu'il allait découvrir sous les reliques de saint Marc, ne connaîtrait pas le même sort.

CHAPITRE 17

Lorsqu'ils débouchèrent, à bout de souffle, par la tour de l'Horloge, sur la piazza San Marco, Virgile, qui menait la course, poussa un cri avec le peu d'haleine qui lui restait. Il freina, s'immobilisa. Il écarta les bras de toute leur envergure pour empêcher ses deux compagnons d'avancer plus avant. Il les agrippa par la manche de leurs chemises et les entraîna sur le côté. Plaqué contre le mur, il posa son index sur ses lèvres pour recommander le silence. Lui-même attendit quelques instants avant de chuchoter :

— Kara Muztapha !

Il se pencha pour observer les mouvements de l'adversaire. Il commenta la situation :

— Il vient de pénétrer dans la basilique. Il me semble que, cette fois, il n'est pas escorté de ses janissaires.

— Que faisons-nous ? demanda Pierre

Le jeune Preudhomme proposa une tactique.

— Nous le suivons discrètement, nous vérifions qu'il récupère la pierre, nous l'escortons en catimini jusqu'à la sortie et, là, nous appliquons la loi du Talion. Il est seul ; nous sommes trois. Il est armé ; nous aussi. Nous récupérons les biens dont il nous a dépouillés en mars et nous accaparons au passage le cadeau du jour. Ensuite, nous déguerpissons dare-dare parce que cette petite aventure pourrait mettre Muztapha de bien vilaine humeur !

Le plan de son compagnon sembla à Pierre vaguement hasardeux. Il se garda d'émettre une critique. Au fil des années, il s'était accoutumé aux situations rocambolesques dans lesquelles son camarade était susceptible de se retrouver, et de l'entraîner par la même occasion. En ces matières, la chasse au trésor alchimique qui avait commencé six mois auparavant, et qui les conduisait à l'aube de l'été à épier un Turc féroce sous les coupoles de la basilique, était un chef-d'œuvre du genre. « Advienne que pourra », songea Pierre. À la suite de Virgile, il s'élança vers l'entrée du sanctuaire. En pénétrant dans l'église, franchi le narthex, le marchand d'étoffes n'avait pas hésité un instant. Il ne s'était évidemment pas signé. Il n'avait pas non plus pris le temps de lever la tête vers les plafonds bombés et resplendissants. Ni la coupole de la Pentecôte, ni celle de l'Ascension ne furent honorées du moindre regard. Il ne baissa pas le menton pour admirer les mosaïques en *opus tesselatum* et *opus sectile*. Il dédaigna leurs fascinants motifs géométriques et leurs attachantes figures animalières. Paons et cercles concentriques, aigles et damiers tricolores ne lui arrachèrent pas une lueur de ravissement. Virgile, qui le suivait à pas de loup, nota la présence, parmi les mosaïques, du roi des oiseaux. Il l'interpréta comme un signe de bon augure.

— L'aigle ! Volatile recommandé par la sagesse du rabbin et cher au cœur des alchimistes.

La « mer », sous la grande coupole, carré de pavements composés de plaques d'albâtre dont les veines évoquaient précisément l'ondulation des flots marins, laissa Kara impassible. Sans doute lui pressait-il de récupérer la troisième pierre de Nicolas Flamel, celle qui était cachée auprès des reliques de saint Marc. Il traversa tout droit l'allée centrale. Arrivé devant l'iconostase, il bifurqua. Devant la double volée d'escaliers, il négligea celle qui montait vers le maître-autel et la Pala d'Oro pour s'engouffrer dans celle qui descendait à la crypte. Dans le dos du Stambouliote, le jeune Preudhomme avait stratégiquement disposé ses troupes. Pierre était posté à l'entrée du sanctuaire, au coin de l'atrium et du vestibule. Marietta était placée derrière un pilier, au milieu de l'église. Virgile lui-même s'était faufilé sur les traces de Kara Muztapha, jusque dans la crypte. Celle-ci, sise sous le presbytère, était un endroit suggestif, aux dimensions réduites, au plafond bas, aux arcs en plein cintre, aux nombreuses colonnes, et au sol imbibé d'eau. La marée de solstice avait dû s'infiltrer jusque-là car le pavement était encore, à plusieurs endroits, recouvert de flaques. Sans tenir compte de ces mares éparses dans lesquelles il pataugeait et qui mouillaient le bas de son caleçon ottoman, Kara Muztapha se dirigea tout droit vers l'autel central. Il le contourna. Derrière se trouvait le sacellum central, la tombe dans laquelle reposaient les os de l'évangéliste. Ce que le commerçant de tissus fit exactement devant la sépulture sacrée, Virgile ne put que l'imaginer. Il observait la scène depuis sa cachette, derrière un pilier. Il supputa, il supposa, il soupçonna plus qu'il ne vit les gestes de Kara Muztapha. Ce dernier ne chercha pas longtemps avant de découvrir l'asile de la troisième pierre. Une pierre blanche dont le jeune Preudhomme perçut l'éclat lorsque l'assassin d'Atika et de Bonfili la fit rouler entre ses doigts.

Le marchand d'étoffes empocha la gemme et fit volte-face. Virgile se rétracta derrière le pilier qui masquait sa présence. Il suspendit son souffle. Le Turc l'avait-il remarqué ? Kara Muztapha traversa la crypte. Le jeune homme le vit approcher à pas menaçants vers lui. Il déglutit péniblement et porta la main à sa dague. L'expression sur le visage du Stambouliote était impénétrable. Virgile referma ses doigts sur le manche de son poignard. Lentement, il le tira de sa ceinture et s'apprêta à le brandir. Mais au moment où il allait tendre le bras, le Turc obliqua vers l'escalier. Il n'avait rien vu ! Il n'avait rien entendu ! La main de Virgile retomba comme une branche morte. Il sentit tous ses muscles se liquéfier et ses jambes vaciller sous lui. La peur avait été si prégnante qu'en disparaissant brusquement elle ne laissait place qu'au vide. Le jeune homme, inondé de sueur, se laissa glisser jusqu'au sol contre la colonne. Pour un peu, il se serait mis à pleurer. Ce n'était pourtant pas le moment de fondre en larmes. Le Turc, qui avait cherché à les noyer, venait de s'emparer du troisième caillou de Nicolas Flamel. Il n'était pas question de le laisser filer au-delà de la place Saint-Marc. Avec Pierre et Marietta en renfort, le Français était plus que décidé à récupérer ce que d'une certaine manière il estimait leur revenir. Il se redressa et ressortit en courant de la crypte. Kara Muztapha venait à peine de dépasser le portant d'arc derrière lequel Marietta était tapie. Il pressait le pas vers le portail de la basilique. « Pierre le guette au coin de l'atrium. » Cette pensée rassura le détective au moment où il perdait de vue sa proie. Le Turc franchit la limite entre l'intérieur de l'église et son narthex. Il disparut du champ de vision de son suiveur. Ce dernier, en quelques enjambées, rejoignit sa bien-aimée.

— Il a trouvé la pierre, lui murmura-t-il à l'oreille.

Sur la pointe des pieds, les deux amoureux traversèrent la basilique. Au moment où ils débouchaient dans le vestibule, un éclat de voix assaillit leurs tympans.

— Te voilà, crapule, vermine, assassin ! Tu as tué Zorzi ! À ton tour de crever !

Pierre, en embuscade derrière le mur d'angle, entendit les mêmes insultes. Il rejoignit Virgile et Marietta qui surgissaient du sanctuaire. Tous trois déboulèrent à l'extérieur du monument. Là, ils manquèrent de trébucher. À deux pas du portail central, Lionello Zen pointait le bout de son épée vers la poitrine de Kara Muztapha. Les enquêteurs reculèrent subrepticement. Aucun des deux hommes ne les avait vus. Tandis qu'ils opéraient cette retraite, le Turc tira le sabre qu'il portait à sa ceinture. Il le brandit en direction du jeune patricien.

— Tu ne vengeras ni ton ami Zorzi ni qui que ce soit, annonça-t-il en ricanant. Je t'aurai mis hors d'état de nuire bien avant !

Entre les deux hommes, l'un poussé par la vengeance, l'autre par l'orgueil, s'engagea un combat sans pitié. Le sabre était plus lourd que l'épée mais l'épée plus longue que le sabre, et les deux ennemis étaient des bretteurs habiles et expérimentés. Lorsque l'acier de leurs lames se heurtait, des éclats bleus jaillissaient du métal. Lionello se battait avec son élégance d'aristocrate, se fendait avec souplesse pour porter les estocades et esquivait avec légèreté les coups portés en face. Il tenait la poignée de sa rapière comme un oiseau, sans trop l'étreindre pour qu'il ne s'étouffe, sans le trop relâcher pour qu'il ne s'envole. En face, Kara se battait en force et en puissance. Il tenait son sabre à deux mains ; la lame de l'arme blanche moulinait l'air alentour, effleurait presque à chaque fois le corps de l'adversaire. Il n'était pas nécessaire d'être dans le secret des dieux, ni dans celui de ces deux hommes, pour comprendre que c'était là un combat à mort.

La pointe de l'épée érafla la tunique de l'Ottoman. Une auréole rouge fleurit lentement sur l'étoffe du vêtement. Être touché fit rugir le blessé. Les coups qu'il se mit alors à asséner redoublèrent de férocité. En se prolongeant, le duel ne s'essoufflait pas ; il s'enflait ; il s'amplifiait. Plus que jamais, les chocs répétés de l'épée et du sabre provoquaient éclairs et crépitations. Soudain, la lame du Stambouliote zébra les airs. Lionello sauta vers l'arrière, une fraction de seconde de retard. L'extrémité du fer effleura sa jambe. L'instant suivant, le sang souillait son bas et son soulier. Sa fureur occulta sa douleur. Il se fendit et exécuta avec virtuosité les mouvements imprévisibles d'une botte secrète. La pointe de son épée pénétra la chair de Muztapha à la hauteur du zygomatique. Elle ressortit de la joue du Turc rougie de sang. Cette seconde balafre arracha un cri au blessé :

— Chien de chrétien ! hurla-t-il.

Il fondit sur Lionello avec frénésie. Celui-ci avait prévu tel regain d'animosité et, malgré sa blessure à la jambe, souple sur ses genoux fléchis, il sauta de droite et de gauche pour esquiver les coups portés par l'ennemi. Il évita ainsi une série de moulinets agressifs et impressionnants qui arrachèrent des cris d'effroi aux badauds assemblés devant ce duel sanglant.

Ce fut l'un de ces badauds qui bouscula Virgile. Sans le vouloir, le jeune homme fut propulsé hors de l'endroit où il s'était replié. Il trébucha à quelques pas à peine de l'aire du combat. Lionello et Kara tournèrent la tête. Lorsqu'il reconnut Virgile Preudhomme, qu'il croyait mort, noyé au fond de sa cave, le Turc eut un mouvement de recul, un mouvement d'inattention, un mouvement de trop. Profitant de cette infime seconde de déconcentration, Lionello Zen se fendit amplement. Il étendit son bras de toute sa longueur. La pointe de son estoc pénétra la poitrine de Muztapha à l'endroit même du cœur. Son adversaire, mortellement atteint, s'écroula à terre. Aussitôt, le Français se précipita vers lui. La chemise du Turc était sanguinolente, son visage blafard. L'homme agonisait. Une bave rougeâtre moussait au coin de ses lèvres. Virgile se pencha sur lui.

— Preu.... dhomme..., articula le mourant avec l'avant-dernier de ses souffles.

— Tu me croyais mort, hein, Kara Muztapha ! Mais tu n'as pas réussi à m'assassiner contrairement à Atika et Zorzi Bonfili.

Un voile d'incompréhension recouvrit les yeux du marchand d'étoffes. Un hoquet le secoua. Il cracha un flot de sang. Il gardait encore un reste de voix.

— Je n'ai pas... tué... Atika, vomit-il.

Lionello Zen s'approcha des deux hommes. Il s'agenouilla auprès de Kara aux côtés de Virgile et demanda d'un ton provocateur et goguenard :

— Monsieur voudrait peut-être un imam ? Inutile ! Je lui accorde, moi, son passeport pour l'enfer.

Le noble Zen n'aurait peut-être pas dû s'esclaffer. Il n'aurait peut-être pas dû rejeter sa tête en arrière et éclater de rire. Concentrant ses dernières forces, contractant ses muscles une dernière fois, Kara Muztapha, qui n'avait pas relâché son sabre, releva le bras et, d'un coup, décapita le Vénitien. La tête de Lionello se détacha du tronc secoué de soubresauts. Elle alla rebondir une aune plus loin. De la carotide tranchée jaillit une gerbe de sang. Une flaque chaude, visqueuse et écarlate apparut sur le pavé de Saint-Marc. Sous les yeux des badauds, les deux hommes expirèrent dans le même instant. En rendant l'âme, le Turc roula sur le côté. La bourse attachée à sa ceinture s'ouvrit. Trois petits cailloux aux formes arrondies, aux inscriptions mystérieuses et aux teintes dégradées – noir, gris, blanc – roulèrent sur le pavé. Virgile tendit la main pour se les approprier. Tandis qu'il les faisait sauter au creux de sa paume, il se souvint des derniers mots prononcés par Muztapha : « Je n'ai pas tué Atika. »

*
* *

La douce saison de l'été s'était écoulée. Si on lui avait demandé de la qualifier, Virgile aurait, à n'en pas douter, affirmé que c'était le plus bel été de sa vie. Mais personne ne le questionna sur le sujet et c'est peut-être cela aussi qui fit, pour le jeune homme et sa belle, de cette saison une période d'allégresse. Ils n'avaient à répondre de rien, ils n'avaient à rendre de comptes à personne. Le jeune Preudhomme et son ami Pierre avaient achevé leurs études padouanes. Ils avaient quitté l'Université pour revenir dans la cité des Doges. L'oncle Cesare, la petite Marietta et la nourrice de cette dernière les accueillirent à bras ouverts. Pierre escortait Peso-Manuce dans ses visites chez les malades et découvrait, après des années de théorie, la pratique du métier de médecin. Virgile passait beaucoup de temps – pour ne pas dire tout son temps – à l'atelier de la fondamenta dei Mori. Il servait tour à tour de modèle et d'assistant à Marietta, à son père, à ses frères. L'amour qui liait les deux jeunes gens avait les couleurs de Venise : rose, orangé, ocre et carmin. Vert aussi, le vert des canaux, mais non pas celui de l'espoir puisqu'ils savaient tous deux qu'après le dernier rendez-vous de Nicolas Flamel, Virgile rentrerait définitivement à Paris. Ils n'en parlaient jamais. Ils évitaient même de toutes leurs forces d'y songer. Cela aussi participa à faire de ces trois mois de l'été 1577 le plus beau des étés.

Pendant que les deux tourtereaux s'aimaient d'amour tendre, Venise se réveillait du cauchemar de la peste. Un an plus tôt, le Sénat de la République du Lion avait fait le vœu d'ériger une église au Rédempteur si la contagion était éradiquée. Les ravages de l'épidémie avaient été amoindris par le froid de l'hiver. Tenant parole, dès le mois de février 1577, les Sénateurs avaient établi qui ils chargeraient de construire le temple et où ils envisageaient qu'il se dresse. Leur choix s'était arrêté sur l'architecte Andrea Palladio. Le 21 juillet 1577, la première pierre de l'église fut posée à l'endroit sélectionné, la rive nord de la Giudecca qui s'étirait de tout son long vis-à-vis du sestiere de Dorsoduro. Le lieu était stratégique. Qu'on se trouvât sur la piazzetta, à la Punta della Dogana, sur les Zattere, sur la riva degli Schiavoni, on avait vue sur l'emplacement où allait être construit l'édifice. En ce 21 juillet inaugural, le doge et le patriarche de la cité ne furent pas les seuls à assister à la cérémonie. Les gens du peuple, ceux qui avaient survécu à la peste – elle avait emporté plus d'un tiers de la population – purent aussi voir poser la pierre emblématique. Pour leur permettre de traverser à pied le canal de la Giudecca, un pont de barques fut établi d'une rive à l'autre, sur les eaux vertes [1]. Parmi la foule qui franchit cette passerelle mouvante, Marietta et Virgile se donnaient la main.

Pratiquement deux mois jour pour jour après cette naissance symbolique se levait l'aube du pénultième rendez-vous avec l'hermétisme. Cette fois-ci, au domicile Peso-Manuce, Palma il Giovane s'était joint au groupe. Tandis que Virgile faisait sautiller sur ses genoux Mariettina, sa filleule déjà

1. Depuis, chaque année, le troisième week-end de juillet, à l'occasion de la fête du Redentore, un pont est jeté sur le canal de la Guidecca en face de l'église de Palladio.

âgée de sept mois, Pierre récapitulait les secrets de la quatrième vignette.

— Nous sommes en présence primo du dessin de deux anges ; secundo d'un bandeau annonçant : « *Surgite mortui, venite ad iudicium Domini mei*[1] » ; et tertio de ce commentaire laconique de Flamel : « *Je ne saurai rien écrire de mieux que les paroles d'ange* »...

À ce récapitulatif, Palma se souvint :

— Il y a un an, lorsque nous avions cherché à élucider le mystère de ceci, nous avions trébuché sur la contradiction : le pluriel de l'image – deux anges – et le singulier du texte – de l'ange.

— Nous n'avions su déterminer à quels séraphins vénitiens il était fait référence, enchaîna Marietta.

Elle déroula une feuille jaunie. Mariettina tendit sa petite menotte vers le document. Avec douceur et fermeté, la Tintoretta empêcha le bébé de s'en emparer. Elle étala la page sur la table. Chacun put y lire la liste suivante :

— L'église Sant'Angelo dans le sestiere de San Marco ;

— L'église Santa Maria degli Angeli à Murano ;

— Le rio Sant'Angelo qui longe le campo du même nom ;

— Le canale degli Angeli qui passe devant l'église déjà citée ;

— La calle dell'Angelo à Cannaregio, pas bien loin de l'atelier du Titien ;

— La calle dell'Angelo dans Castello, à deux pas du palais de Muztapha ;

— Une troisième calle dell'Angelo qui donne sur la fondamenta Sant'Anna, aux confins de Castello ;

— Une quatrième calle dell'Angelo qui débouche sur la calle larga San Marco à deux pas d'ici ;

— La scuola dell'Angelo Custode – l'ange gardien ;

— La Chiesa dell'Angelo Rafaele – l'archange Raphaël.

Devant une telle énumération, il sembla à Virgile qu'une

1. « Levez-vous, morts, venez au jugement de Dieu. »

myriade de séraphins venaient de s'envoler. Il conclut en fixant la Tintoretta avec une infinie tendresse :

— En somme, cette ville n'est pratiquement peuplée que d'anges !

Son ami Pierre se sentait moins enclin au romantisme. Il grommela. Que de lieux à visiter ! Que de statues à fouiller ! Certes, ils n'étaient plus engagés avec Kara Muztapha dans une course contre la montre. Le Turc était mort. Lionello Zen était mort. Zorzi Bonfili était mort. Joâo El Ribeira aussi. Qui risquait de dénicher avant eux la cachette de la quatrième pierre ? Le seul ultimatum qui pendait sur leur tête comme une épée de Damoclès avait été établi par le seul Flamel : ils avaient jusqu'au coucher du soleil pour découvrir la cache de l'ange receleur. Ils étaient quatre. Ils avaient dix sites à visiter. Ils se répartirent les tâches. Pierre prit le chemin de Murano. Palma s'achemina vers Dorsoduro. À Marietta échut le quartier du campo Sant'Angelo. À Virgile les points à l'est de la place Saint-Marc.

Lorsqu'elle déboucha sur le campo Sant'Angelo, l'un des plus vastes de la cité, la Tintoretta, ce jour-là en tenue d'homme, fut bousculée par une femme au regard triomphant, qui sortait à peine de l'église[1]. La jeune fille n'avait pas l'habitude de se faire piétiner sans protester. Elle se retourna sur la passante. L'apostrophe véhémente qu'elle avait au bout de la langue mourut au bord de ses lèvres lorsqu'elle reconnut Olimpia. Que pouvait faire la courtisane, précisément le 23 septembre 1577, et justement à Sant'Angelo, si ce n'est ramasser sa part du butin hermétique ? L'apprentie peintre soupira. Elle enrageait contre elle-même et ses acolytes. Certes, Bonfili, Ribeira, Muztapha et Zen ne participaient plus à la course au trésor, mais comment avaient-ils pu être assez sots pour négliger Olimpia ? N'était-elle pas la seule survivante des invités d'Atika au soir du

1. L'église qui se trouvait sur le campo Sant'Angelo, et qui était consacrée à l'archange Michel, fut démolie en 1837.

7 août 1574 ? Au moins, la prostituée ne l'avait pas reconnue, pas même remarquée. Il fallait à Marietta réagir avec astuce et promptitude. Se glisser dans les traces de la fille de joie ? L'apprentie peintre eut une hésitation. Elle avait suggéré à son amoureux de la retrouver devant le puits du campo Sant'Angelo. Comment le prévenir ? Elle fouilla frénétiquement les poches de son pourpoint. Elle ne transportait sur elle que son orange. Son orange ? Son orange et ses clous de girofle ! Elle courut jusqu'à la margelle du puits et y déposa un clou de girofle. Ensuite elle s'éloigna prestement en laissant tomber sur ses pas un second puis un troisième bouton de fleur. La courtisane avait disparu dans l'ombre de la calle dello Spezier. La Tintoretta qui s'engagea sur ses traces déposa un quatrième clou de girofle à l'entrée de la venelle.

***

Sa visite dans la calle dell'Angelo, tout à fait au bout de Castello, à quelques encablures de l'île San Pietro n'avait rien donné. Pas plus que son excursion à proximité de Biri Grande, dans la seconde calle dell'Angelo qu'il avait sillonnée. Il lui restait à explorer une dernière calle homonyme située à mi-chemin entre le logis de son oncle et le palais des doges. Virgile y parvint sans tarder. Il la parcourut à l'affût d'un signe éloquent. Il le trouva sous la forme d'une sculpture d'ange, abritée dans une niche creusée au sein d'un mur. « J'y suis ! » s'exclama-t-il intérieurement. Il se frotta les mains de satisfaction. Il se posta sous la petite statue. Il lui fallait trouver un moyen d'y accéder. La timidité n'était pas le défaut majeur de Virgile Preudhomme. Aussi se présenta-t-il à la porte de la demeure sur la paroi de laquelle trônait l'ange à dévaliser. Une vieille citadine lui ouvrit. Aux premiers mots qu'elle prononça, le Français comprit qu'il avait à faire à une Vénitienne de pure souche.

— L'*anzolo* ?

Elle prononçait le mot ange – *angelo* – avec l'accent de la lagune, transformant le « g » en « z ». Le jeune homme acquiesça et la bonne femme le laissa entrer en sa demeure. À sa suite, il monta l'escalier qui menait aux étages. Lorsqu'ils furent parvenus dans la pièce dont les fenêtres ouvraient sur la sculpture, l'habitante des lieux se tourna vers son visiteur pour lui demander s'il savait la légende de l'*anzolo*. Il ne la connaissait pas. La vieille entreprit de lui narrer l'histoire. Un jour, le supérieur de l'ordre des capucins, le père Matteo di Bascio, fut reçu dans la demeure. L'aspect de celui qui l'accueillit l'intrigua par sa face simiesque. Plus que l'intriguer, il le stupéfia ; il reconnut le visage du Malin.

— C'est le démon ! s'écria-t-il. Le démon déguisé qui veut me damner !

Il ajouta en hurlant au diable qu'il avait démasqué :

— *Vade retro Satanas !* Et laisse derrière toi la trace de ta déconfiture !

S'enfuyant, le Malin défonça le mur et y laissa l'empreinte de sa silhouette. Le père Matteo donna l'ordre que le bris soit recouvert par l'image d'un ange gardien. Ainsi la sculpture trouva sa place sur la façade de la maison, et la ruelle prit le nom de « calle va al Ponte dell'Anzolo ». Virgile hocha la tête pour manifester combien la légende l'avait intéressé. À dire vrai, une chose seulement lui importait : explorer la statue de cet « *angelo* » ou « *anzolo* » – qu'ils l'appellent comme bon leur semble – et le dépouiller de la pierre qu'il avait préservée, en digne ange gardien, depuis près de cent quatre-vingts ans. Toutefois, la moindre des politesses voulait que le jeune homme posât au moins une question à son interlocutrice. Il demanda la première des choses qui lui traversa la tête.

— À quelle date se déroula cette incroyable histoire ?

La bonne femme lui adressa un sourire édenté et lui donna le renseignement demandé.

— Oh ! Il y a un peu moins d'un demi-siècle. L'épisode remonte à l'année 1553.

***

Marietta s'était faufilée dans l'étroite calle dello Spezier à la suite d'Olimpia. Celle-ci avançait d'un pas alerte. Depuis le moment où la demoiselle Robusti l'avait croisée sur le campo Sant'Angelo, la courtisane n'avait pas retiré la main de la poche de son vertugadin. La Tintoretta aurait volontiers mis la sienne au feu – cette main qui pourtant faisait d'elle une artiste – en pariant que là se trouvait la quatrième des pierres de l'alchimiste. Mais l'heure n'était pas aux pronostics. Elle était à la filature. Sans soupçonner qu'elle était poursuivie, Olimpia obliqua dans la première ruelle à gauche. Emboîtant son pas, Marietta fit de même quand, soudain, elle se souvint de l'appellation de la calle dans laquelle elle venait d'entrer : rio terrà degli Assassini – autrement dit « rue des assassins ». Le nom résonna entre ses tempes. Que prônait exactement le rouleau brandi par les deux anges de la quatrième vignette ? *« Surgite mortui, etc. »* Et s'il s'agissait des nombreuses victimes tombées sous les coups des meurtriers qui avaient inspiré son nom à l'artère ? Ces morts-là, de leurs doigts osseux, indiquaient à n'en pas douter le campo Sant'Angelo et son église. Marietta devina que, des quatre jeunes gens réunis à l'aube chez Cesare Peso-Manuce, elle était celle qui avait fait bonne pioche. Elle ne devait, sous aucun prétexte, perdre la trace de la courtisane puisqu'elle s'était emparée de l'avant-dernière gemme. Virgile, qui n'allait pas tarder à arriver à leur rendez-vous, saurait-il suivre sa trace ? Au coin du rio terrà degli Assassini, elle laissa tomber un clou de girofle.

***

Le jeune Preudhomme parvint dépité sur le lieu de son rendez-vous avec la fille du Tintoret. Il n'avait rencontré le fantôme de Nicolas Flamel dans aucune des trois calli dell'Angelo qu'il avait parcourues. Marietta aurait-elle eu plus de chance ? Dès l'entrée de la place, il constata que sa tendre et chère ne se trouvait pas encore devant le puits. Était-elle à l'intérieur de l'église, tentant d'atteindre un chapiteau trop en hauteur ou n'osant ouvrir un reliquaire sacré ? Il s'approcha du portail de la chiesa Sant'Angelo auquel il jeta un rapide coup d'œil. Un détail frappa son regard. Il recula d'un pas pour étudier le tympan orné de bas-reliefs. L'un d'eux figurait des corbeaux. « Des corbeaux ! Un volatile du bestiaire hermétique signalé par le rabbin Levi ! C'est à ma Marietta qu'il sera revenu de découvrir le caillou numéro quatre. » Avec la conviction qu'il allait retrouver sa mie à l'intérieur de l'édifice, le Parisien franchit le portail et pénétra dans la nef. Il lui fallut quelques secondes pour accommoder sa rétine au clair-obscur qui y régnait. À première vue, pas de Tintoretta. Elle se trouvait sans doute derrière le chœur ou dans l'un des bras. Il remonta l'allée centrale jusqu'au maître-autel, étonné de n'apercevoir, de n'entendre personne. Il accéléra le pas, parcourut l'abside, visita le transept, sillonna les bas-côtés avant de se rendre à l'évidence. Le temple était vide. Sa belle était ailleurs. Il ressortit au grand jour. La lumière du matin lui fit cligner des yeux. L'espace d'un instant, il crut entrevoir une silhouette derrière le puits, mais lorsqu'il rouvrit grand ses paupières, il constata avec dépit qu'il avait été victime d'un mirage. Néanmoins, puisque le puits avait été désigné comme lieu des retrouvailles, il s'en rapprocha. Le plus simple et le plus sage lui paraissait de s'installer à l'ombre de l'édicule et d'y patienter jusqu'au retour de la Tintoretta. Parvenu au dit puits, il fléchit les genoux et s'assit à terre. Quelque chose à travers la toile de ses chausses le piqua. Il se décala d'une aune et passa la main par terre pour ramasser le gravier, l'écharde, l'épine ou l'insecte qui lui avait égratigné le fondement. Il récupéra la chose entre ses doigts. Il s'apprêtait à la jeter au loin lorsqu'un effluve familier fit tressaillir ses sens. L'odeur du clou de girofle ! Plus exactement, l'odeur du girofle imprégné d'orange. Le parfum de Marietta ! Un coup d'œil confirma ce que son odorat lui avait annoncé. Il compris que sa douce amie s'était tenue à l'endroit même où il venait de s'asseoir. Pourquoi diable s'en était-elle allée ? Quel pouvait être l'impérieux motif qui l'avait arrachée à son rendez-vous galant ? Où avait-elle disparu dans le labyrinthe des rues vénitiennes ?

*
* *

Se glissant dans la pénombre des recoins, se collant contre la paroi des maisons, la fille du Tintoret suivait, sur la pointe des pieds, la courtisane Olimpia. Sa progression, discrète, silencieuse, féline, n'avait pas été remarquée par celle qu'elle pistait. Jusqu'où allait-elle ainsi talonner la prostituée ? Qu'inventerait-elle si cette dernière notait sa présence ? Surtout, comment allait-elle procéder pour subtiliser la pierre alchimique à la fille de joie ? Marietta en était là de ses délibérations muettes lorsque, tournant au plus près du mur d'angle dans la *salizada* où elle avait vu obliquer Olimpia, elle constata avec effarement qu'elle avait perdu sa proie. Elle balaya la rue du regard. Pas de venelle perpendiculaire dans laquelle la courtisane aurait pu s'engouffrer. Par ailleurs, la voie était trop longue pour que la prostituée ait déjà pu parvenir à son extrémité. Elle dut se rendre à l'évidence : la prostituée avait pénétré dans l'une des demeures de la *salizada*. Restait à découvrir laquelle, pour en surveiller la porte et guetter le départ d'Olimpia. Elle se détacha du mur contre lequel elle s'était plaquée et se mit à arpenter l'artère à la recherche d'un indice. Elle était arrivée à la moitié de la rue lorsqu'une poigne de fer agrippa son chignon et l'attira violemment en arrière. Elle trébucha mais la main, qui n'avait pas lâché les lacis de sa coiffure, la retint de chuter. La Tintoretta poussa un cri de souffrance doublé d'un hoquet de frayeur. Une poigne énergique écrasa sa bouche. Déterminée à ne pas se laisser maltraiter de la sorte, elle mordit à pleines dents dans la paume qui l'étouffait. Elle ne réussit qu'à égratigner la peau de son agresseur. Celui-ci tira ses mèches avec sauvagerie en manière de représailles. La douleur qui déchira son cuir chevelu fit monter les larmes aux yeux de Marietta. Elle porta la main à sa ceinture. Y pendait une petite dague qu'elle avait pris l'habitude de porter dans la chasse au trésor alchimique depuis l'épisode Kara Muztapha. Mais, lorsqu'elle effleura le manche de son arme, des ongles de tigresse se plantèrent dans le dos de sa main et la griffèrent à en déchirer la chair. Dans un mouvement réflexe, la Tintoretta écarta le bras. Son assaillant en profita pour glisser les doigts dans sa ceinture et saisir la petite dague. Dans la seconde qui suivit, Marietta sentit le froid glacial de la lame plaquée contre la peau de son cou. Elle renversa son menton en arrière et s'immobilisa sur-le-champ. Au moindre soubresaut, elle risquait d'avoir la carotide sectionnée par son propre poignard.

***

Virgile fixa avec circonspection le clou de girofle à ses pieds. Il se tenait à l'embouchure de la calle dello Spezier. Depuis qu'il avait découvert le premier bouton de fleur séché à côté du puits, il en avait ramassé deux autres. Cette récolte l'avait conduit à l'entrée de la venelle et il ne savait pas quoi penser de cette inexplicable pluie de clous de girofle. Un trou dans un sac d'épices quelconque porté par un quidam ? Pourquoi, alors, les clous dégageaient-ils un relent d'orange ? Non, il était clairement devant les traces de sa belle. Était-ce par hasard ou par espièglerie que la fille du Tintoret avait joué les semeuses ? Virgile se dandina d'un pied sur l'autre, indécis, hésitant. Il n'avait que peu de foi dans le hasard. Les grains d'épice l'invitaient à s'aventurer à la poursuite de sa mie. Petit Poucet de Venise, il s'engagea dans la calle dello Spezier.

La rue de l'épicier ! Un nom tout indiqué ! Quelle coïncidence !

Il fronça les sourcils.

À moins que ce ne soit pas une coïncidence...

Ruminant des pensées tumultueuses et passablement embrouillées, le Français comprit à un nouveau signe au coin de rio terrà degli Assassini que là il devait obliquer. Ce qu'il fit. Rio terrà degli Assassini... l'appellation ne lui était pas inconnue. Il se souvint d'un texte de loi à son sujet. Dans les premiers siècles du millénaire, la venelle était, la nuit, mal fréquentée, peu sûre, voire dangereuse. Il n'était pas rare qu'on découvre au petit matin sur le carreau le corps lardé de coups d'un passant mal avisé. Un jour, la police de la Sérénissime retrouva dans le poing d'un macchabée une fausse barbichette. Elle avait de toute évidence été arrachée par la victime au menton de son agresseur. À la suite de quoi, en 1128, le gouvernement publia un édit qui interdisait le port des barbiches postiches avec lesquelles les garçons de mauvaise vie se masquaient le visage pour ne pas être identifiés. Une autre mesure, moins pittoresque, fut adoptée. La nuit, le rio terrà degli Assassini devait être éclairé en permanence par des lumignons sis sur de petits autels votifs. À l'heure où Virgile Preudhomme emprunta l'artère, les torches avaient été éteintes et le soleil de septembre éclairait la terre sous ses pieds. Le jeune homme parcourut le sol du regard à la recherche du clou de girofle suivant.

⁂

Marietta et Olimpia se dévisagèrent.

— Mademoiselle Robusti ! articula la courtisane entre ses dents. Plus douée pour portraiturer les gens que pour les espionner, à ce qu'il semble. Si tu crois que je ne t'ai pas entendu sautiller dans mon dos, stupide oiselle !

La prostituée resserra la menace de la dague.

— Nous allons discuter toutes les deux. Il va bien falloir que tu m'expliques pourquoi tu me filais. Tu vas aussi devoir me confier où vous recelez les trois premières pierres du Grand Œuvre. C'est bien toi et les tiens amis de Paris qui les avez récupérées après la mort de Lionello et de Kara, non ?

La fille du Tintoret demeura statufiée et muette sous la pointe du poignard qui griffait son cou. Son silence attisa la colère d'Olimpia. Elle appuya un peu plus sur la lame qui mordit la peau blanche de Marietta. Elle hurla :

— C'est vous qui avez récupéré les trois cailloux, oui ou non ?

Terrorisée, sentant une goutte de sang couler le long de sa gorge, la Tintoretta acquiesça dans un gémissement. Sa réponse eut l'heur d'apaiser quelque peu la fureur de la belle de nuit. Elle retira lentement la dague de sur la carotide palpitante de Marietta et l'enfonça aussitôt dans les plis de son pourpoint, à la cambrure du dos.

— Tu vois que tu as des choses à confesser, fillette ! Mais pas ici. Trop de passage.

Olimpia grimaça.

— Tu vas me suivre sans protester jusqu'à l'endroit bien tranquille que j'ai en tête pour le déballage de tes secrets. Si par malheur, ou par sottise, tu essayes de t'échapper, de crier ou de me blesser, je n'hésiterai pas à te trouer le rein. Fais-moi confiance pour te suriner avec art ! Tu pourrais regretter de ne t'être pas noyée, l'an passé, au fond du rio della Sensa !

La bonne amie de Virgile était en proie à trop de panique pour émettre une protestation. Dans la tornade d'angoisse qui balayait son entendement, elle comprit deux choses. Elle ne devait pas contrarier la courtisane et elle devait absolument continuer à semer ses clous de girofle pour guider Virgile jusqu'à elle.

*
* *

Lorsque le Parisien ramassa le grain d'épice qu'elle fit alors tomber discrètement, il était loin d'imaginer la gravité de ce qui s'était joué peu de temps auparavant ni la position pleine de péril dans laquelle se trouvait son aimée. Il avait envisagé que c'était là un jeu auquel se livrait Marietta, un jeu pour le promener dans le dédale des *calli* vénitiennes, un jeu dont elle était l'Ariane et lui le Thésée. Franchi le rio San Luca, il récupéra un clou de girofle à l'entrée du sotoportego del Volto. Il s'engagea sous la voûte. Une mauvaise surprise l'attendait. Un laquais tirant derrière lui une large brouette sur laquelle était empilée une montagne de pieux en bois s'était introduit dans la galerie par son autre extrémité. Il envahissait l'entière largeur du passage. Il était exclu que les deux hommes passassent de front. À la vérité, il était impossible que Virgile passât tout court. Il eût fallu pour cela escalader le chargement de bois. Il trépigna sur place. Ou bien le domestique reculait avec sa brouette jusqu'à l'entrée du *sotoportego*, ou bien Virgile lui-même rebroussait chemin pour le laisser passer. Le Parisien, que gagnait la hâte de terminer son jeu de piste et de recueillir sur les lèvres de l'organisatrice le prix de la victoire, proposa la première solution au faquin. Qui, contre toute logique, accepta avec serviabilité. Il reposa son fardeau, pivota sur lui-même, souleva les deux manches de sa brouette et, d'un coup sec, ébranla sa charge. Hélas ! malchance ou maladresse, fausse manœuvre ou caillou malvenu, la montagne de poteaux, entassés les uns sur les autres en équilibre précaire, s'écroula dans un abominable fracas. Le jeune Preudhomme émit un cri catastrophé. Comment passer maintenant ? Il lui fallait faire demi-tour et s'enfoncer dans le lacis des ruelles du quartier pour essayer de parvenir, par un autre chemin, à l'extrémité du *sotoportego* et au prochain clou de girofle. Serait-il seulement capable d'en trouver le chemin ?

CHAPITRE 18

C'est du sommet de l'escalier del Bovolo qu'Olimpia avait choisi d'entraîner Marietta. La fille du Tintoret en eut l'intuition lorsqu'elles dépassèrent l'église San Paternian[1]. Elle vit au bout du campo le bâtiment dans lequel s'étaient tenues, par le passé, les séances de l'académie d'Aldo Manuce. « Faites que l'oncle Cesare ait été divinement inspiré ce matin et arrive pour rendre visite à ses cousins précisément ici et maintenant ! » La Tintoretta ne fut pas exaucée ; le parent de son ami n'apparut pas miraculeusement devant elle pour se porter à sa rescousse. Au contraire, la pointe de la dague que la courtisane n'avait pas lâchée la piqua à travers l'étoffe de son vêtement. Pour endiguer le flot d'adrénaline qui la submergeait entière, la jeune fille essaya de se convaincre qu'elle risquait tout juste une ou deux entailles rosâtres sur la peau et une peur bleue en souvenir. « Olimpia n'était pas une meurtrière, se répéta Marietta. Elle veut seulement m'effrayer, comme la fois où elle m'a poussée dans le canal. » Mais les paroles de la prostituée lui revinrent en mémoire. « Fais-moi confiance pour te suriner avec art. » La conviction de la Tintoretta vacilla vertigineusement. Et si Olimpia était justement une meurtrière, la meurtrière d'Atika ? « Suriner avec art... suriner avec art... suriner avec art... » Les trois mots se mirent à résonner avec un écho sinistre entre les tempes de l'apprentie peintre alors

1. Aujourd'hui détruite, cette église se dressait sur l'actuel campo Manin.

qu'elles arrivaient au bas de l'escalier del Bovolo. Confrontée avec ce qui avait été infligé à l'Égyptienne, la menace d'Olimpia se teintait des plus funestes couleurs.

*
* *

Le Français s'était égaré. Le cauchemar de la promenade dans Venise sous la pluie, tel qu'il l'avait décrit à Pierre et Marietta un jour, venait de se concrétiser. Cul-de-sac et *campiello* qui s'ouvre sur mille directions, ruelle obscure et calle qui ne débouchent que sur un canal, impression de déjà-vu et retour à la case départ. Tout ce qu'il avait raconté, non sans panique dans la voix, se matérialisait sous ses semelles. C'est un angoissant trajet à l'aveuglette qu'il effectua jusqu'à en éprouver le tournis et qui sembla ne jamais s'achever. Enfin, presque hagard, il retrouva l'autre issue du *sotoportego* et la suite de la trace au girofle. Combien de temps avait-il perdu ? Marietta l'attendait-elle toujours au bout du sillon ? Le jeu du labyrinthe ne l'amusait plus du tout. Il avait hâte de l'achever. Il se mit à courir.

*
* *

À présent, la Tintoretta en avait l'intime conviction ; Olimpia, qui la poussait devant elle au bout de son poignard, avait assassiné Atika. Après que les six autres invités à la soirée du 7 août s'étaient éloignés de la calle della Toletta, elle était retournée chez sa concurrente. Elle avait profité de l'effet de surprise pour ligoter l'Égyptienne à l'aide de rubans rouges. Ensuite elle l'avait écorchée vive pour lui faire avouer la cachette de la lettre de Nicolas Flamel. En effet, elle s'y entendait dans l'art de suriner les femmes. Son crime lui avait-il appris quelque chose ? Avait-elle su alors ou seulement plus tard que le manuscrit avait été confié au Titien ? À la mort du maestro, elle avait fouillé Biri Grande sans trouver ce qu'elle cherchait. Elle s'était alors dit à raison que quelqu'un le dénicherait à sa place et qu'elle profiterait de la découverte quand le moment serait venu. Elle avait su être patiente. Elle avait attendu. Comme une araignée, elle avait observé ses rivaux tomber tels des mouches : Zorzi Bonfili puis Joâo El Ribeira, Kara Muztapha et Lionello Zen. Lionello qu'elle aimait, certes, mais moins ardemment que la Table d'Émeraude. Elle avait tissé sa toile. Marietta, joli papillon, avait volé droit dedans et s'y était englué les ailes. À présent, la tarentule emportait sa proie dans son nid, tout en haut de l'escalier del Bovolo qui, en ce 23 septembre 1577, aurait mérité d'être rebaptisé escalier del Ragno [1]. L'endroit tenait son nom de sa forme hélicoïdale. Il avait été construit dans une tour ronde, accolée à un palais de styles gothique et Renaissance. Le bâtiment de briques ocre comprenait quatre étages au-dessus du rez-de-chaussée. Chacun comprenait une loggia aux colonnes élancées et aux arcs en plein cintre. Les loggias communiquaient entre elle par l'escalier tourbillonnant. Marietta, sous la menace d'Olimpia, gravit la première volée de marches. La main dans la poche de son pourpoint, elle tâta frénétiquement la peau de l'orange dont, depuis le campo Sant'Angelo, elle avait arraché un à un les clous de girofle. Avec horreur, elle constata, du bout des ongles, qu'elle n'avait plus rien à semer.

*
* *

Pas de doutes, c'était bien son aimée qu'il apercevait là-haut, dans la loggia, au dernier étage du palais Contarini del Bovolo. Son aimée et la courtisane de Zara. Entre les deux femmes, une dague dont la lame pointait droit vers le cœur de la Tintoretta. Virgile avait imaginé un jeu galant ; il s'agissait en réalité d'un appel au secours. Sa jovialité se transforma en malepeur. Intervenir ! Comment ? Le Parisien se

1. En italien, *bovolo* signifie escargot et *ragno* araignée.

rendait bien compte que s'il s'élançait dans l'escalier, la prostituée percevrait son pas et parerait son assaut. Il préférait ne pas courir le risque de voir sa blonde poignardée sous ses yeux. Que faire ? Monter l'escalier del Bovolo ne servirait de rien ; piétiner le sol devant le palazzo Contarini n'était pas moins vain. « Si seulement ma Marietta pouvait comprendre que je suis là ! » Une idée lui vint. Il se recula dans l'ombre et du bout des lèvres se mit à siffler une douce mélodie que la Tintoretta avait une fois interprétée pour lui à l'épinette. Elle l'entendit. Elle jeta un œil par-dessus la balustrade de la loggia et aperçut en contrebas la silhouette qu'elle aimait entre toutes. Elle s'empêcha de la contempler. Elle devait éviter à tout prix que sa ravisseuse ne devine à son tour la présence du Français. Tout de même, il fallait signifier à Virgile qu'elle l'avait remarqué. Olimpia lui parla. Elle ne répondit pas. Que n'avait-elle un petit quelque chose à jeter subrepticement par-dessus la rambarde ! La courtisane se répéta. Cette fois-ci, Marietta réagit.

— Pardon, fit-elle de l'air le plus innocent du monde.

Elle frissonna lorsqu'elle se souvint de l'orange demeurée au fond de sa poche. Tout en répondant très évasivement à la courtisane, elle enveloppa le fruit dans sa paume. Doucement, tout doucement, elle extirpa la main de son pourpoint sans attirer le regard de son interlocutrice. Elle déplia les doigts. L'orange chut sur le sol du balcon. La jeune fille suspendit son souffle. Elle dévisagea Olimpia. La prostituée n'avait rien vu. Alors, elle administra à l'orange un discret coup de talon. Le fruit roula sans bruit, passa comme par magie entre deux colonnettes de la balustrade et tomba dans le vide.

Avec une adresse qui ne lui ressemblait guère, Virgile réceptionna l'orange. « Elle m'a repéré ! » se réjouit-il. Un éclair illumina sa prunelle et il ajouta en lui-même : « Elle vient de me procurer le moyen de l'aider. » Dans la minute qui suivit, le plus étrange des dialogues se tint entre la fille du Tintoret en haut de l'escalier et le jeune Preudhomme quatre étages plus bas. Après le temps de la concertation, celui de l'action. Prenant l'élan dont il avait besoin, bandant tous les muscles de son bras, le Français propulsa l'agrume dans les airs. Le projectile, avec la force d'un petit boulet, vint percuter un pot de fleurs posé sur la rambarde de la loggia. La violence du choc, le bruit de bris, la surprise de pareille canonnade firent sursauter Olimpia. Elle détourna un bref instant la tête. C'est la réaction que Marietta escomptait. Elle profita de cette seconde d'inattention pour projeter son pied en avant, repousser son ennemie à bout de bras et s'élancer dans l'escalier. Immédiatement la belle de nuit retrouva son équilibre. Brandissant son arme, elle se jeta à la poursuite de la Tintoretta. Marietta n'avait qu'une vingtaine de marches d'avance. Elle dévalait l'escalier avec la vitesse du désespoir. Dans son dos, elle entendait le souffle de sa poursuivante, le bruissement de ses jupes, le claquement de ses talons. « De l'avantage d'être déguisée en garçon ! » Elle ne croyait pas si bien dire. Elle entendit soudain derrière elle la déchirure d'une étoffe et un cri étouffé. Olimpia venait de se prendre les pieds dans ses jupons. Elle dégringola tête la première. Marietta eut un réflexe qui lui sauva la vie. Elle se plaqua de tout son corps contre la rambarde. Sous ses yeux, une boule humaine plongea dans l'escalier, manqua de la faucher, et laissa sur son passage une traînée de sang. La fille du Tintoret porta la main à sa bouche. Elle se précipita jusqu'au palier suivant. Là venait de s'écraser Olimpia, les membres écartelés, la figure déchirée, la nuque brisée. Une pivoine de sang déploya sur le dallage ses pétales roses. Aussi roses que la petite pierre ronde et gravée qui, depuis une poche du vertugadin d'Olimpia, était tombée tout à côté du corps sans vie.

*
* *

Exceptionnellement, car le 22 décembre 1577 devait être un jour exceptionnel dont ils ne savaient pas ce qu'ils devaient en attendre – la Table d'Émeraude ou le néant absolu, l'accomplissement du Grand Œuvre ou un gigantesque éclat de rire –, Virgile et Pierre avaient rendez-vous avec Marietta et Palma à la casa tintoretta, peu avant la minuit du 21. Une obscurité baignée de lune enveloppait la fondamenta dei Mori lorsque les deux Français l'empruntèrent cette nuit-là. En approchant de la maison, le jeune Preudhomme leva les yeux sur la façade et aperçut sa blonde à la fenêtre. En cette date particulière, elle avait endossé une vêture féminine, une robe claire qui bouffait très légèrement sur les manches et qui couvrait d'un voile le haut de sa poitrine. Marietta avait séparé ses cheveux par une raie centrale et les avait coiffés en un sage chignon. Elle tenait à la main le livret d'une partition de musique et avait posé son bras gauche sur le bois de son épinette. Elle avait un air doux et rêveur, presque triste. La fossette de son menton semblait creusée plus que de coutume. Sans doute songeait-elle que, quoi qu'il advînt, le lendemain de ce jour de solstice verrait le départ du Parisien qu'elle aimait. À cette vision de Marietta, le cœur de Virgile se souleva dans sa poitrine. Il eut l'impression de revoir soudain la Tintoretta telle qu'il l'avait croisée pour la première fois sous les voûtes de l'église des Frari, le jour de l'enterrement du Titien. Il fut bouleversé par la mélancolie qui se dégageait de la jeune fille à sa fenêtre au cœur de la nuit. Il s'immobilisa sur le quai, imité par Pierre. Il demeura un moment, ému, à la regarder. Puis il appela son nom. Il voulait ébranler le vague à l'âme trop contagieux de sa belle, lui redonner le sourire des jours d'insouciance. À son appel, la demoiselle ne réagit pas. Elle ne cilla pas même. Partition à la main, bras sur l'épinette, elle demeura parfaitement impassible.

— Marietta ! répéta son soupirant en poussant un peu la voix.

Même inertie étrange et presque inquiétante.

— Marietta !

Pour la quatrième apostrophe, l'amoureux gonfla sa poitrine avant de crier et n'eut gare de réveiller la maisonnée entière. Pierre se joignit à lui.

— Marietta !

— Marietta ! vociféra en écho une voix dans le dos des Français.

Les jeunes gens sursautèrent et pivotèrent sur eux-mêmes. Palma qui venait d'arriver à leur hauteur présenta son bonjour.

— Rêve-t-elle éveillée ou dort-elle debout ? demanda-t-il en désignant la fille du Tintoret du coin de l'œil. À moins que...

Il n'acheva pas sa phrase. Il passa entre Virgile et Pierre, s'avança de plusieurs pas et se posta juste sous la fenêtre. Il leva son visage vers la demoiselle à la partition et éclata d'un rire retentissant. Les Parisiens l'observèrent, interloqués. Palma se retourna vers eux.

— Ce n'est pas Marietta, annonça-t-il, toujours secoué de rire. C'est son autoportrait [1]. Elle a dû le poser là pour qu'il sèche plus vite.

Au même moment, la jeune fille apparut à la porte, sur le seuil du logis. Elle salua la compagnie et s'approcha de Virgile. Celui-ci ne bougea pas. C'était son tour de paraître pétrifié. Seuls se mouvaient ses yeux qui naviguaient de Palma à l'autoportrait et de l'autoportrait à Palma. Marietta posa sa main sur le bras de son sigisbée.

— Virgilio ?

Celui-ci tressaillit, comme revenu parmi les vivants après un voyage au pays des statues. Mais du carrare il gardait sur la peau l'éclat blafard. Il désigna le peintre et déclara :

— Palma, le soir du 7 août 1574, lorsque tu es passé devant Biri Grande et que tu as aperçu ton maître à la fenêtre, tu as été victime d'un trompe-l'œil comme moi à l'instant. Tu n'as vu que son autoportrait !

---

1. La Galerie des Offices de Florence possède dans ses collections un autoportrait de Marietta Robusti debout devant son épinette, une partition à la main.

Telle révélation paralysa l'assistance. Autour des quatre jeunes gens plana un silence qui n'était troublé que par le clapotis de l'eau dans le canal. Chacun mesurait les conséquences de pareille information. Pierre le premier, les yeux écarquillés par la stupéfaction, porta la main à sa bouche et ravala une exclamation.

— Ce qui signifie que...

L'effarement l'empêcha de s'exprimer plus avant. Virgile avait deviné les mots qui venaient de mourir sur la langue de son camarade.

— Exactement, confirma-t-il. Ce qui signifie que l'assassin d'Atika n'est autre que Tiziano Vecellio.

— L'accusation monstrueuse que je porte là, je crois qu'une personne peut nous la confirmer, avait dit Virgile.

Puis il s'était élancé vers l'habitation de ce témoin mystérieux à travers la Venise nocturne. Il courait, et ses camarades lui avaient emboîté le pas. Ils se hâtaient le long des *fondamente* et par les *calli*, traversant les *rii* survolés de vapeurs froides et dépassant les monuments noyés de brouillard. Scuola della Misericordia à leur gauche, Ca'd'Oro plus loin sur leur droite. Devant eux, l'église des Santi Apostoli.

— Faustino ?

— Faustino, bien sûr ! confirma le jeune Preudhomme.

Il s'arrêta un instant pour reprendre son souffle.

— Faustino a été témoin du meurtre. Et je ne suis pas loin de croire que le Titien ne l'ignorait pas. Souvenez-vous l'enfant sur le tableau du *Supplice de Marsyas*. Il représente le nain et il donne l'impression de regarder le spectateur droit dans les yeux. En réalité, c'est le peintre qu'il fixe. Nous avons été bien stupides d'oublier quelqu'un dans la toile. Une présence fondamentale, la présence de celui dont le tableau restituait le regard, la présence du Titien !

Il se remit à marcher, obliqua dans la calle del Pistor mais poursuivit son explication.

— Faustino ne nous a avoué que la moitié de la vérité. Le soir du meurtre, il devait effectivement être défaillant. Il a dû véritablement demeurer sur sa paillasse. Il ne pouvait réellement pas se lever. Mais je pense qu'au lieu de l'assommer, son mal l'a tenu éveillé et qu'à la demie de la onzième heure, non seulement il a entendu celui qui revenait, mais il a aussi reconnu sa voix. Il a suivi tout ce qui s'est passé sans pouvoir intervenir, épuisé par la fièvre quarte. Il a entendu le Titien ligoter Atika, la questionner sur la cachette du manuscrit, la supplicier jusqu'à ce qu'elle finisse par avouer. La pauvre, sous la morsure insupportable de la chair à nu, a livré son secret à son tortionnaire. Il l'a alors dépouillée de la lettre de Flamel et laissée à son sort d'écorchée vive. Dans un ultime effort, l'Égyptienne a réussi à détacher son poignet et à écrire le nom de son assassin, TiZiaNo. Puis elle a succombé à ses blessures. De l'inscription accusatrice, le chien Wawel a tout léché à l'exception du « z », ou du « n », peu importe.

Virgile termina son exposé alors qu'ils parvenaient à l'entrée de la calle dei Proverbi. Il se rua vers la porte du saltimbanque. Du poing, il tambourina sur le bois. Deux aboiements furieux, ceux de Lew et Wawel, répondirent en écho. Personne ne vint ouvrir. Il recommença à marteler la porte, d'une manière plus intempestive encore et accompagna ses coups d'appels impérieux.

— Faustino ! Faustino !

Les aboiements des animaux excités par le tapage reprirent de plus belle. Le tumulte de tant de bruits mêlés résonna entre les murs de la petite calle, perturbant la quiétude de la nuit d'hiver. Alerté, un riverain passa sa trogne par une fenêtre, au rez-de-chaussée de la maison voisine.

— Faustino est parti il y a une demi-heure, lança-t-il.

Virgile attrapa le Vénitien par le col de sa chemise au moment où celui-ci allait disparaître de l'embrasure.

— Où le nain est-il allé ? demanda-t-il d'un ton presque menaçant.

L'individu ainsi sauvagement alpagué secoua la tête.

— Aucune idée. Tout ce que je sais, c'est qu'il aurait pu

laisser ses chiens l'accompagner, ça nous aurait permis de dormir !

La remarque fit germer une idée dans l'esprit en ébullition du jeune Preudhomme. Il relâcha le voisin, se précipita vers la porte de l'acrobate et la poussa du pied. Elle grinça sur ses gonds et s'ouvrit, béante. Jaillirent hors du logis les deux corniauds qui bondirent dans la rue.

— Suivons-les ! ordonna Virgile. Ils vont pister Faustino et nous mener jusqu'à lui.

Il allait s'élancer lorsque Marietta tendit le bras devant lui et leva son poing sous ses yeux. Elle déplia ses doigts. Quatre pierres rondes de quatre couleurs différentes apparurent au fond de sa paume. Elle fouilla sa poche à lui et y trouva la feuille aux cinq vignettes.

— Et la dernière énigme ? Le lion ailé du dernier dessin ?

Virgile récupéra son papier, le rangea dans son pourpoint.

— Plus tard. Nous avons toute la journée pour cela !

Il jeta un coup d'œil à Lew et Wawel qui s'éloignaient en jappant.

— Vite ! Les deux chiens vont tourner au coin de la rue. Nous ne devons pas les perdre de vue !

Leur course reprit donc, effrénée, dans le froid humide, par la ville endormie. Les chiens galopaient en tête de cet étrange cortège, tour à tour reniflant le sol et humant l'air glacé. Derrière eux, Virgile, Pierre, Palma et Marietta brûlaient le pavé à perdre haleine. L'air qu'ils expiraient laissait des petits nuages de buée sur leur passage. Ils coururent ainsi à s'en trouver à bout de souffle, sans se soucier de comprendre où les menaient les bêtes, sans mettre en doute la capacité des deux roquets à retrouver leur maître. Quelle ne fut pas leur surprise quand ils débouchèrent place Saint-Marc. Les mosaïques dorées de la façade scintillaient doucement sous l'astre d'argent, à travers le brouillard. Le sommet du campanile disparaissait dans les nuages. Les étoiles sur l'émail bleu de la Tour de l'Horloge rivalisaient avec leurs cousines célestes. Mais, quelle que fût la beauté de la piazza dans la lumière lunaire, Virgile et ses amis ne lui accordèrent pas une seconde de contemplation. Poursuivant toujours Lew et Wawel, ils traversèrent la grande esplanade. Ils arrivèrent sur la *piazzetta*. Contre la silhouette de l'île San Giorgio plongée dans la brume, les colonnes Saint-Marc et Saint-Théodore se dressaient en majesté. Les chiens se jetèrent au pied de la première. Ils se mirent à aboyer avec fureur. Les quatre jeunes gens levèrent le regard vers son sommet et n'en crurent pas leurs yeux. Faustino s'était hissé sur le chapiteau vénéto-byzantin et s'agitait entre les pattes du lion en bronze.

— Eh bien, mais comment a-t-il grimpé là-haut ? chuchota Palma, époustouflé.

— Par quelque sienne acrobatie, répondit Pierre à qui le nain avait fait démonstration de ses sauts périlleux.

— Que diable peut-il chercher là-haut ? murmura Marietta.

— Allez savoir ! susurra en retour le jeune Preudhomme, qui, fasciné, ne quittait pas du regard l'homoncule sur la cime de la colonne en granit.

Quoi qu'il ait voulu de saint Marc, Faustino avait dû l'obtenir car bientôt il opéra une contorsion et se retrouva agrippé au chapiteau, ses courtes jambes pendant dans le vide. Il attrapa à bras-le-corps le fût du pilier et se mit à descendre le long de la colonne comme le long d'un tronc d'arbre ou d'une corde lisse. Son agilité dans la manœuvre était absolument stupéfiante. En moins de secondes qu'il n'en fallut pour le dire, il atteint le socle octogonal à la base du pilastre.

Virgile ne laissa pas aux chiens le temps de fêter leur maître. Il se précipita sur le saltimbanque qui grimaça en l'apercevant. Il n'eut pas le loisir d'exprimer sa surprise ou son mécontentement. Déjà le détective le bombardait de questions.

— C'est le Titien qui a assassiné Atika ! Tu as été le

témoin auditif du carnage. Lui s'est rendu compte de ta présence. N'est-ce pas ?

Le visage de l'acrobate se tordit à nouveau. Le petit bonhomme s'installa à son aise sur le socle orné de sculptures, s'adossa contre la colonne de Saint-Marc et se mit à caresser la tête de ses cabots. Marietta, Pierre et Palma accoururent à leur tour.

— Ne dirait-on pas le tribunal de la Sainte Inquisition ! Je répondrai à la condition que la belle demoiselle me donne un baiser.

Il tendit sa joue à la Tintoretta. Virgile, horrifié, se retourna vers sa mie. Marietta se pencha sur son oreille pour lui murmurer quelque chose. À la suite de quoi elle embrassa la pommette rebondie de Faustino. Celui-ci se trémoussa de contentement. Loyal, il commença sa confession.

— Puisque vous en êtes curieux : oui, j'ai entendu le peintre tuer ma maîtresse mais, non, lui ne l'a jamais su.

— Comment ! s'exclama le Français. Et le gamin, sur le tableau ?

Une hébétude non feinte se peignit sur les traits de l'acrobate. Son interlocuteur insista.

— Il a peint une toile qui représente toutes les personnes présentes ce soir-là autour de la courtisane : Lionello et Zorzi, Kara Muztapha et Joâo El Ribeira, Olimpia et toi sous les traits d'un enfant.

Le saltimbanque secoua la tête avec obstination.

— Je suis plus que convaincu qu'il n'a rien su de ma présence. Sinon, il n'aurait pas coûté grand-chose à une âme si noire de me tuer dans la foulée. Il n'a pas pu me peindre. Par contre, tu as oublié dans ton énumération qui était de la partie et qui Vecellio aura représenté en enfant.

— Orazio ! s'écria Pierre. Un adulte certes, mais son fils !

La mâchoire de Virgile s'affaissa sous le poids de l'évidence. Faustino ricana et poursuivit.

— Pour ce que j'en ai entendu, et j'ai l'ouïe fine, c'est Orazio qui a immobilisé Atika et qui l'a attachée aux colonnes de son lit. Le Titien était trop vieux pour lutter contre une jeune femme. Orazio, lui, était dans la force de l'âge. Ma maîtresse a eu beau se débattre, il n'y a pas eu moyen qu'elle lui échappe. Je serais intervenu, moi, si j'avais réussi à descendre. J'ai tenté de me lever. Mon Dieu, comme j'ai voulu arriver jusqu'à l'escalier ! J'ai dû traverser la moitié de ma chambrette en me traînant. Après quoi je me suis effondré, impuissant à faire un pas de plus. Comme j'ai haï Lew de ne pas courir la sauver à ma place !

Faustino poussa un soupir de désespoir. Il avait cessé de frotter le crâne de ses chiens. Ses mains s'étaient mises à trembler. Virgile ne remarqua pas la crise du nain. Suivant le fil de ses pensées, il s'exclama soudain :

— C'est le fils, non le père, le coupable !

Le saltimbanque l'arrêta aussitôt.

— Point ! C'est Tiziano l'artiste de la famille. C'est Tiziano qui a manié le couteau. Orazio, je l'ai entendu s'enfuir quand il a compris que son géniteur ne cherchait pas seulement à effrayer ma maîtresse avec son arme, mais qu'il était prêt à la charcuter pour de bon afin de la faire parler. Le sang d'Atika, la vérité de son père et sa lâcheté à lui l'ont fait déguerpir.

Les quatre jeunes gens se figurèrent l'horreur de la scène qu'Orazio n'avait pas supportée et dont Faustino avait entendu l'écho. Lui-même ne put empêcher les sons abominables qu'il avait discernés et les images cauchemardesques qu'il en avait déduites de jaillir de sa mémoire et de défiler en son esprit. Une larme coula sur sa joue. Marietta posa une main sur l'épaule du nain.

— Pourquoi n'as-tu jamais dénoncé le maestro aux *avogadori* pour ce meurtre épouvantable ?

Le petit homme s'ébroua.

— Ô, sublime naïveté ! Qu'aurait valu mon témoignage de monstre difforme contre la parole d'un génie adulé ? C'est moi qu'on aurait arrêté, emprisonné et pendu pour mensonge, blasphème et crime de lèse-majesté !

Sur ces paroles d'amertume, Faustino se secoua en criant,

sauta au pied de son socle et effectua une cabriole. Il se mit à gesticuler des jambes et des mains autour de Virgile et de ses amis.

— Abracadabra, lança-t-il comme s'il roulait du tambour.

Il sauta en l'air, rebondit sur la pointe des pieds, sauta encore. Puis il recommença l'étrange gigue de ses doigts trop courts devant les yeux interloqués de ses visiteurs.

— Abracadabra, répéta-t-il.

Il s'adressa au jeune Preudhomme en particulier.

— Mademoiselle Robusti m'a donné un baiser. Je t'ai donné mon témoignage. Toi, que vas-tu lui donner pour que la boucle soit bouclée ?

La question stupéfia Virgile. Il se souvint soudain qu'il n'avait pas encore offert à sa charmante la désormais rituelle orange piquée de clous de girofle. Il plongea sa main dans sa poche d'où... le fruit avait disparu. Avant même qu'il n'ait exprimé sa stupéfaction, le nain fit émerger l'agrume de sa manche. Il le fit tournoyer entre ses doigts, jongla avec trois ou quatre fois, le lança par-derrière son dos au-dessus de sa tête, le réceptionna au bout du pied avant de le rendre à son propriétaire. Le Français applaudit.

— Tu es un artiste remarquable, Faustino ! Nous t'avons vu descendre du haut de la colonne de Saint-Marc. Quelle adresse ! Quelle souplesse ! Quelle agilité ! Que cherchais-tu là-haut dans la crinière du lion ?

Pour toute réponse, le nain enchaîna trois bonds sur lui-même. Il ouvrit la bouche et tira la langue. S'y trouvait un petit bout de papier. Virgile comprit aux mimiques de l'acrobate qu'il devait récupérer, déplier et lire la feuille. Ce qu'il fit. Il se retrouva nez à nez avec la cinquième vignette de Flamel, un homme allongé entre les pattes d'un lion ailé. Il porta aussitôt la main à la poche de son pourpoint. Sa propre copie des dessins de l'alchimiste parisien n'avait pas bougé.

— Comment as-tu obtenu ces esquisses ?

Faustino éclata d'un rire grinçant.

— Comment ? Quelle question pleine de naïveté ! Ton

ami ici présent ne t'a pas rapporté que ces croquis, j'ai été chargé d'en faire des copies ?

L'enquêteur acquiesça.

— Sept fois, pour chacun des sept invités.

— Huit fois ! corrigea le nain. J'en ai gardé une version par-devers moi. Dans mon élan, j'ai recopié la lettre aussi ! Ma maîtresse ne pouvait pas se douter qu'un misérable avorton comme moi pût s'intéresser lui aussi à l'alchimie !

— Tu t'intéresses à l'art hermétique ?

Le ton de Virgile était sceptique, presque moqueur. Le comédien le foudroya du regard.

— Qui plus qu'une personne comme moi trouverait intérêt à réaliser le Grand Œuvre ? Ceux qui veulent transformer le plomb en or pour être riches ? Quelle inutilité ! L'argent n'achète pas tout. Ceux qui veulent transformer le temporel en infini pour être immortels ? Quelle vanité ! L'éternité ne comble pas tout. Moi, je veux transformer le petit en grand, le laid en beau. Pas pour être admiré. Juste pour n'être plus moqué. Ce soir, avec la Table d'Émeraude, j'obtiendrai la pierre philosophale qui accomplira ce miracle.

Le terrible aveu de l'être difforme qui venait de parler aurait ému Virgile, Marietta, Pierre et Palma s'il n'avait été souligné par un étrange éclat dans son iris. Quelque chose échappait aux jeunes gens.

— Pour obtenir la Table d'Émeraude, il faut les cinq pierres de Nicolas Flamel incrustées des formules composant la clavicule de Salomon, murmura l'un d'eux.

Le saltimbanque gloussa et se remit à agiter ses doigts. Un instant, l'on put croire qu'il en avait cent. Il cessa soudain. Serré entre ses deux pouces apparut un cailloux rond, rouge et gravé.

— Ne suis-je pas allé récupérer la cinquième pierre hermétique entre les griffes du lion de Saint-Marc ?

Virgile rétorqua :

— Certes, mais nous sommes en possession des quatre autres !

— En es-tu bien certain, Virgile Preudhomme ?

Un nouveau ricanement et une cabriole supplémentaire accompagnèrent cette demande énigmatique. Interpellé de la sorte, le Parisien ne réagit pas immédiatement. Lorsqu'il vit le nain faire un pas en arrière, il comprit. La panique le saisit.

— Marietta, hurla-t-il, où sont les quatre gemmes ?

La jeune fille plongea sa main dans la poche de son vertugadin. Elle poussa un cri de désespoir.

— Disparues ! bredouilla-t-elle.

Son bafouillage fut salué par un éclat de rire presque démoniaque de Faustino. Entre ses cinq doigts d'achondroplasique il tenait les quatre pierres qu'il venait de voler à la Tintoretta sans qu'elle se rende compte de rien. Virgile sauta vers le petit homme qui déjà déguerpissait.

— Lew ! glapit le saltimbanque.

Aussitôt, le chien noir bondit sur le Français et s'interposa pour protéger la fuite de son maître. Sous ses babines retroussées, les crocs étaient menaçants. Dans ses pupilles sombres brillait la farouche détermination de l'animal dressé à attaquer. La vision de la bête féroce anéantit les velléités de Virgile. Elle dissuada également Pierre et Palma de s'élancer à leur tour aux trousses du nain. Celui-ci, sûr de son molosse, sans jeter un regard en arrière, traversa la piazzetta à une vitesse qu'on n'aurait pas soupçonnée de lui. Il parvint à l'angle du palais des doges, courut le long de la galerie sous la loggia, tourna devant le bas-relief du *Jugement de Salomon* et disparut par la Porta della Carta. Ce fut la dernière image que les jeunes gens eurent de lui. Mais nous pouvons regarder le nain quelques instants encore et le voir, provoquant tout ensemble Dieu et Satan, gravir en bondissant l'escalier des Géants.

De qui, des Cieux ou des Enfers, déclencha-t-il la colère ? À moins que ce ne fût seulement de sa part, à lui pourtant si habile, une maladresse ? Le feu prit au second étage du palais ducal. Les quatre amis, depuis l'endroit où ils se tenaient bloqués sur la piazzetta, virent les flammes se mettre à danser aux fenêtres de la Sala del Scrutinio. Elles se propagèrent à la vitesse de l'éclair. Déjà la Sala del Maggior Consiglio était léchée par la flambée. Comprenant qu'un incendie s'était déclenché, que le palais des doges risquait de brûler en entier, et que dans le brasier allaient être détruits des chefs-d'œuvre de peinture, Marietta voulut se précipiter pour ameuter la garde, pour chercher de l'aide, pour empêcher le désastre. Au premier mouvement qu'elle esquissa, le redoutable chien noir sauta vers ses jambes, referma sur ses jupes l'étau de sa mâchoire et en arracha un bout d'étoffe. Terrorisée, la Tintoretta se blottit dans les bras de Virgile. Elle se rendit à l'évidence. Elle ne pouvait rien pour sauver le palazzo. Alors, les larmes au yeux, avec la force du désespoir, et le renfort de ses compagnons, au nom de Venise, elle se mit à appeler au secours.

À l'aube, de grosses volutes de fumée survolaient la place Saint-Marc. Les premiers rayons du soleil trouvèrent l'incendie maîtrisé. Mais le palais était endommagé, la structure du toit carbonisée, l'aile ouest effondrée, la Sala del Maggior Consiglio ravagée. Dans les pièces du second étage, on faisait l'inventaire des dégâts. De nombreux tableaux avaient été anéantis par le feu. Parmi eux, des toiles de Bellini et de Pordenone. Surtout, une dizaine d'œuvres du Titien[1].

Adossés contre le socle de la colonne de Saint-Marc, sous la protection du lion ailé et sous la garde de Lew, les quatre jeunes gens s'étaient assoupis, assommés par la fatigue et l'émotion. Virgile fut le premier à émerger des bras de Morphée. Il frotta ses yeux que la cendre avait irrités. Il contempla les ravages dantesques abandonnés derrière elle par la conflagration. Son œil fut attiré par un oiseau qui semblait lui aussi s'éveiller à l'instant et s'élever dans les airs au-delà des décombres fumantes. Virgile secoua Marietta qui dormait contre son épaule pour lui montrer le volatile inattendu au-dessus du palazzo mutilé.

— Regarde, s'écria-t-il, une colombe !

1. Furent en particulier détruits tous ses portraits de doges.

La Tintoretta suivit la direction que son amoureux indiquait du doigt. Elle aperçut l'oiseau battre des ailes. Un sourire illumina son visage.

— Ce n'est pas une colombe, Virgilio ! C'est un phœnix. *Una fenice*.

ÉPILOGUE

Marietta Robusti reposa, songeuse, son godet de peinture ocre. Elle porta la main à son pourpoint de garçon. Sous sa chemise, sur sa poitrine, elle avait glissé la lettre qu'elle venait de recevoir de Paris.

Paris en l'an de grâce mille cinq cent soixante et dix-huit.

Carissima,

J'ai été bien heureux d'apprendre que ton père avait été chargé de redonner, du bout de son pinceau, sa splendeur à certains plafonds du palais des doges, si abîmé lors de l'incendie, en cette apocalyptique nuit de décembre dernier. Je t'imagine volontiers à ses côtés, laquant ceci, colorant cela. Je t'imagine et je pleure...

La gorge de la Tintoretta se noua. Elle leva les yeux vers le *Jupiter proclamant Venise reine de la mer* que son père réalisait dans la Sala delle Quattro Porte.

Venise ne manque et tu me manques plus que Venise, même si ma bonne Florine, ce cher Pierre et son amie Lisette me répètent chaque jour que ma place est à Paris. Sache que, aussi longtemps que tu le souhaiteras, ta place à toi, carissima, sera sur mon cœur. À l'endroit même où je presse cette plume d'oiseau – de phœnix, prétendis-tu – que tu me donnas lorsque nous nous quittâmes à jamais.

Était-ce une illusion ou ce Mercure, un caducée à la main, les yeux dans le lointain, évoquait étrangement Virgile ? Marietta ne put en décider. Son regard se troubla. Une larme coula, qui vint se mêler à l'ocre, au creux de la coupelle.

REMERCIEMENTS

Je remercie mon père sans le soutien duquel ce livre n'aurait sans doute pas été écrit en l'an 2000. Je remercie ma mère, Olga, Joël et Bérénice dont les visites à Venise ont peuplé mon exil. Je remercie Francis pour son immense patience et son aide incomparable.

Merci à Catherine pour notre pari sur le vaporetto un soir de février 1999 à 18 h 53 ; à Carmen pour son coup de main devant le clavier de l'ordinateur ; à Valérie pour ses lumières en matière de géologie et de zoologie ; à Sabine pour son cadeau d'anniversaire fort utile ; à M. Ferdègue pour sa recherche minutieuse. Merci bien sûr à Chiara pour ses traductions du vénitien du XVIe siècle.

Merci pour les cappuccini à Laïla et Francesco, Maurizio et Stefano, Roberto et Roberto, Mario et Simone, du café sur le campo Santi Filippo e Giacomo.

Je remercie enfin Laurence Decréau et Maureen Bion-Paul pour leurs critiques, leurs suggestions, leurs remarques et leurs corrections.

NOTA BENE

Dans la Sérénissime du XVIe siècle, le nom des rues n'était pas établi de façon définitive. Il était susceptible de varier avec le temps, au fil de l'histoire, au gré des riverains. C'est pourquoi il est difficile, voire impossible, de déterminer le nom d'alors des *calli* et des *campi*. Pour ne pas égarer le lecteur, j'ai donné aux venelles du labyrinthe vénitien le nom qu'elles portent aujourd'hui (sauf lorsque je connaissais avec certitude leur dénomination à la Renaissance, comme dans le cas du campo San Zanipolo qui s'appelait campo delle Meravege).

Les historiens de l'art s'accordent pour dater le *Supplice de Marsyas* des dernières années de la vie du Titien. Mais entre 1570, 1572, 1574 ou encore 1576, les avis divergent parmi les spécialistes. J'ai, pour ma part, suivi l'opinion de Corrado Cagli : il estime que le tableau a été peint par le maestro Vecellio l'année qui précéda sa mort.

BIBLIOGRAPHIE

Un roman, *La Ragazza del Ghetto* de Sabino Acquaviva (Mondadori, Milan, 1996) m'a beaucoup éclairée sur la Venise en l'année de peste 1576. Par ailleurs, et entre autres, j'ai consulté pour me documenter :

Sur l'histoire de Venise

La République du Lion de Alvise Zorzi (Payot/Rivages, Paris, 1996).

La Vita quotidiana a Venezia nel Secolo di Tiziano de Alvise Zorzi (Rizzoli, Milan, 1990).

La République de Venise de Charles Diehl (Flammarion, Paris, 1985).

Venise, une République maritime de Frederic C. Lane (Flammarion, Paris, 1988).

Venise, Portrait historique d'une Cité de Philippe Braunstein et Robert Delort (Seuil, Paris, 1971).

Venezia e il Rinascimento de Manfredo Tafuri (Einaudi, Turin, 1985).

Art and Life in Renaissance Venice de Patricia Fortini Brown (Harry N. Abrams Inc. Publishers, New York, 1997).

I Nizioleti raccontano de Paolo Piffarerio et Piero Zanotto (Il Cardo, Venise, 1994).

Histoire du Ghetto de Venise de Riccardo Calimari (Denoël, 1997).

The Jews of Europe and the Inquisition of Venice de Brian Pullan (I.B. Tauris Publishers, London & New York, 1997).

The Boundaries of Eros, Sex and Sexuality in Renaissance Venice de Guido Ruggiero (Oxford University Press, Oxford & New York, 1985).

I Mali e i Rimedi della Serenissima de Nelli-Elena Vanzan Marchini (Neri Pozza, 1985).

Sur la peinture de la Renaissance

Le Vite de' più eccellenti Pittori, Scultori e Architetti de Giorgio Vasari (Florence, 1568).

Dialogo della Pittura de Ludovico Dolce (Venise, 1557).

Le Maraviglie dell'Arte ovvero le Vite degli illustri Pittori veneti e dello Stato de Carlo Ridolfi (Venise, 1642).

Titien de Flavio Caroli et Stefano Zuffi (Fayard, 1991).

Titien de Marion Kaminski (Könemann, Cologne).

Titien de Filippo Pedrocco (Scala, 1993).

L'Opera completa di Tiziano de Corrado Cagli (Rizzoli, Milan, 1969).

L'Opera completa del Tintoretto de Carlo Bernari (Rizzoli, Milan, 1970).

Painting in Renaissance Venice de Peter Humphrey (Yale University Press, New Haven & London, 1995).

Peindre à Venise au XVIe *siècle* de David Rosand (Flammarion, Paris, 1993).

The Myth of Apollo and Marsyas in the Art of the Italia Renaissance de Edith Wyss (University of Delaware Press, Newark, 1996).

Sur d'autres sujets

La Méditerranée et le monde méditerranéen à l'époque de Philippe II de Fernand Braudel (Armand Colin, 1978).

La vie quotidienne des courtisanes en Italie au temps de la Renaissance de Paul Larivaille (Hachette, 1975).

The Honest Courtesan de Margaret F. Rosenthal (University of Chicago Press, Chicago & London, 1992).

Écrits alchimiques de Nicolas Flamel (Les Belles Lettres, Paris, 1993).

Les Alchimistes au Moyen Âge de Serge Hutin (Hachette, 1995).

La Mort noire de Johannes Nohl (Payot, Paris, 1986).

Henri III, Roi shakespearien de Pierre Chevallier (Fayard, 1994).

Istanbul au siècle de Soliman le Magnifique de Robert Mantran (Hachette, 1965).

TABLE DES MATIÈRES

Impression réalisée sur CAMERON par

BUSSIÈRE CAMEDAN IMPRIMERIES

GROUPE CPI

à Saint-Amand-Montrond (Cher)
en janvier 2001

N° d'édition : FF 800701. N° d'impression : 005937/1.
Dépôt légal : janvier 2001.

Imprimé en France